新潮文庫

女の一生

一部・キクの場合

遠藤周作著

新潮社版

3577

女の一生

一部・キクの場合

ミツとキク

作者はまず——、

この小説に登場する二人の娘を御紹介しておかねばならない。

彼女たちの名はミツとキク。ひとつ違いの従姉妹《いとこ》である。

名字がないのは、二人が生れたのが幕末で、家はそれぞれ長崎に隣接する浦上《うらかみ》村馬込郷の農家だったからだ。

だから、長崎の御奉行所や聖徳寺《しょうとくじ》の和尚《おしょう》さまは彼女たちの戸籍を「馬込郷の茂平《もへい》の娘ミツ、同じく新吉の娘キク」と書きこんだ。聖徳寺はこの一帯の檀那寺《だんなでら》だった。

もしあなたが偶然、長崎に行かれ、長崎駅から車を原爆落下地点の方に走らせると、国道にそって右側に聖徳寺幼稚園という字を書いた寺がみえる。その一帯がかつての馬込郷である。

もっとも現在では、車やトラックの錯綜《さくそう》する味気ない国道だが、ミツやキクが生れた頃はこのあたり、海がすぐそばだった。聖徳寺などは海べりの丘に建っていたのである。

山が海岸まで迫っていて耕作地が少ない。だから馬込郷の農民もその隣の里郷、中野郷、本原郷、家野郷の百姓たちも山の斜面を利用したり、丘と丘との間の谷を畠《はたけ》にして生活を営んでいた。戸数だってこれらの郷をあわせて九百戸にすぎなかったろう。当時の面影を偲《しの》ぶ何ものもなくなり、すっかり新興住宅地となったのがこの馬込のあたりだが、しかし私は長崎に来るたびにいつもその一角にたちどまって眼をつぶりミツやキクが生きていた頃の風景を想像してみるのである。

楠《くすのき》やハンの樹《き》の多い山。その斜面に点在する藁《わら》屋根の農家。そしてそこからは真下に長崎の入江や埋めたてて作った新田が見おろせる。

後年――と言っても明治十八年のことだが、有名な『お菊さん』を書いたフランスの作家ピエル・ロティがこの長崎湾の樹木の緑を嘆賞している。そのみどりに溢《あふ》れた入江と陽に光る入江とを毎日、ミツやキクは眺めていたのである。

陽光と緑にみち、そのくせ気の遠くなるほど静かな馬込郷の集落。大きな楠から小鳥の声がする。その声が聞えなくなるお昼時にはどこかで鶏が鳴いている。

大人たちは皆、畠に働きにいって、子供だけが遊んでいる。遊ぶことはいっぱいあるからだ。斜面をかけたり、おりたりする子供たちのなかに私はキクやミツの幼い姿を見つけようとする。

ミツやキクのお婆《ばば》がこう言っていた。

「ミツはアマイボーたい。キクはオトコバッチョばい」

この地方の言葉でアマイボーとは「甘ったれ」のことである。オトコバッチョとは「お転婆《てんば》」を言うのである。ミツの甘ったれ、キクのお転婆というわけだった。

お婆はミツのことをアマイボーと言ったが、彼女は母親や兄に仔犬《こいぬ》のようにまつわりつくのではなかった。

ミツの性格の特徴はむしろ年上の話すことを何でも素直に信じる点にあった。あんまり素直に信じるために、時にはこの子は阿呆《アポン》ではないかと思われることもあった。

たとえば――、

ミツが五歳の時、兄の市次郎が彼女に草花の種をくれた。

「よう、見てみろ、こいは朝顔の種ばい」

ひとつ、ふたつ、みっつとミツの小さな手に市次郎は灰色の種をのせて、

「ミツ、こいばまいてな、毎日、水ばやれば可愛《かわい》か芽の出るとばい」

と教えた。

「うん」

うなずいてミツは駆け出した。向う側で従姉《いとこ》のキクが他《ほか》の女の子と縄とびをして遊んでいたからである。

もらった朝顔の種を嬉《うれ》しげにキクたちに見せて、彼女はまるで大事な宝石を一粒、一粒と箱にしまう貴婦人のような手つきで、その灰色の種を地面に埋めた。

「ミツ、種ばまいたか」

十歳も年のちがう市次郎がその夜、囲炉裏のそばで妹にたずねると、

「うん」

とミツはこっくり、うなずいた。

「よかか。毎日、水ばやらんば、いかんばい。毎日じゃ」

「うん」

こういう時、ミツは年上の者を心の底から信じきった眼をする。そのような疑いを持たぬ眼は彼女が成長しても変らなかった。

市次郎はその日から幼い妹が毎日、しゃがみこんで、飽きもせず地面を見つめているのを見て、

「そんがん急がんでも芽は必ず出てくっさ」

と笑った。

やがて朝顔の可愛い芽が地面を破って顔をのぞかせた。それはまるで赤ん坊の手のようだった。ミツは兄に言われた通り、水をやることを欠かさなかった。

ある雨の日——、
ミツはこの自分だけの小さな朝顔畠に傘をさしながら水をやっていた。畠仕事に出かけようとして、そこを通りかかった市次郎がそれに気づいて、びっくりした。

「ミツ、何ばしとっとか」

「朝顔に水ばやっとるとさ」

「アポン。雨の日には水はやらんでもよか、雨は水と同じじゃっか」

ミツは黙って兄の顔を見つめていたが、数秒後、大きな声をあげた。

「そうたい。雨の日は水はかけんでもよかとね」

市次郎はこの時、自分の妹は少し智慧《ちえ》遅れではないかと本気で考えたのである。素直なミツが幼い頃、いささか智慧遅れのように見えた時、一歳ちがいの従姉のキクのほうは活発で、おしゃべりで、はしっこくて、お婆がオトコバッチョと言ったのも無理なかった。

その性格のちがいは二人が遊んでいるのを見ると、すぐわかった。年齢《とし》が上という せいもあったが、万事につけてミツを指図するのはキクのほうだった。唄《うた》ひとつ歌う にも、まずキクが口ずさんで、

「ミツも、歌うてみんね」

と命じると、ミツは喜々として歌うのだった。

あっ寒さ　こう寒さ
愛宕《あたご》のやめ　火のついた
はよいて　きやせ
きやせば　寒か
きやさにゃ　ぬっか

幼い頃、ミツはいつでも従姉のキクのあとを従《つ》いて歩き、キクの遊び通りに遊び、その指図のままに行動していた。そのかわりキクはすっかり保護者きどりで、この年下の従妹《いとこ》を乱暴な悪たれや野犬から守ってやるのだった。
悪たれ、と言ったが――、
キクやミツの家の近くに青っ洟《ばな》を二本、いつも鼻の下にたらした男の子がいた。

木の葉で洟《はな》をかむのが面倒くさいので着物の袖《そで》でふく。だからこの子の袖はいつも蛞蝓《なめくじ》でも這《は》ったようにテラテラ光っていた。キクやミツが他の女の子たちと縄とびをして遊んでいると、遠くからじっと窺《うかが》ってから邪魔をしにくる。

この悪たれに一人、相棒がいて「泣きべす」（泣きべそ）と皆から言われていた。一人ではキクに怒鳴られるとすぐ泣きだすような弱虫なのだが、洟たれと一緒になると急に威張りだす。

洟たれと泣きべす——この二人がキクやミツたち女の子たちの喧嘩《けんか》相手だった。キクは相手が男の子でも負けずにくってかかった。

「このゾクワル（性悪）が」

と罵《ののし》ると、洟たれは、

「キクのウスナベ（馬鹿《ばか》）、ミツのアポン」

と叫び、それを泣きべすが真似《まね》るのだった。

「ワルクロにトンピンカン」

キクも負けずに言いかえす。悪太郎にお調子者という意味である。そんな罵言《ばげん》の応酬がしばらく相互の間で続いて、

「ミツは尻《しり》くせの悪かとさ」

と洟たれがはやしたてる。

「昨日も寝小便ばしたとじゃろ」

「そんならお前は芋がら木刀じゃろ」

「芋がら木刀？　どげんこつね」

「芋がら木刀も知らんとか。大きかばかりで役たたんことやっか。お前は芋がら木刀たい」

「こん糞《くそ》たれ」

「洟っぴーのだごばな（団子鼻）」

機関銃のように発射されるキクの罵言に洟たれも泣きべすも黙りこんでしまう。

その頃の春のある日。

キクとミツと他の女の子たちとは畠の畔道《あぜみち》を埋める蓮華《れんげ》の花をつんでいた。杏《あんず》の実のような大きな夕陽が沈みかけていて、蓮華の花輪をキクは自分の首にかけ、ミツに、

「どげんね。きれいかね」

とたずねた。キクは子供のくせに、自分が美しい女の子でありたいと思っていたのである。

「どげんね」

「うん。きれいか」

いつものようにミツはキクの問いに逆らわなかった。と言うより、この子はキクの言葉を何でも素直に信じるのである。

キクは誇らしげに体を一回転させて、周りを眺めた。どこかで畠仕事をしている大人がこの自分のお洒落《しやれ》を見てくれないかと思ったのだった。

と、その時、彼女の眼は向うの納屋《なや》の横で二人の男の子が棒きれをふりあげて何かを叩《たた》いているのに気がついた。洟たれと泣きべすとである。

彼等がなにかを苛《いじ》めているのは確かだった。おおかた、拾ってきた仔猫か、仔犬を叩いているのであろう。

「あんたたち、何ばしとっとね」

声をあげながらキクは彼等の方向に走っていった。ミツや他の女の子たちもそのあとに続いた。

キクが想像した通り、洟たれと泣きべすとは泥にまみれた一匹の仔猫の尻を棒で突ついたり、叩いたりしていた。

「なして（何故《なぜ》）猫ば苛《いじ》むっとね」

義侠心《ぎきょうしん》に富んだキクは弱いものが虐《しいた》げられているのを見ると我慢できなかった。年下の女の子が男の子から悪さをされる時、かばって出るのは何時《いつ》も彼女だった。

「こげんことは、すんな。そん猫ばくれんね」

と洟たれは一歩うしろに退《さ》がってキクを睨《にら》みつけた。

「だい（誰）が……やるもんか」

と泣きべすが例によって洟たれの言葉の真似をした。

「こいは俺《おい》がひろうてきたとぞ」

洟たれはいつかの口喧嘩で負けたことを思いだし、口惜《くや》しそうな顔をして、

「俺の猫ばい」

「そんなら、うちに呉《く》れんね。そんかわり、こん花ばやるけん」

「花？」洟たれはせせら笑った。「そげん蓮華の花なんか犬の糞くらいそこらへんにあるやっか」

「どんげん頼んでも駄目とね」

キクは一歩、前に進み出た。洟たれは切れながの彼女の眼に睨まれて少したじたじとなり、

「お前がこん樹の天辺《てっぺん》まで登ったら、やってもよかア」

と捨て台詞《ぜりふ》のような声をだした。

それは大きな楠で、樹齢はどのくらいかわからぬが、まるで両手を拡《ひろ》げて立った巨人のように、青空に向け直立していた。

もっともこれくらいの楠はこの馬込の里では決して珍しいものではない。そんな大きな楠には、さまざまな小鳥が朝から囀《さえず》り、暑い夏は村人に日かげを与えてくれるのである。

「出来んやろが」

洟たれは一瞬ひるんだキクを見て、青っ洟をすりあげた。

「そんくらい、できっさ」

とキクは幹に手をかけた。

だが彼女が、ためらうと、

「おめえに、そんげん高か樹ば登れるもんね」

洟たれは嘲《あざけ》り、泣きべすが真似をして同じことを言った。憤然としてキクは、枝に手をかけた。着物の裾《すそ》がまくれて白い脚が出た。

「おキクさん」

女の子の一人が半泣きになって、

「やめとかんね。怪我《けが》したら、つまらんばい。帰ろうや」

と言ったが、キクはその白い脚をもう枝にからませていた。

「ひやア」

と泣きべすが感心したようにキクの露《あら》わになった二本の脚をまぶしそうに見た。

スルスルと——と言いたいが、女の子のキクには猿のようにこの樹には登れない。一本の枝に必死ですがると次の枝に懸命につかまり、顔を真赤にしてその枝に足をかけ、彼女は少しずつ登っていった。そのたびに枝と枝とのあいだからさまざまなものが——枯葉や小鳥の巣の残骸《ざんがい》がバラバラ見上げている子供たちの頭上に落ちてきた。

肝心の仔猫のほうはよろよろと這いながら小さな水溜《みずたま》りに顔を突っこみ、音をたてて水を舐《な》めている。

女の子の一人が泣きはじめた。彼女はキクが本当に怪我をするかもしれぬと思い、こわくてならなくなったのである。

「おキクさんが落っちやけるぅ」

女の子たちは洟たれを指さして、

「落っちやけたら、あんたのせいやっけんね」

その非難に洟たれは当惑したように、

「俺、知らんばい、あいが登るて言うて登ったとやっけん」

「あんたが登れて言うたけんさ」

洟たれはまわりを見まわした。そして突然、くるりとうしろをふりむくと、

「俺、知らん」

大声で叫びながら逃げだしていった。それを見て泣きべすもあわてて駆けだした。

「おキクさん、早う、おりんね」

女の子たちは仰《あお》むいて、いっせいに声をそろえて叫んだ。

その時、キクの足をかけていた枝のほうが鈍い音をたてて折れた。彼女は引っかかった凧《たこ》のように宙づりになった。

懸垂でもするようにキクは両手で一本の枝にぶらさがったまま、自分の足場を必死で探した。身をねじるたびに、白い腿《もも》も下腹もまる見えだったが、そんなことを構っている余裕などなかった。

「おキクさん」

「おキクさん」

ミツをまじえて女の子たちは全員泣きはじめた。大人をよびに行くにはあまりに遠

すぎたし、その間にキクが力つきて小石のように地面に落ちるのは確かだった。

「だいか来てえ」

ミツは手を口にあてて大声で叫んだ。他の女の子も声をそろえて、

「助けてえ」

と叫んだ。

その声を聞きつけたのか、畔道を一人の少年がこちらに駆けてきた。馬込の在の者ではない。見知らぬ顔の少年である。

「助けて」

ぶらさがったまま、今はキクも声をあげた。

「待っとかんね。助けてやるけん」

少年は息をはずませながら駆けよってくると、

「手ば離したら、いかんぞ。今、のぼるけんね」

彼は幹に手をかけて、器用に枝に片足をかけた。そして二本目の枝にまたがると、ちょうどキクの両足の真下に体をおいて、

「ここに肩車ばせんね」

自分の首を片手で叩いてみせた。

小さくてもさすがに女の子で、キクの顔に一瞬、恥ずかしげな色が浮んだ。

「早う。恥ずかしかことはなか」

少年は齢《とし》に似あわず大人びていた。思慮のありげな顔だちだった。そして片手で幹をつかまえ、もう一方の手でキクの腰を抱くようにして自分の肩をさしのべた。

肩車をして両手で大木の幹をだき、やっと助かったとわかった瞬間、キクは突然、大声で泣きはじめた。

「もう、よか。泣かんでもよかさ」

少年は驚いて、泣きだしたキクに顔をあげた。そして泣きじゃくる彼女を支え、助けながら、ゆっくりと地面におりた。地面におりるとキクの泣き声は更に一段と大きくなった。


この時、少年や女の子たちの背後で大声がした。ミツの兄の市次郎がいつの間にか、うしろに立っていた。市次郎は何を誤解したのか、少年の胸ぐらをつかまえ、

「女子《おなご》ば泣かすっとは、一体、どこのもんか、おめえは」

「俺は……」

と少年は市次郎に二、三発、平手打ちをくって地面に尻もちをつきながら、

「泣かしたとじゃなか」

と必死で抗弁をした。

「苛めたとじゃなかとなら、なして泣くとか」

拳《こぶし》をあげて市次郎はキクをふりかえった。

「なんばしたとか、こいは」

「そん人、悪うなか」

キクはまだ泣きじゃくりながら従兄《いとこ》に教えた。

「うちが……木に登って、おりられんごとなって……そしたら、そん人が助けてくれたと」

「なんてエ」

市次郎は鼻白んだ顔つきをして、ふりあげた拳をおろした。

「ほんとか」

「ほんと」

「そんげん話なら早う、言わんか。お前……どこの者《もん》か。長崎か」

「中野」

と少年は怯《おび》えながら答えた。

「なに中野郷？」

　中野と聞いた時、市次郎の顔に不快な色が浮んで、

「中野郷の者のなして、こん馬込郷ばうろついとる」

　と訊《たず》ねた。

「長崎に朝市に行ったと」

　と少年は眼をしばたたきながら答えた。

「朝市？　嘘《うそ》ばいうな、荷も持たんでか」

「父《とう》が先に持って戻ったと」

　市次郎はまだ胡散臭《うさんくさ》げに少年の頭から足の先まで見まわしてから、

「用もなかとに中野郷の者がここらへんば、うろうろ、すんな。クロの奴《やっ》は俺、好かんと」

　とあごで立ち去るよう命じた。

　少年は脱いだ草鞋《わらじ》を足にひっかけ、口惜しそうにこちらをふり向いてから、去っていった。彼の姿は畔道から向うの雑木林のなかに小さくなって消えた。

「怪我はなかか」

　と市次郎はキクの肩についた葉をとってやりながら、

「なして女の子が樹《き》のごたるとに登るとね。そいけんオトコバッチョて言われると ぞ」

「クロって何ね？」

キクはたった今、市次郎があの少年に「クロの奴は俺、好かん」と言ったのを思いだして訊ねた。

「クロ？」

市次郎は一寸《ちょっと》しぶい顔をして、

「そいよりか、いつも言われとるやろ。本原や中野や家野の子供には近よったらいかんて」

「聞いとる」

「そいけん、二度と今の奴に会うても、口ばきいたらいかん」

「ばってん、なして口ばきいたら悪かとね」

とキクは眼を大きく見開いて、この従兄にきいた。

「子供は知らんでもよかと」

市次郎は嫌な顔をしただけで説明をしてはくれなかった。

市次郎はそれ以上、なにも教えてくれず、なにも語ってくれない。ただ彼が幼い妹や従妹《いとこ》にきびしく戒めたのは、中野郷や本原郷の子供には近よってはならぬということである。

「なしてあそこの子と遊んだらいかんとね」

「そいは……中野郷と本原郷もこん馬込郷とは違うけんさ。あそこはクロじゃけん」

「何ね、そいは」

「そげんこと子供は知らんでもよか」

市次郎がこわい顔をしたので流石《さすが》のキクもそれ以上はたずねなかった。たずねなかったが、それは深い疑問として彼女の心に残った。

中野郷や本原郷はクロじゃけん――。

クロとは一体、何だろう。クロという言葉はキクに子供心にも何か不吉な暗い場所を連想させた。しかしそんな不吉な暗い場所にあの親切な少年が住んでいるのが、キクにはふしぎで矛盾したことのように思われた。

少年の顔は彼女の眼にまだ焼きついている。洟《はな》たれや泣きべすとはまるっきり違って、たのもしい、優しい男の子だった。自分の脚をだいてくれて肩車をさせ、木からおりながら、

「もう大丈夫けん、泣かんでもよか」

と兄のように励ましてくれた声もはっきりと憶《おぼ》えていた。

そんな少年が中野郷に住んでいるだけで市次郎を不愉快にさせる理由も彼女にはわからない。

「お婆《ばば》」

翌日、彼女は陽なたぼっこをしているお婆にたずねてみた。

「中野や本原はクロね」

「クロじゃ」

「クロって何ね」

お婆はじっとキクを見つめて、

「だいから、そげんことば聞いたとね」

「市次郎兄《に》ィから聞いた。中野や本原に行ったらいかんて」

「ああ、そうたい、あっちには遊びに行ったらいかんぞ」

お婆も市次郎と同じように、きびしい表情をして孫に注意をした。

「あそこに行ったら祟《たた》らるっとぞ」

「祟らるっとね」

「そうたい、悪かことの起るとぞ。そいけん行ったら、いかんぞ」

お婆の言葉はキクに一種言いがたい不安と恐怖心を起させた。中野郷や本原郷に足をふみ入れると悪いことが起きる。しかし何故《なぜ》だろう。

中野郷や本原郷に入る境界には細い流れがあった。浦上川の支流がそこを流れているのである。

キクにとってその流れが安全な場所と怖《おそ》ろしい場所との境のように思われた。こちらは大人たちが遊んでいいと許してくれた場所であり、向うは一歩も足を入れてはならぬ怖ろしい場所である。しかし、自分を助けてくれたあの優しい男の子は流れの奥に住んでいる……。

その頃、キクはこんな夢をみた。

夢のなかで彼女はミツやそのほかの女の子たちと遊んでいた。春の午後で、あの時と同じように蓮華《れんげ》や菫《すみれ》やシロタンポポの花が彼女のまわりに咲いていた。

花をつんで遊んでいるキクたちに背後から誰かが声をかけた。立ちあがってそちらを見ると陽光のなかにあの少年が笑いながら、こっちを向いている。

「花ばつみよっとなら、もうちっと、たくさん咲いとるところば教えてやろか。こっち来んね」

少年は無邪気に手招きをしてキクたちをよんだ。

「行こーや」

素直なミツが例によって駆けだそうとするのをキクはあわててとめた。

「いかんッ」

彼女はこの時、市次郎やお婆からかたく禁じられた言葉を思いだしたのである。少年と自分たちのいる場所とには、越えてはならぬあの流れが存在していた。

「行ったらいかん」

彼女は両手を拡《ひろ》げんばかりにして、ミツやほかの女の子を制した。

「うちら、行かんばい」

と少年に告げた。

「なして来んとね」

「中野や本原に行ったらいかんて言われとる。そこに行けば悪かことのあるとげなね」

キクのその言葉を聞くと少年の顔に突然、言いようのない哀《かな》しみの色がうかんだ。諦《あきら》めにみちた表情で彼はうなずくと、いつかと同じようにくるりと背後をむいて去っていった。そのうしろ姿は何とも言えず寂しげだった。

夢は、そこで、さめた。

しかし、夢の記憶は目の覚めたキクの頭にはっきりと強く残っていた。なぜか知らぬが、彼女は去っていった少年の孤独な姿を思い出し、その罪が自分にあるような気さえした。自分が意地悪をしたために、あの少年があんな哀しい顔をしたような気さえした。

（あん子に会《お》うても悪うはなか）

とキクは寝床のなかで独りごちた。

（あん子はうちば助けてくれたとやけん）

そして彼女はひとつの決心を持つと寝床を蹴《け》るようにして飛び起きた。

その日の午後、彼女はミツや他の女の子たちにそっと自分の決心をうちあけた。

「中野郷に遊びに行こうや」

「え？」

ミツも女の子たちも目をまるくして、

「おキクさん、行ったらいかんて市次郎の兄ィが言うとったやかね」

「知っとっさ。そいばってん、あっちにはたくさん花の咲いとる場所があるとげなさ」

「おキクさんはひとりで行けばよか。うちらは残るけん」

ミツを除いて他の女の子たちは首をふった。

キクは皆を残して一人であかるく陽のさしている道を歩きだした。

大人から禁じられたことを敢《あ》えてやるのはキクに不安と罪悪感を感じさせたが、しかし他方では、そんな大人たちに挑むような気持があった。

「おキクさん、やめんね」

うしろで仲間が口をそろえて叫んでいた。しかし勝気な彼女はもう、背後をふり向こうともしなかった。

一丁ほど歩いた時、

「キク」

とミツが追いかけてきた。キクはツンとして、

「なして、来っとね。あんたは皆と一緒におればよかやっかね」

とすねてみせた。しかしそれでもミツが黙ってついて来ると、やっと機嫌をなおして、

「こんことはお婆ァにも兄ィにも黙っとかいかんばよ」

と教えた。

山の中腹まで耕した段々畠《ばたけ》をぬって二人は馬込郷のはずれまで来た。陽はうららか

で、空では鳶《とんび》がひょろ、ひょろと鳴いていた。二人の顔の汗の臭《にお》いを嗅《か》ぎつけて一匹の羽虫がしつこく周りを飛びまわりはじめた。

小川が小さな音をたてて流れている。浦上川の支流で、そこで馬込郷は終るのだ。

素足をその川につけてキクは、

「ミツ。来てみんね。気持んよかァ」

とわざと楽しげな声を出した。しかし心のなかでこの小川を渡ってしまえば、お婆が「悪かことの起る」といった場所に入るのだと考え、かすかな痛みを胸に感じていた。

素直なミツは言われるままに自分も足を流れに浸し、

「ほんに、くすぐったかァ」

と無邪気に笑った。

「行こ」

キクが心の邪念を追い払うように急に流れをこえて駆け出すとミツもあわててそのあとに続いた。

二人の前に雑木林があらわれた。何でもない雑木林なのにそこに足を踏み入れた時、まるで禁断の木の実でも味わうような息苦しさをおぼえ、キクは舌で唇をなめた。

林をぬけると畠がひろがっている。陽がかがやき、水車が規則ただしい音をたてて廻っている。そして一頭の牛が二人のすぐそばで草をはんでいた。牛は二人をぬれた眼でじっと見ると、

「モーウ」

間のびした声を出して、また口を動かした。向うには藁《わら》ぶきの家が二軒みえる。空は碧《あお》く、巻雲がひとつ、その空に浮んでいた。

(なして、ここが悪かことの起る場所やろか)

自分たちの馬込郷と何ひとつ違いはない。それなのに大人たちはこの中野郷や本原郷のことを悪く言う。キクにはその理由が更にわからなくなった。

「ミツ、花ばつもうや」

と彼女はミツとしゃがんで足もとの花を集めはじめた。心のなかに疑問を持ちつづけながら……。

探索者

午後三時頃――、

彼を乗せた仏蘭西《フランス》軍艦「カルカソン」号が雨のなかをやっと湾に入った。

風が乳色の霧をちぎれちぎれに断つと、湾の両側の山々が少しずつ見えてくる。その色があまりに強烈な緑なので、彼は船が湾ではなく樹海のなかをゆっくり進んでいるような気さえしてならなかった。

両側の山から、言いようのないほどやかましい蟬《せみ》の声が聞えていた。蟬の大群がそれらの山々を埋めつくしているみたいだった。

「モン・ペール（神父さん）、ここが長崎ですよ」

甲板にもたれた彼に、そばを通りかかった水兵の一人がバケツをぶらさげたまま声をかけた。

「ああ、遂に着いたね」

と彼も微笑しながらうなずいた。

「神父さん、やはり探すんですか。あの連中を……」

と水兵はたずねた。

「もちろん。私が長崎に来たのは、一つにはそれが目的なんだから」

「見つかるといいですね」

「見つけるとも」

水兵がバケツを手にして立ち去ったあと、彼はふたたび流れゆく雨雲に覆《おお》われた山々に目をやった。

この強烈な緑色のなかに、このやかましい蟬の合唱のなかに、ひょっとすると彼が探している連中がいるのかもしれない。それにしても何という湿気のこもった日本の暑さだろう。同じ暑さでも去年滞在した琉球《りゅうきゅう》の那覇《なは》のほうが湿気が少ないだけ、まだましだった。

白帆をあげた日本の舟が雨のなかに見えた。それら日本の帆かけ舟を見ると、なぜか彼は白鳥を連想した。

やっと岸が遠望できた。灰色の瓦《かわら》ぶきや板屋根の漁師の家々がぎっしりと折り重なるように密集している。そのなかに西洋風の木造の建物が三、四軒めだっている。艦が湾の真中で速度をゆるめた時、岸からいっせいに小舟が群れをなしてこちらに近よってきた。それはまるで餌《えさ》をめがけて集まってくる蟻《あり》のようだった。

小舟にはそれぞれ日本人の物売りたちが乗っていた。物売りたちはそれぞれ籠《かご》や箱を背負い、その籠のなかから提燈《ちょうちん》、花瓶、茶碗《ちゃわん》、小皿などをとり出した。そして、甲板の上から自分たちを見おろしている仏蘭西人の水兵たちに、にこにこしながら頭を

さげ、

「どうでござりまするか」

「よう、見まっせ、安かですばい」

口々に大声をあげて商売をはじめた。

軍艦は錨《いかり》をおろした。その軋《きし》んだ音を聞きながら、神父はこの物売りたちのなかにも自分の探している連中がまじっているのではないかと思った。

「上陸をする者は甲板に集合せよ」

士官が水兵たちに命令をしてから、

「神父さん、あなたは私と同じジャンク（小舟）に乗ってください」

と言った。

午後四時半――。

彼は自分に声をかけてくれたギラン中尉《ちゅうい》たちと一緒に日本人の男の漕《こ》ぐ艀《はしけ》に乗りうつった。

「どうでござりまするか」

この時も物売りたちの小舟がその艀の周りに集まって左右から声をかけてきた。いずれも愛想のよい笑みをうかべ、しきりに頭をさげにくる。

「あなた」

突然、神父はその物売りの一人に小銭を与えて小声で、

「切支丹《キリシタン》の人……知りませんか」

たずねられた物売りの顔から今までの愛想のよい笑顔が消えた。そのかわり、怯《おび》えた表情がうかんだ。そして男は眼をそらせ、まるで触れてはならぬものに近づいたように きっと背をこちらにむけた。

「神父さん、何を訊《たず》ねたんですか」

と日本語のできぬギラン中尉が問うた。

「基督《キリスト》教徒がこの連中の仲間にいないかときいたのです」

「それで……あの男はあんな不安な顔つきをしたわけですか」

中尉はうなずいて、

「この国じゃ基督教を信ずると死刑だそうですね」

「そうです。しかし二百六十年前まではそうじゃなかった。この極東の島国にも四十万人以上の基督教信徒がいたのです。ここ長崎にも美しい教会がいくつもあり、小さな子供までが聖歌を歌って遊んでいた」

「四十万人も……」

「それ以上かも知れん。しかしその後、日本の権力者は基督教を嫌い、いっさいの宣教師が来ることを禁止しただけでなく、国そのものまでかたく閉ざしてしまった。長崎に住むことを許されたのは御存知のように何人かのオランダ商人だけでした」

そう語りながら神父はふたたび左右の山々に眼をやった。ようやく雨雲が去りかけ、谿《たに》から煙のように水蒸気が白くのぼりはじめている。しかし蟬の大群は相変らず物憂《ものう》げに単調に鳴きつづけていた。まるでそれが異端の讃歌《さんか》でもあるように……。

「でも……私は……」

「でも……何ですか。神父さん」

「私はかつての信徒の子孫がまだ我々の宗教を信じているのではないかと……もちろん、勝手な想像だが……調べてみるつもりです」

「御成功を祈りますよ、神父さん」

口ではそう言ったものの、ギラン中尉はあまりこの話題に興味を持っていないようである。それよりも彼の頭は、去年やはりこの日本に来た同僚の士官から聞いた長崎のゲイシャのことでいっぱいだった。彼女たちはまるで人形のように小さく、人形のように従順だそうだ……。

「神父さん、岸にあなたのお迎えが来てますよ」

中尉は石をつみかさねた粗末な波止場を指さした。そこに白い服を着たもう一人の神父が小さく見えた。

波止場には出迎えだけでなく、外国の軍艦を見物する四、五十人の日本人が集まっていた。横浜でも神父は経験したのだが、日本人たちは長い鎖国のせいか、外国のことになると異常なほど好奇心が強い。

黒っぽい陰気なキモノを着て陰気な顔をした男たち。それに口も黒くそめた女たち。とびまわる裸の子供の群れ。それが日本人だ。彼等にまじって、白い夏服を着たフューレ神父が目だつのは無理もなかった。

「来たね。ベルナール」

艀が舟つき場に着岸するとフューレ神父は顔いっぱいに嬉《うれ》しそうな笑いを浮べて両手をさし出してきた。その腕のなかに上陸した彼は身を入れて、たがいに強く抱擁しあった。二人は二年前から那覇で共に日本布教の日が来るのを待ちながら日本語の勉強をした仲間だったからである。

「私はここで待っている。トランクはそこにおきなさい。誰かに運ばせるから。君は日本人の役人たちに上陸と居留手続きをしてこなければいかん。うるさいぞ、彼等は」

「わかってます」

先に上陸した水兵は既に二つの列をつくって数人の役人の訊問《じんもん》を受けていた。その通訳をしているのはオランダ人らしかった。

なるほど、役人たちはうるさかった。特に神父の彼には日本人に基督教に関係するどんな本も、また十字架のような聖具も与えたり、売ったりしてはいけないと念を入れて誓約させた。そして手続きがすんだ時は、日はすっかり暮れ、あの湾の山々が暗紫色になりはじめていた。

「お元気で、神父さん」

ギラン中尉たちと固い握手をして彼は自分を待っているフューレ神父のところに戻った。

「やれやれ、きびしいものだ」

と彼がつぶやくとフューレ神父は、

「それで……この二百数十年間、日本人が基督教をどんなに強く禁じたかが、わかるだろう」

とつぶやいた。

黙ったまま二人は坂路《さかみち》をのぼった。長い塀にそったその坂路の背後には巨人のような楠《くすのき》が何本も両手を拡《ひろ》げてたっている。そしてそれらの楠からはもの悲しいカナカナの鳴き声が聞えていた。

「ここは何というところです」

「オーウラ」

その奇妙な名を彼は心のなかで何度もくりかえした。今後、自分が生涯、住むかもしれぬ場所の名なのだ。

「ところで……」

彼は気にかかる質問を口に出した。

「お会いになった日本人のなかに、ひそかに基督教を信じている者はいなかったでしょうか」

「いないね」

フューレ神父は首をふった。フューレ神父はこの半年前から彼より先にこの長崎に来たのだった。四年前の一八五八年（安政五年）に日本がやっと長い鎖国の戸をわずかに開けてくれたからである。通商をするという条約だけは結んでくれたからである。

そのおかげで長崎にも条約国の米、英、仏の駐在員とその家族が滞在するようになった。

当然、彼等のために教会がいる。日本人があれほど長い間、あれほど強く嫌っていた教会がいる。

通商条約国の要求で、徳川幕府はしぶしぶと外国人だけが出入する教会と宣教師の存在をみとめた。

ただし——、

日本人に基督教の話をひろめてはいけないという条件で、である。

フューレ神父はだから、その長崎に教会を建てるため、この一月から来ていた。

「教会の建設具合は如何《いかが》です」

彼がそう訊ねると、今度はフューレ神父は嬉しそうに、

「それが順調に捗《はかど》ってね、ベルナール。実際、この日本人は手先の器用なことにかけては世界一だねえ。大工たちは西洋の教会など一度も見たことがないのに、私の与えた図面と絵と説明とだけでゴシックとバロックとのまじった聖堂をもう半分以上、作っているよ」

坂の頂上を指さし、

「それが……この坂をのぼればすぐ見えるよ。その教会から見おろす入江の見はらしは絶景だねえ。南仏にもこんな美しい入江はないと思うよ」

しかし、あのすさまじい蟬の声には閉口だ、と彼は黙ったまま苦笑したが、フューレ神父は酔ったように教会建設の話をしゃべりつづけていた。

（この神父と私とは……そこが考えが違う）

と彼は心のなかで考えた。

自分がこの長崎に来たのは、なにもここに一時的に住む各国の駐在員やその家族たちのためではない。自分が上司にたのんで長崎に来させてもらったのは――「彼等」を探すためだ。

「彼等」――。

四年前、日本布教を狙《ねら》って仏蘭西からこの極東まで長い船旅をつづけ、二年前、やっと那覇に住んで日本語の勉強をやっていた時、彼はフューレ神父や他の同僚と共に驚くべき話を耳にしたのである。

話してくれたのは中国人の船員だった。長崎には四、五度、行ったことがあるという男だった。片耳がなくて、昼から那覇の強い酒に酔っぱらっていた。

「あのね。日本にはまだ、かくれて基督教を信じている奴《やつ》がいるんだね。長崎近くの漁師で嵐《あらし》でここに流されてきた奴がいるんだが……本当にあんたたちと同じように十字を切っていましたぜ」

フューレ神父たちはその中国人の言うことを酔っぱらいの出鱈目《でたらめ》だと笑った。そんなことはありえなかった。

だが彼だけにはこの話は強烈な衝撃を与えた。その夜、彼は眠れなかったほどである。

彼がこの日本にも昔、四十万人の基督教信徒がいたことを知ったのは巴里《パリ》においてだった。

巴里には彼のように外国に宣教に行こうと決心した神父を集めた巴里宣教会という会がある。

その会の建物のなかにアジアの国々で布教した先輩たちの遺品やその苦難をしのぶ品物の数々が陳列されている。アジア関係の図書室もある。

その図書室で彼は聖フランシスコ・ザビエルの伝記や書簡を読んだ。ザビエルは言うまでもなく日本に最初に基督教を布教した神父である。「日本人は私の知る限り、東洋でもっとも頭のいい、すぐれた民族だ」とザビエルは書いていた。

ザビエルの書物だけでなく、ここにはその後、波濤《はとう》万里、スペインやポルトガルやイタリーから日本に渡った神父たちの血と汗のにじむような報告書を集めた本もあった。

そうした本を読んで彼は、一時は基督教の盛んだったその日本が突然、国の門戸を閉じ、世界に孤立しただけでなく、基督教を信じることをきびしく禁じ、信徒にさまざまな迫害を加えたことを知った。

四十万の日本信徒は殉教するか、棄教するかの瀬戸ぎわに立たされた揚句、その大半は心ならずも信仰を捨てたこともその時わかった。

日本にはもう一人の信者もいない――。

それが巴里宣教会での常識だった。彼もまた、そう考えていた。

それだけに、酔っぱらった中国人の言った言葉はショックだった。

（ひょっとすると、本当かもしれない。日本にはかつての基督教徒の子孫がひそかに教えを守りつづけているのかもしれない）

眠れぬまま、彼は粗末なベッドから起きあがり、燈油《とうゆ》を入れた皿に灯をともした。外は雨で、雨の音が庭の芭蕉《ばしょう》の葉をうつのが聞えた。那覇の夜はむし暑かった。天井には守宮《やもり》がへばりついていた。

（もし、そうなら……私は彼等を見つけねばならぬ）

半年かかって仏蘭西から印度《インド》へ、印度から印度支那《しな》へ、そこで日本に行く許しを上司にもらい、彼は同じ志を抱いた同僚とこの那覇で数カ月をすごした。彼にはひとつの目標ができた。

日本ではまだ日本人が基督教を信ずるのは絶対に禁止している。彼が日本に行けるのも横浜や長崎にいる外人たちのためという厳しい制約のもとで幕府は許してくれたのだった。

だがその信仰を禁止されている日本人のなかにもし、一群の信徒がかくれているならば……。

（私は彼等を探そう）

その日から彼はそのことだけに夢中になっていた……。

坂の頂上に近づいた時、むこうに、小さな灯が動くのがみえた。

「おう、お兼さんとその夫だ」

とフューレ神父は片手をあげて彼等に合図をして、

「お兼さん夫婦は私たちの食事や洗濯をやってくれる日本人だよ。もちろん、基督教徒ではない。それどころか、熱心なオイナリ教の信者だ」

「オイナリ教？」

「狐《きつね》を礼拝する日本の宗教だよ。狐はこの国では神から特別の能力を与えられた動物だと思われている……」

灯がちかづいてきた。それは提燈《ちょうちん》をぶらさげた小さな日本人夫婦だった。

「お兼さんとモサクさん、この人が、ベルナール・プチジャン神父」

フューレ神父は彼の肩を叩《たた》いて日本人夫婦に紹介をした。

「はい。プチジャンと申します。よろしくお願いいたします」

彼は教科書に書いてあったような日本語で挨拶《あいさつ》をした。

丁寧すぎるほど丁寧に腰をかがめて夫婦は恐縮した態度をみせた。日本人はいつ、どこでもこうだった。

「トランクはもう届きましたか」

「はい」と夫のほうが答えた。「さっき波止場から人足がそのほかの荷物と持って参りました」

フューレ神父の言った通りだった。坂の上に半ば西洋風の木造建築が出来あがっていた。まだ骨組だけだが、小さなゴシック風の塔が紫紺色《しこんいろ》に浮びあがっている。

「これがベルナール、今の日本で最初に作られた神の家だよ。はじめての教会だ」

フューレ神父は感無量な声を出した。

「夕闇《ゆうやみ》がなかったら、もっと、はっきり見えるんだが。それにここから見おろす入江の美しさも君に味わってもらえるんだがね」

坂の上からはたしかに入江が俯瞰《ふかん》できた。しかしその入江はさきほどと違って夜の闇にすっかり包まれ、その緑がわずかにわかるのは月の光のせいで、人家の燈火のためではなかった。

「ここは横浜よりまだ原始的だよ。ガス燈もなければランプもない。行燈《あんどん》を使っている。例の植物の油に火をともしてやっと夜の灯のかわりにするやつさ。来た頃は蠟燭《ろうそく》がなくて、私も閉口をしたね」

「食事は」

「もっぱら日本食だ。お兼さんは日本食しか作れないからね。しかし君も来たことだし、おいおい、私たちの口にあう料理を教えてもいいんじゃないかね」

「日本人の友だちはできましたか」

「友だち？　奉行所の役人なら何人か知り合ったよ。しかし彼等は私を警戒している。キリシタンだからね。ここの役人は横浜より、もっとキリシタンを嫌っているんだ」

建ちかかった教会のそばの藁《わら》ぶきの農家がフューレ神父とプチジャンとの寝起きする場所だった。

お兼さんとその夫とはたしかに忠実な召使だが、この二人の話す長崎弁はまだ日本語の熟達せぬ彼には理解できぬことが多かった。

毎日、景気のいい作業の音がきこえた。フューレ神父はミサをすませ、朝食を終えるとほとんど工事現場に出かけ、大工の棟梁《とうりょう》とあれこれと相談していた。棟梁は時には首をかしげ、時には地面に図を描いて、考えこんでいた。その顔はプチジャン神父には、何か東洋の哲人のようなイメージさえ与えるのだった。

それにしても日本人は非常によく煙草《たばこ》を喫《す》う。仕事が片付くと棟梁も大工も皆、腰にさげた袋から細い竹でつくった煙管《きせる》をとり出してそれを口にくわえる。驚いた事にはお兼さんまで煙草を、歯を真黒にそめた口で喫うのだ。

工事が進捗《しんちょく》するにつれて見物人たちが来はじめた。赤ん坊を背負った子守りや子供たちだけではなく、大人までがわざわざ坂を登って工事場の近くに集まり、じっと半ば出来あがった建物を眺めている。

「来なさい。来て、見てよかです」

とフューレ神父が奇妙な長崎弁で誘うが、彼等は一歩も動かない。決してそれ以上、近よってもこない。いつ奉行所の役人があらわれるか、よく知っているからだ。

時折、奉行所の役人が供をつれて姿をみせる。

「帰れ、帰れ」

と役人は見物人たちに苦々しげに言う。

「ここは見世もんの場所ではなか。それに切支丹《キリシタン》はお前たちには御禁制じゃ」

すると蜘蛛《くも》の子を散らすように彼等は散っていくが、翌日になると、また新しい見物人の群れがやってくるのだった。

プチジャンはある日、役人がいないのを見てから、そっとその見物人たちに近よっていった。

「あれ、何」

彼はそばの大木で暑くるしく鳴いている蟬《せみ》を指さしてわざと訊ねた。日本人たちに親しみを持たせるためだった。大人は一瞬だまり、一人の子供が、

「蟬やっかあ」

と馬鹿《ばか》にしたように教えてくれた。

「たくさん、蟬。ジイ、ジイ、ジイ」

プチジャンは彼等を笑わすために、その鳴き声を真似《まね》してみせた。実際、この長崎は一日中、蟬の大群が鳴きつづけていた。

おどけた彼の声に子供たちが笑った。

「わたし、切支丹」

と彼は自分の顔を指さして、そっと言った。

「お前さん、切支丹の人、知ってますか」

見物人たちはこの時、いつかの小舟の行商人のように怯《おび》えた表情をして黙りこんだ。

だが日本人たちはたしかに三百十数年前に聖フランシスコ・ザビエルが感心したように好奇心が強く、勤勉で、頭がよかった。

そのことは大工たちの仕事ぶりを見ているとよくわかった。プチジャンの国、仏蘭西《フランス》の大工たちなら一週間もかかる作業をこの国の職人は三日でやりあげてしまう。昼食と中休み以外はせっせと仕事を続けるからである。

そしてその手先の器用なこと。プチジャンは彼等が手を動かすのを毎日飽きず眺めた。

「これは何ですか」

そして彼は日本人の使う大工道具のひとつ、ひとつを指さして説明をきき、なるほどと感心するのだった。

建築場にくる見物人たちも好奇心にみちた眼で彼を見つめ、しかし恥ずかしそうに距離をおいてから、彼の持っている懐中時計やはいている靴についてたがいに小声で話しあっていた。

日本人たちはこのように彼がある質問さえしなければ好意的だった。しかし彼が一

度でもその質問を口にすると、まるで今まで晴れていた空が突然に曇るように、顔色を変え、不機嫌に黙りこんだ。その質問とは、

「お前さん、切支丹を知りませんか」

という短い、何でもない質問だった。

「それは当然だ」

とフューレ神父は彼からこの話を聞くと、

「この国では友人や近所に基督教《キリストきょう》をかくれて信じている者がいれば、すぐフリック（奉行所）に届けるよう、長い間、命じられてきたのだ。基督教信者を知っているだけで処罰されるのだから、そんな質問をすれば彼等は侮辱されたと思うにちがいない」

「それじゃあ、この国で基督教徒の子孫を探しだす方法はありません」

とプチジャンは絶望的な顔をした。

「まあ、頑張るんだね。私は教会建設のほうで頑張るから、おたがい競争をしようじゃないか」

この時、フューレ神父はまるで解けぬ宿題を前にして困っている弟を励ますように微笑した。

だがプチジャンが相変らず、見物人たちにこの質問をそっと訊《たず》ねているのを知ると、

「実はね」

といささか当惑したように、

「君に言いたくないのだが、奉行所の役人の伊藤清左衛門から苦情が来たのだ。君が何の目的で日本人にあんな質問をするのか、布教の下心があるのではないかと彼は疑っているのだよ」

「そうですか」

プチジャンはうつむいて、

「御迷惑をおかけしたでしょうか」

「やはり露骨に訊ねまわるのはやめたほうがいいと思うね」

とフューレ神父は声をひくめる。

「でないと、教会建設も禁じられるかもしれぬから」

フューレ神父の矛盾した気持は彼にもよくわかった。さしあたって、この長崎でやらねばならぬことは教会を作ることであり、神の教えをひろめる拠点を設けることだった。その企てを多少でも妨げるような行動はやはり慎まねばならない。

だからプチジャンは作戦を変えた。

暇をみつければ、長崎の街を出来るだけ歩くようにしたのである。そうすれば彼の存在は人目につく。誰からも知られるようになる。そしてこの街の日本人たちとも友だちづきあいできるかもしれない。

そうなれば向うから教えてくれるかもしれない。彼等だけの秘密をそっとうちあけてくれるかもしれない。「まだ日本人のなかにも切支丹はおるとですばい」という秘密を。

そう考えた日から彼は午後になると、二時間も三時間も長崎の街を散策した。もとより散策というのは名ばかりで彼の目的は別のところにあった。

それにしても長崎は坂と寺と樹木とで埋まった街だった。入海に面した狭い土地に、ポルトガル人たちが三百年前に作ったこの街は一寸《ちょっと》、足を運んだだけで坂にぶつかった。長い塀の寺に出くわした。寺のながい塀にそって大きな樹木が茂り、樹木のなかでは相変らず無数の蟬が死にもの狂いに鳴いている。

いつも彼は自分たちの住んでいる家から坂をおり、中国人たちの居住区（カルチェ）をぬけた。中国人の居住区には朱色《あけいろ》にぬられた寺院があり、その厚い扉のかげから辮《べん》髪《ぱつ》の中国人が何人か姿をあらわす。

この中国人居留地区をすぎると扇形のデジマとよばれる人工島の前に出る。黒い水《みず》濠《ぼり》に囲まれた人工島は鎖国時代、日本人がオランダ商人だけに住むことを許した地域で、この猫の額のような一画が外国との小さな、小さな接点だったのだそうだ。

デジマから背後の山にかけての斜面は黒い瓦屋根《かわらやね》でぎっしり埋まっている。それが長崎の街だ。人家、寺の塔、人家、寺。その間にたくさんの坂がある。川が流れている樹《き》が茂り、あの蟬が至るところに鳴いている。

プチジャンが歩くと、日本人たちはわきによって、道をゆずってくれる。女の子たちは恐ろしそうに家のなかに逃げこみ、男の子は指をくわえて、じっと彼の一挙一動を見つめている。

「あいやァ、南蛮人ばい。見てみんね。鼻ん高かとねえ。顔も赤《あっ》か」

そんな声が彼の背後で聞えてくる。

家のなかからもの憂《う》い、単調な弦の音《ね》が聞えた。それは三味線といって日本人の女たちがひく楽器だった。

そのもの憂い、単調な音を耳にするたびにプチジャンは言い知れぬ悲しさと虚無感とをおぼえるのだった。永遠に同じことの繰りかえし。単調なリズムの終ることのない反覆。

（これが仏教の虚無だ）

と基督教宣教師の彼は思った。彼はこの長崎の街のどこにでも三味線の音にも似たもの憂さがしみついているように感じた。

もの憂い、単調なリズム。

西洋人のプチジャンはそれを三味線だけではなく、散策する長崎の街の至るところに感じた。背のひくい黒っぽい二階建の家がどこまでも続く。そんな狭い路《みち》を歩きながら、彼は日本人がこの小さな暗い家のなかでどんな生活をしているのかをぼんやり考えた。と、何とも言えぬ、もの憂い日本人の人生のリズムが彼に想像され、急に胸をしめつけてくるのだった。

小さな家が時々、中断して長い塀にぶつかる。長い塀にぶつかった時はそれを仏教の寺院と思えばまず間違いはなかった。

プチジャンは心の狭い男ではなかったからこの異教徒の神聖な場所を頭から否定しようとは思わなかった。彼は彼の国にはない、これら木造の大きな建築物を感心して眺めた。特にその門を通してみえる、どっしりとした屋根の線や黒い瓦のかがやきを愛した。しかしそっとそのなかに入って、本堂のどこからか聞えてくる読経《どきょう》の――彼にとっては異教の祈禱《きとう》を耳にする時、三味線と同じようなもの憂い、単調なリズムを――というより長崎を浸している虚無を感じた。

三味線、読経の声、更に街の至るところからひびいてくる無数の蟬の声。朝から晩まで同じ声でなく蟬たちにも彼は虚無の臭《にお》いをかぐ。

（これが日本なのだ）

とプチジャンは思った。

（二百数十年の間、日本はこの形で続いてきたのだ。世界から孤立して……）

この形で続いてきた日本が今、一寸だけだけれど変ろうとしている。その変り目に彼は日本にやってきたのだ。いや、ひょっとすると、彼はその日本の変化に関係するのかもしれなかった……。

「どうかね、彼等は見つかったかね」

散歩から戻りお兼さんの作った夕食の膳《ぜん》につくと、やはり工事の現場から帰ってきたフューレ神父は少し気の毒そうにたずねた。フューレ神父は、自分の仕事が進捗しているのにたいし、一向に成果のあがらない後輩に気をつかった。

「今日も駄目でした」

「やはり、日本にはもうひそかに基督教を信じている者などいないのだろう。あの中国人は嘘《うそ》を言ったのじゃないかね」

「でも、まだ私は希望を捨てていません」

とプチジャンは馴《な》れぬ日本食を無理矢理のみこんで、

「日本人たちがもう少し、この私に親しんでくれたら……彼等の居場所を教えてくれるかもしれません。いや、彼等がそっと名のってくるかもしれないのですから」

「しかしねえ……」

フューレ神父は顔を曇らせ、

「この長崎の日本人は……いや日本人というものは表面は親切でも心の奥までは決して外国人にうちあけないよ。つまり気を許しはしないのだ。自分たちと外国人とは本質的に違うと彼等はそう思っている」

「それは当然だと思いますよ」

とプチジャンは答えた。

「日本人が私たち外国人を警戒するのは……むしろ私たちの罪です。私たちヨーロッパ人が三世紀前から東洋の国々を侵略してきたんですからね。日本人はその事実をよく知っているんです。知っているからこそ、外国人にはまだ心を許す気にはなれないのでしょう。警戒心を持っているのでしょう」

「随分、君は日本人の肩を持つんだね」

フューレ神父はプチジャンのむきになった顔をみてからかうと、

「ええ肩も持ちます。それは日本が私の第二の国になるからです。自分が骨を埋める国のことはやはり愛したいですよ」

とプチジャンは眼をかがやかせてうなずき、

「しかし、悲しいのは基督教がかつてはその侵略に協調したことです。そのために当然、日本人は基督教を拒んだ。私たちは彼等の誤解を何とかして解かねばなりません。過《あやま》ちは過ちとして反省せねばなりません」

「君、そんな発言は私にならよいがね、巴里《パリ》の本部の上司たちに言ってはいかんよ」

フューレ神父はプチジャンの純粋さを愛したが、その純粋さが頭のかたい上司たちの機嫌を損ずることを心配した。

「わかっています」

食事が終ると彼等はシャペル（聖堂）と称している小さな部屋に燭台《しょくだい》を持って入った。蠟燭《ろうそく》の炎が蛾《が》のはばたくようにゆれているそばで二人は声をあわせ、祈りの言葉を唱えた。

（彼等はどこにいるでしょうか）

とその連禱が終ると、プチジャンは一人で神に囁《ささや》きかけた。

「彼等がもう消えたのなら仕方がありません。でもこの長崎のどこかに生きているのなら、どうぞその居場所を教えてください。私が遠い海をわたってこの日本に来たのは、彼等を探しだすためだと知らせてやってください」

祈りがすむと二人はそれぞれの寝室に引きあげた。

長崎の夜は静寂そのものだった。お兼さんは二人のために部屋のなかに蚊屋《かや》をつってくれたが、窓をあけてその蚊屋のなかにいても暑かった。一寸でも燭台の火をともすと樹木の間からさまざまな虫が飛びこんでくるのだった。プチジャンの嫌いなあの蟬《せみ》までが……。

こうして長崎に来て半月ほどたった。半月の間、彼は灼《や》けつくような日も雨の日も毎日、欠かさず長崎の坂をおり坂をのぼった。三味線の聞える狭い路を通りぬけ、寺の長い塀にそって歩いた。

「大きかねえ。南蛮人は」

「鼻ん高かこと、鷲《わし》んごとある」

ひそひそとしたそんな囁きも、何度も聞いた。聞くたびに彼はふりかえり、相手が子供であろうが大人であろうが、笑いかけてみた。笑いかけることでその相手と何か話の切掛《きっか》けがうまれ、友情が生じ、そしてやがて、

「切支丹の居場所ば知っとりますばい」

そう教えてもらえるチャンスの来るのを期待したのだ。しかし、すべてが無駄だった。

長崎

木のぼり事件があってから十年の歳月が流れた。ミツは十五歳、キクは十六歳になっていた。

もちろん彼女たちはそれっきり、あの少年のことは忘れた。と言うより、今の時代とはちがって当時の少女の羞恥心《しゅうちしん》が殊更《ことさら》に男の子を意識すまいとしたのだ。

温和《おとな》しいミツにくらべ、キクは相変らず活発だった。切れながの眼が、

「キクはね、大きゅうなるとよかやつになるばい」

とお婆《ばば》に言われると余計にキラキラと光った。よかやつとは美人の意味だった。十歳の頃から彼女は自分が美人であることを意識して、

「ミツ、うちはきれいかね」

とそっと訊ねたことが幾度もあった。するとミツは素直にうなずいて、

「うん。長崎の女子《おなご》よりもっときれいかよ」

とほめるのだった。というのは彼女たち馬込郷の娘にとっては長崎の街が憬《あこが》れの場所であり、そこから父親や市次郎が年に一度か二度、買ってきてくれる簪《かんざし》や下駄《げた》は宝石のように大事な宝物だったからである。その上そんな宝物を惜しげもなく身につけている長崎の娘にいつも羨望《せんぼう》と競争心とを抱いていたからである。

それほど美しくなりたいと乙女心に思いながらキクは村の若者たちにはツンとした。というより無視する顔をした。

「きゃあぶっとる（生意気な）女じゃな、キクは」

例の洟《はな》たれや泣きべすは——もちろん、彼等も十五、六歳になって、もう洟たれでも泣きべすでもなく、村の若者宿で同輩と合宿し、よからぬ夜這《よば》いの相談などをするようになっていたが、キクが話題になると必ず、

「きゃあぶっとる女子たい」

と悪口を言うのだった。それは路《みち》ですれちがってもキクが蔑《さげす》むような眼で二人を見るからである。

「いっかい、夜這いばかけて泣かしてやろか」

と口だけは彼等はそんな生意気なことを言ったが、二人とも実行できる筈《はず》はなかっ

た。ミツとキクの背後にあの市次郎のこわい顔が存在していたからである。

馬込郷で若い男女が兎《と》も角もおおっぴらに顔をあわせるのは盆の夜と正月の踏絵だった。お盆の祭りの夜は気のあった若い男女がそっと密会をするのは日本のどの村とも同じだろうが、正月の踏絵は昔、切支丹《キリシタン》が盛んだった長崎やその付近では特に厳重に行われた。

キクの幼い頃、長崎では正月四日になると、町内の乙名《おとな》（代表者）や組頭《くみがしら》らが衣服を整えて家々をまわり、キリストや聖母マリアの像を彫った銅板を皆に踏ませた。

馬込郷でもこの踏絵は毎年、正月十二日、庄屋《しょうや》の高谷《たかたに》家で行われた。この日には馬込郷の若い男女も肩をならべて庄屋さまの庭に集まった。

踏絵とは言うまでもない。禁制の切支丹をひそかに信じていないことを役人に見せる証《あかし》なのである。キリストや聖母マリアの顔を彫った銅板を素足で踏んで、

「南蛮の邪宗は信じとりまっせん」

とはっきり示すためのものである。

十二日になると老いも若きも庄屋さまの家にやってくる。そして列を作って順番に土間にたつ。

黒びかりのする板の間に奉行所から借りてきた踏絵がおかれている。その前に庄屋

の高谷さまと檀那寺《だんなでら》の聖徳寺の坊さまとがきびしい顔をして坐《すわ》っている。

その二人の視線の注がれる前で一人、一人、板の間にあがり、踏絵の前にたち、足をかける。

「あげんことまでせずとも、わしらは切支丹じゃなかとに」

と市次郎はいつもこの日になると不満の言葉を洩《も》らした。庄屋さまの家に行って戻ってくる暇があれば草鞋《わらじ》の幾つかが作れるというのがこの働き者の青年の言い草だった。

「こいは誰？」

と小さい時、ミツは踏絵の前にたたされてうしろにいる兄にたずねた。

「こいか」

と市次郎は庄屋さまと坊さまとに聞えるように教えた。

「こいは悪人とそん母ばい。悪かことばしてな。そいけん、こがんごと、お仕置《しおき》ば受けたとさ」

素直なミツは兄の言うことをそのまま信じた。兄の教える通り、その踏絵に小さな足をおいた。

彼女の小さな足に踏まれた踏絵は、十字架からおろされたイエスの死体を両手で支えながら、苦しみに耐えている聖母マリアが彫られていた。イエスの顔は悲しみにみち、マリアの顔は泪《なみだ》にぬれていた。

ミツとちがってキクはこの踏絵を踏むたびにかすかな疑問を胸に抱いた。

「こん人はどげん悪かことばしたとね」

と彼女は市次郎にたずねた。

「そいはな……人ばまどわす虚言《そらごと》ばかり言うたとげな。とも角、こいは南蛮人の話たい」

市次郎も詳しいことは知らぬので、幼い従妹《いとこ》にたずねられると自信のない返事をした。

「なんばぐずぐず言うとっか」

その時、向うから聖徳寺のお坊さまがキクを叱《しか》りつけた。

「年上の者《もん》の踏めて言うたらな、早う踏めばよか。お前はミツと違うて、トンピンでいかん」

トンピンとはお調子ものの事である。

聖徳寺の坊さまはこわい。さすがのキクも叱られるとシュンとなって踏絵を力まかせに踏みつけた。

その聖徳寺の坊さまが、ある日、ミツとキクとに奉公口の話をもってきた。

勤め先は長崎の五島屋《ごとう》という商家である。

「キクはどうもオトコバッチョ（お転婆《てんば》）でいかん。ミツはアマイボー（甘えん坊）たい。ばってん長崎に行って一年ほど奉公ばして、そいから嫁に行けばきっとよか花嫁じょになるばい」

というのが聖徳寺の住職の考えであった。

聖徳寺は寺でも馬込郷の住民の冠婚葬祭すべてをとり仕切る檀那寺である。出生、死亡は皆、この寺に届け出なければならない。

だからそこの住職は馬込郷の大人の相談相手であり、子供たちの教育者でもあった。彼の言うことは親も緊張して耳をかたむけた。

だがこんな話は別に珍しいものではなかった。馬込郷の娘のなかには住職の奨《すす》めに従って長崎の商家で下働きをしているのが何人かいる。盆と正月とに暇をもらって彼女たちが戻ってくると、村に残った女の子たちはその話をしきりに聞きたがった。

なぜなら男は別だが、馬込の娘たちは目と鼻の先の長崎にまったくと言っていいほど出かけない。朝市に出た身内から長崎には中国人（アチャさん）やオランダ人がいるとか聞くだけで、それら見たことのない異人から乱暴されるのではないかという不安が好奇心とともに胸に錯綜《さくそう》する。華やかなおくんち祭りがあるとか、思案橋《しあんばし》あたりの賑《にぎ》わいを耳にすると胸もときめく。

　だから――、

「まだキクもミツも奉公は早か……」

と返事を渋っている親やお婆の前で、

「和尚《おしょう》さま、うちは行くばい」

と言ったのは積極的なキクのほうだった。

「そうか。キクは行くか」

と住職は上機嫌だったが、しかし、

「ばってんキクよ、奉公はな、遊山《ゆさん》や花見とちがうとぞ。おのれの家のごと、我ままのきかんばい。苦しかこともあるて思わんばいかん」

と念を押すのも忘れなかった。

「ミツはどげんな」

「キクの行くとなら、うちも行く」

ミツはそれが当り前のことのように素直に答えた。子供の時からキクのあとにいつも従うのが彼女の習慣になっていた。

「まあ、まあ」

親たちはあわてて一応、返事を保留して、住職が帰ったあとキクに他人の家で働くことの辛《つら》さを話したが、

「うちが働きにいけば、家も助かるやかね」

と言われると、黙りこんだ。たしかにキクやミツが長崎の商家で奉公してくれれば多少は家計がうるおうかもしれなかった。

「ミツ」

二人きりになるとキクはこの温和しい従妹を励ました。

「なんも心配はなか。こげん肥料《こやし》くさか土地におるよりも、長崎に行けば、色々なことば憶《おぼ》えられるやかね」

「心配はしとらんさ。うち、キクと一緒やもんね」

とミツはニコニコしながら答えた。

聖徳寺のお坊さまが話をつけてくれ、キクとミツとの奉公がいよいよ決ったのは節分が終った頃だった。

この節分には、馬込郷の子供たちは大根で白ネズミを作り、それを盆にのせて明方

から「白ネズミの参りました」と口々に叫びながら家々をまわって遊ぶ。長崎の子供たちの風習を真似《まね》たものらしいが、小さい時には、キクやミツも友だちとこれをやったものだった。

お婆もよその家の飯を食べねばならぬ二人の孫のため、めでたい豆まき歌を歌ってくれた。それはお婆の育った外海《そとめ》の唄《うた》である。

「この家に入りきたる福えびす、どべんどっさり、丹波《たんば》の国の大江山《おおえやま》、酒呑童子《しゅてんどうじ》の年男、摂津《せっつ》の守《かみ》、渡辺の頼光《よりみつ》、いうてもよし、いわんでもならず、鬼は外、鬼は外、鬼は外、福は内、福は内、えっとよか、えっとよか、金福金福《きんぷくきんぷく》」

お婆の歯のぬけた口の動きを見ながらキクもミツも笑いころげたが、明日はもう家を離れると思うと寂しかった。その上、見も知らぬ家で失敗をしないか、笑われはしないか、不安だった。どんな主人でどんな人が住んでいるのかも皆目わからず心細かった。

「兄《あん》しゃん。朝市の帰りは、ぜったい寄って」

とキクもミツも市次郎には何度も念を押したがそのたびごとに市次郎は笑いながら

「うん、よかよ」とうなずいた。

翌日の朝はよく晴れていた。その市次郎と住職とに連れられ二人は長崎にむかった。

家を出る時親たちは黙りこみ、お婆が泣いた。近所の子供が驚いたように集まってこちらを見ていた。

右手にキラキラと光る海が拡《ひろ》がり、その海に大きな帆船一隻《せき》が浮んでいた。ミツやキクがはじめて眼にした外国の船だったが、住職も市次郎もどこの国の船かはわからず、

「この頃は御奉行所の考えも変ってな、南蛮人の船の長崎に来ることの多か」

住職は長崎で近頃、南蛮人が威張って歩いていると少し憤慨したように呟《つぶや》いた。彼にとってはアメリカもイギリスもオランダもすべて南蛮の国であり、南蛮人は邪宗の徒だった。

「へえ」

何もわからぬ市次郎は住職の憤慨をまるで自分の責任ででもあるように恐縮して頭をさげた。

晴れた空に鳶《とんび》が鳴いている。長いこと歩いて浜にそった街道が坂になった。その坂は西坂と言って、むかし仕置場だった場所である。この仕置場で聖徳寺の住職が嫌う切支丹邪宗の徒が何十人も処刑されたのだ。

坂をのぼっておりると、そこから長崎。

藁《わら》ぶき農家だけの馬込郷とちがって、黒い瓦《かわら》の屋根がぎっしりつまっている。お寺の塔もみえる。赤い中国風の建物がある。

「さあ、長崎ばい」

と市次郎は妹の肩を押した。

それは田と畠《はたけ》と雑木林との間に農家の点在する馬込郷とは違っていた。二人はただただ圧倒されて、心細そうに住職と市次郎から離れまいと歩くだけだった。

「あれ、まア」

時々、ミツが足をとめて眼を丸くしたのは中国服を着て辮髪《べんぱつ》を肩にたらした中国人が二、三人、歩いていたからである。彼等は眼の前の石段をのぼって中国寺の朱の門をくぐり姿を消した。

「こいが眼鏡橋ばい。見い。まるで眼鏡んごとあろうが」

途中で住職は足をとめ、川にかかる石の橋を指さした。橋の脚が水面にうつり、影が本当に眼鏡のようだった。

家また家。お寺の長い塀に大きな屋根。坂をのぼって右に折れ、また坂をのぼって、

「もうすぐたい」

やがて彼等は大きな呉服屋の前に出た。その染暖簾《そめのれん》から店の小僧や客が忙《せわ》しげに出

たり、入ったりしている。暖簾には五島屋という文字が大きく書かれていた。

「ここで待っとれ」

店の横に三人を残して、聖徳寺の住職はその暖簾のなかにひょいと姿を消した。ながい間、待たされた。

「どげんしたとじゃろか」

とミツは不安げにキクの袖《そで》をひっぱった。市次郎は背負ってきた二人の行李《こうり》を地面におろしてその上に腰かけていたが、

「ミツ」

急にたちあがって妹を小声でよんだ。

「向うから南蛮人のくるばい」

白布をすっぽりかぶったような身なりをして背の高い男が向うからこちらに歩いてくる。

鼻が非常にたかい。髪の色も玉蜀黍《とうもろこし》の毛のように金色である。そしてその皮膚が桃色をしている。

「あれ、まア」

さきほど中国人を見た時よりも、もっと仰天して、ミツは息をのみ、キクの手を握

りしめた。二人はそうやって固く手をとりながら異人が通りすぎるのを不安そうに見送った。

「こにちは」

通りすぎる時、南蛮人は急に笑顔をみせて妙な発音で挨拶《あいさつ》をしたが、二人は黙ったまま、棒のように立っていた。

「ああ、こわか」

やがてミツが溜息《ためいき》とも吐息ともつかぬ声を出したが、

「なんがこわかね。南蛮人は鬼じゃなか」

とキクがたしなめた。

やっと住職がふたたび店から姿をみせ、

「おかしゃま（お内儀《かみ》さま）の会《お》うてくださるげな。二人ともこっちから入ったらいかん。奉公人は裏門ばくぐらんばとばい」

と店の端にある狭い出入口を指さした。

それからのことはミツもキクも興奮してよくは憶えていない。こめかみに頭痛薬の紙をはりつけた五島屋のお内儀が出てきて、二人の頭から足のさきまでを目で調べた。

「お前たち、皆と仲良うして働かな、いかんばい」

と言い、奉公人の一番年上のお米《よね》をよんだ。このお米はいわば女中頭のような役をやっているらしく、市次郎に二人の荷物を二階の部屋に運ばせてから、台所で働いているトメに紹介した。

「こん子は五島から来たとさ。ここのお店の男衆《おとこし》は屋号の通り、五島の者の多かと。うちは大村の生ればってん」

とお米は歯ぐきを見せて笑った。

トメはキクと同じ年だった。トメはペコンと礼をしたあと二人が色々なことを教わっているのを遠くから働きながらじっと見ていた。

「とに角、デッコ（丁稚《でっち》）だけで五人はおるとさ。そん朝飯《あさはん》の支度だけでも目のまわるごとある。そいけん、朝はいつまでも寝てはおれんとばい」

そう言ってお米は声をひそめ、

「ここのおかしゃまは人使いのあらかとさねえ」

とまた歯ぐきをみせ笑った。

「兄《に》ィ。もうよか」

とキクは土間の隅で温和《おとな》しく、不安そうに待っている市次郎に声をかけた。

「もう帰らんば、陽の落ちんうちに馬込には戻られんばい」

「ああ」

市次郎はうなずいたが、また心配そうに二人を見て、

「辛抱せんば、いかんばい」

と言った。そしてお米に頭をさげて、まだ冬陽のあかるい路《みち》に出ていった。

市次郎の姿が見えなくなると、ミツは急に自分が一人で放り出されたような気がした。たよれるのは従姉《いとこ》のキクだけである。

お米は二人にトメと共に台所と土間とを掃除するように命じ、自分は奥に入っていった。

「ほんとに、ここのお内儀さんはきびしかとね」

とキクは雑巾《ぞうきん》をしぼりながらトメにたずねた。トメはうなずいて、

「うん、きびしかよ。三年奉公の奥《おっ》さまのごとある」

「三年奉公」

「知らんとね。五島ではむかし年貢《ねんぐ》ばおさめん家の女子《おなご》は無理矢理、三年、奉公に出されたとさ」

トメは小声でこんな五島の唄を歌った。

三年奉公じゃと

けなひな奥様《おっさま》
朝は野にゃっ　昼《ひ》りゃ　山にゃっ　晩は八つまで
もの搗《つ》かせ
さぞな奥っさまの末よかろ
末はいざりになっはたせ

こうしてミツとキクとの長崎での生活がはじまった。

「もうアマイボーではいかんぞ」

と帰りぎわに聖徳寺のお坊さまが繰りかえし注意をしたが、なるほど翌日からの毎日は農家のきびしい生活に馴《な》れた二人にもかなり大変なものだった。

まず朝は一番鶏《どり》の鳴く頃に起きねばならない。下女たちは五島屋の奉公人と家族との朝食の支度と掃除にかからねばならぬからである。

火をおこし、湯をわかし、水をくむのがミツとキクとにまず命じられた仕事だった。

空が白む頃になると、触れ売りの声が聞えてくるのも馬込育ちの二人には珍しかった。

「何やろか、あいは」

とトメにたずねて、はじめてそれがどんな物売りかということがわかったぐらいである。

「しばやしばい」

「花や花い、はないない」

「こーこ、きゅッ」

「花や花い」はわかるけれども「しばやしばい」が神棚に供える榊《さかき》のことだとはじめて知った。「こーこ、きゅッ」も朝食の沢庵《たくあん》と菜漬を売りに歩く男の声だった。

火をおこしたり、湯をわかすのは馬込でもやっていたから苦にはならなかったが、大きな釜《かま》に手桶《たんご》で水をくむため、井戸と厨房《ちゅうぼう》との間を何度も往復すると息ぎれがした。

それをキクとミツ二人でやっていると、やっと起きたお内儀さまに叱《しか》られた。

「そげんことミツ一人でできるやろが。キクは表ば帚《は》けばよかと」

トメの言った通り、お内儀さまは人使いが荒く、小言も多かった。

「なんね、ミツはもう息《せる》ぎれのしたとね」

「トメ、こん飯は石んごとかとうて、食べられんやろが」

労働がすんだ頃、丁稚たちが起きて店のなかのふき掃除をはじめる。ピカピカに光るまであちこちをふきまわるのだ。

起きてこられた旦那《だんな》さまが番頭、丁稚、それにお内儀さまと神棚と仏壇の前で手をあわせる。朝食がはじまる。下女たちもその朝食を末座でとるが、男たちの汁や飯のおかわりにたえず動かねばならぬから、ゆっくり味わっている暇などはない。

はじめの五日、六日はキクもミツも夢中で働いた。だから辛《つら》いとか、悲しいとか、馬込に戻りたいと思う暇さえなかった。

「ミツ、そんアカギレは痛かやろ」

水くみをたえまなくやらされているミツの手はあかぎれで血がふいていた。キクはそれを痛々しそうにみて、慰めるように、

「うちもシモバレ（霜焼）のかゆかとさねェ」

と呟いた。

とは言え、この奉公は自分から言いだしたことだから辛いと口に出すのは勝気なキクの自尊心がゆるさなかった。

思いがけない出来事が起った。

奉公に来てから半月ほどたったある朝、節分もすぎたというのに寒かった。

その日は旦那さまが番頭をつれて「七高山《ひちこうさん》巡り」をなさるので奉公人たちはいつも

より早く起きねばならなかった。「七高山巡り」というのはこの頃に長崎近辺の七つの山を遍路納札する行事で、商家の旦那衆にはこれに参加する者が多かった。かじかむ手に白い息をはきかけながらキクは箒《ほうき》を動かして路をはいていた。ミツも赤ぎれの痛さを我慢して水をくんでいた。

「もずくひゃい、おーさひゃい」

路の向うから朝の物売りの声がもう聞えてくる。もずくもおおさ（あおさのこと）も長崎の早春に売りに来る海草である。

箒を動かしながらキクは自分より少し年上の若い物売りが次第に近づき、

「もずくのいらんかね」

と声をかけたのに、

「いらん」

素気なく答えた。だが、チラッと彼の顔をみた時、思わず息をのんだ。

その若者の顔は――あれから十年もたっていたがキクには憶《おぼ》えがあった。忘れもしない。

小さかった時、洟《はな》たれと泣きべすとに強要されて楠《くすのき》の大木にのぼり、危うく落ちそうになったのを助けてくれたあの少年だったのである。

「あの……」

去っていこうとする若者をキクはあわてて呼びとめた。

「あの」

あの、と言ったが言葉が続かなかった。

「何ね」若者は健康そうな歯をみせて笑って「姉しゃまがもずくば買《こ》うてくれると
ね」

「浦上の中野から来られたとですか」

キクの言葉はいささか丁寧になっていた。

ふしぎそうに若者は彼の村を知っているこの娘をじっと見つめ、

「なして、知っとっとね。姉しゃまも浦上の在ですかね」

「はい」

キクはうなずいて、

「うちはお前さんば知っとりますばい」

「俺を？」

「そう」

怪訝《けげん》そうな表情をする彼に、

「小さか折、樹《き》にのぼっておりられんところば、助けてもらいました」

「助けた？」

若者はキクの顔に古い記憶を甦《よみがえ》らすように更に凝視してから、

「ああ、あん時のねえ……あんまり、よか娘になっとったけん」

とつぶやいた。瞬間、赤くなったキクは眼をそらせ、

「もう一人、あん時の子のここに働いとります。あそこで」

と水をくんでいるミツを指さした。

幾つも並べた手桶に釣瓶《つるべ》の水をミツは入れていた。井戸の水はまだ氷のようにつめたい。

水をみたすとそれを両手に持って厨《くりや》まで運ぶ。その往復がミツの仕事だった。

「ミツ」

彼女はキクの声にふりかえった。

「よう、見てみんね、こん人、憶えておるやろ」

キクのそばに海草売りの若者がなつかしげな笑みをうかべて立っていた。

「忘れたとね、ほら、うちが樹にのぼって困っとった時、助けてくれた人のおんなったろが。あん人がこん兄しゃまたい」

ミツは両手に空の手桶をぶらさげたまま、口をぽかんとあけた。キクは得意そうに、

「朝売りにここば通りなさったとて。うちもたまげてしもうたとさ」

若者は水にぬれたミツの素足や赤ぎれの手を気の毒そうに見てキクに、

「奉公は辛かやろね」

「ばってん一人じゃなかですもんね。ミツと二人で働いとりますけん。淋《さび》しゅうはありません」

若者はうなずいて黙ったままミツのおいた手桶に水を入れはじめた。

「俺が水ばくんでやるけん、そいば次々に運べばよか」

うなずいてミツが手桶を厨に運んでいくと、

「うちはキクて言います」

若者がミツにだけ親切にしたのを不満げにキクは自分の名だけを大声で教えた。

「俺は清吉」

と若者は手を動かしながら答えた。

「毎朝、長崎に朝売りに来なさっとね」

そうキクがたずねると清吉は笑ってうなずいた。

「毎朝、ここば通りなさっとね」

「毎朝は通らんと。日によっては寺町のほうばぬけることのありますけん」

寺町と言われてもまだ長崎の東西南北も知らぬキクには何処《どこ》かわからない。

「なしてここば通りなさらんと」

「そいは……もずくば買うてくれる家のあっとなら、どこば通っても俺はよかと」

キクの不満げな顔に清吉は少しびっくりしたように答えた。

「あの」

とキクは一瞬、息をのんで、

「毎朝、ここば通って。話のできるけん」

と言った。言って顔を赤くした。

清吉はキクの積極的な言葉にひるんだ表情をみせたが、すぐにニコニコとした。我《わが》儘《まま》な妹をみて、ずっと年上の兄が苦笑するようだった。

「よか、よか。できるだけ、ここば通ることにするけん」

「ほんと？」

うれしそうにキクは箒を握りしめ、

「噓《うそ》じゃなかでしょうね」

厨のほうから米《よね》が大きな声でキクをよんだ。

「おキクさん、いつまでのろのろしとっとね。早う、こっちに来て竈《かまど》の火ばつけんばよ」

「ちょッ」

舌うちをしたキクは、

「あんドタフク（お多福）……」

罵《のの》しってから、

「じゃ、またね。きっとよ」

と厨のほうに箒を持ったまま駆けていった。

その日一日、彼女はいつになく、ぼんやりして米に叱られ、トメに注意された。実際、彼女はトンキョヅラ（きょとんとした顔）をして仕事から手を離し、虚空《こくう》の一点をじっと見ているだけだったのである。

「あんた」

たまりかねて温和《おとな》しいミツまでがたずねた。

「どっか悪かとね。あんた立ちくらみでもしたごたるよ」

「ミツ、清吉さんばどげん、思う」

突然キクは、ミツには意外なことをたずねた。

「どげん?……」

ミツは困って、

「よか人て思うけど」

「うち、清吉さんば好きばい」

好き、とキクははっきりと言った。十六歳の娘が恥ずかしげもなく自分からある若者を好きだと言う風習はまだこの頃なかった。

「あんたァ」

とミツは仰天して、

「いったい、どげんしたとね、頭のおかしか」

と叫んだが、キクは平然として、

「ミツ、誰にも言うたらいかんよ。うちは清吉さんのお嫁さんになる」

と率直に宣言をした。その率直な宣言はつまりミツに、間違っても清吉に惚《ほ》れてはならぬという通告でもあった。

眼を丸くしてミツは従姉《いとこ》をながめた。子供の時から万事、積極的で明快、率直なキクだったが、こんな恥ずかしいことまではっきりと口にするとは思わなかったからである。

「そいばってん、清吉さんは……」

とミツは少しためらって、

「中野郷の在やもんね、あんたの家では許さんやろ」

「中野郷がなして悪かとね。馬込郷とみんな同じじゃなかね」

とキクはまるで自分自身が侮辱されたような声を出した。

道遠し

長崎に来て半年たった。ここでの生活も大分、馴《な》れた。

フランス人の彼が長崎で閉口したのはその夏の暑さでも、お兼さんのつくる日本食の奇妙な味でもなかった。日本で布教し、骨を埋める覚悟の彼は土地や気候や食べものを苦にする気持にはならなかったからである。

困ったのは那覇で憶《おぼ》え、横浜で更に勉強した日本語の力ではこの長崎弁がよく理解できぬことだった。たとえば、

「バポウサン、オローノ」

などとお兼さんの主人から急に言われても何のことだか、さっぱりわからない。バポウサンとは旦那《だんな》さんの意であり、この教会での旦那さんはフューレ神父だから、

「フューレ神父はおりますか」

という意味だとあとで知った。

仕方なく彼は午前中はそのお兼さんの亭主を相手に長崎弁の習得をはじめた。

「ドンク、これ何ですか」

「それア……蛙《かえる》のことですばい」

「ヨソワシカ、わかりませんよ」

「きたならしか、ですばい」

例の散歩——長崎市中を午後になって歩きまわる時、彼は自分に理解できぬ言葉を耳にすると早速それを書きとめて、お兼さんの亭主にたずねるのだった。

「ようチョーマワリばされるとね」

昨日も女たちが彼を見て、そっと小声でつぶやいていた。ようは「よく」であることはわかったが、「チョマワリ」はいくら考えてもその意味がつかめない。

「チョマワリ?」

お兼さんの亭主が首をかしげたのはプチジャンの奇妙な発音にまどわされたからで、

二、三度、呟《つぶや》いてから、
「ああ、チョーマワリじゃなかかね。そんなら、そいは町廻り、ぶらぶら歩きのことですばい」

と教えてくれた。

そのチョーマワリは毎日やっている。雨の日も風の日も午後になるとやっている。修道服《スータン》を着た彼の姿を長崎の街の人で見ぬ者はいなくなったと言ってよいだろう。

長崎の街の人たちは彼に親切だった。ニコニコと愛想よかった。路《みち》をきけばそれがわかるまで丁寧に教えてくれたし、時には樹かげで涼をとっている彼につめたい井戸水を飲ませてくれた。

「どぞ、家に参られごらんください」

と彼も日本人たちを誘った。

「珍しかものの、ここにいろいろ、ござります」

時には彼も修道服のポケットから菓子をとりだし、それを遊んでいる子供たちに与えたり、時計や眼鏡をみせたりし、

「わたくし、プチジャン」

と彼は自分の鼻を指さして名前をつげ、みなに親しみを持ってもらおうと努力した。

もちろん、その目的は別のところにあった。

その作戦は次第に効を奏した。普請《ふしん》中の南蛮寺に住むプチジャンさんの名は長崎の誰もが知るようになった。

名が知られると、通りすがりの人も彼にニコニコと笑顔をみせてくれることがあった。

最初になついてきたのは子供だった。プチジャンの片ことの長崎弁が子供たちの警戒心を解くのに役にたったようである。

彼が歩きつかれて寺の長い塀のそばで休んでいると、その子供たちが果物を持ってきてくれるようになった。

「お母《かあ》がこいばあげろてさ」

それはいつかそのあたりの子供に彼があたえた菓子の礼らしかった。そのくせ子供たちの両親は自分ではプチジャンのそばには近よらず、子供に果物を持たせてくる。恥ずかしいのか、まだ心を許していないのか、わからない。

だが、ある日、彼がその子供たちに、

「お前さまたちな、切支丹《キリシタン》の人、知りませぬか」

とそっと訊《たず》ねると、子供たちは困ったように首をふった。

そしてその翌日、彼等はなぜかもう、プチジャンのそばに近よらなくなった。

「来なされ、菓子はいりませぬか」

とプチジャンは手招きをしたが、子供たちは遠くから、

「いらん。お母におこられる」

と答えた。

「なして叱《しか》られますか」

「話ばしたら、いかんて」

切支丹の人、知りませぬかということが彼等の親に強い警戒心を起させたことをプチジャンは今更のように知った。彼はまたしても自分の軽率さを口惜《くや》しがった。

「日本人を手なずけるのは、どうやら長い時間がかかるようだな」

プチジャンのうちあけ話を聞いてフューレ神父はうなずいた。

「おなじ日本人同士なのに、山ひとつ、川ひとつ隔てれば、もう他国者《よそもん》だと思うのが日本人だ。まして我々のような異国人に半年や一年で心を許すものかね」

「それはみな、長い鎖国のせいでしょうか」

「いや、それだけでもないようだ。なにしろ日本人とは四方を海に囲まれ、異国の人間とは滅多に会わなかった人間たちだからね」

はじめは楽観的だったプチジャンも日本人と自分とを隔てる厚い壁の前で次第に途方にくれた。その厚い壁は長崎の住民の表面的な愛想のよさや笑顔からは決して想像することのできぬものだった。

彼はもう諦《あきら》めかけていた。あの琉球《りゅうきゅう》で酔っぱらった中国人がしゃべったことは、やはり嘘《うそ》かもしれなかった。もしこの長崎に切支丹たちがかくれているならば、いくら何でも、もう彼の前にあらわれていい筈《はず》だった。

(やはり、彼等は存在しないのだ)

とプチジャンは絶望しないために、自分のほうから自分の心にそう言いきかせた。

だがある日、ひとつの出来事があった。

出来事はプチジャンがいつものように長崎の街を散歩している途中に起った。

その日、彼は日本人たちがアチャさんと呼んでいる中国人たちの住居地区を通り、いつものように思案橋《しあんばし》の近くに出た。「思案橋」とはその橋のそばに——彼のような宣教師が眉《まゆ》をひそめるような遊興の場所があって、誘惑に負けそうになった男が行こうか、行くまいか思案するので「思案橋」という名ができたという。

その思案橋のたもとで彼は人だかりにぶつかった。何やら喧嘩《けんか》でもあったらしい。

プチジャンは背がたかかったから、小さな日本人たちのうしろに立つだけで、皆が注目している光景をすぐ見ることができた。

不良らしい男が二人、これも人相のあまりよからぬ男を撲《なぐ》ったり、蹴《け》ったりしているのである。

蹴られている男はこの昼間から、かなり酒を飲んでいるらしく、立ちあがって抵抗することも逃げることもできない。相手のなすままにされていた。

「こんろくでなしが……」

罵《ののし》りながら頭といわず顔といわず足蹴《あしげ》にしている二人の男の前に白い修道服を着た南蛮人がぬうっと立った。

「そのことといけませぬ。やめなされ」

「あれエ……」

と言いかけて相手が異国人であることに気づいた二人の不良は、

「なんかね、これア」

と拍子ぬけのした顔をした。

「やめなされ」

とプチジャンは首をふって、

「ゆるしてやりなされ」

「ゆるしてやりなされか」

と不良の一人が口真似《くちまね》をして苦笑して、

「そげん言いかたばされたら、気の抜けてしもうた」

とあげた拳《こぶし》をおろした。

「南蛮の人に喧嘩の仲裁ばされたとは初めてたい。話の種になるばい」

彼等は笑いながら引きあげたが、見物の連中はプチジャンと叩《たた》きのめされた男とをまだ、じろじろと眺めていた。

「怪我《けが》のなかですか」

とプチジャンはポケットから布をだして、男の頬から流れた血をふいてやった。

「痛かでしょ」

「へえ」

男は恐縮し、幾度も頭をさげた。

「お前さま、住居《すまい》はどこですか。私がついて参りましょうか」

「いえ、滅相もなかですばい」

男はよろよろと立ちあがり、また頭をさげた。見物人たちは次々と二人から離れていった。

プチジャンも相手がどうやら歩けると見て、軽く会釈《えしやく》をして立ち去ろうとした。と、男は、

「もし」

と彼をよんだ。

「なんでござりますか」

ふりかえったプチジャンに男は卑屈に笑って、

「異人さま、こん俺《おい》に何ぞ用ば言いつけてくだされ」

と頭をさげた。

「用？」

「助けてもろうた御礼たい。使い走りでも何でも致しますけん。よか女子《おなご》のおるところに案内してもよかですばい」

この男はプチジャンが神父であることを知らない。それに神父だとわかっても、それがどんな人間かは理解できなかったろう。

「いりませぬ」

プチジャンは少し怒ったような顔をして言った。この長崎に寄港する外国軍艦の乗組員たちが日本の娼婦《しょうふ》たちを求めて上陸する光景を彼はいつも苦々しく見ていた。

五、六歩、歩きだして急に考えが変った。彼がふりかえると、男は少し驚いたような顔をしてこちらを見送っていた。「よか女子」を世話すると言って断られたのが腑《ふ》に落ちなかったらしい。

「まこと、頼みばきいてくれるとですか」

プチジャンは彼をじっとみつめ、自分のポケットに手を入れて、仏蘭西《フランス》の一フラン銀貨を取りだした。

「見なされ、お前さま銀ば知っとるとでしょ」

男の眼がこの異国の銀貨に注がれ、貪欲《どんよく》に光ったのを見てから、

「頼みばかなえてくれれば、差しあげます」

「俺に」

「そう……」

男は黄色い歯をみせて笑った。

「どげんことば、すればよかとでしょか」

「お前さまは、切支丹ば知らんとですか」

「切支丹」

「はい」

相手は首をかしげ、

「切支丹」

と呟いたが、その顔にはこの質問にたいして他の日本人たちがみせるような不安や戸惑いの色はなかった。

(ひょっとすると……)

プチジャンはこの時はじめて、かすかな望みを感じた。ひょっとすると、この男が教えてくれるかもしれない。その時は一フランどころか、自分の持っている金をすべてくれてやってもいい。

「知てますか」

「異人さまは切支丹に用のあるとね」

「はい」

「むずかしか」

と男は大きく溜息《ためいき》をついた。

「切支丹は御禁制じゃ。ご、き、ん、せ、い」

「ではお前さまは切支丹に会《お》うたことのなか人じゃ」

プチジャンはわざと銀貨を指の間で弄《もてあそ》び、

「それでは、これぱくれるわけにはいけまっせん」

とポケットにしまった。

男が唾《つば》をごくりと飲む音が聞えた。その卑《いや》しい音は異国の銀貨にたいする執心を露骨に示しているようだった。

「よか」

男は溜息をついて呟いた。

「案内してもよか。ばってん見つかればこん俺は奉行所でどげんお咎《とが》めのあっかも知れん。こいは危なか橋ばい、異人さま」

それから彼は指を三本出してプチジャンに示した。つまり、銀貨一枚ではとても引き受けられぬ、三枚くれという要求だった。

男もたしかにプチジャンの心理を見すかしていた。この南蛮人がどれほど切支丹の居場所を知りたがっているか、わかっているようだった。

プチジャンは男の三本の指をじっと見つめ、それから視線をその狡猾《こうかつ》そうな顔に移し、しばらく黙っていた。

これは信用できぬ日本人だという気持が心のなかで強く起きていた。しかしそんな男にも思いきって賭《か》けてみねば、探している「彼等」を見つける方法《すべ》は他《ほか》になかった。

「はい」

とプチジャンは男の顔を見たまま、うなずいた。

「しかし、お前さま、まことでありますな」

ポケットをさぐりもう一枚、銀貨をとり出して手わたし、

「まこと切支丹に会わせてくれるならば、更に二つ、進ぜます」

爪《つめ》に垢《あか》のたまったよごれた手が素早く銀貨をつかんで懐中に入れた。プチジャンはその時、なぜか、主イエスを売ったユダの姿を思いだした。

「今から参りますか」

「今から？」

男はびっくりしたように首をふった。

「日の暮れんば行かれん。暗うなってこん思案橋で今一度、おち合う方がよか」

プチジャンはその時はこの日本人が姿を見せないだろうと思った。だが向うがそう言う以上、承知するより仕方なかった。

大浦に戻るといつものようにフューレ神父が工事場にたって進行する作業を監督していた。

さきほど起った出来事を話すとフューレ神父は腹をかかえて笑った。

「何と人のいい人間だ、君は。まるで沼のなかに金を放りこむような真似をしたのだぞ」

「やはりあの日本人が嘘をついたとお思いですか」

「決っているだろう。つまりだまされたのだよ、君は」

部屋に戻り窓をあけて夕陽の落ちる長崎の入江を見ながら、こみあげてくる憤《いきどお》りを抑えた。

それでも夕食を早目にすますと、彼はフューレ神父には気づかれぬように家を出て、坂をくだった。畠《はたけ》にかこまれた坂の上に凧《たこ》があがっている。思案橋のちかくに来ると人の数が多い。いずれも丸山《まるやま》という遊び場所にいそぐ途中である。プチジャンは橋のたもとに立って、あの男の姿をさがした。男がいた……。

プチジャンがその時味わった気持をあとで反省してみると、こうだった。男のうしろ姿を見つけた時、言いようのない悦《よろこ》びが胸に拡《ひろ》がった。この日本人が約束を守ったという幸福感である。その悦びにつづいて一時的にせよ彼を疑ったのがプチジャンを恥ずかしくさせた。

「すみません、お前さま、待ちましたか」

プチジャンは男のうすい肩を叩いた。

「おう、異人さまかね」

と男は黄色い欠けた歯をみせて笑った。その口からもう、酒の臭《にお》いがぷんとにおってきた。彼はプチジャンが与えた仏蘭西銀貨をどこかに売りとばし、あれからずっと居酒屋で飲みつづけていたらしかった。

「お前さま、酒ば多く飲んだとですか」

「飲んどりまっせん、飲んどりまっせんよ。異人さま」

男は手をふって否定したが、酔いのためよろめく足をかくすわけにはいかなかった。

「さて、異人さまは」

と男はまわりを見まわし、

「クロば探しとられる」

「クロ?」

「異人さま、そげん大声でクロて言うてはなりまっせぬ。役人に聞かれますれば、こん俺まで縄ばうたれますけん」

涎《よだれ》の出た口を片手でふいて男はプチジャンにはよく理解できぬ言葉をくどくどと言いつづけた。プチジャンは業《ごう》を煮やし、

「お前さま、すぐに案内してくだされ」

「へい、致しますとも」

欄干を伝うようにつかみながら男はよろよろと歩きだした。

すっかり暮れた夕空に風頭山《かざがしらやま》がくろぐろと浮んでいた。男は思案橋から出島《でじま》や大波止《おおはと》とは反対の、その風頭山に向う街道をのぼりはじめた。

この街道は山をこえて茂木《もぎ》の港におりる急坂《きゅうはん》である。

「一寸《ちょっと》、待ってくだされや」

男はその坂路《さかみち》にたちどまって、放尿しながら、

「クロは人に知らるっとば嫌がりますけん、こちらも、そんつもりで参らねばなりまっせん」

と言った。

まがりくねる坂の両側は畠であり、田だった。耕地の乏しい長崎では丘や山にまで鍬《くわ》を入れるのである。

大きな藁《わら》ぶきの農家がその畠にかこまれて見えた。

「あれですばい」

と男はたちどまり、ここでも声をひそめて、

「あいが、クロの家ですばい」

「クロ？」

「切支丹《キリシタン》ばクロて呼んどりますと」

息をのんでプチジャンはその灰色の陰気な日本の家を凝視した。彼が那覇であの中国人に会って以来、探してきたものが遂《つい》に見つかるのかと思うと、胸は太鼓をうつように鳴った。

「ここに、切支丹の人のいますか」

プチジャンはたどたどしい日本語で訊《たず》ねたが声は震えていた。それから彼は畠の畦《あぜ》道《みち》を歩いてその農家にちかづいた。

かなりの人数の小声が聞えてくる。かなりの人数の男たちがその家のなかに集まって、小さな声で何かを話しあっているようだ。

「何ば、しとるですか。あの人たちは」

「さあテ」

と男は首をかしげ、

「切支丹のやりおることは、俺はよう知らん、何か談合でもしよっとじゃなかかね」

「談合？」

「異人さま。約束ば守ったけん、もうくれんですかい」

男は手をさし出して、ふたたび歯のかけた口もとに卑しい笑いをうかべた。

「いえいえ」

プチジャンは首をふって、

「あとで差しあげます」

「あとって何かね」

「まことか、否《いな》か、知りまして、あとに差しあげます」

プチジャンは障子ごしに耳をすませた。あかるい蠟燭《ろうそく》をともしてなかの人間たちは溜息をついたり、どよめいたりしている。なかで一人の高い声が皆に何かを指示している。

（祈りを唱えているのだろうか）

と彼はそれらの声を聞きながら考えた。指示している声にはリズムがあり、ちょうど合唱隊の指揮者に似ている。そのあと、何か紙をめくる音や物を投げる音もまじった。

気づいた時、自分をここまで案内してくれた男は離れた場所で不安そうにこちらを見ていた。

「来なされ。ここに」

「いや、俺あ、切支丹じゃなかけんね。そいよりくれるもんば早うくれんかね」

プチジャンが一枚の銀貨を放ってやると、男は犬のように這《は》いつくばってそれを拾い、犬のように姿を消した。切支丹と関《かか》わりになることを怖《おそ》れたのであろう。

声がやむまでプチジャンはそこに立っていた。神父である自分が突然、このように姿をみせれば、切支丹の信徒たちはどう思うだろうか。悦んでくれるだろうか。

声がやんだ。百目蠟燭《ひゃくめろうそく》の炎がゆれているのが感じられた。

「誰じゃあ」

障子の外に一つの影が立っているのに気づいたのか、

「福田屋の旦那《だんな》か」

「福田屋の旦那なら、今夜は来なさらんばい」

そういう問答がしてがらりと障子があき、

「あッ」

晒《さらし》を腹にまいた入墨の男がびっくりした声をあげた。瞬間、そこに坐《すわ》っていた人たちがあわてて自分の前の木札をかくすのがみえた。

「お前さんは……」

見憶《みおぼ》えのある顔が立ちあがった。今日、思案橋であの男を撲《なぐ》っていた二人づれのうちの一人だった。

「おい。こいは南蛮人ばい。なして、南蛮人のここに来たとじゃろか」

と一人が素頓狂《すっとんきょう》な声をあげた。

「南蛮人？」

こちらを注目している何人かの背後から、これもやはり人相のよからぬ男が前に出てきて、

「おう、こりゃあ、今日、思案橋で出会うた異人じゃなかか」

と言った。誰かが、

「じゃア、辰《たつ》さんの知りあいかね」

「そげん相手じゃなかと。今日の昼間、丸山で場代も払わんで商売ばしようてしとった野郎のおったけん、そいば思案橋でうったたきよったら、こん異人の仲裁に入ったと。それだけのことばい」

それから辰さんとよばれた男は、

「異人さま。なして、こん賭場《とば》にこられた。異人さまもこいが好いとっなさっと」

指をまげて賽《さい》をいじる真似《まね》をした。と、周りにいた者たちがどっと笑った。

プチジャンは相手の言うことがよくわからず、眼を丸くして、

「お前さまたち、切支丹ではなかですか」

「切支丹？　俺《おい》どんに何の因縁ばつけなさっとか。異人さま」

むっとした彼等の顔を見てプチジャンは自分があの男にだまされ、まったく無関係な場所に連れてこられたことを知った。

「長崎にあ、切支丹なぞどこば探してもおる筈《はず》はなか」

と辰は教えるように言った。

「あげん宗旨は日本の者《もん》は信じてはならんて固う言われとる。異人さまよ、戻るがよか」

それから仲間を見まわして、

「とんだ水の入ってしもうた。縁起でもなか」

大きな音をたてて片手で障子をしめた。

残されたプチジャンがうしろをふりかえると、ここに案内してくれたあの男はもう闇《やみ》のなかに姿を消していた。要するにプチジャンから銀貨をまきあげたのである。

その夜、少し足に血を出して——というのは帰りの坂路で石につまずいたのだった——大浦に帰ると、フューレ神父が心配してお兼さんの夫と迎えに来るのにぶつかった。

「ベルナール」

とフューレ神父は気の毒そうに彼の肩に手をおいて慰めた。

「君の気持はよくわかる。しかし無意味な執着はよくないよ。断言してもいいが、この日本にはもう一人の基督教《キリストきょう》信者もいないんだよ。なにしろ、禁止令がしかれてから二百年以上の歳月がたっているんだ。あのすさまじい迫害に彼等は死ぬか、屈服したんだから。その子孫にどうして信仰を伝える筈があると思うんだね、諦《あきら》めなさい」

諦めなさい、という言葉は苦く、悲しくプチジャンの胸にしみた。しかし、彼はさすがにもう疲れていた。フューレ神父の言う通りだった。この日本で基督教信者をみつけることはまったく絶望的だった……。

冬が次第に春に近づいた。稲佐山《いなさやま》の上に浮ぶ雲の色が柔らかくなって桃色を帯びてきた。それはプチジャンに遠く離れた故国の田舎で飼っていた羊の群れを思い出させた。

春が近づいたのにプチジャンの心は鬱々《うつうつ》として楽しまなかった。この日本に自分の探していた「彼等」がやはりいなかったことがこの青年神父をすっかり、がっかりさせていたのだ。

失意のプチジャンとは反対にフューレ神父のほうは上機嫌だった。

職人たちが精をだしてくれたお蔭《かげ》で、教会の工事がいちじるしく進行したのである。ゴシック式ともロココ式ともつかぬ、両者の混合したものだったが、この長崎では勿論《もちろん》、日本のどこにもない最もモダンな建物になりそうだった。長崎に居住する他の外国人も口をそろえて、

「可愛《かわい》い教会ですな」

とほめてくれた。

壮大な大寺院を見なれたヨーロッパ人の彼等にはこの教会は小さく、可愛く、まるで長崎の女性のように可憐《かれん》にうつったらしい。しかし長崎の日本人たちにとってはこれは金殿玉楼にも比すべき大建築物に思えたのであろう。

見物人が毎日ひっきりなしにやってくる。なかには噂《うわさ》をきいて外海《そとめ》地方のほうから訪れる者もいるという。

「これはね」

とフューレ神父は得意満面でその日本人たちに教える。

「人の家ではなかね。神の家ばい」

そう言われると、口をぽかんとあけている日本人の見物人は少し尻《しり》ごみをして、

「へえ」

と困ったような顔をするのが可笑《おか》しかった。

もっとも日本人の見物人たちは基督教と関係することを禁じられているから、ほとんど出来あがった建物のなかには決して入ってこようとしない。

フューレ神父としてはそれが残念だった。彼はその日本人たちにここがどんな神の家かをイエスや聖母マリアの像をみせながら話したかったのである。

だが、そんな気配を少しでも見せれば、奉行所の目が光る。特に一日おきに見まわりと称してやってくる伊藤清左衛門という役人から小言が出ることは確実だった。

フューレ神父が教会の出来あがりに熱中している間、プチジャンは午後になると、まだ長崎の散歩をつづけていた。

「彼等」を見つける期待はもう無くなったが街の人に顔を憶えられるのは、いつか布教に役にたつと思ったからだ。

ある日、彼はまことにふしぎなものを見た。柱を二本たてて、そこに張った糸に少年たちが硝子《ヴィードロ》を細かく砕いたものを糊《のり》にまぜ塗りつけているのである。

「何ばしとるとね」

とたずねると、少年たちは、

「イカのヨマば作っとる」

と奇妙なことを言う。

長崎弁に馴《な》れぬプチジャンはわからぬ言葉を耳にすると、相手が子供であろうとすぐ訊ねることにしている。

「イカ? 何? それ」

子供は馬鹿《ばか》にしたように彼を見つめ、

「イカはイカたい、凧《たこ》のことばい。ヒュー(紙の尾)ばつけた凧はイカに似とるじゃろが」

長崎では凧のことを当時イカとかハタとかいったのである。

「ヨマていうと」

「こん糸のことじゃ」

やっと少しずつわかってきた。子供たちは凧糸に硝子の粉と飯とをまぜたものを丹念に塗りつけていたのだ。

(ははァ……)

プチジャンは思いあたった。お兼さんの亭主がいつか長崎の名物は凧あげだと教えてくれたからである。

春になると金比羅《こんぴら》さまの祭礼という異教の祭りがある。大変なにぎわいで近隣近在からも参詣《さんけい》客が波のように押しよせてくるが、その折、この街の人間たちはそれぞれ凧の戦《いくさ》をするという。

凧の戦——それは自分の凧の糸を相手の凧の糸にからませて断ち切る勝負である。それを大人も子供も夢中になって遊ぶのだ。

この子供たちもその凧の戦のために凧糸に硝子《ヴィードロ》の粉を塗りつけていたにちがいない。

「ここで見ていてもよかでっしょ」

プチジャンはこういう時のために芋で作った飴《あめ》をいつも用意していた。タンキリとよぶこの芋飴は子供たちと仲よくなるための貢物《みつぎもの》でもあった。

小さな横棒の入った柱に糸をはりめぐらし、それに硝子を塗る作業を懸命にやりながら、プチジャンがタンキリを与えたため、子供たちはこの南蛮人が自分たちの作業を見るのを許してくれた。

だが間もなく、一人の男が路地から姿をあらわし、プチジャンを訝《いぶか》しそうに見てから、

「異人さま、こんイカば買《こ》うてくれんね」

とたずねた。

「売ってくださりますか」

「売るばい。売るために、こげんしてイカば作っとっとけん。こんイカはアゴイカて言うてな、ほかのイカばよう切りおるイカたい」

彼は朱色《あけいろ》の三角模様を描いた凧を得意そうにプチジャンに示し、

「どうね。異人さまもこんイカで戦うてみんね」

「ほう……」

とプチジャンは微笑して、

「私が？　それはむずかしか」

「むずかしゅうはなか。異人さま、俺が……指南いたしますけん」

彼は銅座《どうざ》の唐人も出島のオランダ人もこの凧合戦に加わっていると教えた。この日だけは島原や諫早《いさはや》のような土地からもこの祭りに集まってくるらしい。

(そうか。すると長崎だけでなくその周りの村にもこの私の存在をみせることができる。ひょっとすると、集まってくる者のなかに「彼等」がいるかもしれない)

一度、諦《あきら》めていたあの願いがまた頭をもたげたのはこの時だった。

「はい。戦うてみましょ」

とプチジャンは承知した。

その夜、フューレ神父に今日の出来事を話すと、いつになく渋い顔をされた。

「ベルナール。いつまでも子供のように夢を追ってはいかんよ。君には間もなく出来あがるこの大浦の教会で大切な仕事がたくさん待っているのだ。この私にかわってね」

と言葉をきって、

「実は巴里《パリ》布教会から今日、手紙が来て、私は……本国に一時、戻らなければならなくなった」

「本当ですか」

「嘘《うそ》などついてどうする。だからもう、この長崎で基督教信者の子孫を探す夢は捨てたまえ」

「もちろん、長崎にお戻りでしょうね」

「戻るとも。私の作ったこの教会を見捨てる筈がないだろう」

フューレ神父にはそう小言を言われたがプチジャンの気持はやはり変らなかった。彼の性格はその点驢馬《ろば》のように強情だった。

翌日からあの男──佐吉という名だった──からイカのあげ方、相手のイカへの接近の仕方、ヨマの切りかたを習うことになった。

「よう、見ときなされ」

長崎の街には野原が多かった。その野原の一つに連れていって佐吉はプチジャンにイカを持たせ、手の上に自分のよごれた手をのせ説明した。

「さあな。まんずイカのあげかたば教えんばいかん」

佐吉が糸をひょい、ひょいと伸ばしたり、縮めたりするだけで凧はまるで生きもののように宙に浮き、やがてゆっくり舞いあがった。

その糸を操る手つきはまるで楽器を巧みに演奏する芸術家のようだった。プチジャンはしばし我を忘れて佐吉と凧とのデュエットを楽しんだ。

「異人さま、見なされ。イカは生きもんばい。そん生きもんとこっちとの息の合えば、自在に操れる。こうヨマは指ん上にのせてな、敵のイカに並ばすっと」

並ばせた時あわてて勝負を挑まない。機をみて「つぶらかす」のだと佐吉は教えた。

「つぶらかす」とは長崎の言葉で相手の凧に自分のそれをからみ合わすことである。

この瞬間もヨマを引いてはならぬ。のばすのだ。ここの遊び言葉では「ヨマをくれる」と言う。と、向うもさるもの、自分のヨマをのばしてくる。そこから勝負が一瞬ではじまる。

プチジャンはまるで親方に技術を習う職人のようにその午後、佐吉から叱《しか》られ叱られ、ヨマのたぐり方と伸ばし方を教わった。

気がつくと野原には十人ぐらいの大人や子供が集まってニヤニヤ笑いながらプチジャンの不器用な凧のあげかたを見ていた。

「まあ、よか」

と佐吉はうなずいて、汗をふきながら、

「異人さま。明日もここで稽古《けいこ》ばい。イカあげの金比羅さまの祭りには是非とも、あん出島の毛唐に勝ってもらわんばいかん」

と妙なことを言った。

その佐吉の説明によると――。

毎年三月十日、金比羅さまのお祭りに街中あげての凧合戦がくり広げられる。場所は金比羅山とは限らない。どこの野っ原を使ってもいい。おのれの家の屋根にのぼって凧をあげ、近所の者と戦う者もいる。

ところが、この三年前に、出島のオランダ商館の屋根から若いオランダ人が長崎の日本人たちに勝負を挑んできた。

（たかがオランダ人）

そう馬鹿にして、周りの屋根で相手を探しながら凧をあげていた連中がせせら笑いながら、合戦に応じてみると、この相手が強い。

一人残らず敗退してヨマを切られたキレイカがむなしく入江や街のなかに舞い落ちていく始末だった。

翌年も凧合戦の日になると、オランダ商館の屋根にあの青い眼の若者がのぼった。そしてこれ見よがしに異国文字を書いた凧をたかく上げた。凧はまるで長崎の日本人を小馬鹿にしているように傲然《ごうぜん》と空を舞っていた。

その年もこの凧に勝ったイカはない。更に次の年も全滅である。

「そいけん、異人さま。ひとつ、あんオランダ人ばギューて懲《こ》らしめてくだされ」

佐吉はけしかけるように言うとニヤニヤと笑った。彼は異国人どうしを戦わせ、その光景を自分たち日本人が見物するのをたのしみにしているらしかった。

「とても見込みのなかですよ」

とプチジャンは首をふったが心中、これはいいかも知れぬと思った。

オランダ人とフランス人では同じ異人でも日本人のよびかたがちがう。オランダ人は北蛮人、フランス人は南蛮人であろう。プロテスタント国のオランダ人が長い鎖国の間、日本の権力者たちにカトリック国の悪口を言いつづけてきたことをプチジャンもよく知っていた。

そのオランダ人と凧で決闘をする。

フューレ神父が聞いたら、今度は本気になって怒るだろうが、若いプチジャンは佐吉の煽動《せんどう》にのって勝負をやってみたかった。

「もし、そのオランダ人と合戦ばすれば、評判になりましょうか」

「そりゃア、異人さま、長崎中の者《もん》の話の種にすっじゃろうね」

と佐吉は顔をくしゃくしゃにして、うなずいた。

「近くの村からも見物に参りましょうか」

「参りますとも」

そうならば「彼等」もあるいは見物にあらわれるかもしれぬ。見物に来て、その凧をあげている異人の一人が、ほかならぬ切支丹《キリシタン》の神父《パードレ》だと知るだろう。そうすれば……、

「私は合戦ば致しますばい」

とプチジャンは佐吉に笑いながら答えた。

南蛮寺

つちふる――。

大陸から吹いてくる黄塵《こうじん》のことだ。長崎ではその黄塵が春の訪れに少し先がけて襲ってくる。空が褐色ぽく曇って、外の風に巻きこまれると顔にも首にも小さな土埃《つちぼこり》が吹きつけてくる。

だが、それが終ると春。

「待ちどおしかね」

と夜、つめたい布団《ふとん》のなかで洟《はな》をすすりながらミツがキクに囁《ささや》いた。そばではお米《よね》さんがいぎたなく鼾《いびき》をかき、トメが猫のように丸くなって眠っていた。

ミツもキクも待ち遠しかった。三月三日の節句の日がである。その日は五島屋ではお米さんを除いて、特別にトメとキクとミツとに一日、暇が出る。もっとも外で泊ることは許されない。

市次郎が三日の朝、迎えに来てくれることになっていた。馬込まで戻りたいミツと、それに反対するキクとの間に意見が分れた。

「朝早う出ても、馬込に帰れば昼すぎたい。ゆっくりもしとられんよ。そげんくらいなら、長崎の街ば見物して……ほれ、簪《かんざし》や鼈甲《べっこう》細工ば見て歩こうや」

長崎の店々の店先には娘たちを悦《よろこ》ばす美しい簪と鼈甲がしっとりとした光沢をおび

て並べられていた。あれを一度手にとって自分の髪に飾ってみたいとキクは思った。

「ばってん、兄《に》ィはイヤがるやろうね」

とミツは少し心配そうな顔をして、

「そげん女子《おなご》のための店にはついてこんばい。今はハタあげのことで兄ィの頭はいっぱいやもんね」

ハタもイカも凧《たこ》の意味である。

本当にそうだった。毎年のことだが、市次郎たち馬込の青年は春が近づくと長崎で行われる凧合戦のことで夢中になるのだった。

「ミツ。南蛮寺ば見に行こうや」

と突然、キクは洗いものの手をやすめてたずねた。

「南蛮寺?」

「そうさ。南蛮人のための寺の大浦に出来かかっとると。あかり取りに障子や格子《こうし》じゃのうて、色つきのヴィードロばはめとっとげな」

眼を細めてキクは見たこともない西洋のステンドグラスを空想しているようだった。

「夕陽のさす時はそいのキラキラ光って……どげんきれいかろうね」

「あんた、誰に聞いたとね」

「誰でもよか」

「清吉さんやろ」

ミツのからかいにキクは顔を赤らめた。キクが南蛮寺の話を聞いたのは清吉からではなかった。店に来たお客が口々に南蛮寺の話を旦那《だんな》さまや番頭さんにしているのを小耳にはさんだのだった。

「清吉さん、この頃、来んね。どげんしたとやろか」

というミツの質問にキクはそんな理由は百も承知しているように自信ありげに答えた。

「あん人は今、諫早《いさはや》のほうに働きに行っとると。道普請《みちぶしん》のあって、賃金のよかとげな」

あたたかくなってきた。川ぷちに植えられた柳がいつの間にか緑っぽい色をおびてきた。連翹《れんぎょう》の黄色い花があちこちの垣根に咲きはじめ、その家の奥から三味線を習う音《ね》が聞えてくる。長崎の春の訪れは眠けを催すほどのんびりとしている……。

ミツとキクが待ちに待った三月三日の桃の節句がやってきた。

「まだ来んねえ。どげんしたとやろね」

朝から二人は仕事の合間を見ては表に走り出て、市次郎が迎えにくるのを待っていた。

その市次郎がやっと姿を見せたが、彼は妹たちのため、まだ真夜中に馬込を発《た》ったのだった。

お内儀《かみ》さんに礼を言って、お米さんに挨拶《あいさつ》をして、それからトメも一緒に五島屋を出た時、言いようのない解放感と幸福感とが二人の体にこみあげてきた。まだ一カ月の奉公生活だが、自由に一日を遊べるのは今日が初めてである。

「嬉《うれ》しかねえ、トメさん」

「ああ」

「五島でも節句にはフツ餅《もち》ば食べるとね？　うちらの馬込じゃ親類じゅうにフツ餅ばくばって歩くとよ」

長崎付近ではヨモギ餅のことをフツ餅といった。市次郎はにこにことしながら娘たちの浮きうきとした会話を聞いていた。

あたたかな陽ざしのなかをたくさんの人が歩いている。坊さまがいる。唐人がいる。母や年とった女中につれられた商家の娘が着飾っている。いずれも寺参り、神社参りをするのだ。

トメやキクやミツは時々たちどまって、すれちがう同年輩の娘たちの着物や簪をじっと見る。トメとミツは羨《うらや》ましそうな顔をするが、キクは眼に闘争心をむき出しにした。

(うちだって化粧ばすれば、負けんたい)

彼女は心中、自信があるのだった。

そんな三人だったから、やがて鼈甲の櫛《くし》や簪をならべた店の前までくると、足がぴたりと止り、顔は上気して、視線はひたすら品物の上に注がれた。市次郎は仕方なく、店のそばの柳の根もとに腰をおろして、行きかう人をぼんやり眺めていた。時々、

「もうよかやろが。そろそろ、行こうで」

「兄《あん》しゃん。もう少し待ってくれんね」

市次郎は、

(こいは、えらかことになったばい)

と思いながら辛抱づよく待っている。

やっと気がすんだか、その店を離れて四人はまず今、評判の南蛮寺を見物に行くことにした。

「なかには入られんとね?」

とトメがきくと、キクは馬鹿《ばか》にしたように、

「南蛮寺は切支丹《キリシタン》の寺ばい。異人さまのために建てられたとけん、日本のもんは入ってはならんとさ」

と教えた。

キクやミツがはじめて訪れた頃の大浦の風景は今とはかなり違っていた。現在の大浦天主堂のあたりを歩くと、古い木造の洋館が廃屋のように点々と残っている。それらは勿論《もちろん》、明治以後のもので、当時あのあたりも段々畠《ばたけ》のなかに寺と何軒かの家と、そして建ちかかった南蛮寺の塔と教会とがみえるほかは山と言ってよかったのである。

だがキクとミツたちがここに来た午前、その段々畠を背後にした南蛮寺の前にもう二、三十人の見物人がもの珍しげに集まって、完成寸前の教会を見あげていた。

左右の小さな二つの塔と十字架をつけた正面の塔とを持った建物はあの鎖国以後、日本人がはじめて見る基督教《キリストきょう》の教会である。西欧のことなど、まったく知らぬと言っていい日本人の大工たちがフューレ神父から話をききつつ建てた教会である。

「あれ、まア」

坂路《さかみち》をのぼった時、ミツもトメもキクも思わず口をあんぐりとあけて、見馴《みな》れぬこ

の建物を眺めた。

「おかしか家たいねえ」

おかしいとは滑稽《こっけい》の意味ではなかった。見たこともないものを彼女たちはすべて、おかしかと首をひねるのだった。

「あん天辺《てっぺん》のもんは何やろか」

とミツは塔についている十字架を指さして兄にたずねた。

「知らん」

と市次郎も首をかしげた。と、そばで見物していた若い男が得意げに、

「ありゃあ、切支丹のしるしばい」

と教えてくれた。

集まっている見物人のうしろから四人は南蛮寺の正面を見あげた。出入口は三つあって、その出入口のうち、一番大きな正面入口の上部に菊のような大きな窓があり、窓にはめこまれた紺色の硝子《ヴィードロ》に陽が反射してキラキラ赫《かがや》いていた。

「ああ」

キクは思わず叫んだ。

「ミツ、きれいかねえ」

そして彼女は自分が大声を出したことに気づくと真赤になって首をちぢめ、そっと周りを見まわした。

だが別に見物人の誰もキクの大声にふりかえった者はいなかった。どの男女も放心したようにこの珍しい建物と色硝子《いろガラス》とに気を奪われていた。そしてその顔のなかに……。

キクは息をのんだ。眼を大きくして、一人の青年の顔を遠くからじっと見つめた。

生（清吉さんじゃなかやろか？　なして、ここにおるとやろ。たしか諫早に働きに行っ一とる筈《はず》やったとに）

のたしかに清吉の横顔だった。間違いはなかった。そしてその横顔は放心というより女は、むしろ食い入るような眼で教会の十字架を見あげていた。

「ミツ」

とキクはミツの袖《そで》を引張って囁いた。

「あいは清吉さんじゃなかやろか」

「え？」

とミツはびっくりした顔をした。

「清吉さんは諫早に行ったとじゃ、なかとね」

とミツがわかりきったことをたずねた。

「たしかにそげん言うとった」

「ばってん、なしておキクさんに嘘《うそ》ばついたとやろか」

何とも言えぬ口惜《くや》しさがキクの胸にこみあげてきた。相手が今まで尊敬も信用もしてきた清吉だけに、裏切られたような気がした。

「知らん、そげんこと」

キクは怒った声を出し、プイと横をむいた。しかし間もなく、彼女は盗み見るように清吉に眼をやった。

ちょうどこの時、南蛮寺の片側の扉から白い長衣を着た南蛮人が奉行所の役人らしい男とあらわれた。

「伊藤さま。お話はよう、わかりました」

と南蛮人はかなり達者な日本語で役人に挨拶をした。

「頼みましたぞ。フューレ殿」

伊藤とよばれた役人は片手に土産にもらったらしい南蛮の酒瓶を持ち、見物人を意識してか鷹揚《おうよう》に頭をさげた。

南蛮人はもう一度、丁寧に礼をして扉のなかに姿を消した。伊藤が石段をおりると、見物人たちは本能的に一歩、二歩、退いた。

「これこれ、お前たち、見物もよかばってん、なかに入ったらいかん。こん南蛮寺は異人にのみ出入りば許されとるが、日本の者には今まで通り、御禁制ばい」

彼はそう言って、一同を見くだすように眺め、それから少し千鳥足で坂をおりていった。どうやらこの南蛮寺で酒を振舞われたようだった。

正面の扉があいた。

今度はさっきの南蛮人とは別の若い異人が両腕に何かを抱きながら姿をみせたのである。

「あん異人さまはよう長崎でチョーメグリばされとるとばい」

と見物の女が友だちに囁いた。

「知っとるよ。うちのそばで井戸水ば所望されたもんね。プチジャンていうて、今はイカあげの稽古《けいこ》ばされとっとげな」

とその友だちは得意そうに答えた。

プチジャンというその異人は石段をおりながら両腕にだいたものを偶然のようにこちらに見せる姿勢をとった。

それはこの寺の塔の上に飾られている切支丹のしるしである十字架だった。金色の十字架が陽光をうけて燦然《さんぜん》とプチジャンの腕のなかで光った。

その時――。

キクは清吉とそのそばにいた二、三人の男女が突然、奇妙な仕草をしたのに気づいた。清吉たちは右手の親指をまず額にあて、次に胸におき、左肩にさわり、右肩にふれたのである。

それはあまりに素早く行われたのでキクのほかは誰も気づかなかった。キクだけがその連中のふしぎな行為を目撃したのだった。

ふしぎなその仕草を終えると清吉は傍《そば》にいる仲間に合図をした。彼等はうなずきあうとくるりと背をキクのほうに向け、見物人の群れから急いで離れていった。

その姿が段々畠の間をぬう坂路に消えるのをキクはじっと眼で追っていた。

「おキクさん、何ば、ぼんやりしとっとね」

とトメが声をかけた。

「頭でも痛かとね、蒼《あお》か顔ばしとるよ」

「何でもなか」

とキクは首をふった。

清吉に嘘をつかれたことはキクの自尊心を傷つけた。だがそれよりも今日の清吉は彼女には得体の知れぬ相手にみえた。キクには彼が自分にはわからぬ秘密の持ち主のようにさえ思えた。

（もう知らんばい、あげん人は）

と彼女は自分のまぶたのなかにまだ強く残っている清吉の姿をうち消すように舌うちをした。

その瞬間、彼女は突然、少女時代のことを思いだした。それは市次郎とお婆《ばば》とが清吉の住む中野郷のことを、

「あいはクロばい」

と蔑《さげす》むように言ったことだった。そしてそのクロの意味を、二人ともその時は説明してくれなかった。

「兄《あん》しゃん……」

キクは市次郎のそばに行って訊《たず》ねた。

「クロていうとは、何ね」

「クロ？」

「そうたい」

「クロちゅうとは、俺《おい》もよう知らんとばってん、うす気味わるかもんば言うとじゃ

ろ」

「そんなら、中野郷ばクロていうとはなしてね。中野郷はうす気味わるうはなかやかね」

「そりゃア」

と市次郎は突然、この唐突な質問をした従妹《いとこ》をいぶかしげに見て、

「中野郷の連中は……俺どんと違うて……わけのわからんことばしとるていう話じゃもんな」

「わけのわからん、ていうたら？」

「たとえば、赤子の生れるじゃろ、そしたらこそこそと何かばやっとるとて。そん折は決して他の村の者《もん》ば寄せつけん。そいと、よその村の者とも決して縁組みばせん。まだ、いろいろ、あるとげな」

「よその村のもんとは縁組みばせん？」

キクはさっきと同じぐらい大きな声を出した。

「そうげな」

「なして」

「そいがクロたい、クロちゅうとはそげんことげな」

唇を嚙《か》みながらキクは黙りこんだ。市次郎の今の言葉は彼女には更にショックだった。

(そいならば、清吉さんも中野郷の娘のほかは嫁にせんとやろか)

と彼女は心のなかで自問自答した。その疑問を市次郎にたずねるわけにはいかなかった。

昼ちかくになった。

四人は大浦川が入江にそそぐ浜辺で足をなげだして市次郎が馬込から持ってきた弁当をたべた。

弁当は黒っぽい握り飯と漬物とだけだったが、お婆が作ってくれたもので、それを食べていると馬込の家の匂《にお》いがした。

「キク」

市次郎が指についた飯粒をなめながら心配そうに、

「なして黙っとる」

「別に」

とキクは答えて、手のひらで浜の砂をすくい、眼を春の海にむけた。やわらかく押しよせ、やわらかく砕ける波は真珠雲母《うんも》色《いろ》をおび、もの憂《う》い音をたてていた。そしてその波のようにキクの心ももの憂かった。こんな憂鬱《ゆううつ》な感情を彼女は今日までほとんど味わったことがなかった。

(男の人ば好いとるごとなったら……女はこげん辛《つら》か気持になるとやろか)

と彼女は桜色の貝をいじりながら心に問うた。と、今まで自分と同じに見えたミツやトメが急にずっと年下の子供のようにさえ思われてきた。

「おキクさん、きれいか貝ばひろおうや」

ミツとトメは立ちあがって裸足《はだし》のまま波うちぎわに走っていった。市次郎は浜に仰《あお》向《む》けになって昼食後の眠りをたのしんだ。春霞《はるがすみ》のなかに稲佐山《いなさやま》がうかんで、海の上を白い海鳥が飛びまわっている。

(ああ……)とキクは一人溜息《ためいき》をついた。(ミツなんかにはうちの心はわからんとやろなあ。あん子はまだアマイボーやけん)

勝気な彼女は清吉にこの次に会った時はどうしても自分の疑問を問いたださねばならぬと思った。そうしなければこの気持が釈然としないような気がした。

その日は夕方までお諏訪《すわ》さまにお参りしたり、アチャさん(中国人)の建てた崇福《そうふく》寺《じ》を見物したりして日が暮れかかる前に市次郎に送られて五島屋に戻った。

ミツにとっては楽しく、キクにとっては憂鬱になったひな祭りもこれで終った。明日からはまた忙しい奉公の日が続く。

その夜、彼女は布団のなかでミツに今日、自分の目撃した清吉のふしぎな動作をそっと話した。

「指ばこげんごと顔の上と胸とそして肩の右左に持ってったとさ」

「なんやろか、そいは」

ミツも首をかしげてふしぎそうな顔をした。

と、その時、二人のそばで眠っているようにみえたトメが急に口をはさんで、

「うちも五島でそげんことばそっとする漁師ば見たことのあるばい。何ばしとっとって訊ねたら、海の荒れんごとする呪《まじな》いじゃて笑うとった……」

「呪《まじな》いね、あいは」

「そうのごとある……」

清吉にそれが何の呪《まじな》いなのか訊ねてみようとキクはますます彼に会いたい気持になった。

桃の節句が終ったと思うと、もう間近に三月十日の金比羅《こんぴら》さまのお祭りが迫っていた。凧《たこ》あげをやる日である。とかく長崎は遊ぶことと行事の多い街だった。

春めいた陽ざしのなか、男たちがだらしのない顔をして思案橋の付近をぶら、、、ぶら、、、歩

きまわっている。そのぶらぶらした姿を見ると、この街で昔はやった「ぶらぶら節」を連想させる。

紺屋町《こんやまち》の橋の上で　子供が凧喧嘩《はたげんか》
世話町が　五六町ばかりで　四、五日
ブウラブラ　ブラリ　ブラリと
云《い》うたもんだいチュウ

だが本当の日本の世情はそんな呑気《のんき》なものではなかった。元治元年（一八六四）から、幕府の崩壊はもう目前のことになっていたし、この長崎にも時代の大きな変化は波のように寄せてきていたのだが、一般の町民たちはこの春の陽光のなかでそんなことに一向に無関心な表情をしていた。丸山の遊廓《ゆうかく》でも三味線の音にあわせて、相変らずこんな「ぶらぶら節」さえ聞えてきた。

嘉永《かえい》七年　きのえの寅《とら》の年
四郎が島　見物がてらに
オロシャがブウラブラ
ブラリブラリと云うたもんだいチュウ

そんな世情と同じく、キクの気持も呑気なものではなかった。彼女は毎日、五島屋の店先を掃除しながら清吉の姿がまだ見えぬかと気をやきもきしていたのである。だが、あの日からもう二日たったのに、ほかの物売りの声は聞えても清吉は一向にあらわれない。

（まだ諫早《いさはや》で道普請《みちぶしん》に加わっとっとやろか）

竹箒《たけぼうき》を持ったまま彼女はいつまでも路《みち》の遠くをうつけたように眺めている。やがて、お内儀《かみ》さんか、お米さんの、

「何ば遊んどるとね。早う雑巾《ぞうきん》がけばせんか」

という叱声《しっせい》に、はっと我にかえるのだった。

二日たち三日たって一向に彼があらわれぬと、

（もう知らんばい。もう会《お》うても、うちはものば言わん。知らん顔ばしとる）

とひとりでプリプリした。そのくせ、いざとなれば知らん顔のできぬ自分であることも彼女は知っていた。

その通り――、

四日目の朝、怒っている彼女の耳に、

バイモー　もやし　ごぶじゅ

バイモ（里芋）ともやしを売り歩く物売りの声が路の遠くから聞えてきた。なつかしい清吉の声だった。

竹箒の柄をしっかり握りしめたまま、キクはその声の聞える方向を切れながの眼で睨《にら》みつけた。そんな表情をする時の彼女の顔はまだ小娘なのにハッとするほど美しい。

清吉の姿がみえた。朝陽のなかで彼はキクをみとめ、白い歯をみせて笑ったが、キクはにこりともしなかった。ツンとしていた。

清吉は里芋やもやしを入れた天秤《てんびん》を肩からおろすとニコニコしながら、

「ぬくうなったばい。マメに働いとったじゃろね」

とたずねた。キクはまだツンとして、

「はい」

つめたく答えたまま、あとは黙って竹箒を動かしていた。清吉は仕方なく、

「バイモのいらんかね」

「いらん」

「じゃあ」

おろした天秤をふたたび肩にかけて去ろうとすると、キクは、

「清吉さん」

とよびとめ、

「清吉さん。本当に諫早に働きにいっとったとですか」

と切口上で問うた。

「うん。行っとった」

「三日の日も？　おひな様の日」

訝《いぶか》しげに自分を見る清吉にキクは、

「あんた、あん日は大浦の南蛮寺ば見物しとったとじゃなかね」

とたたみかけるように言った。

刷毛《はけ》ではいたように清吉の顔に突然さっと驚きの色が走って、

「なして、そげんことば知っとるとね」

「うちもあん時、見物ばしとりましたもん」

「そうか、そいは知らんやったばい。なして声ばかけてくれんやったとね」

清吉の平然とした声がキクには口惜《くや》しかった。あの日、自分がどんなに憂鬱な思いをしたかを思い出し、男に嘘《うそ》をつかれた女心がわからぬ清吉の鈍感さが恨めしく、

「声ばかけようにも、清吉さん、すぐ消えなさったとやもん」

「うん。早う中野に戻ろうて思うたけんね」

「あん時、清吉さんは変なか身ぶりばしとんなった……あいは何ですか」

「変なか身ぶり？」

キクはじっと清吉を見つめて、自分の指で額と胸と左右の肩とを押えた。それはあの日南蛮寺から異人さまがあらわれた時に清吉がやった仕草だった。

「こげんこと、されたでしょ」

その瞬間清吉の顔から血が引いた。蒼《あお》くなった。

「知らん。そげんこと、しとらん」

と彼は弱々しい声で否定した。

「嘘、ちゃんとうちは見たもんね」

「別にわけはなか。顔でも痒《かゆ》かったんじゃろ」

清吉があきらかに嘘をついていることはキクにはよくわかった。だが、なぜ嘘をつかねばならぬのか。

「嘘、あいは顔ばかいとるとと、違《ちご》うた。なんかの呪《まじな》いんごと見えたばい」

勝ちほこったようにキクは一歩、前に出て自分より年上の清吉をからかうように、

「清吉さん。クロて何ですか」

と思いきって訊《たず》ねた。

黙ったまま清吉はキクを睨みつけた。クロ、というたった一つの言葉が彼を深く傷つけたようだった。

キクは一寸《ちょっと》、たじろいで、

「ばってん、清吉さんは中野郷でしょが。馬込では中野郷の者《もん》ばクロて言うもんね」

と弁解するようにひとりごちた。

返事もせず清吉は、天秤を肩にかけなおした。そして、

「意地んわるかねえ」

溜息をつくように呟《つぶや》くと、歩きだしたが、うしろ姿の背中が寂しそうだった。その寂しげなうしろ姿が消えるまで、キクは唇を嚙《か》みしめ、じっと見つめていた。

こんな結果になるとは夢にも考えていなかった。ただ諫早に道普請に行くと言った清吉が自分には何も知らせず長崎に来ていたことに腹をたて、その忿懣《ふんまん》をぶつけたにすぎなかった。そして忿懣をぶつけて清吉が兄のようにあやまってくれれば、それで気持はおさまる筈《はず》だった。

だが腹をたてたあまり、クロという言葉を清吉に言ってしまったが、それが思いもかけぬ打撃を清吉に与えてしまった。

「意地んわるかねえ」

清吉は恨むような声をだして去ったのである。悔いがキクの胸にこみあげてきた。なぜあの言葉が清吉の顔をあれほど悲しくさせたのか、わからない。わからないが、自分が彼を不用意に傷つけたことは確かだった。

（清吉さんは腹ばたてとる。もううちんことばこれから好いてはくれんやろ）

今はじめてキクは自分がしたことが逆な結果をうんだ事を知った。掃除をするのも忘れて彼女はぼんやりと立っていた。

憂鬱な日が毎日、続いた。

「おキクさん、どげんしたとね」

いつになく、うちしおれているキクにミツが心配そうにたずねた。

「うちが……阿呆《アホン》やったとさねえ」

とキクは一部始終をミツにうちあけたが、うちあけると、かえってあの朝のことが心に甦《よみがえ》り胸がキリキリと痛んだ。

そんな浮かない日のなかで春の金比羅さまの祭りがやってきた。三月十日である。

金比羅さまの祭りはいつも長崎の七ケ町が交代で当番をする。今はもう衰えたが、ミツやキクがいた頃は長崎の神社仏閣の祭りではもっとも賑《にぎ》わったものの一つだった。

前夜からもう境内は参詣人《さんけいにん》で埋まっていた。屋台や露店が境内にも道の両側にもずらりと並んだ。

「あすはよか天気になるごと……」

と子供たちも青年たちも手をあわせて金比羅大権現《だいごんげん》にお願いをする。

天気がよくないと恒例の凧《たこ》合戦が行えないからである。

さいわいにも祭りの日は晴れていたし、いささか風もあった。絶好の凧あげ日和《びより》だった。

この日、五島屋でも男たちは旦那《だんな》さまのお供をして凧合戦の行われる金比羅山に行くことを許された。大きな商家のなかには酒肴《しゅこう》をととのえ親しい客をまねき、三味太鼓入りでハタあげを見物する家もある。

キクやミツ、トメたちはこの間のひな祭りに外出を許されたから今度は店に残っていなければならない。

それでも物干台にのぼると、あまたの凧がまるで鳥の群れのように舞っているのが見えた。

「おキクさん。来んね」

とミツはお内儀さんにわからぬようにキクをよびに来た。洗濯物を干すふりをして凧合戦を見物していたのがわかれば、きっと小言をいわれると思ったのである。

しかしお内儀さんも今日は大目にみてくれているのか、トメやお米までが物干台に集まっても別に何も叱《しか》りにはこなかった。

「ああ、あいはカブトバラモンたい」

と、ながく長崎にいるお米さんは舞っている凧のひとつを指さして得意気に教えた。

凧と言っても長崎のハタ合戦に参加する凧は二種類や三種類ではなかった。色とりどりのデザインと形をもった凧はそれぞれ「入道」「奴《やっこ》」「百足《むかで》」「こうもり」「障子」「小バタ」「アゴバタ」などという名称を持っていた。

それらさまざまな凧が今、空中で軋《きし》りながら、音たてながら舞いあがり、たがいに近づき、からみ、錐《きり》もみをしながら舞い落ちていく。

「どうやろか、今年もあん出島のオランダ屋敷は憎らしか異人の凧ばあげるじゃろか」

とお米さんは体のむきを変えて出島の方角を眺めた。

彼女の話によると、この三年一人の若い異人がオランダ商館の屋根でアゴバタをあげ、日本人に戦いを挑んでくるのだそうである。

「そいが、口惜しかばってん、どんハタも勝てんとさ」

「そん異人さまはそげん強かとね。どこでハタのあげかたば習うたとやろか」

とミツは目を丸くしてたずねた。

「そいで、どんハタがそん異人さまのハタね」

「まだ、あげとらん。今年はやめたとやろか」

とお米は一度首をかしげたが、すぐに、

「おお。屋根に姿ばみせなさった」

と叫んだ。

ミツもトメもキクもいっせいにその方角にむかって十姉妹《じゅうしまつ》のように並んだ。

お米さんの言った通り、出島のオランダ商館の屋根に今、二人のオランダ人が腰をおろし、笑いながら見物をしているのが見えた。見物だけでなく彼等がこの合戦に加わるつもりなのはそのそばにアゴバタを用意してきているのでわかった。

やがて二人のオランダ人は風むきを見ながら自分たちの凧をあげはじめた。

今年は真黒な凧だった。墨で塗りつぶしたほかなんの装飾も色彩もなかった。不吉な色をしたその黒凧は少しうきしずみをしたが、すぐに入江から流れる気流にのった。

黒い凧――、
あたりを睥睨《へいげい》するように悠々と飛翔《ひしょう》している。まわりの凧たちに挑戦的な身ぶりをしめしている。

（どうだ、勝てるか）

そう言っているようである。

まわりの凧がピリピリッと動きはじめた。黒凧の挑戦に応じたのである。

この決闘に気がついたのは物干台から見ているミツやキクたちだけではない。路《みち》を歩く人も橋をわたる人も急に足をとめ、その方向に顔をむけた。手をあげてオランダ人の凧を指さしている者もいた。大袈裟《おおげさ》に言えば長崎の者のほとんどがこの合戦を前もって予想していたのである。

この三年間——、

オランダ人の凧のために長崎の日本人たちは合戦に応じてはいつも敗れている。彼等がどこで習ったのか、あるいは凧糸に特別の細工がしてあるのかは知らないが強い。とに角、強い。

それをみんな知っている。

「口惜しかねえ」

長崎の人間は他の地方とちがって異国人を大事にする風習がいつか、できていた。出島にいるオランダ人やまた長年ここに住みなれた中国人とも仲よく暮してきた。

しかし、こういう露骨な勝負になると、やはり一時的に愛国主義の人間になる。女

たちまでが、

「だいか、あん凧《たこ》ば落してくれんかねえ。ほんとに長崎の男は意気地なしたい」

と歯ぎしりをするのだった。

ヒューをつけた「二重じま」の凧がじわっと黒凧に近づいた。そしてまるで拳闘《けんとう》の選手がジャブをかわしながら相手の力や出かたを窺《うかが》うように軽く相手にふれては離れ、離れてはふれながら、たがいに機を狙《ねら》いあっていた。

その機、その呼吸。それが勝負の分れ目となる。

「今たい」

路に立ちどまった男が手を握りしめながら思わず叫んだ。

二つの凧がつるわかした。からんだ。

「ヨイヤーッ」

路の男がかけごえをあげた。

凧が離れた。わかれた。もう勝負は決っていた。

「二重じま」の凧は今は切れ凧となって落ちていく。負けたのだ。

子供たちが「ヤダモン」と言って切られた凧をからめとる竿《さお》を肩にかついで駆けだしていった。

「ああ、ああ」

お米さんはひきしぼるような声をあげた。負けず嫌いなキクも掌《てのひら》で物干台の柱を叩《たた》いた。

希望の日

この光景をプチジャンも見物していた。傍らには佐吉が口惜《くや》しげに腕ぐみをして、

「チョッ」

と軽蔑《けいべつ》したように舌打ちをすると、

「あげん、つぶらかしやったら切らるっとも当り前たい」

吐きだすように言った。

ひとつの凧が無惨《むざん》な敗北を喫すると、待機していた次のアゴバタがすっとオランダ商館の黒凧に近づいた。

「今度は俺ばい」

と胸をはって言っているようだった。近づく。離れる。襲いかかる。それは二匹の

烏賊《いか》が海ふかくで争う死闘にも見えた。ヒューをつけた四角い凧はそれ自身、烏賊の形を連想させる。

「ヨイヤーッ」

時折、佐吉は我を忘れて喚声をあげる。だがその声援にかかわらず、次々と日本人の凧はくるくるまわりながら海に落下していった。

「異人さま、どげんするとね」

佐吉は少し、気おくれした眼つきをしてプチジャンを見た。彼としてはここで異人対異人の凧合戦をくりひろげ、自分の凧にも人気を得たかったのだが、その自信が失《う》せたようだった。黒凧が空にのぼった時からプチジャンも正直、とても勝てる筈《はず》はないと思った。

佐吉にたのんでこの凧を作ったことも、その稽古《けいこ》に励んだことも、すべてフューレ神父には内証である。知られればあの神父は今度は本気で怒るにちがいない。神父はまもなく琉球《りゅうきゅう》経由で帰国する支度で忙しい。

「勝たんでもよかです。この凧ば私は佐吉さんに作ってもらいました。一度、空にあげてみたかですよ」

とプチジャンは佐吉に持たせた凧を指さした。その凧には神父である彼の身分をはっきり示すように十字架が描かれていた。

「せっかく、異人さまも習いなさったもんなあ」

と佐吉はうなずいて、凧糸を巻きつけた木をプチジャンに手渡した。

「凧は海のほうから吹いておりますばい。よう風の動きば見とりまっせ」

凧だけの力で相手に勝負を挑むな。風の力を利用すればヴィードロをぬったヨマは二倍の力を発揮すると佐吉はいつも教えていた。

ゆっくり、ゆっくり、プチジャンの手に持った糸は空に引張られていった。彼の手は手ごたえを感じ、凧は屋根の上をのぼり、更に春の空に吸いこまれるように空中に飛翔《ひしょう》していった。

朱の十字架をはっきり描いた凧。それは長崎のどの方角からも見える筈だった。もしこの街のどこかに切支丹《キリシタン》の子孫がいるならば、彼等は凧をいろどる十字架を見るだろう。

プチジャンの目的はそこにあった。

一方、黒凧は悠々と舞っていた。

まるで翼をひろげ、気流にのった禿鷲《はげわし》のように彼は長崎の空を支配していた。彼の前には他の凧などは群小の鳥にすぎなかった。その鷲にむかって、朱の十字架を描いたアゴバタが今、迫っていく。

「ありゃア誰のあげとるハタやろか」

路《みち》行く人は足をとめて、この向うみずな戦いに注目した。

「南蛮寺の異人のハタげな。こりゃ、ちごうた国の異人と異人との合戦ばい、面白か」

「へえ、異人と異人とのねえ」

佐吉が予想したようにあちらの辻《つじ》で、こちらの路で人々は小さな群れまで作って空を見上げている。合戦は黒凧の勝ちにきまっているが、これだけ人目を引いたなら、あとで、

「あんハタは俺の作ったもんばい」

と佐吉はあちこちに言いまわるつもりだった。

凧のうなりがヨマを通してプチジャンの指に伝わってくる。まるで武者震いをしているようだ。

「しかけたらいかん」と軍師の佐吉は風の強さと向きとに気をつけながらプチジャンに注意した。

「まだ、まだ」

黒凧のそばまでよりながら十字架凧は糸を絡《から》ませようとしなかった。鼻をならし、今にも飛び出そうとする馬を必死で抑える騎手のようにプチジャンは糸をするするとのばした。

根気の勝負である。業《ごう》をにやしたのか、黒凧が接近してきたが、

「まだ、まだ」

佐吉は風の強さをはかった。向きも計算した。そしてこの瞬間に叫んだ。

「今じゃ、今。異人さま」

プチジャンの人さし指に糸が音をたててのびた。彼は指が切れんばかりの痛みを感じた。

「ヨイヤーッ」

思わず佐吉は大声をあげた。からんだ二つの凧がこの瞬間に離れた。

黒凧がぐらぐらッとゆれている。朱の十字架の凧がその黒凧から離れている。

辻の人々が、いっせいに声をだした。

「黒凧の負けだぞォ」

いや、そうではなかった。落下していくのは朱の十字架のハタだった。プチジャン

の凧だった……。

ひとときの後、うちしおれている佐吉を慰めながら、プチジャンは満足していた。勝負は彼にはどうでもよかった。目的はこの長崎の空に十字架の凧を舞わせたことだった。あれを彼らが見てくれたら、どんなに勇気をえただろうか。それで充分だった。

だがその夜、プチジャンは誰かから今日の一件を聞いたフューレ神父に、

「この国で基督教《キリストきょう》が禁制だと君はすっかり忘れたのか。それなのに十字架の凧などを子供のようにあげて、明日にでも伊藤清左衛門が顔を真赤にしてここに来るだろうよ。我々の行動は制限されているんだよ、君」

そう強く叱《しか》られた。

「いつまで幻影を追っているのだね。基督教徒の子孫など、もうこの日本の何処《どこ》を探しても絶対にいる筈はない。何度もこのことは言った筈だ。もしいれば彼等はもう何かの形で我々に連絡している」

プチジャンはうなだれてこの先輩の手きびしい叱責《しっせき》をきいた。

「強情な君には言葉より、見せたほうがよさそうだ。明日は私についてきたまえ」

「何処かに行くのですか」

「そうだ。強情な君に是非、見せたい場所がある。一泊の旅行になるかもしれないか

ら、そのつもりで支度したまえ。今夜は早く寝ることだ」

フューレ神父はそれ以上、どこに行くとも何を見せるとも言わなかった。プチジャンはその夜、神父がお兼さんに一日分の弁当を作るよう命じているのを聞いた。

翌朝はやく、それぞれミサを終えると、フューレ神父はお兼さんの夫に馬を用意させ、

「さあ、支度をして乗りなさい」

狐《きつね》に鼻をつままれたような顔をしているプチジャンを馬にのせ神父は自分も別の馬にまたがり、

「茂木《もぎ》に」

と馬子に命じた。

茂木は長崎の背後の山をこえた漁村である。長崎湾ほどではないが同じような入江があり、入江はしずかだ。

昼ちかくこの茂木についた二人はそこから舟にのった。

「行けば、わかるよ」

フューレ神父はニヤニヤ笑いながら、それしか言わない。舟はその夕、島原半島にそって進んだ。夕暮で海は薔薇色《ばらいろ》にそまり、日本の漁舟が網をはっていた。向うに天《あま》

草《くさ》の島が影のように見える。

やがて陸地の一角に白い城が見えた。島原城である。城下の舟つき場ではもう誰か知らせたのか見物人が珍しい南蛮人を見にきていた。

「奥川さま」

伊藤清左衛門と同じようにうるさそうな役人にフューレ神父は舟からおりると片手をあげた。

「お憶《おぼ》えございますか、いつか、ここでお会いしました」

そう言って彼は丁寧に頭をさげ、

「今日はこの友ばつれて雲仙《うんぜん》にのぼりに参りました」

土産物として差しだした葡萄酒《ぶどうしゅ》の瓶に奥川とよばれた役人は相好をくずし、

「雲仙にのぼられる。それは大儀だ、宿の手配などされたか」

と急に世話をやきはじめた。

その夜は島原に泊ったが、好奇心のつよい日本人たちが宿の下に集まり、また奥川が同輩をつれてあらわれたため、真夜中まで眠れなかった。

寝床についても、何処からか水の流れる音がした。

雲仙が高い山だとはプチジャンも知っていたが、なぜ、そんな山にフューレ神父は彼を連れてきたのだろう。

翌朝早く奥川が用意してくれた馬二頭で案内の男二人をつれ雲仙にのぼった。麓《ふもと》は春の花が咲きはじめていたが、のぼるにつれ冬の気配を枯れた林や谿《たに》に残した壮大な風景が四人の前にあらわれてきた。さきほどまで鶯《うぐいす》の声も聞えていたのに、このあたりからは百舌《もず》の鳴き声が銀色に光った樹《き》と樹の間から鋭くひびいてくる。灰色の雲がゆっくりと流れ、巨大な山は何か孤独で凄絶《せいぜつ》な感じさえする。

「さて」

昼ちかくなった。雲の動きを見ていたフューレ神父は、

「なぜ、私が君をこの山につれてきたかわかるかね」

「それをお聞きしたかったのですが」とプチジャンは答えた。「おっしゃるまで黙っているつもりでした」

「じゃあ、教えよう。我々が今、のぼっている山路《やまみち》を二百数十年前、彼等も登らされたのだ……」

「彼等？」

「そうだ、日本の基督教徒たちだよ」

「なんのために……ですか」

「拷問《ごうもん》を受けるためだ」

フューレ神父はそう言ってまぶしそうに眼をしばたたいた。林のなかでまた百舌の鋭い声が聞えた。

「拷問？　なぜこんな山のなかで拷問を……」

「今にわかる」

会話はそれでうち切られ、案内の男たちのうしろから二人の馬はまた歩きはじめた。

陽ざしが少し弱まりだした頃に彼等は白い煙が濛々《もうもう》とたちのぼる谿を眼下にみた。

その白い煙を火山の煙かとプチジャンは間違えたが、それは煙ではなく鼻につく硫黄の臭気をふくんだ湯気であることがわかった。

馬はその臭《にお》いがすると、何かを怖《おそ》れるように足ぶみをして動こうとしなくなった。

「仕方ない。歩こう」

とフューレ神父は馬からおり、三人もそのあとをつづいた。

谿川のせせらぎのような音がひびいている。それはたしかに谿川だった。しかしすさまじい熱さをもった熱湯のながれる谿川だった。そしてその谿川からあの悪臭のこもった湯気が煙のように風に送られてくるのである。

「聖書に出てくるゲヘナの煙とはこのような煙だろうね」

と口を布でおおってフューレ神父はつぶやいた。

「足もとに気をつけたまえ。落ちればその何百度の湯で君の足は溶けてしまうぞ。そして」

とフューレ神父は言葉をきってから一気に言った。

「日本の切支丹たちのうち信仰を捨てぬ者は……ここで、この熱湯につけられた。足の肉は一瞬でなくなり、引きあげられた時は骨しか残っていなかった。ベルナール。わかるかね。足は白い骨しか残っていなかったんだよ……」

春のはじまりとは言え、雲仙の夕方は冷たい。だがこの熱湯のふきでる谿川の周りだけが湯気のあたたかさで幾分、寒さを我慢することができた。

「ベルナール。長崎の基督教信者たちはね、これほどの拷問まで受けたんだよ。火あぶり、水責め、そしてこの雲仙での熱湯づけ。……さあ、眼を大きくあけて君の足もとを見たまえ」

フューレ神父は怒ったように二人の足もとを指さした。プチュプチュと不気味な音をたてて熱湯の泡が水面にうかび、破裂している。

「ベルナール」

「はい」

「君がもし、ここに立たされて神と基督とを捨てねば、このすさまじい湯のなかに少しずつ入れると言われたら……頑張るかね」

フューレ神父の突然の質問にプチジャンは驚いて顔をあげた。だが相手は本気の顔をしていた。

「どうなんだ。君は耐えるか」

「私には……」

とプチジャンは苦しげに口ごもった。

「私には……わかりません。あなたはどうでしょう」

「私か。私も正直、耐えられるか、どうかわからない。主に祈るだろうが……。だからベルナール、このような拷問にさらされた日本人信者が遂《つい》に信仰を捨てたとしても……私たちには彼等を非難する権利はない」

「そうです」

「そうしてもう一つ、これほどの迫害と拷問が長年続くうち、この日本で基督教信者が一人残らずいなくなったとしても、ふしぎではないのだ。いや、むしろそれが当然だったと考えるべきだろう」

プチジャンは今ようやく、フューレ神父がなぜ自分をこの雲仙まで連れてきたのかが、わかった。神父は言葉では諦《あきら》めさせることのできなかったプチジャンに迫害のすさまじい現場を見せることで夢から現実に戻そうとしたのだ。

「ベルナール。私は四日後、長崎を去る」

「もう四日後ですか」

「そうだよ、ちょうど琉球に行く船が出るのでね。出発が早くなったのだ。君は私のかわりにあの出来たばかりの大浦の教会を守ってくれねばならない」

不安そうにうなずくプチジャンの肩を叩《たた》きながらフューレ神父は、

「心配するな、君は一人じゃない。私のかわりにロカーニュ神父が交代で長崎に来てくれるから。だから、もう君はこれまでの夢想からさめてほしいのだ。日本にはまだ基督教徒の子孫がひそかに信仰を守っているなどという子供っぽい空想から……」

プチジャンは顔を赤らめてフューレ神父のさとす言葉をじっと聞いていた。

「過去は捨てようじゃないか。ベルナール」

かすかにプチジャンはうなずいた。

雲仙から戻って三日目、フューレ神父はその言葉通り、長崎を去った。大波止《おおはと》とよばれる舟つき場まで見送ったプチジャンやお兼さん夫婦は小舟で琉球行きの船にむかうその姿にいつまでも手をふった。

フューレ神父のいなくなった大浦の教会はうつろでガランとしていた。心細さと責任感とがこもごもプチジャンの胸にこみあげてくる。そして今更のようにフューレ神父の存在の重みをひしひしと感じた。そしてプチジャンは後任のロカーニュ神父が早く到着するのを一日千秋の思いでまった。

雲仙で見たあの熱湯地獄で彼も日本の切支丹《キリシタン》に加えられた迫害のものすごさが今更のようにわかった。子供っぽい夢想を捨てろと言うフューレ神父の忠告は歯にしみる水薬のように彼の胸にしみた。

（私にはこの大浦の教会を守る責任がある）

とプチジャンは自分に言いきかせた。彼はその責任を果すため、フューレ神父の使っていた会計簿を調べ、教会日記を書き、フランスに手紙をしたため、横浜の上司に毎週の報告をだす決心をした。そして彼にとっては日課ともなったあの「チョーマワリ」をきっぱりやめることにした。

秋になってロカーニュ神父が横浜から赴任してきた。プチジャンはロカーニュ神父とともに、教会の完成に力をそそいだ。

元治二年（この年の四月、慶応と改元された）の一月二十四日、プチジャンの国の暦でいうと一八六五年二月十九日、大浦の日本初のカトリック教会がついに竣工《しゅんこう》した。フューレ神父が帰国してから十ヵ月が経っていた。

その日、長崎は晴れていた。それはいつもと何の変りもない日で、

「お兼さん。御亭主殿に庭の掃除ばするよう、言うてくだされ」

そう命じて彼自身も昼の食事のあと、かわいた布をもって建ったばかりの教会のなかに入った。祭壇の前にたった彼は、日本人の大工がフューレ神父の指図で懸命に完成した内陣をあかず眺めた。

うつくしいと思った。それは彼の故国のフランスのシャルトルやパリやランスの大教会のように巨大で贅《ぜい》をこらした大寺院ではないけれども、そのかわり日本の優美な寺のように簡素で木の香りがして清楚《せいそ》だと思った。そしてこの可愛《かわい》い教会を自分に委《まか》せられたことを感謝した。

彼はかわいた布で祭壇や祭壇の両側にあるイエスと幼いイエスを抱いた聖母像をふき、蠟燭《ろうそく》を整理し、ミサ用の葡萄酒の数をかぞえた。

少しあいた扉の間から今日もめずらしげにこちらを眺めている見物人たちの群れが見える。

奉行所から禁じられているので日本人たちはあそこから一歩もなかに入ってこない。

この国では基督教《キリストきょう》禁止令はいつまで続くかわからないのだ。

掃除が終ると祭壇の前に跪《ひざまず》いて手をあわせた。復活祭はもう近い。色硝子《いろガラス》をはめた窓から光がさしこんでいる。時間は十二時半を少しまわった頃だった。

祈っている彼の背後でかすかな物音がした。

お兼さんの夫か、と思ってふり向いた。そしてプチジャンは四、五人の日本人がそっとこっちを窺《うかが》っているのを見た……。

いずれも粗末な衣服を着て褐色にやけた顔の男たちだった。彼等はまるで物かげから気配をうかがう鼠《ねずみ》たちのようなおどおどした眼をしていたが、プチジャンの視線をうけると、あわててさっと引っこんだ。おそらく好奇心で入ってはならぬ門内に入り、そっと教会のなかを覗《のぞ》きにきた連中だろう。

苦笑しながらプチジャンはまた手をくみ、祈りをつづけようとした。

また、かすかな物音がする。今度はふり向きもせず知らぬ顔で跪いていた。そのほうが日本人たちにゆっくり祭壇やイエスや聖母の像を見物させてやることができる、と思ったからだ。

果せるかな、少し調子にのって、二歩、三歩、前進する足音が背後で聞える。そこで彼等が立ちどまり、日本人特有の好奇心にみちた眼つきで祭壇を見ているのがプチジャンにはよくわかった。

おや、少しずうずうしくなったぞ。日本人たちはもっと近くまでやってきたようだ。間ぢかで祭壇や祭壇の上の金色の十字架、燭台《しょくだい》をしかと見ようというわけか、そして教会の外でこわごわ待っている仲間に得意気に報告するわけか。

「こがんごと、おかしか物の並んどったばい、ありゃ、なんて言うとじゃろね」

その会話までがプチジャンには耳に聞えるようだった。その時、

「異人さま……。うちらはみな……異人さまと同じ心にござります」

女の声だった。中年の女の声だった。女がすぐ背後で重大な秘密をうちあけるように、小さくささやいた。

「異人さま。うちらはみな……異人さまと同じ心にござります」

プチジャンは夢からさめたように現実に引き戻されて、眼を大きく見ひらいてうしろをふり向いた。

女の年の頃は四十か、それ以上かもしれぬ。日本の女の年齢を言いあてるのは仏蘭西《フランス》人の彼にはむつかしかった。彼女は緊張のあまり、半泣きのような表情をしていた。

「うちらはみな……異人さまと同じ心にござります」

その言葉の意味さえわからぬほど彼は茫然《ぼうぜん》としていた。そしてその意味が摑《つか》めた瞬間、彼は太い棒で頭を撲《なぐ》られたような衝撃をうけた。

「彼等」なのだ。「彼等」が今、遂にあらわれたのだ。女はたずねた。

「異人さま。サンタ・マリアさまの御像は、どこ」

プチジャンは立ちあがろうとしたが立ちあがれなかった。あまりの烈《はげ》しい感動に彼は身動きをすることさえできず、

「サンタ・マリアの……像……」彼は呻《うめ》くように言った。

「来なされ」

女をプチジャンは祭壇の右側にある聖母像の下に連れて行った。冠をかぶり、幼いイエスを抱いた若い聖母の像がそこに微笑《ほほえ》みながら立っていた（この像は今日でも大浦天主堂にそのまま置かれている）。

プチジャンの指さしたものに女も他《ほか》の男女も眼をむけた。しばらく沈黙が続いて、

「可愛か……」

さきほどの女性が吐息とも溜息《ためいき》ともつかぬ声をだした。と、他の男女も同じように

溜息をついた。

「お前さまたちは切支丹か……」

この時プチジャンの声はかすれていた。彼の咽喉《のど》はからからに乾いていた。

「へい」

と前列にたった若い男が皆を代表してうなずいた。

「私は……」

とプチジャンは自分が神父であることを教えようとした。しかし神父という日本語は当時まだなかった。

「プチジャン、プチジャン」

自分の鼻を指さし彼は二度おのれの名をくりかえして口に出した。

「お前さまたち、どこから参りました」

「浦上」

「浦上?」

「金比羅山《こんぴらさん》の向う」

プチジャンにはそれが何処《どこ》かが、よくわからなかったので黙った。沈黙が続いた。

「お前さまはまことパードレにございますか」

と若い男が懸命になれぬ敬語を使ってたずねた。

パードレ。ポルトガル語で「父」や「神父」のことだった。プチジャンはポルトガル語は知らなかったがラテン語からその意味を理解してうなずいた。

「そう。パードレ」

だが若い男はまだプチジャンを疑うように、

「そんなら、ゼウズさまの生れられた日も、悲しみの日のことも、よう承知されとるですか」

とたずねた。

ゼウズというのがイエスのことであるのはプチジャンにもわかったが、悲しみの日のことは何かすぐ思いつかなかった。しかし彼は復活祭の前の週のことだろうと想像した。

「知っとります。今がその悲しみの日」

そう答えると青年だけでなく、その周りの男女がまるで我が子の賢さに満足する母親のように微笑んだ。

「浦上は切支丹はあまた、おりますか」

とプチジャンはたずねた。今度は彼の質問する番だった。

「浦上のなかでも馬込は仏教ば信じとるたい」

と誰かが答えた。その時、入口から声がした。

「早う。役人の来るぞ」

その声に聖堂にいた男女はさっとプチジャンから離れた。そして煙のように出口から消えた。

昼すぎのがらんとした聖堂にプチジャンは立ちつくしていた。言いようのない感動の波が次から次へと胸中に押しよせてくる。叫びたかった。フューレ神父にこう叫びたかった。

(ごらんなさい、この長崎に彼等はいたのです。存在したのです。なんという素晴らしい街でしょう)

二百年以上のものすごい迫害とすさまじい圧迫とに日本人の基督教徒は豪雨のなかの一本の木のように耐え、生き残っていたのだ。あの琉球で酔いどれの中国人が語ったことは嘘《うそ》ではなかった。そしてその二百数十年の間、地下にもぐりこんでいた日本人の基督教徒と最初に出会ったのが、ほかならぬ自分だと思うとプチジャンは眩暈《めまい》のしそうな興奮におそわれた。

「主よ、有難うございました。有難う……ございました」

跪いて手を組みあわせたが、泪《なみだ》は滂沱《ぼうだ》としてあふれた。泪でかすんだ眼にあの可憐《かれん》な聖母像がうつった。「可愛か……」と言った女の声はまだ耳にはっきり残っていた。

（彼等はまた来るだろう。来るにちがいない）

プチジャンはたった今、煙のように消えた男女がこのまま彼との連絡を断つとは思わなかった。

（私は……慎重にせねばならぬ。軽率なことをして奉行所の伊藤清左衛門などに見つかれば、もとも子もなくなる）

そう考えると彼は外にたっている見物人たちにもわざと素知らぬ顔をしようと思った。まったく関心のない態度を示しながら彼は教会を出てお兼さんに用を命じに行った。

次の日、雨。胸はずませながら彼等を待った。

予想通り、この日もいつも以上の見物人が教会の前に集まってきた。プチジャンはわざと教会の扉をひらいてみせ、鍵《かぎ》のかかっていないのを皆にそれとなく見せた。

まもなく何人かの男女がそっと忍び込んでくる。聖母像の前で立ちどまり、かすかに何かを呟《つぶや》きながら、さっと去っていく。しばらくすると別の四、五人がもぐりこむ。いずれも粗末な衣服をまとっている。土くさい顔やおちくぼんだ眼で彼等がながい労働に耐えた農夫たちであることはよくわかった。

夕方になった時、少し不満げな顔で伊藤清左衛門が姿をあらわした。

「プチジャン殿」

と彼は教会のなかをいかにも胡散《うさん》くさげに眺めると、

「フューレ殿から聞いておられましょうが……日本人はこんなかに入ることば許されとりまっせん」

「なして、いけませぬ」

プチジャンはとぼけて、

「そげん取りきめは、はじめて私、聞きました。私は日本人に切支丹ば教えてはならんとは知っとりますが、教会ば見物するのをとめよとは聞いとりまっせん」

清左衛門は当惑した顔をした。

なめてかかったプチジャンが意外と頑固なため、伊藤は持てあました恰好《かっこう》で引きあげていった。だが次の日から彼と部下とは教会のすぐ近くにある寺を詰所にした。そこから半時間おきに見張りを出し、見物人とプチジャンとが接触するのを監視しはじめたのである。

「パードレ、気をつけてくだされ」

見張りの役人の目をかすめて教会のなかに忍びこんできたあの青年がそっと言った。

「向うもどうやら、怪しかて思うとります。役人のなかには刀ばとり、丸腰のまま見物人にまじって、目ば光らせとる者《もん》もおります」

プチジャンはうなずいた。彼もまたそれに気づいていた。

「わしらはパードレば遠くから見たら左の手ばこげんごと胸にあてます。そしたらそん者は中野郷の者ですたい」

この時咳《せき》ばらいの音が扉のかげでした。それは見張りの役人がこちらにやって来たという合図だった。

「どこかで話ばしたか、どこがよかか言うてくだされ」

とプチジャンは去ろうとする青年の背に早口で声をかけた。青年は足をとめて、

「明日、昼さがりに金比羅山のふもとのお諏訪《すわ》さまの門前で待っとりますばい」

そう答えると急いで外に出て行った。

役人が姿をあらわした時、プチジャンは素知らぬ顔をして祭壇を整えていた。教会の内陣には一人の人影もなかった。連絡が行き届いて見物人たちはただ遠くからこちらを見ているふりをしていた。

翌日が待ち遠しかった。日がくれるのがもどかしいほど長かった。

プチジャンは横浜の上司に手紙を書き、この奇蹟《きせき》的な日本信徒の発見を報告した。悦《よろこ》びのために彼の手は時々、中断し、紙の上にインキの染《し》みを作った。

翌日、彼はお兼さん夫婦をあざむくため、

「チョーマワリばして参ります」

と嘘をついた。

「チョーマワリ？　久しぶりになされますな」

とお兼さんの夫は笑った。

いつものように坂をおり畠《はたけ》と畠の間をぬって海近くの路《みち》に出る。見物人たちはびっくりしたように彼に頭をさげ、寺の前にたった伊藤清左衛門が眼をパチクリさせて、

「プチジャン殿、どこに参られる」

「ハタば習いに参ります」

プチジャンはおどけた顔で右手で凧《たこ》の糸を引く真似《まね》をした。

「そいはよか」

清左衛門はいかにも安心したようにうなずいた。彼もプチジャンがオランダ人とハタ合戦を行ったことを知っていた。

海ぞいの路を出島と濠《ほり》ひとつ隔てた通りに出て、更に金比羅山の方向にむかってプ

チジャンはぶらぶらと歩いた。いつものチョーマワリのように。いかにも呑気《のんき》そうに……。

この偽装工作はたしかに成功した。プチジャンのチョーマワリはもう誰もが知っていたから、今、諏訪神社の坂をぶらぶらとのぼっている彼の姿をこと更に怪しむ者はなかった。

神社の石段に春の陽があたっている。その春の陽を受けた石段に天秤《てんびん》をおろし、腰かけている若い男が一人いた。大浦の教会で今日、会う約束をしたあの青年だった。

青年もまた慎重だった。まわりには二人の子供が石蹴《いしけ》りをして遊んでいるだけなのに、プチジャンの姿を見ても素知らぬ顔で立ちあがり、天秤を肩にかついで歩きだした。うしろについてこいという意味だとはすぐプチジャンにもわかった。

神社の横をぬけ、彼は山のほうに向った。山は凧あげで有名な金比羅山である。この山をこえたところに中野郷や馬込郷の浦上村がある。

桜の花が咲いていた。山のどこかで鶯《うぐいす》もないていた。その花が見え、鳥の声の聞える路を、この奇妙な二人が他人どうしのように、距離を保ちながら山をのぼっていった。

やがて、もうここなら安全と思ったのか、青年は足をとめてふりかえった。

「ここがよかたい」

と彼は路ばたの石にプチジャンを坐《すわ》らせ、かついできた籠《かご》のなかから竹筒をとりだした。

「咽喉の渇きなさったでしょ」

竹筒のなかの水をプチジャンはむさぼるように飲んだ。飲みおわると竹筒をかえし、

「あなたの名は何と申されますか」

とたずねた。

「清吉」

「毎日、毎日、私は切支丹《キリシタン》ば探しとりましたよ。チョーマワリばして子供にきき——しかしだめでしたばい。あなたは私がハタまであげたのを知っとられたですか」

プチジャンは恨みをこめて呟いた。

「へえ、知っとりました」

「そしたらなしてもっと早う、名のってはくれんでしたか」

「パードレさま。そいは危なか」

清吉は困ったように首をふった。

「奉行所があげん目ば光らせとります……」

「清吉さん、言うてください」プチジャンは咳《せ》きこむように「お前さまの村とは別に切支丹のいる場所はあるとですか」

「多くはなか。ばってん中野郷のほか家野郷、本原郷の者もおおかた切支丹ですたい。外海《そとめ》にも平戸《ひらど》や生月島《いきつきしま》や五島にも切支丹のおるて聞いとります」

外海も平戸も生月島も五島も何処にあるか、プチジャンは知らなかった。しかしそんな各地にまだ基督教徒《キリスト》が二百数十年もの歳月の間、息をこらして生きつづけたことが彼を息のつまるほど感動させた。

「奇蹟《ミラークル》だ。まったく《セ・》奇蹟《ミラークル》だ」

彼は思わず仏蘭西語でそう叫んだ。だがどのような方法でこれら日本の基督教徒は人目をあざむきながら、その信仰を守りつづけたのだろうか。

ぽつり、ぽつり、清吉の語るところによれば——、

教えてくれる神父も、心の拠《よ》りどころである教会もなくなってから、中野や家野、本原の郷の住民は仕方なく、口づたえに父や母が信じた基督教を子や孫に伝えることにしたと言う。

だがすべては秘密のうちに行わなくてはならぬ。自分たちが切支丹であることは他の村に絶対に気づかれてはならぬ。

だから奉行所の御命令でどの家も仏教徒に変ったことにした。毎年一度の踏絵にも出て、キリストや聖母の顔を踏むようにした。

しかし人目にわからぬよう、自分たちの間では基督教の洗礼を赤ん坊に授け、クリスマスや復活祭を祝い、毎日の祈りも唱える生活をつづけた。

もちろんそうした洗礼やミサを行う神父がいないから、仲間からそれぞれの役をやる者を選んだ。

クリスマスや復活祭がいつかを毎年くりだして仲間に伝えるのが「帳方」という役である。

赤ん坊が生れるとそれに洗礼を授ける役が「水方」という。洗礼の際、赤ん坊の額に水をかけるからであろう。

「水方」と「帳方」との間の連絡係は「聞き役」という。

だがそういう秘密の役をつくり、きびしい仲間意識があっても、いつ奉行所の眼に発覚するかもしれない。

事実、浦上には幾度か、奉行所の手入れがあった。寛永年間に一度、天保《てんぽう》年間に一度。浦上は長崎奉行所にとっては胡散《うさん》くさい、疑わしい集落だったのである。

「そいでも、わしら、負けんやったばい」

と清吉は若者らしく誇らしげに笑った。

「今は温和《おとな》しゅうしとるけん、奉行所も手ば出せまっせん。ひとつには奉行所のほうも何ぞ大事の起れば、お上《かみ》からおとがめば受けるゆえ見て見んふりばしとっとたい」

「清吉さん。いつ、その中野郷に私ば案内してくれますか」

プチジャンは眼をかがやかせ突然言った。

「私はお前さまたちに会いたかですよ。会うてね、私が赤児にバプティスモ（洗礼）をあたえたい。私がお前さまたちのためミサをやりたい」

鶯の声がのどかに聞えるなかで二人は別れ、別々の路をたどった。清吉は山をこえて中野郷に戻り、プチジャンは何くわぬ顔をして大浦の教会に戻ったのである。

だが、プチジャンは気づかなかった。彼がチョーマワリを装《よそお》って諏訪神社に向っている時、うしろから一人の男がそっと尾行していたのを知らなかったのだ。

長崎の奉行所はそれほど馬鹿《ばか》ではなかった……。

スパイたち

プチジャンが教会のなかに消えたのを見届けると尾行の男は教会の真下にある寺に戻った。見張役人の詰所となっていたその寺は、今日も現存していて日観寺という。

「おっ、帰りよったか」

伊藤清左衛門はいらいらしながら男を出迎えた。

「で、あん異人、どこに参ったとか」

「お諏訪《すわ》さまの入口まで、ぶらぶら歩いとりましたばい。ばってん、何とのう怪しかて思うとりましたが、そん通り、入口に天秤《てんびん》ばかついだ若か者の待っとりまして……」

「うむ」

「金比羅山に二人して登って行きよりました。林のなかから窺《うかが》っとりますと、こそこそ談合ばしとります。そん物売りは浦上から来よる若か者《もん》て思われます」

「やはり、そうか、あん異人、いかにも温和しか声ば出すばってん、相当のくわせ者たい」

清左衛門は神経質に眼をしばたたきながらうなずいた。

「どげん、致しましょうか」

と男はたずねた。

「あん若か者ばきつう吟味致しますか」

「待て、待て。事ば荒だてるとはすぐできるばい。相手は異人たい。こっちの一存で勝手に処理ばして、国と国との争いになればこりゃ考えもんぞ。本藤殿《ほんどう》に伺ってみることしよう」

伊藤は慎重というよりは責任が自分にすべてかかるのを怖《おそ》れて、その日の午後、奉行所に戻ると通詞の本藤舜太郎《しゅんたろう》に報告をかねて相談した。

本藤舜太郎は江戸からこの長崎にオランダ語を勉強に来た男だったが、命を受けて長崎奉行所で通詞と嘱託のような形で働いていた。後年、彼に石臼《いしうす》という渾名《あだな》のあったのは体が臼のようにどっしりしていたからではなく、万事、細心で軽々しく動かぬためだった。

「伊藤殿、それはよく辛抱された。早急に荒立てるよりは、しばらく静観したほうがよいと思います。事が表に出れば、長崎奉行所は今日まで禁制の切支丹《キリシタン》たちを放置しておったと御公儀よりお咎《とが》めもあろうし……そうなれば、まずい」

まずい、という言葉を殊更《ことさら》にひくい声で言って、本藤は自分の首を手で切る真似《まね》をした。

「それゆえ、しばらく見て見ぬふりをなさるが上策」

「ばってん、切支丹の百姓どもも、あん異人も、図にのって奉行所ば侮《あなど》りはせんですか」

「いや、見て見ぬふりと申しても、何も探るなと申してはおらぬ。むしろ浦上の中野、家野、本原の郷にはじっと眼を光らせねばならぬ。そのためには信用おける百姓を一人、密偵にとりたててもよいな」

「百姓ば使うとでございますか」

「さよう。奉行所の役人ならば、丸腰になっても向うはいずれは見ぬくにちがいない。一方、あの異人の動きは……この本藤舜太郎が探りを入れて参る」

本藤は何か考えがあるのか、自信ありげにそう答えた。

本藤舜太郎は奉行所の他の役人とちがいオランダ語を学び、出島のオランダ人たちとも交際があったから、日本の未来について彼なりに憂《うれ》えていた。

奉行所の他の役人たちが相もかわらず、おのれの俸禄《ほうろく》や地位に汲々《きゅうきゅう》とするあまり、幕府の政策である保守的な鎖国令に従順であるのにたいし、彼は日本はいずれは厚い扉をひらいて各国と交わらねばならぬと思う開国論者だった。しかし賢明な彼は奉行所にあってこの自分の考えを露《あら》わに主張はしなかった。

だが――。

開国論者である彼もプチジャンという異人が奉行所とのかたい約束をやぶり切支丹の布教をひそかに画策しているのを許しがたいと考えた。

（約束は約束だ。御奉行は日本人には切支丹の教えを説かぬという条件で大浦に住居を与え、南蛮寺を建てることも認めた。それなのに異人はその格別の寛大さをなめてかかり、更に約束を破ろうとする）

これは日本人を馬鹿《ばか》にした態度だと舜太郎は思った。

だが早まって手を出すのはまずい。外国人を相手に交渉する時は、感情よりも理である。何よりもその理を裏うちする材料を集めねばならぬ。それを今日までオランダ人を相手にしてきた彼は身にしみて知っていた。

だから――、

伊藤清左衛門にもそう命じ、自分もまたプチジャンをさりげなく訪問することにしたのである。

訪問の目的は――考えた末、オランダ語通詞として更に仏蘭西《フランス》語を習いたいということにした。それならば、相手も怪しむまい。

「私に？」

清吉と密談してから二日後、何も気づいていないプチジャンは小肥《こぶと》りの若い侍の訪問をうけて、その来意をきくと、びっくりした眼をした。

「奉行所でオランダ語の通詞ばされとるですか」

「さよう」

うなずく相手を見ながらプチジャンもプチジャンで素早く計算した。

（この男なら頭もそう悪くはなさそうだ。ひょっとすると、奉行所の動きを知る手がかりになるかもしれない）

仏蘭西語を教えながらそのかわり彼から奉行所がどこまで気づいているかを探ることができると思ったのである。

「よろしか。教えますよ」

プチジャンはにこにこしてうなずいた。

翌日から昼食の前に奇妙な勉強がはじまった。師弟関係でありながら、実は相手を探ろうという勉強である。

「セ・チュンヌ・ターブル」

とプチジャンが言うと、舜太郎も、

「セ・チュンヌ・ターブル」

とくりかえす。しかし本心は別のところにある……。

アー・ベー・セー、から始まった仏語の勉強は舜太郎がオランダ語の心得があるだけに予想よりもはるかに早く進んだ。

三百年前に、日本に最初に基督教《キリストきょう》を布教した聖フランシスコ・ザビエルが日本人の頭のよさに舌をまいていたが、プチジャンもこの奉行所の青年の頭脳には感心せざるをえなかった。

授業の合間、プチジャンはお兼さんにとっておきの珈琲《コーヒー》を持ってこさせ、それをすすめながら少し雑談した。それが彼の本当の目的だった。

「苦《にが》かですか」

プチジャンが珈琲に顔をしかめた舜太郎を笑うと、

「いや。お国のものならば何でも味おうてみたく思います」

この日本人青年は顔を赤くした。

「私の国のものは何でも味おうてみたか?」

プチジャンは切りこむように訊《たず》ねた。

「はい」

と舜太郎はうなずいたが、プチジャンの真意がわかったとみえ、

「ただし、我ら日本人の口には毒とならぬものを……」

と訂正した。プチジャンはただちに反撃した。

「毒？ 仏蘭西のもんで何が日本人の毒になっとでしょう」

舜太郎は答えない。答えずに片手で珈琲茶碗《ぢゃわん》を持ったまま、じっと宣教師の顔を眺めている。

そのまともな視線を受けながらプチジャンもこの奉行所から来た日本青年が何を言おうとしているかを了解した。

「お前さまは……」

プチジャンは怒りをかすかに含んだ声をだし、

「切支丹の教えがまこと日本人には毒と思うとられますか」

「毒か薬かは……わかりませぬ。だが長い間、我ら日本人は切支丹の教えは害あるものとして退けて参った。それを忘れて頂いては困る」

「よう存じておりますたい。本藤さま」

「ではお訊ねしますが……切支丹の教えでは約束を破ることは正しき振舞いか、悪《あ》しき行いか。いずれでございます」

「もとより、悪かとです」

「では……」

と舜太郎は珈琲茶碗を卓子《テーブル》の上において静かに答えた。

「約束は守って頂きたい」

「約束？」

「さよう。奉行所がこの大浦に切支丹の寺を建てることを許したのは……ただ異人のためであって、日本人のためではない。その約束はかたく守って頂きたい」

静かだが、その声には力があった。プチジャンは思わず狼狽《ろうばい》して顔を赤くした。

「さて」

と舜太郎はまるで何もなかったように、

「課業をお願いいたします」

そして椅子《いす》に坐《すわ》りなおした。


市次郎は近いうち、長崎に用足しに行き妹のミツや従妹《いとこ》のキクの様子を一寸《ちょっと》、のぞいてくるつもりだった。

彼女たちが冬の辛《つら》さをよく辛抱してはじめての奉公を無難にやっていることをほめてやりたかったし、それにこの頃、咳《せき》のひどくなった婆《ばば》さまの薬も手に入れたかった。

明日、行こう、明日、行こうと考えながら一日のばしにしていたある日、畠《はたけ》で働いている彼を聖徳寺の小僧がよびに来た。

「和尚《おしょう》さまが……俺に急用て？　どげんことじゃろ」

と首をかしげたが、小僧は知らんと答えると、今来た路《みち》を走って帰った。

市次郎は鍬《くわ》をおくと、その足で聖徳寺に行った。

和尚は一人の侍と本堂の横の座敷で話をしていたが、庭にまわってしゃがんだ市次郎に気がついて、

「来たか」

それから侍にむかい、

「こいがお話ばいたしておりました馬込郷の市次郎にございます。妹は長崎の商家で働いとりますが……」

それから市次郎に、

「御奉行所の伊藤清左衛門さまだ」

と教えると、

「お前に来てもろうたとは、役にたつ若かもんば一人、出せていう御奉行所の御指図で、色々と考えた末、お前がよかたいて思うてな」

とつくり笑いをうかべた。

何のことか市次郎にはわからず、これはひょっとすると何ぞ辛い仕事でもさせられるのではないかと不安を感じながら、頭をたれていた。

「市次郎とやら」

伊藤清左衛門は茶をすすりながら、

「御住職の言われた通りたい。ひとつ、奉行所のため、手ば貸してくれんかの」

と何でもないような声を出した。

「へえ」

「別にむずかしかことではなかと」

と和尚が言葉を引きとって、

「どうもこん頃、中野郷、本原郷の者《もん》たちが怪しか気配ばみせとる。あん郷の連中はお前も知っとるごと、昔からクロて言われて切支丹ば出したところたい。たびたびの御詮議《せんぎ》で、もう消滅したて思うとったが、近頃、長崎の南蛮寺の異人のかくれて来とるごとある。そいばお前、そっとな、見届けてくれんか」

「そうたい」と伊藤清左衛門は横からうなずいて、

「奉行所の者では向うも怪しんでかかるじゃろう。同じ在の百姓ならば気ばゆるしてボロば出すかもしれん。どうやろ、引きうけてくれんか。褒美《ほうび》ばとらせるぞ」

市次郎にとっては考えもしない依頼だった。びっくりして彼は目を丸くした。

市次郎は根が正直で正義漢のところがあったから、他人の秘密を曝《あば》いたり、密告したりすることには嫌悪《けんお》を感じた。

相手がクロであれ、切支丹だとしても彼等が別に自分に害を与えていないのに、それを探るのは性にあわない。

「へえ」

だから彼は不承不承に口をとがらせて曖昧《あいまい》な声をだした。

「承知か」

聖徳寺の住職はまるで市次郎が承諾することが当然であるように立ちあがり、

「伊藤さま、こいで話は終りましたばい。久しぶりで、どげんでしょ……」

と碁石を指にはさむ恰好《かっこう》をした。おう、と答えて伊藤清左衛門も立ちあがった。二人はそのまま奥の部屋に消えた。

その夜、いつになく沈んでいる市次郎に父親が藁《わら》をうちながらたずねた。

「なんか、あったとか。おめえ、顔色のわるかばってん」

市次郎が今日あったことを話すと、父親はしばらく沈黙していたが、苦々しげに、

「しょんなか」

と呟《つぶや》いた。仕方がないではないか、という百姓の諦《あきら》めの言葉である。市次郎の気持もまた「しょんなか」だった……。

しかし彼はすぐには中野郷や本原郷に足を入れはしなかった。うしろめたさと気の重さとが彼の足を鈍らせた。

だがいつかは命ぜられたことをやらねばならない。奉行所の命令はやはり市次郎のような農民には絶対だった。

畠仕事を早く終えた夕暮、彼は父親にだけうちあけて馬込郷と中野郷との境になっている浦上川をわたった。

それは別に何の変化もない夕暮の風景だった。雑木林や畠や丘陵を背景に、つぶれたような藁屋根の家があちこちに数軒ずつかたまっている。

人に見つからぬように林のなかに入った。新芽のふき出た春の林は青くさい臭《にお》いがした。その新芽をつまんで彼は口のなかに入れた。

しばらく幹にもたれ、家々を眺めたり、牛を引いている子供の動きを追っていたが、それにもあきた。もともと市次郎には密偵をしようなどという気持も好奇心もなかったのである。

(何もなかですたい。馬込と変りはなか)

彼は聖徳寺の住職にそう報告しようと考えた。そして早くこんな面倒臭い役を免除してもらおうと思った。

だがその時――、

子供の引いている牛のかげに彼はもう一人、大人が歩いているのに気がついた。丈のたかい大人だった。

百姓とはちがう。と言って侍でも町人でもない。百姓風の恰好をしているが異人だった。異人が野良着《のらぎ》を着ているのである。

「あッ」

と市次郎は思わず声を出した。

異人には見憶《みおぼ》えがあった。どこかで会ったような気がした。首をかしげた市次郎は、

(あん大浦……、南蛮寺)

急に記憶を甦《よみがえ》らせた。妹やキクをつれて大浦で評判の南蛮寺を見物した折、出口から姿をあらわした若いあの異人である。

(おお、そうやったか。やっぱり……)

やはり奉行所の役人が疑っていたことは嘘《うそ》ではなかった。でなければ南蛮寺の異人がわざわざ、こんな中野郷にやってくることも、野良着までまとって牛のうしろにか

くれながら歩いている筈《はず》もなかった。

異人と子供と牛とはそのまま一軒の家の前でたちどまり、あたりの気配を窺《うかが》ってい た。と、家の戸が突然あいて誰かがさっと顔を出した。その瞬間、異人だけが吸いこまれるようにその戸のなかに入り、牛と子供とはまるで何もなかったように歩きだした。

（こいはア、一大事ばい）

何が一大事かわからぬが、市次郎の頭には一大事という言葉が渦をまいてグルグルまわっているような気がした。

幹にしがみつくように身をかくし、彼はなお眼をこらしていた。

異人の入った家はそのままである。だがまもなく、さりげないふりをして二人の百姓がその家の前を通りかかり、なかに消えていった。

続いて別の方角から三人の女があらわれ、同じように問題の家に入った。それからまた別の男たちや女たちが次々と吸いこまれていく。

「ふむゥ——」

もう市次郎にもはっきりとしていた。あの家のなかで中野郷の者たちは異人と共によからぬ談合をしているにちがいないのだ。

（何ば話しおうとるとやろか）

近づいて聴こうかと思った。しかしあまりあの家に接近して万が一見とがめられれば元も子もなくなると考えると、今日はここで引きあげるのがいいように思えた。

馬込に戻ってきた時は、空に星が光っていたが、

「聖徳寺に行ってくっけん」

彼は家のなかにそう怒鳴ると、その足で聖徳寺まで駆けていった。

「そうか。何かやっとるては思うたばってん、やはり、そうか」

住職は夕飯の箸《はし》をおいて考えこんだ。

「もう、こいでよかですか」

市次郎はこれ以上、密偵の役は御免だったから、そうたずねると、

「何ばいいよっとか。こいから眼ば光らせて、あん連中のすっことば見とらんばいかん」

と逆に叱《しか》られてしまった。

「そげんことなら、なして早う中野の者《もん》ば捕えんとですか」

「泳がすっとさ。泳がすっとたい。そして言いのがれのできんごとせんばいかん。なんせ、異人も加わっとることじゃけん、慎重にせえて御奉行所の仰《おお》せたい」

意にそまぬ仕事だったが市次郎はその後も三、四度、中野郷の動きをさぐりに出かけた。

あの異人が五日に一度ほどあらわれ、あの家に姿を消すと、中野郷の者は老人や幼い者まで次第に集まってくる。赤ん坊まで母親や姉に背負われて連れてこられることもある。

家のなかで何をしているのかはわからない。それを探索しようとしたが、見張りのいることに気がついて、あわてて身をかくしたこともあった。

いずれにせよ、中野郷の者は異人を中心にして何かを企《たくら》み、何かを行っていることは確かだった。

だが市次郎は自分のやっている行為がうすぎたないような気がしてならなかった。少なくとも善いこととは一向に思えなかった。

久しぶりに長崎に出かけたのは冬の間にあんだ草鞋《わらじ》や籠《かご》を市に売りに行くためだったが、同時に妹たちをたずねて、嫌な気分を忘れたいためだった。あどけないミツの顔をみれば気も晴れると思ったのである。

いつものように黎明《れいめい》に家を出て、草鞋や籠をのせた車を引きながら西坂の峠をこえた。長崎につくと、売りものを引き受けてくれる店に荷をおき、用を片付けると、その足で五島屋に出かけた。

お店《たな》の奉公人を勝手にたずねるわけにはいかないから、彼は裏門のあたりでしばらく誰かの出てくるのを待った。

半刻《はんとき》ほどしてミツやキクと同じ年頃の女中が外に出てきた。

「おトメさん」

この間、ひな祭りの日、キクやミツと一緒に街を見物させたあの子とわかったので、物かげから声をかけると、

「あれ、ま」

びっくりして、この五島出身の娘はなぜかしもやけでふくれた手で顔をおおうとバタバタと家のなかに戻っていった。

まもなく、

「兄《あん》しゃん」

ミツが嬉《うれ》しそうに裏門から顔を出した。

「おお、ミツか、まめで働いとったか」

「働いとった」

甘えたようにミツはニッと笑った。市次郎の目から見ると妹はいつまでも子供だっ

た。

「お父もお母も達者たい。お婆もまあまあばい」

そう教えてから彼は、

「キクは？」

とたずねた。ミツは、

「おキクさん……」

と一寸ためらって、

「気分の悪かごとある」

とうつむいて呟《つぶや》いた。市次郎は驚いて、

「病気か」

とたずねると、

「ううん。病ではなかと。ばってん……」

とミツは何となく煮えきらぬ返事をした。

「はっきり言わんか」

市次郎は妹に強い声を出して、

「キクはどげん、したとか」

上眼使いでその兄を見て、ミツは仕方なく、

「お父やお母に言うたらいかんばい、言わんて約束ばして」

「言わん」

「おキクさん。清吉さんの姿の見えんけん、すっかり、心のふさいどるとさ」

「清吉たア、誰たい」

「朝ここば通る物売りたい。兄しゃん、憶えとるやろが……」

幼い折、樹《き》に登って動きのとれなくなったキクを助けたのに、逆にひどく叱られたあの少年だと教えられて――市次郎はあの利発そうな顔を、思いだした。

「ませた子たい。キクは」

市次郎はおくての妹にくらべて、早熟なキクに苦笑しながら急に、

「そいつは……中野郷の者《もん》じゃなかか」

「そう」

「いかん」

ミツがびっくりして怯《おび》えた顔をするほど烈《はげ》しい声を市次郎はだした。

「いかん。そげん奴《やつ》のことば、考ゆるだけでもいかん」

彼は自分があの郷をさぐっているうしろめたさをこの言葉にこめて叩《たた》きつけた。

「キクによう言うとけ。馬込郷の女子《おなご》はどげんことのあっても中野郷の男に惚《ほ》れたらならんて」

「兄しゃん、なして、そげんきつか声ば出すとね、なして、馬込の娘が中野の男ば思うたらいかんとね」

「あいつらはクロぞ。何度も言うたやろが。御禁制の切支丹《キリシタン》ばこそこそ拝んどる連中ばい。近かうちに捕えられて御奉行所に引きたてられる者《もん》に惚れればどげんなる。いかん」

その言葉を口に出してから市次郎はしまった、と思った。中野郷が切支丹であることをはっきり知っているのは自分と聖徳寺の住職と御奉行所だけであり、それを決して他言してはならぬと命じられていたのだ。

「ミツ。今、兄しゃんの言うたことは、誰にも言うたらいかんぞ」

彼はあわてて妹の口を封じようとした。

「おキクさんにも言うたらいかんと？」

「キクには……キクにも言うたらいかん。ただ中野郷の男ば思うことは許さんて兄しゃんが言うとった、そげん伝えとけ」

彼はそう叱ると、怯えた妹に気づいて、

「また、来る。今度、来る時、南京芋《ナンキンいも》ば煮しめて持ってくるけん」

とってつけたような慰めかたをして帰っていった。

キクはキクで従妹《いとこ》から市次郎の来たことを教えられ、

「なして、うちに会わんで戻ったとね」

と怒りはじめた。ミツは仕方なく、いっさいをうち明けた。

（清吉さんが……切支丹……）

キクは茫然《ぼうぜん》として従妹の言葉を嚙《か》みしめていた。清吉さんが切支丹……。

馬込郷の娘にすぎぬ彼女には、この切支丹という言葉は何よりも死を意味した。怖《おそ》ろしい死刑囚を連想させた。なぜなら切支丹とはお上の定めを破って禁じられたものを信じる無法者のことと今まで教えられてきたからである。

清吉がその切支丹の一人と知らされた時、キクはまるでありうべからざる白昼夢でも見たあとのように、

（そげん馬鹿《ばか》んごたっこと）

と力なく呟いた。

しかし――、
思いあたることがないわけではなかった。いや、思いあたることは次から次へと心

に甦ってきた。

中野郷について皆が言っている噂《うわさ》。南蛮寺での清吉の奇怪な仕草。ひとつ、ひとつが市次郎の言葉を立証してくれる。

「そんなら」

と彼女は弱々しい声でミツにたずねた。

「清吉さんも近かうちに御奉行所に捕《とら》わるっとやろか」

「………」

ミツは困った顔で眼をふせた。そのミツのまぶたにさえも裸馬にのせられ、両手をうしろにくくられて、街を引きまわされる清吉の姿がちらっとかすめた。

(なして、切支丹なんか……)

キクは心の底から合点がいかなかった。なぜお上がかたく禁じ、正月のたびに踏絵を踏むほど嫌われていた邪宗に清吉が入っているのか、どうしても理解できなかった。

「兄《あに》しゃんは本当に御奉行所はすべてば知っとるて、言うとったと」

「うん」

「そんなら、早うそいば知らさんば、清吉さんに……」

キクのこの言葉にミツは怯えをいっぱいに眼にみせて、

「そげんことしたら、兄しゃんにひどう叱らるる……」

「よか。うち一人のせいたい。ミツは黙っとかんね」

その日一日、キクは掃除をしている時もお米さんを手伝って厨房《ちゅうぼう》で働いている時も黙ったまま何かを考えこんでいた。

どこか一点を見つめているような従姉《いとこ》の顔にチラ、チラと不安そうに眼をやって、ミツは何が起るかを怖れた。一度言いだしたらきかないキクの性格を、彼女は幼い時からよく知っていた。そして一度、決心したことは必ず実行することも、長い間、見なれてきた。

「ねえ、おキクさん」

その夜、寝しずまってからミツが断念させようと寝床に話しかけると、キクは知らぬ顔をして眠ったふりをした。

翌日の午前、雨がふっていたがさっきまで働いていたキクの姿が急に見えなくなった。無断で店を出たのである。

霧雨の中を傘もささず、キクは小走りに大浦の南蛮寺に向った。

清吉がひょっとして現れる場所といえば、あの南蛮寺しかない。キクは考えた末、そう思った。

キクが雨に濡《ぬ》れた裾《すそ》をからげ、白い脚をむき出しにして、駆けるように急いだ海ぞいの路《みち》はもう今日はない。その後、海だった場所も埋めたてたからである。

雨のふる海はもの憂《う》げな音をたてて浜を洗っている。黒い沖にはそれでも漁船が四、五隻《せき》、出ている。漁師のかたむいた家と家との間を水溜《みずたま》りのできた灰色の路が大浦まで走っている。

そこから肩で息しながら彼女はその路から南蛮寺の見える坂をのぼった。

雨のせいか、見物人の姿は今日はない。見張りをしている役人も見えない。着物も顔もしとどに濡れ、髪は額に乱れて、キクは南蛮寺の門前にたって周りを見まわした。雨あしが少し強くなり、海も浜も靄《もや》につつまれて煙っている。

彼女は役人が禁じている境界をこえて門のなかに入った。そして雨をさけるため、その入口の扉をそっと押した。

にぶい音をたてて厚い扉はあき、そこから高い天井や黒い柱や奥まった内陣の祭壇がはっきりと見えた。恐怖と好奇心とのまじった気持でキクはこわごわなかに入った。

祭壇の右側に異国風の姿をした女性の像がたっていた。その女性像は幼い子をかかえ、頭《こうべ》に冠《かむり》をかむっていた。

息をのみキクはその女性像を凝視した。彼女は今日までかくも清らかなかくも澄んだ女性の顔を見たことはなかった。そしてその女性もまた、キクを台の上から見おろしている。見おろしているその顔にしずかな微笑《ほほえ》みがうかんだように思われた。

（あんた……だいね）

キクはそのふしぎな女性像にかすかな怯えを感じながら一歩、うしろにさがった。そしてそのまま身じろがなかった。

外の雨の音がかなり弱まってきた。そして今までどこかに身をひそめていたらしい雀《すずめ》の鳴き声が聞えてきた。

その時、入口の扉が軋《きし》んだ音をたてた。やはり雨にぬれた男がそっとなかに入ってきた。彼はキクに見られているとも知らず、そのまま前に進むと、さきほどの女性像の前に身をかがめ、跪《ひざまず》き、手を組んで、頭をたれた……。

清吉だった。

毎朝、天秤《てんびん》をかついで物売りにくる清吉がこんな恰好《かっこう》をするとはキクは思いもしなかった。こんな顔をするとはキクは考えもしなかった。その顔には彼女の知らぬ恍惚《こうこつ》とした表情がうかんでいた。

言いようのない口惜《くや》しさがキクの胸に起きた。相手がたんなる像であれ、一人の女性に清吉がこんな顔をみせるのはたまらなく妬《ねた》ましかった。

「清吉さん」

彼女はうしろから鋭い声をだした。

「何ばしとっとね」

暗　闘

驚愕《きょうがく》と狼狽《ろうばい》、更に困惑。それら三つの感情が清吉の表情に走馬燈《そうまとう》のようにあらわれた。彼にはキクがなぜ、ここにいるのかわからなかったし、自分の今の姿を見られた恥ずかしさもあった。その気持をかくすために、

「お前こそ、なしてここにおる」

怒鳴りつけるように叫ぶと、あわてて立ちあがった。

「うち？」

キクはわざと平然としたふりをして、

「うちはここで雨ば、避けとったとさ。そしたら、清吉さんが……」

「……」

「うちは見たばい、今、清吉さんのしとったことば……」

勝ちほこったように言うキクに、清吉は更に狼狽して、

「何ば見たて言うとか、何ば……。俺あ、何もしとらん」

「かくさんでもよか。何もかも、わかっとると。清吉さんも中野郷も切支丹《キリシタン》たい」

「だいが……だいがそげん虚言《そらごと》ば言うとっとか」

「虚言？　清吉さんこそ、うちに虚言ば言うとるやかね」

その時、清吉の顔が何とも言えぬ苦痛で歪《ゆが》んだ。

「清吉さん」

思わずキクは叫んだ。

「なして、切支丹なんかば信心しとるとね。やめて。聖徳寺の和尚《おしょう》さまも邪宗じゃて言うとんなったばい」

「……」

「悪かことばかり教える宗旨やろが、切支丹は。そいけん御奉行所も禁じとっとたい。そいばなして、清吉さんは捨てきれんとね」

「切支丹は……邪宗じゃなかばい」

清吉は拳《こぶし》を握りしめて、つよい調子で答えた。

「切支丹は邪宗じゃなかばい。よう、知りもせんで、そげんことば軽々しゅう口にすっとじゃなか」

「ばってん皆、言うとるやかね。クロの者はおかしか事ばかり、しよっとて」

「おかしか事てどげんことね。言うてみんね」

キクは答えにつまった。実際、彼女は切支丹については何も知らなかったからである。

「そんなら、なして御奉行所が中野郷の者《もん》ば近かうち捕《とら》ゆっとね」

口惜《くや》しそうに自分の持っている切札をキクは出した。瞬間、清吉の顔色がさっと変った。

「御奉行所が？　そげんことだいにきいた」

腕をつよく握られて思わずキクは、

「だいでもよか。痛かやかね、放さんね」

と顔をしかめたが清吉は手を離さず、

「だいでもよかことはなか。だいが言うた」

「言わん。ばってん嘘《うそ》じゃなか。そいけん清吉さん、切支丹ばやめてくれんね」

その時、清吉はキクの必死な声と必死な顔とに何かを感じた。今日まで生意気で一寸《ちょっと》したことにもすねたり、怒ったりする我儘娘《わがままむすめ》だと思っていたが、その我儘娘がなぜ、すねたり、怒ったりしたのかが、彼にわかったのである。思わず、手を離した。そして恥ずかしさに顔をあからめた。今まで年下の女としか思わなかったキクに急に女を意識した。

「清吉さん、切支丹ばやめてくれんね」

「できん……そいは俺にはできん」

「なして」

「今まで父《と》っとも母《か》っかもそん昔から代々、信じてきた教えたい。中野郷の者ぜんぶが守っとる教えたい。そいば俺一人がなして捨てきるんね」

「そいばってん切支丹ば捨てんば、清吉さん、お仕置ば受けるばい、御奉行所に。そげん、なっても……よかとね」

言いながらキクはその切れながの美しい眼をうるませた。

「仕方なか」

口でそう答えながら清吉はこの娘がなぜ、御奉行所の動きを知ったのかを摑《つか》まねばならぬと思った。そして一刻も早く、このことを中野郷とプチジャンとに伝えねばならない。

「仕方なか。お仕置ばうけても」

「イヤたい。うちは……イヤたい」

突然、キクは烈《はげ》しく首をふると両手で顔を覆《おお》った。

それはキクのはじめての愛の告白だった。はじめての愛は彼女に倖《しあわ》せではなく、苦しみと悲しみとを与えた。

「イヤて言うても……」

「なんとか、してくれんね」

「おキクさん。ほんとに俺ばお仕置にしとうはなかとね」

「なかさ」

「そんなら、言うてくれんね。だいにそげん話ば聞いたとね。奉行所が中野郷ば近う手入れすって」

ためらった後、キクは遂《つい》に白状した。

「兄《あん》しゃんの市次郎から」

「市次郎？」

清吉は考えこんだ。キクの言っていることはどうやら嘘ではないようだった。

「おキクさん。俺は中野の皆に伝えんばいかん。伝えてどうにかせんば御奉行所に縄ばかけらるっことになるけん」

この時はじめてキクは自分が不用意に口に出したことが、どんな渦を起すのか気がついた。彼女は御奉行所だけでなく市次郎を裏切り、売るようなことをしでかしたのだ。

「心配すっことはなか」

キクのその心の動きに気づいたのか、清吉は首をふって、

「俺あ、誰にもお前の名は言わん。おキクさんもこんことは、黙っとかんね」

キクはこの時だけは素直にうなずいた。

それからだいぶ経《た》って——、五島屋に戻ったキクは顔を強張《こわば》らせたミツと裏門の前で出あった。

「おキクさん」

ミツはずぶ濡《ぬ》れの従姉の姿をまじまじと見て、

「どこに行っとったとね。何も言わんで姿ば消すけん、お内儀《か》しゃまもお米さんもそりゃ腹ばたてとっなっと。うちはおとろし（怖《おそ》ろし）かった。早う、あやまらんば、ひどうおご（怒）らるっよ」

「うん」

覚悟の上だったが、さすがに厨《くりや》のなかに入るのは怖ろしかった。体をちぢませてなかを覗《のぞ》くと、お内儀《かみ》さんとお米さんがそこに立っていて、つめたい視線をあびせられた。

お内儀さんはぷいと横を向いて、

「お米さん。だいか知らん、来なさったよ」

鋭い皮肉を言った。

「へえ、どこのゴコさまでござりましょね」

お米さんも嫌味たっぷりに答えた。ゴコさまとは金持の娘をさして言う長崎言葉だった。

「そりゃ、わからん。ゴコさまじゃけん、飯《まま》たきと掃除もしなさらんとさ。黙って遊びに出かけなさる」

刺《とげ》のある言葉はそれから長く続き、キクがあやまると、

「そうへ。ゴコさま行かれたとへ。何処《どこ》へ。なんしにへ」

とわざと驚いたようにたずねられた。

その夜は皆は晩飯を食べている間も、キクの膳《ぜん》は用意されなかった。ミツが怯《おび》えた

ような顔でこちらをチラチラ見るのを感じながら、キクは厨で一人、掃除をしていた。

(こいも清吉さんば助けるためたい)

キクはひもじさをまぎらわすため、雑巾《ぞうきん》を持つ手をいつもより力をこめて動かしながら清吉のことを考えた。

彼を救うために自分が今、辛《つら》い目に会っている。それがキクにはかえって嬉《うれ》しかった。倖せだった。

「おキクさんにもいつか、俺が間違うた事ばしとらんて、わかるたい」

別れしなに清吉はそうキクにはっきりと言った。彼がそう断言する以上、キクはその言葉を信じたかった。だが間違ったことをしていない者をなぜ御奉行所は捕えるのだろう。

たしかなのは、たとえ切支丹であれ、キクは清吉を悪い人とはどうしても思えないことだった。清吉を嫌いにはなれないことだった。嫌いどころか、ますますそんな彼に心がひかれていくことだった。

夜、寝床のなかでミツが彼女の体をつつき、

「辛かったろね」

と握り飯をわたしてくれた。ミツはお米さんの目をかすめて握り飯をこしらえてく

れていたのである。

「何ともなか」

キクは負け惜しみではなく、心の底からそう答えた。恋をする娘には恋人のために苦しむことは「何ともなか」にちがいなかった……。


雨がまた強い音をたてて降りだした。

「パードレ。しばらく浦上には来なさらんがよか。御奉行所ではパードレのあとばそっと見張らせとるとげなけん」

清吉からすべての話をきいたプチジャンは暗い眼でうなずいた。

長崎の奉行所を高をくくりすぎていた自分の愚かさが今はっきり、わかった。あの伊藤清左衛門はいかにも何も気づかぬふりをしながら、実はすべてを探索していたのだ。

おそらく――、
それは本藤舜太郎の指図によるものだろう。あの若い、頭のいい通詞がそれとなく警告を与えていたのに、プチジャンはそれを甘く見すぎていたのだ。

「ばってん清吉さん。私が参らねば……誰がお前さまたちのコンピサン（罪の告白）

をききますか、誰が赤ん坊にバプティスモ（洗礼）をしますか」

プチジャンがそうたずねると、清吉も困って溜息《ためいき》をついた。

たしかにプチジャンが行かねば当惑するのは中野郷、本原郷、家野郷の切支丹たちのほうだった。もう昔のように帳方や水方などという役をつくるわけにはいかない。それは長い歳月の間に浦上の切支丹たちが教会も宣教師もなく、自分たちで教えを口伝えに伝えているうちに、さまざまな間違いを犯していたことがプチジャンから指摘されてわかったからである。

洗礼のやりかたにも神道のみそぎ的なものがまじっていたり、仏教の花祭りと切支丹の復活祭とを混同したりするのはまだいいほうで、肝心の教義にも欠けていることやあやふやな点が多々あった。

プチジャンが来なければ、元の木阿弥《もくあみ》になる。

「しょんなか。はとぼりのさむっまで……」

と清吉は呟《つぶや》いたが、それも他《ほか》に名案がないからだった。

何とか奉行所の目をかすめ、プチジャンと浦上の切支丹が連絡をとる方法がないか。

（聖母さま。その智慧《ちえ》をおかしくださいまし）

プチジャンは祭壇のそばにあるあの聖母像に体をむけて心のなかで祈った。「彼等」

を見つけたあの日以来、彼は子供が母に甘えるようにあの聖母像に祈るようになっていた……。

(彼等は……この私を求めているのです。私は彼等と離れたくないのです)

聖母像はプチジャンに微笑《ほほえ》みかけていた。まるで幼い子のせつない願いをきいているように……。

(ハタがあるではありませんか)

プチジャンは聖母の清らかな声を聞いたように思った。

「ハタ?」

(あなたは習ったでしょう、凧《はた》のあげかたを。今、長崎は凧あげの季節です。あなたが凧をあげても、奉行所はそれほど疑いませんよ。凧を……お使いなさい)

子供に教えさとすような聖母の声をプチジャンはたしかに聴いた……。

(そうか。そうでした、聖母さま、感謝します)

プチジャンは顔をかがやかし、マリアの像におどけて片目をつぶってみせた。

「清吉さん。よか考えのあります。そいはな、ハタば使うて、たがいに合図することです」

「ハタば使う？」

清吉ははじめは怪訝《けげん》な顔をしたが、プチジャンの説明をきいて、

「パードレ。そいは、よか手段《てだて》たい」

手を打って賛成した。

浦上と長崎とをわかつのは凧あげで有名な金比羅山《こんぴらさん》だった。あそこで凧をあげても、この季節、長崎では誰も怪しまない。青葉の頃までハタあげは続くからである。

「清吉さん。私に来てほしか時は赤か凧。奉行所の見張りのあって怪しか時は黒か凧。そげん風に色々のハタば金比羅山であげてくだされぱどげんでしょ」

清吉とプチジャンはそれから、しばらく、合図の凧とその種類について相談しあった。色だけでなく、形も区別すると、ずい分こまかな連絡も可能だった。

「こいなら……」

と帰りぎわに清吉は、

「御奉行所にもわからんたい」

とむしろ面白い遊びでもするように叫んだ。

翌日からしばらく途絶えていたプチジャンのチョーマワリが再開された。きまった時刻、彼は長崎に来たばかりのロカーニュ神父を伴って役人たちの詰所である日観寺

の前を笑顔で通り、伊藤清左衛門の部下たちに丁寧に挨拶《あいさつ》をした。

二人は長崎の街をぐるりとまわった。それとなく注意していると、うしろから誰かがついてくるのがわかる。日によってそれは職人の恰好《かっこう》だったり、商家の丁稚《でっち》風の姿をした男だったが、奉行所の使っているスパイであることはプチジャンたちにすぐわかった。

つけられていることがわかると、プチジャンは仏蘭西《フランス》人式な悪戯《いたずら》をしてみたくてたまらなくなった。わざとロカーニュ神父と中国人の居住区域に入って家かげに急にかくれ、スパイが自分を懸命に探しているのを見てから、急にその前にあらわれる――そんな時の相手のびっくりした顔が可笑《おか》しかった。

悪戯をしながら、彼の目はたえず浦上村と長崎とをわかつ金比羅山にそそがれていた。

きまった時刻にあがる凧の色と種類で、彼は中野郷の切支丹《キリシタン》の意志をつかむことができた。

黒い模様のアゴバタ。

それは「警戒。来るな」の合図だった。

清吉たちはしばらく慎重にしたほうがいいと考えたのか、毎日、黒い模様のアゴバタが空を舞っていた。

ほかの人から見れば、ありふれた、変哲のない小さな凧である。しかしその空に舞う小さな凧はプチジャンと日本切支丹たちにとっては大切な、大切な意味を持っていた。そしてそのことを彼以外に知っているのはロカーニュ神父だけだった。

七日ほどたった頃、やっと黒模様のアゴバタではなく、障子の桟のような障子バタが金比羅山の空に悠々と舞っていた。

（来なされ、パードレ。もう見張りはおらんごとなったばい）

障子バタはそれを街なかから見あげているプチジャンにそう告げていた。

（サイ・エ〈やった〉）

思わず快哉《かいさい》の叫びがプチジャンの唇に出た。奉行所のスパイも今日は手をぬいたにちがいなかった。

その夜、お兼さん夫婦が引きあげたのを見とどけてから、プチジャンは用意の野良《のら》着《ぎ》をまとい日本人がよくするように手ぬぐいで頬かむりをして外に出た。彼が金比羅山から浦上にくだる間道に出ると、既に闇《やみ》のなかで中野郷の若い者が提燈《ちょうちん》の灯を消さぬように気をくばりながら待っていた。

教会のかわりにした小屋のなかでプチジャンはミサをあげた。中野郷だけではなく家野郷、本原郷からも老若男女《ろうにゃくなんにょ》がその小屋につめかけてきて、汗と体臭と息の臭《にお》いとでくさかった。

浦上村は長崎の人間には言いようもなくくさい村だと思われていた。それはこの村で飼う家畜の臭いのせいだった。特にこの頃、長崎に住む異人たちのため山羊《やぎ》や豚を飼うようになってから、その臭いがいっそう強くなった。ミサをあげながらプチジャンはイエスの生れた馬小屋を思った。この教会がわりの小屋にも牛糞《ぎゅうふん》とその尿の臭いがどこからか流れこんでくるからだった。

（主よ、しかし、これほど美しい教会がこの世界にありましょうか）

ラテン語を唱えながらプチジャンはローマの迫害時代、初代基督教徒《キリスト》がひそかに集まったカタコンブ（地下洞穴）のことを考えた。そのカタコンブと同じぐらい、この人間と家畜の臭いのこもった小屋は彼には美しかった。すばらしかった。

（主よ。この日本人たちは耐えに耐え、忍びに忍んであなたを信じつづけてきたのです。この日本人たちの顔を見てやってください）

プチジャンは心でそれを呟《つぶや》き、そして感動のこみあげるのを禁じることができなかった。

両手をひろげ、十字を切り、祝福する彼に小屋をうずめた男、女、老女、老人の眼がそがれた。それは渇いたものが水を求めるような眼だった。

ミサのあと、たくさんの信徒の罪の告白をきい時には赤ん坊に洗礼もさずけた。た。そして彼がふたたび金比羅山に戻るのは夜が白み、まだ長崎の街がねしずまっている頃だった。

その時刻に戻らねばお兼さん夫婦に怪しまれる。ロカーニュ神父がいくら誤魔化してくれても……。

「ジュ・スゥイ・ジャポネ……ブ・ゼット・フランセ。イレェ・ジャポネ」

本藤舜太郎は丸山、山崎楼の窓にもたれて膝《ひざ》に紙をひろげ仏蘭西語の動詞の変化を暗記していた。特にプチジャンが幾度も口をすぼめたり、自分の舌を指して教えるエルの発音を同じ顔つきをしてくりかえし練習している。

「おかしか……祭りのひょっとこのごとある」

横でそれをじっと見ていた芸子《げいこ》のお陽が思わず口に手をあてて笑った。

後に舜太郎の妻となり鹿鳴館《ろくめいかん》の花の一人と言われたお陽はその頃、丸山の芸子衆のなかでも売れっ子の一人だった。色じろ美人であるだけでなく快活で才気煥発《かんぱつ》、どんな武骨な客たちの座も飽かせたことはない。丸山遊客の間では芸子の悪口を言う時は

「あん山猫が……」とよぶ習慣があったが、彼女だけは山猫と陰口をつく者は一人もなく、そのぬけるように白い肌から「丸山の雪だるま」という愛称を与えていたほどである。

「ひょっとこのごとか」

と舜太郎はホッホッと笑った。大きな体に似ず彼は笑い上戸で、笑う時は山鳩《やまばと》のような声をだした。

「そげん声ば出さんば、異人さんとは話のでけんもんですか」

とお陽はからかうような眼つきをして、

「そのピーチークをお教えになる南蛮寺の異人さまは、毎日チョーマワリばされて子供たちに菓子ばやったり、ハタばあげたり、よか人て聴きました」

とプチジャンの噂《うわさ》をした。

「うむ」

舜太郎はうなずいて窓から下をみた。春の夕暮の丸山は今はなまめかしく灯がともった。頰かぶりに懐手《ふところで》をした男や、新造を待つ商家の旦那《だんな》風の遊客がすねふっている。すねふるとは長崎弁でぶらぶらと歩くことだった。

二階からそれを眺めながら舜太郎は急に笑顔から沈んだ表情になり、

「よいお人だが……なかなかの曲者《くせもの》でな」

と呟いた。

「曲者？」

「そう。御禁制の切支丹を日本人に広めようと企《たくら》んでいるらしく、御奉行所も困っているのだ。浦上で温和《おとな》しゅうしていた百姓たちの眠りをさますようなことをする……あのお方が長崎の街をぶらぶら歩きまわるのも……お前の考えるようなチョーマワリだけではない」

「チョーマワリでなかなら、何ばされとるとですか」

「それが……まだわからぬ。しかし、何かしている。何か……」

「本藤さまにも」とお陽は好奇心に眼をかがやかせ「おわかりにならんとね？」

舜太郎は伊藤清左衛門の報告でプチジャンとロカーニュが午後になると毎日街を歩くことを知っていた。

清左衛門はたぶんロカーニュの長崎見物のためプチジャンが案内しているのだろうと言ったが、舜太郎には腑《ふ》におちぬ点が一つあった。それは彼等が街に出かける時刻がいつも一定している点だった。

晩年のお陽の回顧談によると――、

この会話があって、二、三日後、彼女は一寸《ちょっと》した用があって思案橋をわたった鍛冶《かじ》屋《や》町《まち》に出かけたそうである。その時、彼女は鍛冶屋町から寺町にむかう長い道でこちらに背をむけ異人たちが歩いているのを認めた。

異人たちは偶然にも舜太郎が「曲者」と言ったあの問題の二人だった。彼等は呑気《のんき》そうに寺町の寺の屋根を見あげたり、塀の下で遊んでいる子供に声をかけながら散策していたが、お陽は惚《ほ》れている男の言葉を思いだし、何か役にたちたい衝動にかられて、そのあとをつけた。

異人たちは一度うしろをふりかえったが、あとを少し離れて歩いてくるのが若い女性なのに安心したように笑顔をみせた。

空は晴れていた。その空のあちこちに凧《たこ》があがっていた。そして今しがた、金比羅山から帯バタと言われる凧が空に舞いはじめたところだった。

突然、異人たちは足をとめ、何かを話しあっていたが急にきびすをかえして、急いで今きた路《みち》を戻りはじめた。

お陽とすれちがった時、彼女があわてて会釈《えしゃく》をすると異人たちも丁寧に頭をさげた……。

これがお陽の回顧談だが、頭のいい彼女もその時、金比羅山にあがる凧がプチジャンたちと浦上の切支丹たちの連絡手段だとはまったく気づかなかったのである。

その日、空にあげられた帯バタという凧はプチジャンと清吉とのとりきめで、切迫した意味を持つ合図だった。それは中野郷に「死にかけた重病人」がいて、今、臨終の秘蹟《ひせき》と祈りとを必死で待っているという暗号だった。

だが急ぎ足で大浦の南蛮寺に帰ったプチジャンは門前に本藤舜太郎が仏蘭西語の授業をうけるために立っているのを見つけ、

（モン・デュー〈困った〉……）

早く中野郷に行かねば病人は息を引きとる。なんとかして舜太郎をまかねばならない。

「お出かけでしたか」

何も知らぬげに奉行所の通詞は笑った。

「はい、ロカーニュとチョーマワリばしとりました」

「この頃、とりわけ熱心に散歩されますな」

と舜太郎は皮肉な声で、

「それも、いつもきまった刻《とき》に……」

この言葉にプチジャンは平静を装《よそお》おうとしたが、おのれの顔色がさっと変ったのを

感じた。心の動揺が彼を受太刀にさせて、

「それでは、仏語、よろしくお願い致します」

と言われた時、プチジャンは断ることができなかった。気をもみながら彼は授業を行い、帰りがけに舜太郎から、

「いかがされた。今日は心ここにあらざる御顔つきだが……」

舜太郎が帰ってからプチジャンは中野郷にかけつけたが、病人は既に死んでいた。

勝負

花が散った……。

と思ったらもう長崎は新芽の洪水だった。初夏の光に若葉が油のように光り、青畳の匂《にお》いが家のなかに匂う。

キクは毎朝、待ち遠しかった。遠くから清吉の物売る声が聞えるのが待ち遠しかった。

タケックワイー

筍《たけのこ》を売る声である。

威勢のいいその声を聞くとキクは箒《ほうき》を持って急いで店の前に走り出る。路《みち》を帚《は》くのはキクの仕事だがもう冬の朝のように寒くはなく、しかも恋人の清吉とわずかの間だが話ができるのだ。

いや、それだけではない。清吉の声が毎朝聞えるたびに、

（まだ御奉行所につかまっとらんで、よかった……）

とキクは安堵《あんど》の胸をなでおろしたが、

「なに、御奉行所はよう手ば出されんたい。あいからこっちも、しっぽば掴《つか》まれんごと皆で気ばくばっとるけんね」

と清吉は笑った。

はじめは心配だったが、毎朝毎朝、元気な清吉の姿を見るとキクもやっと安心しはじめた。市次郎の言ったことはたんなる脅しだったのかもしれない。

「おキクさん。こいは、南蛮寺のパードレに頂いたもんたい」

そんなある朝、清吉は天秤《てんびん》をおろし、汗をふきながら急に厳粛な声を出した。彼は籠《かご》の奥から大事そうに異国の銀貨のようなものをとりだした。

「何ね」

「こいはな、メダイて言うて、サンタ・マリアさまの御像ば彫ったもんたい。俺《おい》どん切支丹《キリシタン》には大事か大事か宝ばい。こん前の礼におキクさんにやるけん」

「うちに？」

思いがけないことにキクは箒を握りしめて眼をかがやかせた。

「うん。ばってん他人《ひと》に見せたらいかんぞ。人に見せたら、おキクさんまで切支丹て訴えられるけんね」

掌《てのひら》におかれたメダイには南蛮寺にあったあの女性の姿がきざまれていた。同じように冠《かむり》をかむり、子供をだいている。

「誰にも見せん。清吉さんのくれたもんやけん、大事に大事にしとる」

「ああ」

照れくさげに清吉は眼をそらせ、

「こん方《かた》は誰か知っとんね。こいはジュズス（イエス）さまの御母じゃ。マリアさまて申されて……こんかたに一所懸命に祈れば、どげんことでも聴いてくださる。そんげん俺どんは思うとる」

厨《くりや》からキクをよぶ声がしたので清吉は急いで笥を入れた籠をかつぎ、タケックワイーと声をあげながら去っていった。

キクの掌のなかに銀色のメダイがかがやいた。それは彼女が生れてはじめて男からもらったプレゼントであり、彼女の持物のなかでただ一つの異国の匂いのするものだった。

足音がした。キクは急いでそのメダイをかくした。

五月——皐月《さつき》。

長崎と長崎の近郊で五月の最大の行事といえばペーロンの日である。

この五月の五日と六日、端午の節句の日、馬込郷、竹の久保、稲佐、水ノ浦、飽《あく》ノ浦《うら》、西浦、平戸小屋《ごや》、瀬の脇《わき》などの海岸にちかい村々の若者が、向う鉢巻に三尺をきりっとしめ競漕《きょうそう》を行う。そしてそれぞれの村や町の者たちはその日、浜に集まり声のかれるまで声援する。その応援は時には喧嘩《けんか》をうみ血の雨をふらすことも多かったほどである。

これははじめ長崎在住の唐人たちが端舟《はしけ》をあやつって競漕しているのを日本人がまねたと言われている。ペーロンとは広東《カントン》地方の「白竜《パイロン》」という舟の呼称が長崎でなまってペーロンとよばれるようになったという説もあるが、いずれにしろ中国から来たものらしい。

馬込郷は毎年、このペーロンに若者を出していたから、五日が近づくと村に青年の姿が見えない時間があった。彼等は浜に出て競漕の稽古《けいこ》をやっているのだ。

市次郎もその一人で、このところ、畠《はたけ》仕事も手につかぬほどだった。

馬込の者たちだけでない。長崎の男も女も老人も子供も五月の陽気のなかで浮き浮きとして、その五日と六日とを心待ちに待っていた。このペーロンの日は長崎の街に人の姿が少なくなるほど見物人が浜に押しかけるのだった。

「パードレ」

と清吉たちはプチジャンにこのペーロンを教え、

「そいけん、こん日はきっと奉行所の見張りはなか。長崎もがら空きですたい。パードレもおおっぴらに中野郷に来て、ミサもコンピサンもやれますばい。お願い申します」

と言った。ペーロンの日を逆手に使って切支丹たちを集めようというのが彼らの考えだった。

「そいばってん、奉行所はなして俺たちば捕《とら》えに来んとかわからんばい。気おくれのしとっとやろか」

と清吉の仲間の徳三郎が首をかしげた。

自分たちが見張りをされているのは清吉の知らせでよくわかったが、役人たちが踏みこんでこないのが彼等にはふしぎだったのだ。

「しっぽばよう摑めんためじゃろ」

と喜助という若者が答えた。

「パードレ。どげん思われるとですか」

プチジャンもその点はふしぎだった。本藤舜太郎の言葉のはしばしから奉行所がこの中野郷、家野郷、本原郷の一帯を怪しいと見て探索していることは彼にも窺《うかが》われたが、探索以上の何も行わないのを不可解に感じていた。

おそらく、奉行所は切支丹を検挙すればそれが今、日本に門戸を全面的に開けと迫っている各国を刺激するのを怖《おそ》れて手を出しかねているのだろう――そうプチジャンは思った。

それを清吉、徳三郎、喜助に説明すると、

「なるほど、そいけん弱腰になっとるとたい」

と彼等は手を拍《う》って悦《よろこ》んだ。貧しい農民の彼等にとっては御奉行所を弱腰にさせるとは考えもできぬ話だったから悦びはひとしお大きかったのである。

五月五日。

長崎からこの馬込郷の入江まで見物人でいっぱいだった。海にはそれぞれの町印や浦印を描いたハタや幟《のぼり》をトモに立てたペーロン舟がならんだ。いずれも長さにくらべて極端に幅がせまい。その長さ、十五尋《ひろ》のものもあれば二十尋をこえるものもある。舟の真中には白紙や色紙でつくった御幣《ごへい》をつけた柱がたち、そして柱の根にドラをさげていた。ドラだけではない、太鼓も用意されていて、漕手《こぎて》のほかにそのドラや太鼓をうつ若者も乗りこんでいる。

競漕がはじまらぬうちから、浜も海ぞいの路も人があふれ大騒ぎだった。その騒ぎは竜巻のようにまいあがり、入江から離れたこの中野郷や本原郷にもきこえてくる。

本原郷の粗末な小屋でプチジャンはロカーニュ神父と並んで立っていた。彼の前には汗と泥、貧しさと労働、病と苦しみとに長年、曝《さら》された顔がぎっしり並んでいる。

「パードレ、早う来てくれまっせ。おっ母のもう助からんごとある。息ば引きとる前にパードレのオラショ（祈り）ばしてもらいたかて言いつづけとりますけん」

昨夜からそれらの顔は次々とプチジャンに哀願の言葉で迫ってきた。子供の洗礼を、罪の告白を――そして死の前の祈りと秘蹟《ひせき》とを彼等は必死で求めている。

プチジャンもロカーニュもほとんど眠っていなかった。野戦病院の医師のように二人はあちこちで訴える声をきいて、その求めに応じて一晩中、中野郷、本原郷、家野郷を歩きまわった。

「おっ母さんはひどく悪かかね。そうでなかったら今少し待てと言うてください、私たち二人ではとても廻りきらん」

「パードレ」

見知らぬ一人の男が皆をかきわけて前に出ると、おずおずと哀願した。

「俺は出津《しつ》の者たい。出津にも切支丹おるとばい。出津だけではなか。外海《そとめ》のほうには、切支丹のあまた息ばこらしてかくれとると。パードレ、みな、パードレの来るとば毎日毎日待っとるとですばい」

海岸からは喚声が一段と烈《はげ》しく聞えてきた。競漕がはじまったのだ。喚声にまじって太鼓やドラの音がひびいてきた。人々は今、祭りに酔いしれていた。

だがここは祭りではなく人間の苦悩と悲しみとが充《み》ちていた。「人、その友のために死す。これより大いなる愛はなし」プチジャンはあの聖書の言葉を思い出した。

幸いなるかな　泣く人

彼等は慰められるべければなり

彼は片手をあげて苦しみや悲しみに曝されたそれら人間の顔を祝福した。

仮教会のなかで赤ん坊が火のついたように泣いた。それを母親が叩《たた》いて叱《しか》りつけている。牛の糞尿《ふんにょう》が風に送られてにおってくる。この赤ん坊にプチジャンはあとで洗礼をさずけねばならない。

赤ん坊に洗礼を授けると彼とロカーニュ神父とは仮教会に見たてた小屋を出て家をたずねて歩いた。どの家も潰《つぶ》れた家畜小屋のようにみじめで貧しく、豚や牛や山羊《やぎ》の糞の臭《にお》いが漂い、二人のあとをぞろぞろと子供たちがついてきた。垢《あか》くさい体臭のこもった暗い家をのぞきプチジャンは寝たきりの老婆《ろうば》に声をかけた。

「すまんかったね。昨晩からずっと忙しゅうて、早う来れませんでしたばい」

それから彼は男や女たちにかこまれて老婆の枕元《まくらもと》に坐《すわ》った。老婆は目やにの出た目をつむったきり、ものも言わない。

「パードレ。この三日、こげんごとなんも食わんし、なんもよう言いまっせん。もう助からんたい。どうぞ最後のオラショ（祈り）ば唱えてくだされ」

枕元に坐った一人の女が眼をしばたたきながら教えた。プチジャンはうなずいて老婆の細い手をとり、ラテン語で祈りをつぶやいた。その間、家中の者たちもうつむいて祈っていた。

「パードレ。こん婆《ばば》しゃんは果報者たい。パードレにこげんごとオラショば唱えてもらえるけんのう」

と溜息《ためいき》をついてそのそばの別の男がつぶやいた。

「うちのおっ母はパードレのオラショもしてもらえんで死んでしもうたばい」

プチジャンはあの日、凧《たこ》でこの男の母の臨終を知らされながら、本藤舜太郎に妨げられてすぐに駆けつけられなかったことを思いだした。

「パードレ。そいけん、うちのおっ母は聖徳寺の坊しゃまのお経で葬《ほうむ》られたたい。あいではハライソ（天国）には行けんじゃろねえ」

そう言って男は恨めしそうにプチジャンをじっと見つめた。

日本人が自分の肉親や両親の供養《くよう》をどんなに大事に考えているか、プチジャンはこの国にきてよくわかった。それは中野郷や家野郷、本原郷の切支丹たちも同じことだった。プチジャンにたいする彼等の質問の大半は、死んだ自分の両親や肉親は御奉行所の命令でやむをえず檀那寺《だんなでら》の聖徳寺のお経で葬られたが、天国に行けるかどうかということだった。

「私はあの日から」

プチジャンはその恨みがましい男を慰めた。

「いつも、お前さまのおっ母さんのため、オラショば唱えている」

「ばってん、死にぎわにはパードレはおらっさんやった……」

と彼はまだ未練がましく呟《つぶや》いた。

（ああ、ここはあまりに暗すぎる）とプチジャンは思った。（あかるい、のびのびとした信仰をこの日本人たちに与えたいのに……）

その時、家の入口がざわめいた。

「役人ばい。早う、パードレ。役人ばい」

とプチジャンの背後で鋭く誰かが叫んだ。

ころぶように彼とロカーニュ神父は家の裏口から外に走りでた。そこには屋根の傾いた便所小屋があって、杭《くい》にきたない豚がつながれていた。鶏の群れがけたたましい声を出して四方に散った。

「パードレ。こっちですたい」

と喜助が二人の前をかけていった。うしろから彼等は裏山の雑木林にかくれた。

新緑の青くさい臭いのなかでプチジャンとロカーニュ神父は息をこらした。そこからは数軒のつぶれたような農家と段々畠を持った丘がみえた。

「パードレ。あそこにおりますたい。役人の……」

幹に体をかくして丘をうかがっていた喜助がふりかえると囁《ささや》いた。

なるほど、その丘の中腹に一人の役人と岡っ引きらしい姿をした男が傲然《ごうぜん》とこちらを見ている。なぜか彼等はその丘からおりてこようとはしない。

遠く浜のほうから喚声と太鼓の音とがきこえる。ペーロンの競漕はまだまだ続いているのだ。

羽虫が羽音をたててプチジャンの顔のまわりを飛びまわっていた。時間が重くるしくたった。

仮教会の小屋からぬけ出た男女は知らぬ顔をして戻っていく。それをじっと見届けてから役人と岡っ引きは丘をのぼり、向う側の里郷のほうに消えていった。

喜助は雑木林を走り出て市三郎という青年に、

「戻ったばい。こっちに来んやったとばってん、なしてじゃろ」

「そいは、ようは摑まえられんけんやろ。パードレさまも申されたやろが……。切支丹の俺どんば摑まえたら長崎の異人さまたちが文句ばつけなさる。そいのこわかけん、よう手の出せんとたい」

あちこちの家の戸があいて、さっき素早くかくれた老若男女《ろうにゃくなんにょ》が姿をみせた。彼等は林からおりてきたプチジャンとロカーニュとをかこんだ。それはまるでエルサレムに入城したイエスを迎える群衆のようだった。

「パードレがここにおりなさるけん、役人衆も何もできんとばい」

市三郎が皆に説明をすると一同はまるで百万の味方をえたように声をあげた。その声は浜から相変らず聞えるペーロンの叫びとまじりあい、交錯した。

その声を聞きながらプチジャンはかすかな不安を急に感じた。青空に突然、黒点がみえるように不安は彼の心をさわがせた。

(何か悪いことが起きないだろうか)

役人があらわれたことが彼に不安を起させたのではなかった。彼が心配なのはこの切支丹《キリシタン》たちがすっかり陽気になり騒いでいるからだった。図にのって何かをしでかせば、それは奉行所に有利な口実を与えることになる。

「皆、よう、聞きなさい。今日は奉行所の役人は帰ったとです。ばってん、役人はまた来るでしょ。そのことば忘れないでください」

と彼は両手をひろげて皆に注意を促した。

この時プチジャンの胸を不意に襲った不安が現実のものとなったのは、ペーロン競漕が終って十日目のことである。

この十日目に本原郷で一人の老婆が死んだ。ペーロンの騒ぎが聞える日、プチジャンが手を握ってオラショを祈ってやった病人である。

息を引きとったのは真夜中だったし、家族は朝になってそれに気づいたから、プチジャンやロカーニュ神父も立ちあえず、終油の秘蹟を与えてやることもできなかった。

「そいで仏式で葬式ばあげたらな、婆しゃまはハライソ（天国）には行けんかもしれんばい」

朝がた、したり顔で遺族に忠告する者が出た。いつぞややはり自分の母親が亡《な》くなった日、プチジャンをよべなかった男だった。

「ばってん聖徳寺の坊しゃまに黙っとったらどげん叱らるっか、わからんたい」

と遺族は不安になって首をふった。浦上在の百姓たちは家族の者の誰かが死ねば必ず庄屋《しょうや》と檀那寺の聖徳寺とに届け出て、葬式をしてもらわねばならなかった。それによって聖徳寺では遺族が切支丹ではないことを確認し、奉行所に報告するのである。

「叱らるって？　聖徳寺の和尚《おしょう》にや」

と忠告をした男とその仲間はせせら笑った。

「案ずることはなかたい。奉行所のお役人もこん中野や本原が切支丹てわかっとっとばってん、よう手ば出さんじゃろが。聖徳寺の和尚なんかもう誰も怖《おそ》ろしゅうはなか」

彼等のそういう意見はあのペーロンの日以来、村を支配している気持でもあった。あれほど、はっきりここが切支丹であり、南蛮寺のパードレが来ているのを知りながら、奉行所は今日まで捕り手一人、よこさない。いやよこせないのだ。それはみな、南蛮寺のパードレと長崎の異人さまとごたごたを起したくないためだ……。

「婆しゃまの葬式は俺《おい》どん切支丹の手でやればよか。パードレにお願いすったい」

遺族はやはり母親をハライソに送りたい気持に負けて、皆の忠告に同意をした。そしてその日聖徳寺にも庄屋にも届けなかった。そのかわり、プチジャンに来てほしいと金比羅山にハタをあげることに決めた。

だが死人が出たのに届けをしないことはすぐに庄屋には伝わった。夕暮、庄屋は聖徳寺に使いを出すと、本原郷まで走っていった。

「お前ら、何ていう無分別ばすっとか。御奉行所に知られたら、こん本原郷だけじゃなか、里郷も中野郷も浦上村の者はな、連座してお仕置ば受けんばならん」

彼は皆を路《みち》に集めて、当惑のまじった表情で叱りつけた。

「そげんなっても、よかとか。女子供まで仕置ばうけてよかとか」

だが畠《はたけ》仕事から集められた百姓たちは黙ったまま、視線をそらせていた。

「俺はお前らが切支丹ていうことは知っとる。知っとって黙っとったとは、事ば荒だてんためたい。ばってん、お前らが無分別ば押し通すなら、俺あ黙っとることはできんばい」

夕暮の風が吹いて、あたりは次第に暗くなりはじめ、庄屋の説得と説教はながながと続いた。

「わかったな、わかったならこいからは聖徳寺に届け出ば、せんばいかんぞ」

庄屋はたまりかねたように哀願的な声をだした。彼はこの百姓たちが無言のまま自分に反抗しているのがよくわかっていた。

「庄屋さま」

集まった者のなかから女の声がした。

「うちは……もう聖徳寺のお坊しゃまはいらんですたい。死んだ父《とと》も母《かか》も爺さまも婆さまもたしかにお経で弔うてもろうたばってん、そいで冥土《めいど》に行くては信じきれんやったばい。うちは……庄屋さまも知っとらるっごと昔から切支丹じゃけん……こいからは切支丹の流儀で葬式ばさせてもらいたかですたい」

夕闇《ゆうやみ》のなかで突然、その声を出した女の顔はさだかには見えなかった。だが彼女がそう発言しおわると、

「俺んとこも、同じしたい」

「うちも」

と同調する声がまわりから起り、やがてそれが全員の総意であるように、

「庄屋さま、見のがしてくれんか」

と誰かが叫び、沈黙が続いた。

「そうか」

庄屋は諦《あきら》めたように、

「そげんふうに言いはっとなら御奉行所に口上書ば出せ。俺はもう何もいわん。そんかわり、御奉行所が何ばされてもお前らば庇《かば》うたりはせんぞ」

「御奉行所は……何もでけんたい」

ひやかすような男の返事がして皆はどっと笑った。

その夜、庄屋は怒りに逆上している聖徳寺の住職をなだめながら奉行所に訴え状を書いてもらい、一方、百姓たちは村に住んでいる手習い師匠に口上書をしたためてもらった。

「私共、先祖より申伝の儀有之《これあり》、天主教の外には何宗にても後世の助けに相成らず候《そうら》へ共、御大法の儀に付き、是《これ》までは余儀なく檀那寺の聖徳寺の引導を受け来り候へ共、之《これ》は全く役目迄《まで》にて、誠に上の空にて引導引受け来り候処《ところ》、当今、外国人居留地へ礼拝堂建立《こんりゅう》に相成り、教化の様子承り候処、先祖伝来の趣と符合仕《つかまつ》るに付、別而《べっして》信仰仕候」

その口上書は稚拙な百姓の話し言葉ではなく、代筆した手習い師匠の文体で書かれていた。だがそれはながいながい間、幕府の命ずるままに従ってきた浦上の百姓がはじめて自由を訴えでた言葉だった。信仰の自由を。思想の自由を。生きる自由を……。

あの日以来、めざめた時、ねむる前、キクは清吉からもらったメダイを人に気づかれぬようにそっと見ていた。この秘密を知っているのは従妹《いとこ》のミツだけだった。

「きれいかねえ」

「うん」

ミツは仕方なくうなずくが、キクはそれにさえ気づかない。彼女にはこのメダイが清吉がくれたものゆえ何よりも大事なものであり、清吉がくれたものゆえ、そこに彫られた聖母の姿は何よりも美しく感じられたのだった。

「うちがこいば持っとって、誰にも言うたらいかんよ」

「ばってんおキクさん。うちは怖ろしか。おキクさんまで切支丹になったごたっけん……」

キクは聞えぬふりをした。ミツのような子供にはまだ女が男を愛するのがどんなことかわからないからだ。清吉はキクにはっきりと言った。自分たち中野郷の切支丹の者は他の人に決して迷惑をかけようとはゆめ思っていない。ただ父さまや爺さまから教えられた信心をそっと守っているだけだ。それが何故《なぜ》わるいのだろうか……。

キクは清吉の言ったその言葉を信じようと思う。なぜなら清吉を慕ってしまったからだ。そんな気持をミツのような小娘はとてもわかる筈《はず》はない……。

「コーコば食ぶっね？　おキクさん」

とミツは寝床のなかでキクに囁《ささや》いた。夜食の時の漬け物をかくして持ってきておいたのだ。

「うん」

「嬉《うれ》しか。明日は兄《あん》しゃんの来る日たいね」

市次郎は毎月、十五日には店の前に姿をあらわす。妹のミツは何よりもその日を楽しみにしているのだ。

市次郎の来るのはキクも嬉しい。嬉しいが今度はこわかった。清吉を思っていることをきつく叱《しか》られるような気がするからだ。

「ミツはよかね。あげん兄しゃんのおるもんね」

とキクは心から羨《うらや》ましそうに言った。

翌日、二人は働きながら、それとなく裏門に誰かが来ていないかと注意していた。

市次郎はいつも裏門前にじっと立っているからだった。

「兄しゃん」

その彼が来たのは昼すぎで、キクは昼食後の洗いものをしていたが、ミツが目くばせをしたので急いで裏門に出てみた。

「おお、二人ともまめに働いとったか」

と市次郎は嬉しそうに笑った。

「馬込のほうはお婆《ばば》の腰の痛かていうほかは相変らずたい」

彼はそれからペーロンで自分と馬込の若者がどんなに奮戦したかを得意そうに語った。

「西泊《にしどまり》のペーロンの相手じゃけん、勝負にもならんやったとばい」

それから彼は急に気づいたようにキクをじっと見つめて、

「ばってん、静かかとは馬込だけたい。今浦上はあんことで大騒ぎたい」

「なんね」

「クロの奴等《やつら》が騒ぎば起したとたい」

市次郎はキクを凝視したまま、しずかに言った。

「あいつ等、御奉行所にだいそれた口上書ば出したとばい。こん後は聖徳寺とは縁ば切りたか言うてな。そいけん庄屋さまは仰天されてしもうて御奉行所におうかがいばたてなさったと。御住職さまもたびたび、中野郷、本原郷の者《もん》と話しあいばされとっとばってん、言うことばきかんとげな」

市次郎の顔は意外に平静だった。ただキクをじっと見つめている。その視線の意味は言葉よりもキクにはよくわかった。顔をこわばらせたままキクは従兄《いとこ》の口の動きに目をやっていた……。

「兄しゃん。中野郷の者は……お裁きば受けるとやろか」

としばらくしてキクは小さな声でたずねた。市次郎はふたたび、しずかに、

「受けるじゃろ。こいが一昔前ならば、奉行所のお役人はとっくに中野や本原に踏みこんどるとげな。ただ、今は異人たちのうるさかけん、しばらく様子ばじっと見とられるとたい。ばってんいつまでも御奉行所も黙っとりゃせんばい」

「…………」

「キク。馬込郷で、聖徳寺にも庄屋さまにも迷惑ばかけた者は一人もおらんとばい。馬込の娘はクロの男の嫁なんかにはならんとやっけんね」

「兄しゃん。切支丹は摑《つか》まれば、どげんなるとやろうか」

「殺さるっとにきまっとる」

この時だけは市次郎は従妹を威嚇《いかく》するように烈《はげ》しい声を出した。瞬間、キクの体は

はじかれたようにピクッと震えた。

「ばってん、今は御奉行所も何も手ば出しなさらんとやろ。そんなら助かる見込みのありはせんじゃろか」

キクは市次郎にとりすがるような声でたずねた。だが相手はひややかに、

「助かる見込み？　ありゃせんばい。あん連中が切支丹ばやむって起請文でも書けばこいは別ばってん……そいばイヤて言い張るとけん……庄屋さまもつくづく手ば焼いとらるっとばい。そいにこん話はもう長崎にも伝わっとるけん、御奉行所もかくすわけにはいかんじゃろ……」

市次郎の言うことは嘘《うそ》ではなかった。彼は奉行所の動きやその情報を聖徳寺の住職から聞いてかなりよく知っていた。

「さあ、俺は帰るばい」

市次郎は言うことだけを言い終ると、妹のミツに向きなおって、

「また来っけんね。何かほしかもんのあんね」

とやさしい声を出した。

市次郎が帰ったあとキクはながい間、ものを言わなかった。ミツが、

「おキクさん。元気ば出さんばいかん」

と慰めたが彼女はうなずいたきり、何かを考えこんでいた。

同日――、

長崎奉行の徳永石見守《いわみのかみ》は本藤舜太郎を特に招いてその意見を聴いていた。当時、長崎奉行所には二人の奉行がいたが、その一人はこの徳永石見守であり、もう一人は能勢《の せ》大隅守《おおすみのかみ》である。

両奉行の意見は既に対立していた。徳永はこの浦上問題が他村に及ぼす影響をおそれて、奉行所の威信のためにもただちに弾圧すべしという強硬論を主張したのにたいし、能勢は外交問題にもからむ事の重大さを憂慮し、幕府の判断を仰ぐまでは静観すべしという穏健な考えを抱いていた。ために能勢は急遽《きゅうきょ》、長崎をたって都に向ったが、それは京都所司代に指令を仰ぐためだった。

「能勢殿は弱腰すぎるな」と徳永は溜息《ためいき》をついて「騒ぎはもう浦上だけではなくなったぞ。各地の庄屋の知らせによれば、出津、黒崎、稲佐などで身をひそめていた切支丹《キリシタン》たちが今は堂々と浦上に参り、あい語らって気勢をあげているそうな。浦上の切支丹は相も変らず、仏僧とは縁を切ると高言しつづけ、それに加わる者の数は毎日ふえている。我らがフランスを怖れて何もせぬと高をくくっているのだ」

「すべて……時勢でございますな」

と本藤舜太郎は腕をくんだ。かつての幕府の治世なら、お上《かみ》の御威光にふれる振舞をする者など決していない筈だった。だが、長州、薩摩《さつま》をはじめ多くの藩が幕府を軽んじ、その意を無視している今だからこそ浦上の水呑《みずの》み百姓までが奉行所を軽んじだしたのだ……。

「私は南蛮寺のプチジャンから言葉を習いかたがた、それとなく話を致しておりますが、浦上の百姓どもがそのような考えを持ちましたのも、このプチジャンとロカーニュとから多分に吹きこまれたものと思われます」

「プチジャンたちはどのように吹きこんだのだ」

「長州、薩摩を押えきれぬ幕府は、やむをえずフランスにあと押しを頼んでいる。それゆえ、フランス国教である切支丹には手は出せまいと……」

そう言った舜太郎は奉行の神経質そうなこめかみに青筋がたつのを見た。

「手は出せまいと……。あのプチジャンがはっきり申しておるのか」

「口では申しませぬ。しかしこの長崎に南蛮寺を建てました時の奉行所との約束を破りました態度が……そう申しております」

苦々しい顔をして奉行はうなずいた。それから視線を少し落して、ひとりごとのように、

「丸山で遊興する攘夷《じょうい》の暴れ者のなかにはプチジャンを切ると申している者もいるそうな……」

と呟《つぶや》いた。

舜太郎もそのことは芸子のお陽から知らされていた。そのような愚かなことをされては国家の一大事になる。一大事にならぬ前に手を打たねばならぬ。

「私は……この際、思いきって浦上村の主だった者を捕え、奉行所の御威光をお示しになるべきと信じます。放っておけば、あの者たちもプチジャンもますます図にのり、攘夷の輩《やから》も騒ぎだしましょう……」

強い雨

六月十三日。真夜中。

強い雨。

寝しずまった本原郷や中野郷の畠《はたけ》や林に地面を叩《たた》きつけるような雨足の音がする。

どの農家もかたく戸をとじて眠りこけていて、一寸さきもわからぬ暗さだった。

本原郷の聖堂で——といっても家畜小屋のような建物だが——ロカーニュ神父は蛾《が》の羽のようにゆれる種油の火をたよりに日記を書いていた。机にした台は朝になればミサの祭壇のかわりになる筈《はず》である。その仮祭壇の前に明日もたくさんの日本人切支丹《キリシタン》がひざまずくだろう。なかに出津や黒崎から来ている者も何人かいるのだ。その何人かは今、この小屋の隣室でいびきをかいて眠っている……。

「ながい間、日記を怠ってしまった。この一カ月の間には目まぐるしいほど多くの出来事があり、私たちは眠る暇もないほど忙しかった」

ロカーニュ神父はそう書いて雨の音に耳をすませた。耳をすませながらこの一カ月の間に起った出来事を頭のなかで整理した。

「私は夜になると蝙蝠《こうもり》のように大浦の教会を出る。神父服をぬいで浦上の切支丹がくれた日本人の着物を着て、ちょんまげの鬘《かつら》をかぶり、草鞋《わらじ》をはき、手ぬぐいで頬かむりして寝しずまった街に出る。もう凧《たこ》で連絡をとる必要はなくなった。役人たちは私のこの夜の外出に気がついても何もできないからだ。迎えにきた浦上の青年が提燈《ちょうちん》をさげ、ミサのための用具を背負って先にたってくれる。浦上につくと……」

彼はそこで手を動かすのをやめて耳をすませた。烈《はげ》しかった雨が急にやんで、蛙《かえる》の鳴き声がきこえてきたからだ。

「パードレ、まだ寝なさらんとね」

目をさました信徒の若者があくびをしながら外に出ていった。小用をたすのであろう。

「すべての形勢は私たちに有利になっている。長い間、日本の幕府がとってきた基督《キリスト》教《きょう》弾圧の方針は少しずつだが、有名無実なものに変っている。我々の教会に日本人が出入りしても役人は見てみぬふりをするのみならず、先日、プチジャン師が聖母像をフランスから送らせてこれを安置した時、その会に各国代表だけでなく長崎奉行までが出席したのだった。彼は珍しそうに内陣をのぞき、聖像をながめ、我々と握手さえして帰ったのである。それから見ても近いうちに日本人の反基督教政策は変っていくことは疑いがない」

戻ってきた信徒が書きものをしている神父におやすみと言って姿を消した。

雨はすっかりやんだようである。蛙の声が少しやかましい。ロカーニュ神父は背をのばし、疲れた首を左右にまげた。時刻はもう午前三時に近かった。

この時刻――、馬込郷から浦上川にそって黒い隊列がこの本原郷、中野郷にのぼっていたが、彼は何も気づいてはいなかった。

記録はこの折、浦上を襲った捕り手の数は約百七十人だったとのべている。公事方、安藤銀之助、谷津勘四郎、それに本藤舜太郎が指揮する捕り手の隊はこの烈しい雨の夜を選んで、中野、本原、家野に気づかれることなく入っていった。眠りこけていた百姓たちが足音に気づいた時は家々は既に包囲されていた。

ロカーニュ神父はその夜の模様をなまなましく次のように報告している。

「土曜日の夜も日曜日の夜もきわめて平和で怪しい音ひとつなかった。烈しい雨にもかかわらず洗礼の支度をした信徒が次々と集まり聖堂内にも付近の家々にも泊りこんで、おだやかな夢を結んでいた。だが月曜日、あけがたの三時頃、突然、荒々しく戸があいた。『捕り手たい。逃げんさい、早う』その叫びは市之助の声である。修道服《スータン》の上に日本の着物を引っかけると私は裏口から飛びだした。瞬間、表から捕吏はなだれこんだ」

ロカーニュ神父は裏口から一本木山という山に逃げた。背後から彼を守るように市之助と達右衛門という男と清吉に友吉がついてくる。雨にしとどに濡《ぬ》れた路《みち》を五人は肩で息をしながら走りに走った。

「パードレ、もう一寸《ちょっと》の辛抱たい」

と友吉が走りながら神父に叫んだ。

「一本木山にはおキラ婆《ばば》の小屋のあるけん、そこにかくれなさったらよか」

「私は……」

と苦しそうに神父は答えた。

「ミサのための道具を忘れた」

四人の信徒は足をとめた。ミサのための道具は彼等にはかけ替えもなく大事なものである。

「俺《おい》が……とってくるたい」

友吉が決心したように呟いた。

「なら、俺も行くばい」

と清吉も応じた。二人はそのまま雨滴のおちる松林の斜面を滑るようにおりていった。

空が白くなってくる。夜があけてきたのだ。

「パードレ。早う行かんば」

と市之助が二人の若者の消えたあとをまだぼんやりと見つめている神父をせきたてた。ようやく彼等が山の頂ちかくに二軒の小屋を見つけた時、空はあかるくなっていた。遠くで犬が吠《ほ》える声がきこえる。

小屋にとびこんでおキラ婆にボロのような着がえを出してもらった。

「俺どんはいらんたい。パードレが着がえばされればよか」

市之助も達右衛門もそのたった一枚のボロを神父にわたすと小屋の外にたって見張りをしていた。

犬の吠える声が近づいてくる。捕り手がやはりこちらに向ってくるらしい。

「パードレ、ここも危なか。早う谿《たに》に逃げんば摑《つか》まるばい」

三人は休む間もなく小屋を出て一本木山の谿におりていった。谿を埋める樹木が三人の姿をかくしてくれるからである。

雨はやんだが一本木山には乳白色の霧がたちこめ、ロカーニュ神父と市之助や達右衛門の姿をかくしてくれた。

犬の吠える声が遠くでする。追手のつれている犬であろう。だが谿を覆《おお》うふかい霧にあきらめたか、犬の鳴き声は次第に遠ざかっていった。

「みな、うまく逃げたじゃろか」

と達右衛門がつぶやいて、

「お前はどこまで憶《おぼ》えとるとのう」

と市之助にたずねた。市之助はうなずいて、

「俺あ真夜中、小便ばしようて思うて、戸ばあけて高張り提燈の近づいてくるとに気のついたと。そいけん大声ばだしてパードレさまに知らせて……」

「あん二人は戻ってこれるでしょうか」

さきほどミサの用具をとりに行くため危険を冒して村に帰った若者の身を神父は案じた。

「清吉に友吉なら、パードレ、案ずることはなか。体のすばしこか者《もん》じゃけん」

ロカーニュ神父は眼をつむってぬれた岩にもたれた。昨夜から眠らなかったせいか、疲労がどっとおしよせてきた。

一方、清吉と友吉とはロカーニュ神父たちと別れて雑木林の斜面をすべるようにおりた。谿川の音が次第に聞えてきたが、水は本原郷を流れている浦上川の上流だった。林のぬれた幹に身をかくして二人は耳をすませた。だが川のせせらぎと枝から落ちる雨滴のほかは何も聞えない。友吉は、

「あいつ等、もう引きあげたとじゃろうか。静まりかえっとるばってん」

「霧の深かけん、家も畠もここからはよう見とおしきれんばい」

と清吉はうなずいた。

「もう少し、下までおりても大丈夫じゃろ」

彼等は林をぬけた。そして段々畠をぬけて何軒かの農家が集まっている方角に歩いていった。二人の足は泥まみれになり霧が風にながれ、その隙間《すきま》から一人の娘がぼんやり立っているのがみえた。

「あいは市蔵しゃんとこのマキじゃなかか、何ばしとっとじゃろ」

と友吉は清吉に囁《ささや》いてから、

「マキしゃん」

と彼はその姿によびかけた。

マキはこちらをふりむいた。ふりむいて彼女は叫んだ。

「来たらいかん。逃げんね」

それと同時に何人かの男たちが霧のなかからおどり出てきた。

友吉が足をすべらせて転んだ。転んで清吉に、

「逃げんば。早う逃げんば」

と絶叫した。

その友吉の上にころがるように男の一人がおおいかぶさった。友吉はそれから何人かの足蹴《あしげ》を受けながら縄をかけられた。

清吉は必死で林のなかに飛びこんだ。彼は霧の渦のなかにとびこんで、そこにかく

れようとした。そのあとを十人ほどの男たちは退路を防ぐように三つにわかれて追跡していった。

「あなたたちも少し眠るとよか」

岩かげからロカーニュ神父は市之助と達右衛門の背に声をかけた。神父が少し眠っている間この二人は耳をすませ清吉と友吉との戻る足音をじっと待っていたからである。

「はい。ばってん、まだ、あん二人の帰って来んとですばい。どげんしたとじゃろか」

とさすがに市之助は不安そうに呟いた。

「パードレさま、今度は俺が行って様子ば見てくるけん、達右衛門と二人でここば動かんごとしてくだされ。ここば動けば、俺の戻ってもわからんごとなりますけん」

市之助はそう言って、それから一寸、恥ずかしそうに、

「パードレさま、お願いのありますたい。もし今日、助かったら、俺はバプティスモ（洗礼）ば受けたかとですばい」

ロカーニュ神父はうなずいて、彼がくるりと背を向け霧のなかに姿を消すのを見送

った。

曇っていた空から目ぶたに重いぐらいの微光がさしてきた。長崎の方角の雲が少し割れて青空が見える。ロカーニュ神父は眼をつむって祈りはじめた。残った達右衛門もそれに倣《なら》ってオラショを呟いていたが、やがてその呟きがやみ、首を上下に動かしながら居眠りをはじめた。昨夜からの恐怖と緊張とで神父も達右衛門も、くたくたになっていた。

まもなく、谿におりてくる足音がかすかに聞えた。

「市之助じゃなかごたる。パードレさま、音ばたてんでくだされよ」

達右衛門は唇に指をあて、二人は体をかたくして音の動きを聞いていた。

「もうし」

市之助ではない別の男の声だった。もうしと自分を呼ぶ以上、切支丹と思ったが、達右衛門がまだきびしく首をふるので神父は返事をしなかった。

「怪しかもんじゃなかと。おキラ婆の隣におる千代松たい。お婆にたのまれて草鞋と蓑《みの》ば持ってきたとばい」

達右衛門がやっと応答をすると、足音がして二人の農夫が霧の樹々《きぎ》のなかから姿をあらわした。

「村のほうはどげんね」

「そいがな、何もわからんと。ただ、えろう大騒ぎすっ音の朝がたにして、そいから犬の吠ゆっとの聞えたとばい」

「あいはパードレさまと俺どんば追いかける音じゃった。ばってん、こん霧じゃけん、諦《あきら》めたごとある。友吉と清吉、そいに市之助の様子ば見に行ったとに、まだ一人も戻ってこん」

「つかまったんじゃろか」

千代松はそれがまるでロカーニュ神父の責任であるように、

「何も村まで戻らんでもよかったじゃろうに」

と言った。

ロカーニュ神父は目を伏せた。たしかに自分たち宣教師が長崎に来なければ、日本の切支丹たちは今まで通り、そっと彼等の平和な毎日を送れたのだ……。自分たちが来たばかりに……。

その時刻――、
霧が風に流され藁《わら》ぶき屋根や樹々の梢《こずえ》がはっきりとその姿をあらわした。そしてそれらの家々や林のなかから縄くくられた泥まみれの百姓の男女が追いたてられた家畜のように道をおりていった。そのあとを捕吏たちが続いた。

逮捕は本原郷だけではなかった。中野郷や家野郷の切支丹たちも朝がたからこの時刻にかけて、寝こみを襲われ、逃げまどい、つかまっていった。

「夜の三時頃」と後になって本原郷の仙右衛門はのべている。「戸をひどく叩《たた》くゆえに寝ざめてみましたところ、家のなかに捕り手の役人がいっぱい来て、私をひき起し縛りますゆえに、私、『なんの科《とが》でござりますか』とたずねましたところ『不届きな奴《やつ》。後ほどわかる』と言うて打たれました。そして縛られ引かれてゆく間、しばらく弥三郎のところにとめられ、『平の又市の家はどこか』と問われました。けれども私、教えませんでしたゆえ、『斬《き》るぞ』と刀の背にて首を打たれました」

中野郷の甚三郎の話。

「六月十三日の晩、私と善之助、喜助この三人が聖堂に寝ておりました。ところが十四日の八つ刻《どき》ごろ、日の丸提燈三十ばかりが見えました。『これは捕え方の役人なり』と見ていち早く尊き道具を隠さんとあちこち心配するうちに、表より一同どっと来ました……。私が手をうしろにまわし『どうぞ縄をかけてくだされ』と申しましたところ、キリシタンの術を行うなどと言うて大きに恐れ、投げ縄など致し、三人がかりで厳重に縛りました。ところが首が締まらず途中、気を失うてしまいました。水と気付け薬でまた生かしました……」

本原郷の市蔵の娘マキは十四日の朝がた、家の戸を烈《はげ》しく叩く音に目をさまし、

「どなたじゃろか。パードレさまですか」

とたずねると、

「パードレさまては何か。ここに異人のおらんか」

マキがいないと言うとあまたの足音は入り乱れてロカーニュ神父のいる教会のほうに駆けのぼっていった。間もなく教会のほうで戸を叩く音、その戸を蹴破《けやぶ》る音、叫び声が嵐《あらし》のように起った。

マキと父親の市蔵が外に出て教会のほうを見あげると、捕吏たちが蟻《あり》の出る隙間もないほど囲んでいるのがわかった。

その捕吏はふたたびマキの家を訪れ、父の市蔵を取り調べた。

「父はずっとここにおりましたと。着物の雨にぬれとらんですたい」

とマキは言ったが捕吏は市蔵の胸をひろげて切支丹《キリシタン》の大事にする「聖母のスカプラリオ」が首にかかっているのを見つけて縄をかけたという。

こうして朝が来た頃、本原郷と中野郷から次々と縛りあげられた百姓たちが庄屋《しょうや》の家に連れていかれた。男女あわせて六十八名だった。

朝がきた。キクとミツとはいつものように夜がしらむと他《ほか》の下女たちと目をさまし、急いで身支度と手水《ちょうず》をすませそれぞれ自分たちの仕事にとりかかった。ミツとトメとは腰をからげて水を汲《く》み、厨《くりや》の大きな幾つかの釜《かま》に火をつけた。飯がたける間、ふき掃除にとりかかる。

キクのほうは表をきれいにするのが朝の仕事である。帚《は》きながら彼女の顔はたえず路の遠くに向けられている。その路の遠くから清吉のあの物を売る涼しげな声が聞えるのを待っているのだ。

昨夜はひどい雨だったから路のあちこちはまだ湿っていた。しかし水溜《みずたま》りができぬのはこのあたりの商家が路に砂をまくためである。

空はまだ曇っていたが、その雲の間から小さな青空がみえた。おそらく午後には晴れるだろう。

朝の掃除を終えると、朝食の配膳《はいぜん》にかかる。丁稚《でっち》、番頭が集まって旦那《だんな》さまのお出《い》でを待って、その間お内儀《かみ》さんは厨で下女たちと朝食の支度をするのがこの家の家風である。

全員が朝の膳についた時だった。

表で誰かが叫びながら走りすぎる音がした。

それにつづいて何人かの人間がやはり大声を出しながら駆けていく。

箸《はし》をとりあげようとした旦那さまが、

「何ぞ起ったんじゃろか」

と不安そうにお内儀さんを見て、

「朝から火事や喧嘩《けんか》でもなかろうな、誰ぞ外に行って見といで」

と命じた。

キクが一番はじめに土間に駆けおりた。こういう時、丁稚よりも素早いのが彼女である。

路に出てみると、四、五人の男女が表通りにむかって走って行く。

「もし姉しゃま。何ぞ、あったとですか」

あわててそのなかの女の一人をつかまえてたずねると、その一人の女が立ちどまって、

「浦上のクロのな、捕《とら》えられて、今、奉行所に引きたてられとるとげな」

そう教えてからすぐ他の連中を追いかけていった。

(浦上のクロの……)

棒で脳天を撲《なぐ》りつけられたようにキクはよろめき塀にもたれた。

クロとは切支丹のことである。そしてキクにとって浦上のクロとは清吉だけを意味した。

「クロのつかまったとて……」

彼女に遅れて飛び出してきた丁稚が大声をあげて店に引きかえしていった。旦那さまに知らせるためである。

だがキクは店のことなど、どうでもよかった。旦那さまに知らせることも、朝食をとることも、その後片付けをすることもすっかり忘れて駆けだしていた。いつか雨のなかを清吉を探しにいったように……。無我夢中で、鉄砲玉のように……。

今の長崎から当時のこの街のたたずまいを思いうかべるのは一寸《ちょっと》むつかしいかもしれない。というのは幾度も書いたように、かつて入江だったところは埋められ、街と変っているからである。

しかし注意して見るならば現在の国道三十四号線や万才町《まんざいまち》は昔の岬の面影を残しており、事実、ここは岬だったことがわかる。そして現在、市の水道局がある場所はかつて切支丹時代に有名な「岬の教会」があり、教会が破壊されたあとは牢《ろう》が作られ、それは桜町《さくらまち》牢とよばれていた。

浦上から引ったてられた切支丹の百姓は当然西坂の丘をこえて、この桜町牢に連れてこられる筈《はず》である。彼等が桜町に姿をあらわすのを待って見物人たちがその前に押しかけていた。

「天罰たい、お仕置ば受けても仕方んなか」

「そいにしても、昨夜のあげん烈しか雨んなかではお役人たちもお役目ご苦労じゃったろ。ずぶ濡《ぬ》れになって浦上の山にのりこまれたとやけんね」

見物人たちのなかには昨夜の模様をまるで見てきたように語る者さえいた。そして彼等は今度の御奉行所の処置は当然だと考えていた。御禁制の切支丹を信じている浦上の百姓たちは長崎の人間には何か気味わるい、うさんくさい人間たちに見えたのである。

彼等の間でかくれるようにキクは西坂の丘の方を見ていた。それはかつて彼女とミツとが聖徳寺の住職と従兄《いとこ》につれられてはじめて長崎に来た時、こえた丘だった。丘には処刑場があり、もう長いこと使われていなかったが昔はあまたの罪人がそこでお仕置を受けたのである。

「浦上もんはずっと前々からクロじゃったとげなね」

「そうたい。こいまで三度お手入れのあったていうばい」

浦上村を悪しざまに言う言葉はキクの耳に入《あ》ってくる。彼女はそのたび毎《ごと》に美しいきつい眼でその無責任なおしゃべりをする連中を睨《にら》みつけた。自分が生れ、育った村を悪く言う者をキクは許せなかった。

「来たぞう……」

誰かが叫ぶと見物人たちの体がいっせいに西坂の方角にむいた。先頭に奉行所のお役人たちが、そのうしろに捕えられた男女が、更に彼等をかこむように棒を持った男たちがこちらに向って坂をおりてくる。

彼等が近づくにつれ、見物人から驚きの叫びが起った。それは捕えた者も捕えられた者も泥だらけになっているからだった。その泥だらけの姿は昨夜のすさまじい逮捕の模様をしのばせた。

とりわけ、つかまった男女のなかには全裸にちかい男もいるし、破れた寝まきでわずかに体をかくしている女もいた。寝こみを襲われ、着物に着がえる暇もなかったためである。

「横道もんが……」

「馬鹿《ばか》たれ」

容赦ない罵声《ばせい》が見物人から小石のように飛んだ。その罵声のなかで切支丹の男女たちは疲れきった顔で泥だらけの足を曳《ひ》きずっていた。そしてキクはその顔のなかに、清吉がいないかと必死で探していた。

清吉は……いた。

列の真ん中あたりに手首を縛られて少しよろめきながら歩いていた。身につけている着物が裂けているのは他の男たちと同じだったが、キクが思わず声を出しそうになったのはその顔が蒼《あお》くはれあがっていることだった。

おそらく――、

彼は捕り手たちに抵抗し、存分に撲《なぐ》られたらしい。頬に血が黒くこびりついていることでもそれはよくわかった。

彼ははれた上唇を舌でなめながら、うしろの男とぶつかりながら歩いていた。だがその眼はまるで茫然《ぼうぜん》自失したように焦点があっていなかった。

「お寺さんや仏さんば馬鹿にするけんたい」

キクの隣で老婆《ろうば》が吐きだすように、そばにいる狐《きつね》のような顔だちの若者に言った。

若者は調子にのって、

「罰あたりめが……」

この時、清吉が夢からさめたようにハッとして、声のする方向に顔を向けた。そして彼はそこにキクが立っているのを見た……。

驚きと恥ずかしさとが同時に彼の顔にあらわれた。清吉はあわててくられた両手をあげ、自分のはだけた胸元をかきあわせる仕草をした。

「浦上もんの罰あたりィ。切支丹なんかば信心するけんたい」

若者がふたたび罵声をあびせかけると、清吉はキクをはっきり意識してか、大声で言いかえした。

「浦上の者のなして悪かか、俺《おい》どんは、どげん責苦ば受けても心ばまげんばい」

「ふん。強情もんが、そげん高ば括《くく》っとったら牢で思いしるとやけんな。悲鳴ばあげるなよ」

行列はそのまま桜町牢の門をくぐった。六尺棒を持った番人が最後の一人の姿が消えるのを待ってその厚い門をしめた。

「あいつ、強がりば言うて」

と清吉とやりあった若者はまだいまいましそうに、

「こいからみのおどりばさせられるとぞ」

と唾《つば》を吐いた。

「みのおどりて何ね」

キクがたずねると、

「切支丹にする懲《こ》らしめたい。蓑《みの》ば着せて、そいに火ばつけるとたい。そしたら、熱うて、熱うておどりまわるけん、みのおどりて言うとやっか」

若者はまるで見てきたように牢屋での責苦を話しはじめた。

キクの顔が恐怖で蒼ざめはじめた。さっきはこの若者に言いかえした清吉が男らしいという気持がした。しかし今はその清吉がむごい苦しみに会うのだと思うとたまらなかった。

(清吉さん。なしてそん切支丹ばやめんとね)

と彼女はかたく閉ざされた門に向って叫びたかった。

桜町牢の厚い門に隔てられた向うで、何が起っているかキクは見ることができなかった。

まず六十八名の男女は男と女とにわけられ、それぞれの獄舎の前につれていかれた。

「ぬげ」

ここまで彼等を連行した役人たちはいつの間にか姿を消し、そのかわり六尺棒を持った警吏が全員に身につけている物をぬぐように命じた。

裸になったのを確かめると、獄舎の潜《くぐ》り戸の鍵《かぎ》をあける。にぶい音をたてて小さな潜り戸があくとうす暗いなかで囚人たちが動く音がきこえた。囚人たちの汗や体臭がむっとにおってきた。

「よう聞けよ。ここに頭ば入れて、そろそろて入るとぞ」

警吏は列の先頭にいる若者に声をかけた。下帯まで取らされた若者は身をすくめてしゃがむと、犬のように四つん這《ば》いになって小さな潜り戸に頭を入れた。

その途端、なかから大きな手が髪をつかんだ、そして、

「受け取ったア」

という声がした。若者の体は獄のうち側に仰《あお》むけに投げかえされていた。

「次」

次の男も髪を引張られ、引きずりこまれ、投げとばされる。

これは牢での最初の儀式だった。長崎の桜町牢だけではなく、当時、あちこちの牢で行われていた囚人相互の儀式だった。

全員がこうして入牢すると、さっきぬいだ着物が改められた上で投げこまれる。一列に並ばされた囚人はやっと裸をかくすことが許されて牢名主《ろうなぬし》の前に坐《すわ》らされる。儀式はそれで終ったわけではない。

「よう聞け、ここに入って来《く》っからには土産物ば持って来たとか」

持ってこなかったと答えた者は怒鳴りつけられ、手紙を書き金をただちに工面することが命じられる。それもはじめは高額を吹っかけるが、仲裁役がなかに入って値引きをさせ、新入りに承諾させるのが常だった。

だが浦上のまずしい百姓たちがそのような金を出せる筈《はず》はない。四、五人の者がどうしても要求された金は出せぬとうなだれて言うと、牢名主は意外にもゆるしてくれた。泥まみれになったあわれな姿を見て憐憫《れんびん》の情を起したのであろう。だがそのかわり厠《かわや》の掃除や按摩《あんま》をすることを命じられた。

獄のなかは暑かった。汗の臭《にお》いと便の臭いが更にそれにこもった。

「お前ら、何ばして、ここに来たとか」

新入りの人数の多さに辟易《へきえき》した牢名主がたずねた。

「わしら、代々、デウスとジェズスば信じとりましたけん」

中野郷の茂市という若者が答えた。

「なんか、そんデウスたあ」

「わしら、切支丹にございます」

牢名主は首をかしげた。そばの者が、クロのことだと教えた。

「クロか」牢名主は嬉《うれ》しそうに「そいけん、お前ら、つかまったとか」

邂《かい》逅《こう》

五島屋の裏口からキクは足音を忍ばせて厨《くりや》に入った。もちろん叱《しか》られることは覚悟をしている。飛びだしたきり、この時間まで戻らなかった自分である。どんなに叱責《しっせき》を受けても仕方がなかった。

朝食のとっくに終った厨はしんと静まりかえっている。誰もおらず釜《かま》も鍋《なべ》もあるべき場所におかれ、キクをつめたく眺めていた。

雑巾《ぞうきん》で足をふきそっと板の間にあがった。そしてトメやミツが繕いものをしている部屋に行こうとした。その時、お米さんが廊下の向うから姿をみせた。

彼女はキクを見て一瞬、足をとめたが、そのまま小石でも見るように無表情でそばを通りすぎていった。この無言でキクは彼女とお内儀《かみ》さんがどんなに腹を立てているかを感じた。

トメとミツとが針仕事をしている部屋に入ると二人は怯《おび》えた顔でキクを見あげた。キクは黙ったままそばに坐《すわ》り、自分も同じように針をとりあげた。

「そげん事……もう、せんでよか」

突然、背後で声がした。いつの間にか、お内儀さんがお米さんとうしろに立っていた。

「あんな、こん五島屋では、鉄砲玉んごと出ちゃあ勝手な時に戻ってくる女子衆《おなごし》はいらんとばい」

お内儀さんはキクを睨みつけて、

「持ちもんばまとめて、とっとと浦上へお帰り。浦上のもんはよくよく人ば困らする得手勝手もんの集りたい。キクやミツもクロじゃなかろね」

「おかしゃま」

ミツが半泣きになって、

「おキクさんば許してやってください。おキクさん、早うあやまらんね」

「別にあやまることはなか。あやまってもろうても、こっちの気はもう変らんと。キクが勝手に外ば出歩いたとは今度が初めてじゃなか。キクはひどかゾクワルたい」

それから彼女はお米さんを見て、

「お前、こん子の持ちもんばまとめて渡してやらんね。聖徳寺のお坊さまもわけば知れば合点されるけん」

そう言い捨てると足音をたててお内儀さんは部屋を出ていった。

「馬鹿《ばか》ばいね」

お米さんはわざと大きな溜息《ためいき》をついた。

「出かけたかとなら、うちにそっと言うてくれれば何とかしてやったとに……黙って出て戻らんけん、こげん事になるとたい」

「お米さん」

とミツが間に入って、

「何とかおかしゃまにあやまって……」

「でけん。そげんことばすれば、うちがお目玉たい」

とお米さんは冷たく首をふった。

「持ちもんばまとめて、浦上に戻るより仕方なか。かわりに働く女子衆は外海《そとめ》にも大村にもたくさんおるとけんね」

トメも加わってミツと一緒にあやまってくれたが、お内儀さんの怒りは一向にとけずプイと横を向いて返事もしなかった。

「何度、あやまったっちゃ、同しこったい」

とお米さんはしおれて厨に戻ってきたミツを嘲《あざけ》るように、

「おかしゃまは決めなさったことば変えられんばい、黙って見とるより、しょんなか」

キクは覚悟をきめたらしく、二階の天井のひくい小さな自分たちの部屋で荷物をつくっていた。

「おキクさん……」

目にいっぱい涙をためてうしろに立ったミツにキクは溜息をついて呟《つぶや》いた。

「こげんなったとも、元はうちの我儘《わがまま》からやもんね、ミツにまで迷惑ばかけてごめんね」

「おキクさん。ここば出て何処《どこ》に行くとね」

「馬込郷に帰るより仕方なかろ」

とキクはわざと陽気に笑ってみせ、

「ばってん、こいでせいせいした。うちにはここの仕事はやっぱり合わんごたる。野《の》良《ら》で働くほうがむいとるたい」

小さな荷物を持って彼女は階段をおり、そしてすすりあげているミツに笑顔をみせ、

「もう泣きなさんな……おかしゃま、お米さん、おトメさん、お世話になりました。旦那《だんな》さまに黙って出ていくとの申しわけなかです」

きちんと頭をさげて、あかるい外に出ていった。お内儀さんは視線をそらせ、お米さんはうつむいて何も見ないふりをしている。

キクは店を出て足をとめた。右の路《みち》を行けば寺町になり、左に折れれば思案橋にぶつかる。

だが足はいつの間にか今朝と同じように、清吉たちの放りこまれた牢屋があるあの桜町にむかっていた。

(清吉さんは、今、牢でひどか目に会うとるとじゃなかろか)

頭はそれでいっぱいだった。その横を色々な人間が——中国人や白人の水兵まで通りすぎていったが、キクはいつか外出を許された日とはまったく違って、ただ真直《まっす》ぐ、正面を見ながら歩いていった。両側の店の品物にも、呉服屋から出てきた娘とその乳母らしい女にも目もくれず、牢屋にむかう坂をのぼっていった。

朝とちがって、もう見物人の姿は牢の前にはなかった。六尺棒を持った番人が二人、門の前に立って二匹の犬がたわむれているのを見ていた。

キクがじっとそちらを注目していると、番人も彼女に気づいて妙な顔をした。そして何時《いつ》までも立ち去らぬのを怪しんでか、

「そこで何ばしとっとか」

と大声でとがめた。キクは急ぎ足で牢屋の前から離れた。今は浦上に戻るより仕方がなかった。

しかし清吉のいない浦上に彼女は帰る気がしなかった。清吉がこの長崎の牢で苦しんでいる時、自分が長崎を去っていくのは裏切りのようにさえ思われた。できるなら、そばにいて何かをしてやりたかった……。

夕暮、腹をすかせ、くたびれきったキクは諏訪《すわ》神社の石段に腰かけ、暮れなずむ空をぼんやりと見ていた。長崎名物のあの無数の蟬《せみ》が森のなかで鳴いている。

一夕方までキクはまるで野良犬のように長崎の街をうろうろと歩いた。馬込郷に戻る決心はどうしてもつかない。

さっきまですぐそばで遊んでいた子供たちが引きあげた。あたりにさしていた西陽も次第に弱くなっていく。

(やっぱり……戻らんばやろか)

朝も昼も食べていないので、ひもじかった。彼女は神社の境内で手を浄《きよ》める水を飲んでその飢えをなんとか誤魔化した。

(こんままやったら、清吉さんは助からん)

あのわけのわからぬ信心を捨ててくれねば清吉は助からないのだ。それなのに彼は今朝「どげん責苦ば受けても心ばまげんたい」と大声で叫んでいた。一体どうすればいいのだ。

足音が境内からきこえてきた。足音だけではなく彼女にはわからぬ異国の言葉で話しあっている。石段からあわてて立ちあがってふりむくと、二人の異人が向うもびっくりしたように足をとめた。

キクはハッとした。ハッとしたのは相手が日本人でないからではなく、その一人がたしか南蛮寺で見たあの異人だったからである。そして更に驚いたことには、もう一人の異人は浦上村の百姓とそっくりの泥だらけの野良着を着ていたのだった。

キクを見るとその野良着の異人はあわてて手に持った菅笠《すげがさ》で自分の面貌《めんぼう》をかくした。そして二人は何げない風を装《よそお》って石段をおりてきた。

キクの頭に清吉の顔が浮んだ。清吉はこの南蛮寺の異人たちのことをパードレさまとよんで敬っていたのである。

(こん異人たちなら清吉さんば助けらるっかもしれん)

突然、その想念がうかんだ。なぜ、そんな想念を感じたのかわからない。しかし溺《おぼ》れる者が藁《わら》をもつかむような気持でキクは思わず二人の異人の前に立ちふさがっていた。

「あの……」

　異人たち——プチジャンとロカーニュとは怯えたように足をとめた。

　一本木山に逃げたロカーニュからやっと大浦のプチジャンに使いがきたのは午後である。

　知らせを受けてプチジャンは急いで金比羅山《こんぴらさん》の麓《ふもと》まで迎えに行った。そして未明の騒ぎを物語るような泥だらけの野良着を神父服に着がえさすためロカーニュと諏訪神社までおりてきたところだった……。

「異人さま」

　キクは二人の前にひざまずくようにして叫んだ。

「清吉さんば助けてくださいまし。清吉さんは切支丹《キリシタン》やけん、今、桜町の牢《ろう》におります……」

「お前さま……」

　やがてプチジャンは口を開いて静かにたずねた。

「清吉ば知っとられる人か」

「はい」

「そんなら、切支丹か」

「切支丹じゃなか……」

キクは大きく首をふると二人の神父の顔に警戒の色がうかんで、

「切支丹じゃなか人が……なして清吉たちば救うてくれと言われるとですか」

プチジャンはさぐるようにキクの頭から足の先まで改めて見まわした。

キクの顔に朱がさした。この異人たちに清吉さんば好きやけんと告白することは流石《さすが》に彼女にはできなかった。

だがその真赤になった顔と恥ずかしさをあらわした身ぶりでロカーニュ神父のほうがプチジャンより先に了解して、そっと教えた。

「この娘は彼を愛しているんですよ（エル・レーム）」

安心を伴った微笑がプチジャンの頬にゆっくりうかんで、

「おう」

と呟いた。そして、

「お前さまも浦上の人か」

「はい」

「中野郷の……」

「中野郷ではなか。馬込郷ですたい」

「もう夜になるとに、今から浦上に戻るのは女には危なかですよ、一人で……」

「はい」

「お前さま、連れはおらんとですか」

キクは上目使いに弱々しく首をふった。

プチジャンはその疲れきった表情や手に持っている包みを見て、ひょっとすると家出をしてきた娘ではないかと思い、

「お前さま、泊るところのなかではなかろね」

見すかされてキクは黙ったまま眼を伏せた。

「親に叱られて家ば出たとかね」

「…………」

「お前さま、何も食べとらんごとあるが……」

「うちんことはどうでもよか」

キクは怒った声を出した。誰かから理由もなく憐《あわ》れまれるのはこの自尊心の強い娘には我慢できなかった。

「うちは切支丹ば好かん。ばってん清吉さんは助けてください」

ロカーニュは肩をすぼめてプチジャンの袖《そで》を引っぱった。プチジャンはうなずいて

そのまま四、五歩、歩きだした。しかし彼はキクを放っておくことがどうしてもできなかった。

「一緒に来るとよか。何か、食べものばあげますけん……そして一晩、大浦に泊って明日、浦上に戻るごとしなさい」

「いらん。うちは切支丹じゃなかけん」

キクはまだ強情をはっていた。

プチジャンは吹きだしたくなるのを怺《こら》えて、

「おいで」

と手招きをした。

建物のかげで着がえおわったロカーニュとプチジャンとは夕闇《ゆうやみ》のなかを諏訪神社から海のほうにむかって下りながら、時々、なにげなさそうにうしろをふりかえった。

「ついてきているかね」

「ついてきている」

おかしさを怺えながら二人はしばらく歩いて急に立ちどまった。

「遠慮することはなか。来なさい」

とプチジャンは手招きした。

「それとも、私らがこわかかね」

キクは口惜《くや》しそうにうなずいた。頭のいい彼女は浦上に戻るのと、この異人たちに従《つ》いていくのとどちらが得かを素早く計算した。清吉を助けてもらうためには、浦上に帰らぬほうがいいに決っている。

一定の距離をおいて二人の神父とキクとは浜づたいに大浦に向った。日がくれて海と空とは既に紫色にぬりつぶされ、ただ波だけがものうい音をたてて浜をかんでいた。

「ベルナール」

とロカーニュ神父はプチジャンに言った。

「レック領事には連絡しましたか」

レック領事は長崎にいる仏蘭西《フランス》領事のことだった。

「もちろん。レック領事だけでなく、プロシャ領事にも彼等の釈放を要求してほしいと頼んでおきました。二人はもう奉行所に抗議に行ったと思いますが、しかし……」

しかし、と言いかけてプチジャンは本藤舜太郎の大きな顔を思いだした。本藤ならこうした抗議をはねのけるだろう。これは日本人の問題であって、あなたたちとは関係のないことだと……。

「ベルナール、私は……なぜか、彼等に悪いことをしたような気がしてね」

とロカーニュ神父は悲しげに呟いた。沖に漁火《いさりび》がチラホラ見え、波の音が単調にくりかえしていた。

「なぜ」

「私たちの行きすぎで……彼等はあのような騒動を起し、そして捕えられたのだと……」

プチジャンも同じ気持だった。日本人に布教したい、日本人の魂を救いたいという宣教師としての熱望があの百姓たちを煽《あお》り、この事件の原因になってしまった。

「しかし……これは一つの殉教だと思うならば……」

二人は黙りこんだ。心のなかで釈然としないものが残っていた。

「とに角、私たちは彼等を救う運動を明日からやらねばならない」

「ああ」

二人はまた足をとめ、うしろをふりかえった。キクもあわてて足をとめた。

「もうすぐですたい」

プチジャンはやさしく声をかけた。

「今夜はおいしかもんば食べて、ゆっくり眠るとよかですよ」

その夜、キクは生れてはじめて妙ちきりんなものを食べさせられた。何だかトロッとして麦粉をかきまぜたような汁に、名前だけ聞いて知っているパンにびんつけ油みたいなものをぬりたくったものが出された。

おいしいという気はまったくしなかった。眼を白黒させて咽喉《のど》に通すのがやっとだった。

「これはポタージュと言います。これはブール（バター）」

ロカーニュ神父がひとつひとつキクに教えるのをプチジャンは微笑しながら眺めていた。

「おいしかかね」

「はい」

まさか、まずいとも言えず、キクは蚊のなくような声で答えた。

「お兼さん。どうもこの人は私たちの食べものば好かんごとみえます。何か、ありませんか」

給仕をしていたお兼さんは少し不快な顔をしたが、漬物とご飯を持ってきた。彼女としては、二人の神父が何処《どこ》の馬の骨ともわからぬ娘をひろってきたのが不満だったのである。

その夜、リ（ベッド）とかいう台の上に寝かされた。だが緊張のあまり目がさえて眠れない。

波の音が聞えてくる。異人さまの住んでいる家は日本家屋だが何とも言えぬ妙な臭《にお》いがする。その臭いはさっき無理矢理たべさせられた異国の食べもののそれと同じだった。

（異人はな。牛や豚ば食うて、そん血ば飲むとげな）

お婆《ばば》がむかし怖《おそ》ろしそうに教えてくれた。そういえばさっき二人は血のように赤い液体をうまそうに飲んでいたっけ……。

（なしてそげん異人の宗旨ばわざわざ……清吉さんたちは信心しとるとやろか。うちはどうしても切支丹ば好かん）

彼女は牢《ろう》にいる清吉のことを思った。今、この時刻、彼は何をしているだろう。牢には牢名主というのが威張っていて、新入りを苛《いじ》めると聞いたが、清吉さんは大丈夫だろうか。

眠れぬままに彼女は起きあがって荷物のなかから、かくしていたあの聖母マリアのメダイをとりだした。

「うちはもう、あんたば好かんたい。あんたのおかげで清吉さんは牢に入れられたとやけん。あんたは一体、どこの誰ね、好かん女たい」

彼女はメダイを凝視しながら、こう恨みごとを言った。

（清吉さん、早うこげんおかしか宗旨は捨ててくれんね）

それが彼女の切実な気持だった。一日も早く彼が牢を出てくれること、奉行所の言うことに従ってくれること、早く助かることをキクは神仏に手をあわせて拝みたかった。

キクがそうやって小さな胸を痛めている間、プチジャンとロカーニュとは桜町牢に入れられた浦上信徒をどう救出するか相談しあっていた……。

翌朝、キクはお兼さんに頼みこんだ。

「うちばこん異人さんの家で働かせてくれんですか。一所懸命精ば出して勤めますけん」

お兼さんはキクを小馬鹿《こばか》にしたように見たが、その必死な願いがわかったと見え、亭主に相談した。

「雇うてもろうたらよかやっか。近う二人の異人さまのここに来らるっとばってん、わしらだけじゃ手不足じゃけん」

亭主の言うことはもっともだった。プチジャンとロカーニュとは、浦上だけでなく、長崎周辺や外海《そとめ》地方のあちこちに切支丹がかくれていることを知って、横浜の同僚たちに応援をたのんでいたのだった。そして間もなく二人の神父がこの大浦にやってくることになっていた。

「ばってん」

とプチジャンは慎重にキクに問いただした。

「親の許しばもろうてこねばいかんですよ。それでないと、私たちが困ります」

「親は……なかです」

とキクは嘘《うそ》をついた。

「そいに長崎には従妹《いとこ》のおりますけん、うちがここに働いとるて家に知らせてもらいます」

プチジャンはロカーニュに相談しキクを当分、教会で働かせることにした。たしかに二人の神父があたらしくここに来るので、お兼さん一人ではとても全員の世話のできぬことはわかっていたからである。

「清吉さんは……まだ牢屋でしょうか」

キクは眼いっぱいに泪《なみだ》をためてたずねた。プチジャンは暗い顔でうなずき、

「もう桜町の牢にはおりましぇん。みんな小島郷の牢に移ったとです」

と教えた。

事実、桜町の牢から彼等が小島郷の急造した牢に移転したのは捕縛されてから二日後のことだった。

「そいで……清吉さんは助かるとですか」

キクはプチジャンに次々と質問をする。その必死な声で彼はこの娘が清吉をどんなに思慕しているかがわかった。

「助かるとも。私は毎日、一日中、祈っておるもんね、安心しなさい」

しかし切支丹《キリシタン》の信仰のないキクにはそんな夢のような話より、現実に何か救出の運動をこの異人たちにやってもらいたかった。

「祈れば、清吉さんは本当に助かるとですか」

溺《おぼ》れる者が藁《わら》をもつかむ気持で彼女はプチジャンにたずねた。

「祈れば……かなえてくださる」

プチジャンはこの日本人の娘をいたわるようにうなずいた。

その夜から、教会の横の小さな家でキクははじめて祈ることをやってみた。清吉のくれたあのメダイを掌《てのひら》にのせ、そこに刻まれた聖母マリアの顔をみつめながら彼女はこう祈った。

「あんたはどなたかは知らん。ばってん清吉さんが崇《あが》めとる女たい。女ならうちのこん気持、わかってくだされ。おねがいします。清吉さんば辛《つら》か目に会わさんごとしてくだされ」

清吉さんば辛か目に会わさんごとに、してくだされ――。

キクのせつない願いにかかわらず、清吉たち浦上切支丹六十八名の男女は小島郷の牢に閉じこめられたまま、一向に釈放されなかった。

連日、縄をつけられた誰かが牢から引き出され、現在の長崎県庁の場所にあった西役所によばれて棄教を勧告される。あるいは脅し、あるいはやさしく説ききかせて「転ぶ」ことを命じられる。

取調べを受けるのは男だけではなかった。女のほうも背に手を縛りあげられて役所に連行された。

はじめはさとすように言いきかせ、時には情をからませ、お前のために家族がこれから難儀すると脅す。それでも黙っていると役人はわざと大きな溜息《ためいき》をついた。

「お前は切支丹に加えた責めんことば聞いたことのあるやろうが……」

「…………」

「穴吊《づ》りていうてな。汚物ば入れた穴に逆さに吊す。水も食べもんもやらんで放っておく。血の頭に溜《たま》って、目と鼻からそん血の流るる。そいでも怺えとる者も三日もたてば泣きわめいたて言う」

「…………」

「切支丹にはそん責苦ば与えても正道に戻せてお上《かみ》のお指図たい。俺《おい》どんもそげん苦しか責めばお前らにしとうはなか。ばってん、どうしても切支丹ば棄《す》てきれんて言うなら、仕方なか、そん穴吊りにせんばならん」

狡猾《こうかつ》なこの脅迫は純朴な百姓たちには効き目があった。

ある日──牢内はひどく暑かった──の夕方、西役所から熊蔵という男が警吏につれられて戻ってきた。

「今日は何ばきかれたとね」

と清吉たちがたずねると、眼をそらせて返事は曖昧《あいまい》である。

はじめはくたびれたのかと思って黙っていた。しかし夜になっても元気がない。

「熊蔵さん、どげん、したとね、ひどうたたかれたとか」

「怺えきれんたい、俺あ……」

突然、熊蔵は泣くような声をあげた。

「辛抱できる力はもうなか。俺あ……村に戻りたかばい」

しんと一同は静まりかえった。熊蔵の心の叫びは皆にもよくわかっていた。

「なしてパードレさまも俺どんば助けてくださらんとじゃろか。パードレさまだけじゃなか。肝心の神《デウス》さまもなして助けてくださらんとじゃろか」

皆は口々に熊蔵の弱さを責め、励ました。それは自分たちの弱くなりかけた心を励ますためでもあった。

だがその翌日、ふたたび西役所に連行された熊蔵は呆《ほう》けたような顔で牢に戻ってきた。彼は切支丹を捨てることを役人に約束してしまったのである。

そのあと久五郎という男が棄教した。久五郎のあとに茂十郎が転んだ……。

仲間の一角が崩れると将棋倒しのように五人が、十人がそれに倣っていく。

すさまじい暑さの七月と八月とがようやく終っても牢の中では相変らず汗の臭いと体臭や便の臭いとが充満していたが、その息苦しい二カ月の間に棄教したものは二十一名にのぼっていた。

二十一名は棄教したにかかわらず、奉行所は彼等を釈放しない。

それは本藤舜太郎の案で、これら棄教者にまだ気持を変えぬ者を説得させるため、牢にとどめおいたのである。

「なあ、こげん手ばあわせて頼むたい、俺にあ養わんばいかん嬶《かか》も餓鬼《がき》もおっとばい、早う畠《はたけ》に戻らんば今年の年貢《ねんぐ》もおさめられん。俺どんば助けるて思うて、御役人の言わるる通りにしてくれんね」

棄教した者はそのようにまだ肯《がえ》んじない者に哀願する。たがいに百姓の貧しさ、みじめさは骨の髄まで知っている。哀願の声はそれを聴く者には役人の威嚇《いかく》よりも辛かった。

言うことを聞かぬ者四十七名は四畳の部屋にとじこめられた。食べものもわずかしか与えられなくなった。四畳に四十七名が入ると、もう体を少しでも横にすることもできなかった。暑さ、息ぐるしさで気も狂いそうだった。そしてそのなかに清吉も交っていた。

その地獄のような毎日のなかで、たった一度、役人の目をかすめて警吏が中野郷から来た三人の女たちとの面会をゆるしてくれた。警吏はもちろん、彼女たちが仲間から集めた袖《そで》の下（賄賂《わいろ》）をもらって、秘密にわずかな時間、話しあうことを許したのである。

「辛かろの。辛かろの」

女たちは泪をながしながらその同じ言葉をくりかえした。牢の柱にしがみついて囚人たちは自分の家族のこと、畠のことを必死でたずねた。

「みんなで祈り《オラシヨ》ば唱えておる。パードレさまたちは今、奉行所にかけあい、江戸に使いば送られ、日本中の異人さまを動かして切支丹ば助けようてされとるたい。もう少しの辛抱じゃけん……」

そう言いながら女たちは更に泪をながした。牢の者たちもその言葉を聞いて声を出して泣くものがいた。

「プチジャンさまも、ロカーニュさまも皆の衆のために聖母《サンタ・マリア》さまに祈っておらっとげな」

警吏があらわれて、もう面会の時が終ったと告げた。三人の女たちは囚人の家族から托《たく》された食べものや衣類を手わたし、最後に清吉に、

「これあ、プチジャンさまのお前にわたせて申されたとばい」

そう言って小さな包みをさしだした。

女たちが帰ったあと清吉は牢の隅で包みをかろうじて開いた。包みのなかには切った餅《もち》が幾つかと小さな十字架と、そして一枚の紙が入っていた。

紙は誰かに代筆してもらったらしいキクの手紙だった。

「難儀でありなさる。お前さまの顔ば見とうて牢の近くまで参じましたけど、このことがかないませぬ。今、大浦の南蛮寺におります。お前さまのため願ばかけております」

その手紙を見た時、火箭《ひや》のように清吉の頭から足の先に一人の娘の情熱が貫いた。今まで少女のように思っていた娘である。その娘がこれほど自分を案じ、思うてくれている。言いようのない倖《しあわ》せと悦《よろこ》びが清吉の胸に走った。朝ごとに店の前を掃除していたキクの切れながの美しい眼をあざやかに思いだした。

（あん娘っ子の俺のことばこげん慕ってくれとる）

彼は顔を赤らめた。ぎっしりと体を寄せている他《ほか》の者たちに気づかれぬよう、その手紙をふところにかくした。

「うちは切支丹じゃなかけん、お前さまのごと祈るすべは知りまっせん、ばってん、あんサンタ・マリアというお方には毎夜、お願い申しております。清吉さんば助けてくだされ、と」

彼は今、読んだそのキクの言葉を心のなかでくりかえした。そして、

（マリアさま、あん娘の言う通りたい。助けてくだされ）

とつぶやいた。

翌朝――、

「次の者、出ろ」

警吏がくぐり戸から顔を出して呼びあげた。呼ばれたのは本原の清四郎、平の又市、

それに清吉の三人だった。

いつものように三人はうしろ手に縄をかけられて牢を出た。西役所で吟味を受けるためである。

秋の朝だったが、まだ暑さが続いていてあちこちで蟬《せみ》がないていた。それでも三人には汗と尿と人体の臭気のこもった牢から出ると存分に新鮮な空気を吸えるだけでも嬉《うれ》しかった。

「おいしか……」

と又市が嬉しそうに胸をふくらませて言った。秋の大気が本当に……本当においしかったのである。

西役所の白州《しらす》に引き出されて、例のように棄教のしつこい勧告がつづいた。

「表向きだけでもよかぞ。あとは大目にみてやる。表向き切支丹ば捨てたて言え」

二人の役人はさすがに困惑しきってそこまで妥協した。しかし清吉も又市も清四郎もうつむいたまま黙っていた。

「こげん申しても強情ばはるとか」

「…………」

役人たちはたがいに顔を見あわせ、

「仕方なかぞ……」

とひとり言のように呟《つぶや》いた。

仕方なかぞというのは諦《あきら》めた、という意味ではなかった。こうなっては拷問《ごうもん》にかけるのも仕方がないという意味だったのである。

「立て」

警吏は鋭い声で三人に命じた。三人はその時まだ、自分たちが何をされるのかを知らなかった。拷問を受けるとは予想もしていなかった。

あかり取りから錫《すず》をとかしたような光が黒い廊下に流れこんでいる。光は廊下の木目《もくめ》をはっきりと浮びあがらせている。

「入れ」

警吏は三人をその廊下の左側にある大きな部屋に入れた。それは窓がたった一つだけある板の間だった。

「今から痛か目に会わすけん、よう覚悟ばしとけよ。痛か目のこらえきれんごたれば、今転びます（棄教する）て申せばよか」

警吏は三人を正座させて、もう一度、さとすように言った。その声はまるで疲れきった男が溜息《ためいき》をもらすようだった。

三人はうつむいたまま黙っていた。

「いやか」

沈黙が続いた。

警吏はそのまま外に出ていった。そして自分の同僚を五人つれて戻ってきた。

警吏たちは清四郎、又市、清吉の背後に立って、

「両手ば背中にまわせ」

と命じた。

まわした両手首の骨が折れそうなぐらい強く縛られた。そしてその縄が天井の梁《はり》にかけられて引張られた。三人の体はそのまま宙づりになった。

「痛かろ。ばってん、今からもっと辛か目のはじまっとぞ。転びますて誓えば堪忍致すが……」

沈黙している三人の態度を警吏たちはふてぶてしいと思ったようだ。その気持が彼等に怒りの感情を起させた。

竹の笞《むち》が容赦なく三人の体で鋭い音をたてた。笞は空気を切って笛のようにひびき、体にあたって鈍い音をだした。

はじめは苦痛をこらえて歯を食いしばり声を出すまいとした。しかし笞の数が十回、

十五回とふえるにつれ、その食いしばった歯の間から呻《うめ》き声がもれはじめた。「うー」という呻き声が「あッ、あッ」と悲鳴に変りだしたのはその数が三十回をこした時からだった。悲鳴をあげるたび、体をつりさげた縄がくるくると廻り、それにつれて三人の体も回転した。

足音がして役人の一人が入ってきた。伊藤清左衛門である。わざとあくびをしながら、

「転んだか」

「強情なもんですたい」

警吏はくたびれたように自分の腕をもみながら答えた。

「縄に水ばかけてみろ」

と清左衛門は命じた。

縄に水をかけると、その縄は縮まり、体にくいこむのである。これは「縄ごろ」という拷問だった。

清左衛門の命令で、気絶した時に蘇生《そせい》をさすため用意をした手桶《ておけ》の水が縄にかけられた。

その時刻、キクはあのメダイの聖母に祈っていた。

「清吉さんば辛《つら》か目に会わんごと、してくださりませ」

三人の呻き声は板壁を通して廊下にもはっきり聞える。そしてその廊下には次に拷問を受ける六人の切支丹《キリシタン》たちが正座させられて待っていた。

拷問を受けている者の獣《けだもの》の咆哮《ほうこう》に似た叫び。とぎれとぎれの悲鳴。あい間に聞える警吏の怒鳴り声。笞の音。

それらはすべて廊下で責めを待っている六人の男たちには効果があった。両手を背に縛られた彼等はうつむいたまま、震えていた。

やがて血まみれの気絶した三人の足を引きずって警吏たちが部屋から出てきた。

「よう眼ばあけてな、こん有様ば見ろよ、長崎奉行所の馳走《ちそう》はこげんもんじゃ」

伊藤清左衛門は笑いながら六人の囚人に声をかけた。

「そいとも、転ぶ気になったか」

「へい」

蚊の鳴くような声で切支丹の一人が答えた。

「俺どんが間違うておりましたばい。こいから心ば改めますけん……」

勝利の笑いがゆっくりと伊藤清左衛門の頰にうかんで、

「そうか。承知したか。心ば改むるなら、悪かごとはせん」

そして彼は警吏たちに目くばせをした。

責苦に会った三人の体はそのまま門の前に放り出された。そして小島牢から連れてきた他の切支丹たちの見せしめの道具に使われた。

残暑の烈《はげ》しい陽ざしのなかで血だらけになって転がされている三つの裸体。既に蠅《はえ》がその顔にも傷口にもたかっているのに、それを追い払う力もない。ただ彼等が生きていることは、はれあがった唇の間から洩《も》れる呻き声でわかる。そして牢《ろう》から出された男女の信徒たちは遠まきにその悽惨《せいさん》な姿を見させられた……。

「うちは……怺《こら》えきれん」

女の一人が叫んだ。

「みなには悪かばってん、うちはもう辛抱でけん」

誰もうその声に反撥《はんぱつ》しなかった。みんな自信を失ったのである。

「神《デウス》さまはなして助けにこられんとやろか。神さまはなして、こげんむごか目ば黙っておらるっとね」

一同を結束させていた連帯感がこの時、崩れた。その気配を察知した伊藤清左衛門は早速、奉行所に戻り、本藤舜太郎たちに報告をした。

「拷問責苦は上策とは申せぬが……この場合、致しかたなかった」

あと味わるい思いを本藤はそう自分に言いきかせることで鎮《しず》めようとした。今夜は丸山でお陽を相手に痛飲せねばいられぬ気持だった。


この日も何も知らぬキクは清吉のために祈った。そして食事の給仕に出た時、彼女はプチジャンにたずねた。

「こんマリアさまていうお方にお願いばすれば、すべて頼みばかなえてくださるとでしょうか。清吉さんは辛か目に会わんですむとでしょうか」

プチジャンは強くうなずいた。

「必ずかなえてくださるたい」

落　日

もう幾度も書いたが長崎の色街、丸山《まるやま》に入るには今は埋めたてられた思案橋《しあんばし》を渡らねばならなかった。

この橋を渡るとまた小さな橋があって通称、思切橋《おもいきりばし》という。橋畔《きょうはん》に一樹の柳がうえられ、江戸吉原《よしわら》の見返り柳を連想させる。

「はや大門口にいれば、蘭麝《らんじゃ》のかおり鼻につき、綺羅《きら》の袖《そで》すり耳を扣《たた》く」と「丸山艶文《えんぶん》」にのべられているが、思切橋をわたると、はや遊興の気持は抗《あらが》いがたくなってしまう。

本藤舜太郎《ほんどうしゅんたろう》は黄昏《たそがれ》に山崎楼の窓から、そうした遊興の気分にうかれている人間たちを見おろすのが好きだった。特にこの頃、浦上《うらかみ》の切支丹《キリシタン》たちを奉行所のなかで拷問《ごうもん》をかけてまで棄教させる仕事をやっているだけに、酒を飲みながら、この夕暮の色街の風景を見ることで、憂鬱《ゆううつ》な気分をまぎらわせたかった……。

「さきほどから浮かぬ顔ばしとられますが」

お陽が酒をすすめてくれたが、いくら酒をあおってもまぶたには血まみれになった切支丹の百姓たちの裸体姿がまだ残っている。さすがに自分では手は出さなかったものの警吏が笞《むち》うつ時の鋭い音や呻《うめ》き声は忘れられない。

「ばってん、浦上のクロたちも、あらかた邪教ば棄《す》てたとでしょ。なら、もうちと陽気か顔ばなさいませ」

「いや、まだ一人、どうしても強情を張る者がいる」

舜太郎はお陽にはさすがに拷問の話などはしなかった。だから何も知らぬお陽は説得によって切支丹百姓たちが御奉行所の命令に服したと思っているのだった。

だが――、

強情な男が一人いた。仙右衛門という名の中野郷の百姓で役人たちのどんな説得にも耳をかさない。どんな威嚇《いかく》にも懇願にも気持を変えない。のみならず、訊問《じんもん》にたいしては百姓とも思われぬ態度で堂々と答え、その答えはきわめて明快だった。

本藤はこの仙右衛門と二日前、行った取調べの問答をまだはっきり憶《おぼ》えていた。

「では訊《たず》ねるが、切支丹はお上《かみ》の命ずることに逆らえと教えているのか」

舜太郎がそうたずねると、仙右衛門は、

「いえ。パードレさまたちもデウスの御掟《おんおきて》にさわらぬ事なれば、将軍さまに従えて申されとります。俺《おい》どんも代々、御年貢《ねんぐ》ばよう納めよ、苦役ばよう勤めよて教えられ、そん事ばきちんと勤めとりますたい。ただ……デウスのほかのもんだけは拝むことはできまっせん」

「その方は女房を失い、子供だけ残っていると聞いたが、責苦を受けて体を痛めて帰れば子供たちも歎《なげ》き苦しむであろう。そのことを考えてみるがよい」

「御言葉、有難うござります。ばってん、たとえ生身の痛めつけられましょうとも、心ば失うとにくらべたら、何でもござりませぬ。そげん思うております」

本藤舜太郎は仙右衛門のその言葉に言いようのない感動さえおぼえた。匹夫《ひっぷ》もその志を捨てぬのが彼の心を動かしたのだった。信仰というのは人間をそこまで強くするのか……。

仙右衛門の話をお陽に聞かせると女の彼女は感心するどころか、薄気味わるそうに、

「こわア。そげん強情か男はこわかですたい」

「いや、立派なものだ。立派だがな、それが困るのだ。あの男を見ていると百姓といえども一度、信心、信仰を持てば死も危険も怖《おそ》れのうなることが、ようわかる。ために秀吉《ひでよし》公も家康《いえやす》さまもその昔、一向一揆《いっき》にはさんざんてこずられ、島原の乱で諸大名の軍勢を相手に天草《あまくさ》の農民が必死ではむこうた……俺は今、それを怖れている」

本藤舜太郎は現在の国内の危機を女のお陽に語るつもりはなかった。しかしお陽だって今の日本がどんな情勢にあるかはうすうす、知っている筈《はず》である。

第一、幕府はもう崩壊寸前にあった。長い間、持っていたその権力を急速に失いつつあった。そしてアメリカを初めとする諸外国が、その幕府に門戸を開くよう威嚇と警告と勧告とをまじえて迫っていた。

そんな騒然たる国内の情勢にくらべれば小さな浦上の切支丹が反抗したからといっ

て大したことではないかもしれぬ。

しかし――、

しかし長崎奉行所が切支丹である百姓を投獄し、これに棄教を迫ったということは基督《キリスト》教国であるアメリカやフランスなどに、日本に干渉し、更に敵意を持たせる口実を与えることになる。それが問題なのである。

舜太郎は日本がこうした外国に断乎《だんこ》たる態度と威厳を示すべきだと考えている。彼は開国論者ではあったが、しかし諸外国が日本の内政に口を入れることは断じてはねつけるべきだと思っていた。それゆえに目にあまる浦上切支丹たちの行動には実力をもって奉行所の権威を示すべきだと進言したのだった。

「お陽、ひょっとするとあの浦上という小さな誰も知らぬ村がな……この日本の将来に大きな関《かか》わりを持つかも知れんな……」

彼はそう言いながら横ずわりになったお陽の胸に手を入れた。

雪だるまといわれたお陽の乳房は乳のように白くあたたかく、柔らかい。本藤舜太郎には日本のことを考える時、お陽の苺色《いちごいろ》の乳首をいじる妙な癖がある。乳首をいじっていると、何となく妙案がうかぶ。そしてその間、お陽も嬉《うれ》しいのか眼をほそめ、じっと身じろがない。

浦上切支丹を投獄してからフランス、ポルトガル、アメリカの領事、公使たちが次々と長崎奉行所に抗議に訪れ釈放を要求してくる。奉行、徳永石見守《いわみのかみ》は国法を楯《たて》にとってそれを拒絶してきた。

だが奉行所が切支丹に拷問をかけたという噂《うわさ》がながれると各国の抗議は更に強硬となり、奉行の罷免《ひめん》まで要求する領事も出ている。

「だが……屈してはならぬ。国法は国法だ。切支丹禁制の国法を破った百姓を釈放はできぬ」

舜太郎はつよくお陽の乳首をつまんで呟《つぶや》いた。

それでも本藤舜太郎は仏語修得のためにプチジャンをたずねることを怠らなかった。これからは異国に通じねば日本のために役だたない。そういう考えもあったが同時に今度の事件の元兇《げんきょう》ともいうべきこの外人の動きをひそかに窺《うかが》うためでもあった。

一方、プチジャンも本藤とさりげない会話を交わしながら奉行所の真意を探ろうとしていた。

大浦の海岸から畠《はたけ》にかこまれた坂路《さかみち》をのぼり南蛮寺の門に入ると本藤は草むしりをしている娘に出会った。強い陽ざしの下で姉《あね》さんかぶりをしてこちらを向いた顔が美しい。

（ほう。プチジャンのところに、こんな若い娘が……）

彼はいつものように教会の裏手にまわりプチジャンが他のフランスのバテレン（神父）たちと住んでいる日本家屋のほうに歩いた。

長崎湾が見おろせる部屋でいつものように授業がはじまった。本藤もこの頃は一寸《ちょっと》した簡単な会話ならフランス語でどうにかできるようになっていた。

「あそこで若い娘が働いておったが……」

授業のあと雑談の時、本藤がたずねるとプチジャンはうなずいて、

「はい。ここにまた二人のフランス人の住みましたけん、あたらしゅうボンヌがいります」

ボンヌとは手伝いの女のことである。

「その二人のフランス人とやらは切支丹を日本人に教えるために参られたのか」

と本藤は皮肉に、

「それはかたく禁じられていた筈《はず》だが……。貴殿たちはなぜ、我々の嫌うている宗旨をこの国に押しつけようとなさる？」

「私たちは……切支丹の教えが日本人も救う教えと思うております。私たちは日本人ば救いたかです」

プチジャンは顔をきっとあげて本藤に答えた。と、本藤は膝《ひざ》をただして、

「プチジャン殿。それが迷惑だというのだ。日本をそっとしておいて頂きたい。日本人はな、切支丹など知らのうても長い長い間充分、果報に生きて参れた……それなに今も……いや三百年前も、貴殿たち西洋の国々は日本をかき乱しに参られ我々を困らせた。だから日本は国の門戸をとざした」

「三百年前、西洋の国が日本ば乱しに参りましたか？」

とプチジャンは開きなおって、

「私たちはただ商いをするため、そして私たちが正しかと思うておりますキリストの教えば伝えに来たとです」

「プチジャン殿、誤魔化してはならぬ」

本藤舜太郎は突然、きびしい顔をした。いつもはニコニコと笑っている彼がこんなきびしい顔をしたのは初めてだった。

「たしかに西洋の国々には商いのため切支丹を伝えるため日本に参った人もいる。私もそのことは奉行所の文書をひもとき、多少は知っている。有徳のバテレン、医薬施《せ》療《りょう》を日本人に施してくだされたイルマン（修道士）もいたことはたしかだ。しかしそのかわり西洋の国々は日本までの道のり、唐、天竺《てんじく》のあちこちを攻めとり、おのが属

国となし無法に、土地を奪うた。……日本はそれを怖《おそ》れたのだ。日本は切支丹ゆえにこの教えを禁じたのではない。切支丹と共に日本を奪おうとする西洋の国々の野望を怖れたのだ」

プチジャンは思わず顔を赤らめた。本藤舜太郎はプチジャンの最も痛い部分、恥ずかしく考えている点を今、はっきりとついたからである。

「ばってん……」

とプチジャンはかすれた声で抗弁した。

「イスパニア、ポルトガルがごと西洋の切支丹国の致しました過《あやま》ちば切支丹の教えと思うてもろうては困ります。印度《インド》や支那《しな》の土地を盗み、それをおのれのものとせいと切支丹の教えは説いてはおりまっせん」

プチジャンのかすれた声には幾分、自信のなさがあった。彼もロカーニュ神父も十六世紀、十七世紀の基督教国が東洋やアフリカを侵略し、植民地にしていったことを正しいとはどうしても思えなかった。そしてそれについて東洋人である本藤が非難するのを無理ないと考えざるをえなかった……。

「プチジャン殿……」

あきらかに蔑《さげす》みの色が本藤の大きな顔にうかんだ。彼はこの宣教師が苦しくもかくそうとした一点をよく知っていた。

「その弁解も納得できぬ。それではあの頃、切支丹の国々が東洋の土地を盗み、その国を侵し、殺していたことを、切支丹の法王《パッパ》とやらは、なぜ黙って見すごしていたのか」

「法王さまは反対なされました」

「口だけはな。だがその裏ではそのかすめとった国に切支丹をひろめることに同意していた筈だ。いや、切支丹をひろめるために、それらの所業に眼をつぶっておったのではないか。プチジャン殿、なぜ、それが切支丹の過ちだとは申されぬ。プチジャン殿、切支丹の教えを広めるために、今、貴殿はこの日本に騒ぎを起しておられる。むかしのバテレンたちと同じだ」

プチジャンは舜太郎の反駁《はんばく》にたじたじとなりながら、しかし彼を説得しようとした。少なくとも自分はそんな気持はないのだと。

「それなら、浦上の切支丹たちが牢《ろう》で苦しんでおるのに」

と本藤は冷たく、とどめをさした。

「なぜプチジャン殿たちはぬくぬくとこの南蛮寺で身の安全を保っておられる」

本藤舜太郎は自分が言いすぎたことに気づいた。プチジャンの顔が青くなり、怒りを懸命に抑えていることがよくわかったからだ。だが彼は自分の考えを訂正する気にはなれなかった。

「プチジャン殿……お教えしておこう。……浦上の切支丹は一人をのぞいて、すべて信心を棄てると誓うた。だからいずれは釈放いたすつもりでいる」

「お前さまたちは」

プチジャンは蒼白《そうはく》な顔でつぶやいた。

「あの百姓たちばむごう折檻《せっかん》ばされた」

「僅《わず》かの者にな。致しかたない。他の者への見せしめのためにそうせねばならなかった……」

舜太郎は刀を右手につかんで頭をさげて部屋を出た。いつもは見送ってくれるプチジャンは今日は椅子《いす》に腰かけたまま動かなかった。

南蛮寺の前庭は相変らず陽ざしが暑い。蟬《せみ》が烈《はげ》しく鳴いている。そしてさっきの姉さまかぶりをした娘がしゃがんだまま、まだ手を動かしていた。

「苦労だの。その陽ざしのなかで、草取りは難儀だ」

本藤はその娘をやさしくいたわり、

「ここの異人たちは、よう、お前にしてくれるか」

とたずねた。

「はい」

「お前……切支丹か」

「いいえ」

とキクはあわてて首をふった。

「うむ。それでよい」

うなずいて彼が歩き出そうとすると、うしろから懸命な声が、

「もし……」

ふりかえると、手ぬぐいをとってキクは、

「お侍さまは御奉行所のお役人さまですけん、浦上中野郷の者のどげんなったか、知っとられるとでしたら、そんなかに清吉ていうもんの……」

そして言葉が出ずに黙った。足をとめた本藤はキクを見おろし、くりかえして訊《たず》ねた。

「お前は……浦上の切支丹《キリシタン》か」

「うちは中野郷の在ではなかですたい。馬込の生れですばい。馬込には切支丹など一人もおりまっせん」

「そうか。それならようきけ。ここで奉公をいたしていても、決して切支丹などにはなるな。切支丹は御禁制だ。あの中野郷の者たちは御奉行所に捕《とら》えられ、それはきつい折檻を受けたのもそのためだ」

「折檻？」

キクの顔色が蒼白となった。

「そうだ。痛い目に会《お》うて血まみれになった者もいたが、邪教を信心したゆえだ。わかるか」

舜太郎はキクをおどかし苛《いじ》めるつもりでそう言ったのではなかった。ただ、この南蛮寺で奉公をしている者には特に切支丹にならぬよう、きつく言わねばならぬ――そう思って少し、話しただけだった。

だがその教えかたがこの娘にどんな衝撃を与えたか、彼は一向に気づかなかったのである。蟬がやかましく鳴く林のほうに向ってそのまま彼は歩いていった……。

キクは震えていた。小きざみに震えていた。清吉さんが折檻を受けている。

恐怖と苦痛とが彼女の体をつらぬいた。

（清吉さんが折檻ば受けとる）

彼女は奉行所の拷問《ごうもん》がどのようなものかを知らなかった。しかし彼女の眼に役人や警吏たちに罵《ののし》られ、蹴《け》られ、踏みつけられ無数の拳《こぶし》で撲《なぐ》られている清吉のあわれな無抵抗の姿がうかんだ。愛する男が今、言いようのない屈辱と苦痛を受けている。

それを知った女はその男と同じ苦しみを自分の肉体に感ずるのだ。これが恋をした女の心理だ。キクもまたそんな女になっていた。

「ああ……」

彼女は両手で顔を覆《おお》って地面にしゃがみこんだ。楠《くすのき》の大木にとまったあまたのあぶら蟬が彼女を嘲《あざけ》るように頭上で鳴いていた。

（お前さん、なして切支丹なんかに）

彼女はきっと顔をあげた。清吉さんが悪かとじゃなか。清吉さんはよか人だ。そん清吉さんばまどわせて、こげん仕打ちにあわせたとは切支丹ていう宗旨のせいだ――そう彼女は思ったのである。

どんな母親でもわが子が悪いとは決して考えない。わが子を悪くしたのは別の人間のせいだと必死で思おうとする。キクもまたその女のせつない感情に押しながされた。

切支丹――それは彼女にとって、あの女のことにほかならなかった。あの女とは清吉があれほど崇《あが》めているサンタ・マリアという女性である。彼はその女性の姿を彫った小さなメダイをくれた。いつかこの南蛮寺のなかにある像の前で恍惚《こうこつ》とした顔で跪《ひざまず》いていた。

（あん女のせいたい。みんな、あん女のせいたい）

彼女は何かに挑むように教会の入口に向って真直《まっす》ぐに歩いた。そしてその扉を押した。

神父たちのミサがすんだあとの聖堂は空虚で、暗く、静かだった。浦上の切支丹が御奉行所に捕縛されたことを知ってから、見物人たちはは
たと来なくなった。祭壇の傍らには種油を使った小さな火が燃えていた。それはキリストの体を象徴する聖体がこの祭壇に安置されているという徴《しるし》だった。

その祭壇から少し離れてあの女が――サンタ・マリアの像がじっとこちらを見ていた。清吉がうっとりとして眺めていたあの聖母の像である……。

（あんたのせいたい）

キクはその女を睨《にら》みつけた。睨みつけた彼女の顔は美しかった。

（あんたも女子《おなご》やけん。女子やけん、うちのこん胸んうちはわかるやろ。うちはあんたに毎日、毎日、祈ったやかね、清吉さんばひどか目に会わせんごとて……ばってん……あんたは清吉さんばひどか目に会わせなさった、あんたも女子なら……うちのこん悲しか思いば……苦しかとよ……苦しか）

キクの眼から滂沱《ぼうだ》として泪《なみだ》が流れて出た。それ以上……それ以上、キクはもう何も言えない。すべての恨みをこめて彼女は女の像を見あげた。

あんたも女子なら……うちのこん悲しか思いば……。

しゃくりあげ、嗚咽《おえつ》し、肩を震わせ、キクはその像に訴えつづけた。恨みごとを言った。彼女は切支丹ではなかったから聖母への祈りなど毛頭、知らなかったが、この恨みごと、この嗚咽もまた人間の祈りにちがいなかった。

聖母マリアの立像はキクを大きな眼で見ていた。彼女はキクのこの怒り、恨み、呪詛《じゅそ》という祈りを大きな眼を見ひらいたまま、しかと聴いていた。

あんたも女子なら……うちのこん悲しか思いば……。

だがキクは聖母も愛した者を他人に奪われたことを知らなかった。彼女の愛した者もまた清吉と同じように逮捕され、笞《むち》うたれ、血をながし、十字架上で死んだことを知らなかった。そしてその時、キクと同じようにその時、苦しか、辛《つら》かと泣いたことを知らなかった。

昼の聖堂は静寂だった。静寂のなかでキクのしゃくりあげる声だけが小きざみにいつまでも聞え、昼の長崎の街は砂漠のようで、路《みち》には家の黒い影がねむり、奉行所と桜町《さくらまち》牢との門前ではただ一人、男がしゃがんで瓜《うり》をかじり、そして長崎湾ではけだるく波が浜を洗っていた。

この長崎湾はプチジャンの部屋からも見おろせた。キクが聖堂にいるとは知らず、プチジャンは両手で頭をかかえながら、さきほど持った怒りの感情から逃れようとしていた。

怒りの感情は無数の針を光らせたような長崎湾を見ているうちに次第に去り、その代り、本藤舜太郎の言葉を冷静に考えられるようになった。

(自分がもし日本人なら)

プチジャンは公平な考え方をする神父だったから、自分を日本人の立場において考えた。

(本藤の気持と同じ気持を持ったかもしれぬ)

西洋の強国が東洋の国々を侵略した。プチジャンはそれを否定できなかった。彼の国フランスは東洋よりはアフリカを占領していった。そしてその侵略は未開国に文明文化を教えるためという大義名分の上で行われ、キリスト教会もそれを黙認した。

だが国を奪われ、誇りを深く傷つけられた東洋の人間なら、すべてを黙認し、見て見ぬふりをしたキリスト教を偽善であり、都合のいい押しつけと考えるにちがいない。あれはたしかにキリスト教会の犯した大きな過ちであり、罪だった。

（この日本をなぜ騒がす。浦上村をなぜ騒がす。そして貴殿は牢ではなく、この部屋で悠々と坐《すわ》っておられる）

本藤の言葉ははっきりとプチジャンの耳に残っていた。そしてその言葉は彼を傷つけたが、彼の良心を誤魔化すことはできなかった。

プチジャンは両手で頭をかかえ、うなだれていた。そして別の場所でキクは肩をふるわせて泣いていた……。

だがそれ以上にプチジャンを苦しめたのは、獄中にあった六十八名の男女が悽惨《せいさん》な拷問に怯《おび》えて仙右衛門一人をのぞき棄教したということだった。さきほど本藤舜太郎は勝ちほこったように浦上の切支丹百姓たちが屈したことをゆっくり告げた。あの信徒たちが神を見すてたと教えた。

プチジャンは自分のにがい敗北を認めざるをえなかった。この日本のなかにひそかにかくれていた切支丹を探したあの悦《よろこ》びが、今は反省と後悔とを伴った言いしれぬ苦痛と変った。

（主よ、あなたの、なされることが……わかりません。あなたは私に悦びの花をお与えになり……そして突然、それを枯らしておしまいになった）

お兼さんがプチジャンをよぶ声がした。

「プチジャンさま、ロカーニュさまはいつ戻らるっとですか」

「夕暮」

ロカーニュは今日もまた中野、本原、家野の家々に行き、夫や息子を牢に連れていかれた女たちを慰めている筈《はず》だ。だが、その夫や息子は信仰を棄《す》ててやがて釈放されるのである。

彼は心の避難所である聖堂で跪こうと思った。自分のやった事が正しかったのか、間違っていたのか、聖堂のなかで一人、祈り、考えたかった。

が祭壇のうしろから内陣に入りかけたプチジャンは、あのキクが一人、たっているのに気づいた。キクは聖母像を見あげて泣きじゃくっていた。

「おキクさん、そこで、何ば……しとっとですか」

プチジャンに不意に声をかけられてキクはびっくりして逃げようとした。

「おキクさん、お前に知らせておくことのある」

「………」

「小島牢に入れられた清吉たちは……まもなく牢ば出されると聞きました」

まるでその言葉の意味がつかめなかったように、キクはぽかんと口をあけていた。

それからその泪でよごれた顔に血の色が甦《よみがえ》り、歓喜の表情がにじみ出《い》で、

「清吉さんが牢ば出される……」

「そう」

「御奉行所は清吉さんば許してくれたとですか」

「そう……」

にがい胃液に似た感情を味わいながらプチジャンはうなずいた。

「そんなら、浦上に戻らるったい」

「そう……」

「サンタ・マリアさま」

突然、キクは聖母像に顔をむけてプチジャンの驚くようなことを叫んだ。

「あんたはえらか。あんたば恨んですみませんでした。許してくれんね。あんたのおかげで清吉さんは切支丹のごと悪かことから足ばぬきました」

その日──雨がふりそうだった。

その空の下、西坂の丘を時津《とぎつ》街道にむけてとぼとぼと浦上に向う浮浪者の列があった。いずれも疲れ果てた男女だったが、その表情は疲労しているというより、生きるすべての自信を失っているように見えた。

男女はいずれも奉行所から長い獄中生活のあと釈放された浦上の切支丹たちである。いや、切支丹と言うのは正確でない。なぜなら彼等は棄教したからである。転んだからである。

聖徳寺《しょうとくじ》の近くを通過した時、あの住職が待っていた。小僧たちが土瓶や茶碗《ちゃわん》を用意して、通りすぎる彼等に茶を恵もうとしたが、誰一人として受けとる者はなかった。

「よかたい。よかたい。よう考えば変えてくれた」

住職は一人一人の肩を叩《たた》かんばかりに励まし、力づけようとしたが、これら転び者の男女はぼんやりと顔をそむけ、もの言わず住職のそばを去っていった。

馬込郷に入った。この時、ミツの兄の市次郎は父親や親類と稲かりをはじめていた。

そしてその亡霊のような行列に気づいて、

「おう、中野や本原のクロたい」

と叫んだ。

「あんざまたい。だいぶひどう責められたごとある」

市次郎は気の毒そうにつぶやいた。彼は奉行所の役人や聖徳寺の和尚《おしょう》にそそのかされ、中野郷を見張ったことをひそかに恥じていた。クロは嫌いだったが、密偵のような真似《まね》をするのはやはり嫌だったのである。

一行は鈍色《にびいろ》の空の下を馬込郷からなつかしい彼等の中野郷に足をふみ入れた。眼にうつる林も段々畠《ばたけ》も土の色も土の臭《にお》いも、すべてが牢中《ろうちゅう》で思いだし、夢で見ていたものである。一人が足をとめると全員が足をとめた。そして女たちのなかには泣きだす者もいた。

家畜小屋のような彼等の家がみえる。戸をかたく閉ざして静かである。路にも人影ひとつない。子供一人、遊んでいない。

(なして誰も見えんとじゃろ)

清吉はそう思いながら、皆に挨拶《あいさつ》もせず自分の家に向って歩きだした。他《ほか》の者も同じように別々の方向に散っていった。おたがいがおたがいの顔をみるのが辛かった。そこには裏切者というおのれの似姿がそのまま見えるからだった。

清吉の家も戸をとじている。

「お母《か》あ、俺《おい》ばい」

と小声で戸を叩きながら呼びかけた。家は頑固に沈黙していた。

「お母あ、清吉たい」

声をもっと大きくした。と、戸を内側からやっと開ける音がして、老婆《ろうば》が顔を出した。

「早う入れ」と母親は早口で囁《ささや》いた。「お前たちが転んだて聞いた時から村ん衆は村八分にするて決めたばい」

「村八分に。俺どんば村八分にすって言うとか」

「そげん……みなで決めたとばい。パードレさまは反対されたばってん……」

畳がわりの莚《むしろ》の上で清吉の父親が寝ていた。彼は畠仕事で転んでからずっと足を痛めているのだった。囲炉裏の煙ですすけた暗い湿った部屋で清吉と父親と母親とはまるで声が外に洩《も》れるのを怖《おそ》れるようにひそひそと話をつづけた。

「お前たちゃあ、デウスさまば見すてたとたい。村に背いたとたい。村と家とが代々つたえとる教えに背いたとたい――そげん皆は言いよっと。そいけん村に戻っても、罰あたりとはつきあわんて決めたとばい」

「何ば言いよっとか。あん辛か責苦ば知らんもんが、おのれだけ信心ぶかか顔ばしよって……」

清吉は吐き出すようにそう怒鳴ったが、彼の心は自分が卑劣な裏切者であり棄教者だという気持でいっぱいだった。

「そいけん、庄屋《しょうや》に行ってもう一度信心戻しばしてくれんか」

と父親は寝床のなかで咳《せ》きこみながら言った。

信心戻しとは一度、切支丹から離れた者がまた教会に復帰することをいう。

「そげんでもせんば」と母親は溜息《ためいき》をついた。「村のもんも許してくれんじゃろ」

「信心戻しばして、また俺にあん折檻《せっかん》ば受けろて言うとか。お母あ、見んね、こん傷ん跡ば」

清吉は着物をとってあの責苦の傷跡がまだ赤黒く残っている背中を見せた。

「みんな、勝手かことばっか言うてから」

外で霧雨がふりはじめた。父親も母親もうなだれて黙っていた。そのあわれな姿を見ると清吉の胸をたまらない気持がしめつけた。彼は立ちあがって荒々しく家の外に出た。村の誰かにこの拷問を受けた体をみせ、一緒に釈放された者たちと共にこの村八分に抗議しようと思ったのである。

外に出ると霧雨のなかを家から出てきた二人の男がこちらに歩いてきた。共に拷問を受けた清四郎と又市の二人だった。

「清吉、話ばきいたやろ」

と半泣きになりながら又市は言った。

「信心戻しばせんば、村八分にするて言われたばい。そげん馬鹿《ばか》んごたっことのあるじゃろか」

「ばってん清吉、俺どんはジェズス（イエス）さまやサンタ・マリアさまば棄てたばい。村八分なら怺《こら》ゆっこともできる。そいばってん、ジェズスさまやサンタ・マリアさまば棄てるて誓うたことの、俺はたまらんごと苦しかと」

清吉は反駁《はんばく》できなかった。彼もまた同じ気持だったからである。子供の時から、もっとも美しく、清く、正しいと教えられてきたものを見すてたという後悔は、とけた鉛のように彼の胸にへばりついていた。

「庄屋に行って、信心戻しに来たて言うごとすうか……」

と彼は弱々しく呟《つぶや》き、溜息をついた。

霧雨は三人をぬらした。しかしまるで畠にのこされた牛のように彼等はじっと動かなかった。

雨のなかを三人が庄屋の家に向うと、霧のなかで何人か灰色の影がにじんで見えた。近づくと同様に、棄教した茂十、その妻のきさ、伜《せがれ》の茂市である。

今更、何もたずねなくても、この親子がなぜ庄屋の家に行くのかすぐわかった。六人、黙ったまま雨のふる路をとぼとぼと歩いた。

彼等を見て庭につながれた犬が吠《ほ》えた。その声に庄屋の官十郎が顔を出し、

「おう、戻ってきたとか」

何も知らぬ彼は改心した六人がわびを入れに来たと思ったらしく、作り笑いさえ頬にうかべて、

「さあ、入れ、入れ。辛《つら》か目に会《お》うて気の毒やったなあ」

と声をかけた。だが清吉が弱々しく首をふって自分たちの信心戻しの気持を告白すると、もう何ともいえぬ驚きと、絶望そのものの表情になり、

「なんちゅう……」

そのまま絶句してしまった。

霧のなかから次々と庄屋の家に男女が集まってきた。いずれも村八分の話をきいて、信心戻しを願い出るために来た者である。

「そうか……」

長い間、黙った揚句、庄屋はぽつりとつぶやいた。

「俺あ……役目がら奉行所にまた届け出んばいかんが、そいでもよかか」

「仕方ありまっせん」

「また牢に戻らんばいかんぞ」

みんなは黙りこんだ。獄中の悲惨な生活が心に甦った。しかし村八分にされ、家族

と別れる苦痛やジェズスさまやサンタ・マリアさまを裏切ったというこのやましさも彼等の心を迷わせた。

「仙右衛門のまだ一人、牢に残っとったい。あん仙右衛門の辛抱しとっからには俺どんも辛抱できったい」

と誰かが叫んだ。

「そうか」

と庄屋はうなずいた。

「ひょっとしたら御奉行所はもう、こい以上お前たちんことばかもうとる暇はなかかもしれんぞ……。薩長《さっちょう》が手をくんで江戸攻めの約束をしたという話たい。もし将軍さまが負ければ時勢もかわる。御奉行所もどげんなるかしれん」

清吉たち百姓は庄屋の言うことがよくわからなかった。浦上の山かげに切支丹《キリシタン》としてひっそり住んでいる彼等でも、もちろん天子さまと将軍さまとの間に争いのあることは耳にしていたが、それが具体的にどのような状態になっているか一向に暗かったからである。

「へい」

彼等は何も理解できずにうなずいた。

雨はさっきより、きびしくなっていた。

「どうしてもそん信心戻しとやらばすっとか」

「へえ」

庄屋は溜息をついた。

奉行所はひょっとすると、お前らにかかわる暇のなかかもしれん——庄屋の絶望的な言葉は日本のあちこちで百姓一揆《いっき》が浦上と同じように起ったことも暗示していた。

この二、三年前から世情騒然とした各地で、百姓や町人たちが今までの従順な姿勢をすてて騒動を起していた。大坂で江戸で武州《ぶしゅう》で奥州《おうしゅう》の信夫《しのぶ》で、農民たちは「世直し」を叫び、富んだ家を襲い、気勢をあげ、役人たちがようやく鎮圧したものの、一時は手のつけられぬ有様だった。

一揆だけでなく「ええじゃないか」という奇妙な踊りが民衆の間に流行したのもこの頃である。阿波《あわ》の踊りのように男装した女、女装した男たちが道にあふれ、

　ええじゃないか　ええじゃないか
　くさいものに紙をはれ　破れたらまたはれ
　ええじゃないか　ええじゃないか

狂喜乱舞してねり歩く。それは津波のように関東から上方《かみがた》にまで拡《ひろ》がっていった。

浦上の切支丹たちの反抗、再度の信心戻しは他の地方の百姓一揆や「ええじゃないか」の踊りとはまったく違っていたが、

(将軍さまはもう駄目たい)

そうした漠然たる予想がいつの間にかこの寒村にまで入りこんでいたためかもしれない。

彼等はまだ具体的に何も知らされていなかったが、その将軍さまが既に政権を投げ出す気持になっていた。

長崎の奉行所は次から次へと入るこれらのニュースに途方にくれていた。庄屋が予想したように奉行所は折角、鎮《しず》めた筈《はず》の浦上切支丹がふたたび事を起したと知らされた時、

(また、騒ぎだしたか)

頭をかかえるような気持になったのである。

「本藤殿。どげん致しましょうか」

伊藤清左衛門が困《こう》じ果てた顔で本藤舜太郎に相談した時、

「どげんもこげんもなかろう。浦上の百姓たちの事より、伊藤殿、我らの今後が危ういぞ」

と舜太郎は皮肉な顔で教えた。

「我らが今後の危うかと言われると……」

「幕府が倒れれば武士はなくなる。伊藤殿はその時、どうされる」

清左衛門は泣き笑いのような顔をして、

「はあ」

と答えただけだった。

慶応三年十月、幕府は大政を奉還した。西洋流にいうと一八六七年の十一月のことである。

再会

二百年以上も日本を支配していた将軍さまが天子さまに敗れた——。

この報が届くと、長崎は文字通り、混乱の渦にまきこまれた。ここは周りの藩とちがい幕府直轄《ちょっかつ》の天領だったし、それがながい間、市民の自慢の種だっただけに、

（薩摩《さつま》ん荒くれの攻め寄せてくるて話ばい）

官軍である薩摩の軍勢が長崎に押しよせてくるという噂《うわさ》が街のあちこちで広まると市民は仰天し震えあがった。薩摩、島津《しまづ》の軍勢がどんなに強いかは戦国時代からまだ伝説的に九州の各地に残っていた。

気の早い商家は荷をつくり避難の場所を探した。まるで明日にでもこの街で暴行や略奪がはじまるように戸をとじて息をこらしている家もあった。

五島屋もそんな店の一つだった。

旦那《だんな》さまもお内儀《かみ》さんもいざとなれば自分たちの先祖の住んでいた五島にでも逃れようかとひそひそ話をしていた。

「そげんなったら、うちたちはどがんなるとね」

とトメがお米さんにきくと、

「わかっとっやっかね。ここば出て行けて言わるるだけたい」

とお米さんもふてくされたように答えた。

「おミツさんは帰る家のあるけん、よかばい。うちは家の貧しかけん、戻るに戻られんたい」

とトメは悲しそうに呟《つぶや》いた。

「うちぐらいの貧しか家ん娘で人買いに買われた子の多かと」

といつかトメから聞かされていたミツは彼女が可哀想《かわいそう》でならなかった。ミツの性格はキクとは少し違って、気の毒な人、あわれな人間を見るとどうしようもない不憫《ふびん》さにかられるのである。

「おキクさん、どげんすっとやろね」

とトメはそうたずねたが、ミツはキクが浦上には帰らず、事もあろうに南蛮寺の下女になったことは知っていた。いつか、突然朝早く表口を掃除していたミツの前にキクが息せききって駆けてきたのである。そして自分がどうして南蛮寺で働くようになったかを手みじかに説明すると、

「そいけん、市次郎兄いにそげん伝えてくれんね。うちは自分のことは自分で始末ばするけん、心配いらんけんね」

そして今からプチジャンさまやロカーニュさまの朝食の世話をするのだと言って、また鉄砲玉のように駆けて消えていったのである。

（ほんとにおキクさんなら、案ずることはなかやろ）

とミツはそう思った。キクは自分一人で人生をえらび、人生を生きる女だった。

（ばってんうちは、おキクさんのごとはなれん）

子供の時からミツは積極的なキクが羨《うらや》ましくてならなかった。しかし自分はキクで

はないということが、ある日から彼女にはわかってきた。ある日とはキクが五島屋から追い出された日の事だった。

一方、キクのほうは南蛮寺で一所懸命に働いた。プチジャンたち外人宣教師もお兼さん夫婦も、彼女を重宝がった。

彼女にとっても馬込郷の家に戻るよりはここで気に入られたほうが得だった。馬込に帰ればかえって清吉の消息はわからなくなってしまう。切支丹《キリシタン》のいる中野郷と馬込郷との間には隣りあわせでも目に見えぬふかい割け目があってそれは越えられぬことをキクは子供の時から知らされていた。

だが、ここにいれば清吉たちの動きが手にとるようにわかる。プチジャンやロカーニュ神父たちが知らせてくれるからである。

将軍さまが倒れようが、天子さまの御代《みよ》になろうが、そんな事は女のキクにはどうでもよい。女のキクには清吉が倖《しあわ》せであること、いつか彼と添いとげられる運命がくることのほうが、はるかにはるかに大事だった。

「おキクさん。清吉さんたちは中野郷に戻ったとです」

そうプチジャンが教えてくれた時、彼女の顔は雨あがり、突然に陽光のさした花畠《はなばたけ》のようにあかるくなった。

だが、つづいて、

「おキクさん、清吉さんたちは、また切支丹に戻ると言うて庄屋に押しかけたとですよ」

そう告げられるとさっとその顔から血の気がひいた。そして例によって聖堂の聖母マリア像に恨み事のありたけを言いつづけた。

けれども、もう崩壊したも同然の奉行所がどうやら清吉たちにかかずり合う余裕もなく、ただ監視員だけつけて今まで通りの生活を許しているらしいという話を聞くと、ふたたび嬉《うれ》しさがその美しい顔をかがやかせた。

(そんなら……あん人は、いつかこん南蛮寺にくるやろ)

直観的に彼女はそう思った。それは次第に彼女の心のなかで確信に近いものになっていった。

「おキクさん」

そんなある日、プチジャンは笑いながら彼女に言った。

「おキクさんは私と仏蘭西《フランス》に参りませぬか」

「仏蘭西」

仰天している彼女にプチジャンは、

「おキクさん。嘘《うそ》ですたい。ばってん、この私は仏蘭西に帰ります。すぐに日本にまた参りますが……」

幕府が倒れ、新政府が出来つつあるこの国ではおそらく基督教《キリストきょう》の布教は寛大になるだろう、とプチジャンたち日本在住の宣教師は考えていた。そのためにあたらしい対策を本国の教会に具申する必要があり、彼がその任に選ばれたのである。

「すぐに戻られるとですか。日本に」

「はい。日本が今は私の国ですよ、おキクさん」

キクは切支丹の教えは嫌いだったが、この南蛮寺にいる神父たちには好意を感じだしていた。とりわけプチジャンは自分をここに連れてきてくれた相手だけに好きだった。もっともそのバタ臭い体臭や鬚《あごひげ》は大いに気に入らなかったが……。

二月になった。

長崎の冬には朝、物売りたちが俵子《とうらご》を売りにくる。俵子とは海鼠《なまこ》だ。唐人菜の白株を売り歩く男もいる。

この頃、笛、太鼓をならし薩摩と長州の部隊が長崎接収のために入ってきた。市民たちは乱暴狼藉《ろうぜき》をおそれ戸を閉じ、外人たちは万一の変に備えるため、海上に停泊している軍艦から水兵を上陸させて大浦などの入口を守備させた。

（御奉行さまが逃げ出されたとげな）

この噂はパッと市中に拡がった。奉行の河津《かわづ》伊《い》豆守《ずのかみ》が姿をくらませたのである。指揮者を失った奉行所では薩長の若い俊英が代って街の治安にあたった。このなかには松方正義《まつかたまさよし》や町田民部《みんぶ》のような明治の功労者たちもまじっていた。

暴行や略奪が行われるかと思い、不安にかられていた市民たちは薩長軍が意外に規律ただしいのを見てほっと胸をなでおろした。かたく戸を閉じていた店もふたたび商いをはじめた。

キクは毎日暇があると、南蛮寺の前にたち、清吉が登ってこないかと背のびをするような気持で浜のほうを見おろしていた。

冬の入江は曇った日はさむく淋《さび》しい。そんな日には彼女の気持もさむく淋しかった。よく晴れた日には押しよせる波音がなんだか明るくきこえてくる。そんな日にはキクは今日にでも清吉があらわれないかという期待を持つ。

ある日――、

そんなキクの眼に清吉ではなく一人の侍が南蛮寺にのぼってくるのがうつった。それは尾羽うち枯らした伊藤清左衛門だった。このような男は自分が威張れるうしろ楯《だて》を失うと、驚くはどみすぼらしくなるのだ。

彼はキクの前を通りすぎたが、放心したような顔をしていた。キクもキクでこの男が清吉に辛《つら》い責苦を与えた張本人だとは知らなかった。

「これは……伊藤さま」

ロカーニュはいささか苦笑しながら、自分たちを探っていたこの男を出迎えた。

「面白なかばい。ばってん、どげんしてもおたのみ申したか事のありますけん、恥ばさらして参りました」

伊藤は照れくさそうに笑い卑屈に頭をさげた。彼の用件は今は松方正義の寛大な計らいで、まだ奉行所勤めをゆるされているが、やがてはそこを出ていかねばなるまい。禄《ろく》を失った役人ほどあわれなものはない。どこぞ異国の領事館で警護役として雇うてはくださらぬか、という哀願だった。

「俺《おい》あ、本藤舜太郎のごと才覚も機転もきかんばい。本藤はいっち早う横浜に去って何か動きまわっとるて聞いたが……」

と彼はいまいましそうに本藤の悪口を言った。

ロカーニュ神父は少し可笑《おか》しさを怺《こら》えながら、しかし彼のため仕事口を探す約束をした。そしてこの男がふたたび南蛮寺を出た時、浜の方から登ってくる男がいた。清吉だった。

伊藤清左衛門は自分の行末を考えこんでいたのか、うつむき加減に歩いていたため に向うから現れた清吉の姿に気がつかない。

一方、清吉のほうは伊藤を見ると、さっと楠《くすのき》のうしろにかくれた。そして相手が見えなくなってから南蛮寺に駆けこんだ。

「プチジャンさま」

うれしそうに息をはずませ彼は神父をよんだ。彼はプチジャンが日本をしばらく去っているのを知らなかった。

ロカーニュが出てきて、

「ケル・シュルプリィ」

思わず仏蘭西語で叫び、清吉の体をつよく抱いた。あの怖《おそ》ろしい事件があってから、この教会に来た切支丹は一人もない。それだけにロカーニュの悦《よろこ》びは大きかったのである。

「俺どんは見張られとっとですばい。毎日、毎日時津街道の出口に誰かかくれて、俺どん切支丹のどっかに行かんやろかて眼ば光らしとったとですたい」

彼は長い間しゃべらなかった人間が一気に語りだすように、自分たちの牢獄《ろうごく》生活、釈放、信心戻しを報告した。ロカーニュは同僚のクザン神父やリーデル神父をよんで、この話をきいた。

「ばってん、奉行所がつぶれてからは、そん見張りもゆるうなって……役人たちも俺どんばどげん扱うてよかか、わからんとやろ。なんせ、御奉行さまが行方ばくらましなさったていうけんね」

清吉はこの最後の言葉を心から痛快そうに白い歯をみせて笑いながら言った。まずしい百姓たちが奉行に勝ったのだという勝利感と自信がその体にあふれていた。

「パードレ、みんなみんなおいでば待っとります。ミサもうけたか。赤ん坊も生れたけん、バプティスモ（洗礼）も授けてほしか」

「近いうちに、夜、参ると言うてくれ」

とロカーニュはうなずいた。

話をしながら彼は自分たちの背後に誰かの立っているのを感じた。ふりむくと、キクが少し離れたところから、じっと自分たちを見つめていた。いや、自分たちではなく、清吉を見ているのがロカーニュはすぐわかった。

この娘が清吉をどんなに愛しているか。彼とプチジャンとはもうよく承知していた。切支丹たちが入牢《じゅろう》している間、どんな事が起ったか、彼女は一言も聞き洩《も》らすまいとしていたのも、清吉の無事を聖堂の聖母像にひそかに祈っているのも、みな知っていた。

「おキクさん」

ロカーニュは彼女に手招きをした。

「おいで。清吉さん、おキクさんはお前の身ばいつも案じとりましたたい」

おキクはうつむき、体をかたくして動かなかった。

「おキクさん。庭に出て清吉さんと話ばするとよかです」

ロカーニュは機転をきかせ他の神父に目くばせをして、この若い恋人たちを二人だけにしてやろうとした。

仏蘭西人のロカーニュ神父は、自国の男女と同じように清吉やキクが二人きりで語りあうほうがいいと思った。

だが――、
神父たちが気をきかしたつもりで姿を消すと、かえって清吉もキクも気づまりと恥ずかしさとで黙りこんでしまった。

五島屋の裏門の前で物売りにきた清吉とならキクは気やすく話もできた。清吉も彼女を自分と同じ浦上の在の娘と思ってわだかまりなく声をかけられた。

だが今は二人の心理もちがっていた。牢獄でキクからもらったあの手紙が清吉の心に彼女のひたむきな情熱を感じさせた。キクはキクで五島屋を追い出される前から自分がどんなにこの青年に夢中になっているかを認めざるをえなかった。

二人はそれぞれ、そんな自分の心理を意識して、怒ったような顔をしながら、別の方向をむいていた。

「ここで働いとるとか」

清吉はわかりきったことをムッとしたようにたずねた。

「うん」

「そんなら、パードレさまたちに、ようしてもろうとるじゃろ」

「うん」

それっきり、二人はまた黙った。

「牢屋は……」と突然、キクが声をだした。「辛かったろうねえ」

「ふん。そんげん辛うはなかったばい、一人じゃなかもんね。そいに奉行所もあんまり、きつうは扱わんやったたい」

「ばってん、ひどか折檻《せっかん》ば受けたて聞いたけん」

「ああ。あれぁ、ひどうこたえたばい。そいばってんインフェルノ（地獄）の苦しみば思えば怺えきったと」

「そいで清吉さん、こげんごと南蛮寺に来てもほんとにお咎《とが》めのなかとやろか？」

キクは不安そうに清吉を見あげた。彼女は自分が毎日、聖堂の聖母マリアに願い、たのみ、恨み、怒り、愚痴を言っていたことは口にはしなかった。それを告白するのはやはり恥ずかしかった……。

「案ずることはなか」

と清吉は急に元気になって、

「知っとるじゃろ。もう奉行所もなかし奉行さまも行方ばくらましたし、天子さまの御時勢になったたい。こいからは切支丹ば信じとるメリケンや仏蘭西やそんほかの異国が、俺どんの信心の正しかことば教えてくださるけん、もう、切支丹の教えばこそこそ守らんでもよかて皆は言いよっと。お天とさまに向うて俺どんは切支丹ばい、て大声で言わるっとたい」

「ああ……」

キクは切支丹の教えが何かには関心はない。しかし清吉がそれほど信心したものを、今後、お上《かみ》が認めてくださる時代がくるのはやはり嬉《うれ》しかった。

「よかったね。清吉さん」

と彼女は兄妹《きょうだい》の悦《よろこ》びをわかちあう妹のように微笑《ほほえ》んだ。

キクにはすべてが夢のように思われた。

むつかしい事は彼女にはわからない。わからないが清吉の話を聞いていると、これからは楽しくて自由な毎日がくるような気がする。とに角、今日まで何よりも怖《おそ》ろしかったあの御奉行所が力を失ってしまったのだ。そして清吉たち中野郷の者もお咎めを受けないで暮せるのだ。

お咎めを受けなくなれば、馬込の者もこれからは中野郷の者を今までほどは毛嫌いしなくなるだろう。市次郎兄だって婆《ばっ》さまだってキクの両親だって中野郷の人間をクロとよび、薄気味わるそうに見ることはやめるだろう。

そうなれば……。

キクの胸は風船のようにふくらむ。

(そげんなったら、清吉さんの嫁にならるっかもしれん)

彼女は自分でこの空想に気づいて思わず顔を赤らめた。

「あいば、まだ持っとっね」

と突然、清吉はキクにたずねた。

「あい？」

「前にやったろうが。サンタ・マリアさまの……」

「大事に持っとっばい」

キクは嬉しそうにうなずいて、

「毎日、あんお方と話ばしとった」

「話ば？」

と清吉は驚いて、

「どげん話ばしとったとか」

「話ていうよりは……うちはあん女子《おなご》ば恨んだもんね。清吉さんがあんお方ば拝むけん、辛か目に会《お》うとるとて思うたら、憎らしかったばい。そいけん、そん恨みごとばあんお方に言いつづけとった……ばってんもうよか。こげんごと牢から出してもらえたとやけん」

「なんちゅう罰あたりのことばすっとか」

仰天したように清吉は叫んだ。

「サンタ・マリアさまはな、ジェズス（イエス）さまのお母《か》しゃまたい。そんなお母しゃまに恨みごとば言うたて……とんでもなか話ばい」

「ジェズスさまて誰ね。切支丹《キリシタン》のもんは唐人の寝言んごとわけのわからん言葉ば使うけんね……」

「ジェズスさまはデウス（神）さまの子たい。そしてジェズスさまのお母しゃまがマリアさまたい」

「そんならそんデウスさまとマリアさまは夫婦もんかね」

清吉は目を白黒させて、

「夫婦？　夫婦じゃなか。デウス（神）さまに女房のおられる筈《はず》はなかじゃろ」

「阿呆《アポン》ごたる。夫婦じゃのうてなしてそんジェズスていう子の生れたとね」

「マリアさまは生娘《きむすめ》のまま、子ばはらまれたとたい」

キクは仰天し、目を丸くし、そして真赤になった。彼女だって生娘に子供ができるわけはないと知っていた。清吉はまあ、何と馬鹿《ばか》げた話を信じているのであろう。

清吉は懸命になって自分の知っている聖書の話をキクに吹きこもうとした。処女マリアが懐胎してジェズスを生んだこと。そしてマリアは生涯、処女でありながら大工ヨセフの妻であり、ジェズスの母だったこと。ジェズスは彼を憎む悪者たちによって殺されたが、まもなく生きかえって弟子たちの前にあらわれたこと……。

話せば話すほど、キクの顔に何ともいえぬ白けた表情がうかび、こちらを小馬鹿にしたような眼つきさえして呟《つぶや》いた。

「そげん、阿呆らしかこと、よう信じきるね」

「なして信じきれんとか」

「生娘のまんま大工に嫁入って、死ぬまで生娘だったてうちはとても信じきれんよ」

「そん御亭主さまが偉かお方だったとたい」

「なら、切支丹の清吉さんも嫁ばもろうたら何もせんとね。生娘のままで赤ん坊ば生みきるて本気で思うとるね」

こうなるとキクは惚《ほ》れている清吉にでも容赦なかった。少女時代、彼女は市次郎さえも言いまかされるほど口喧嘩《くちげんか》のつよいオチャッピイだったが、その口達者な点は娘になっても変ってなかった。

「何ちゅうことば言うとか」と清吉は腹をたてた。「そげん恥ずかしかことば女のくせによう口に出すたい」

「女子だろうが男衆《おとこし》だろうが合点ゆかんことは合点いかんさ。清吉さんは嫁ばもろうても、そん大工の亭主のごと何もせず放っておくとね」

彼女はそう言いながら心のなかで、もし自分が清吉の嫁になった時のことを急に思った。本当に清吉は何もしてくれないのだろうか。しかしそう考えた時、さすがにキクは赤くなった。

「知らんぞ、そげんことは」

女の心理のわからぬ清吉はプリプリしながら、

「お前、切支丹ば嘲《あざけ》る気か」

「嘲っとらんよ。ばってん、おかしか話としか思えんたい。死んだ者の生きかえって誰がそげん根も葉もなか事ば言うたと」

「ちゃんとパードレさまが言いなさったとたい」

「プチジャンさまが？　プチジャンさまがそいば見たわけじゃなかろうが。見たこともなかことば話して、そいばそのまま信心するて切支丹の人たちは変なお人たちたい」

「せからしか。切支丹のことば、そげんごと嘲るもんはすかん」

清吉は大声を出し、キクは機関銃のようにまくしたてた。そしてその声はロカーニュ神父たちのいる家にも聞えてきた。

「ケスキリヤ（どうしたんだ）」

とロカーニュ神父はびっくりして立ちあがった。彼としては恋人たちをそっと、ゆっくりさせてやるつもりだった。それが大喧嘩をしている。

ロカーニュがあわてて庭に出ると、憤然とした清吉が今、足早に出ていったところだった。

「おキクさん、どげんしたとです」

「うち、好かん。あげん男」

とキクは叫んだ。そのくせ彼女は声をあげて泣きはじめた……。

キクにとっては生れて初めての恋である。その相手なればこそ彼女は純粋に夢中で、真向から清吉を思慕した。彼が入牢していた間、おのれの身に責苦を受けていると同じような苦しみも味わった。

それなのに、そんなこっちの気持は一向わかってくれず、

「切支丹の悪口ば言うもんは好かん」

そう罵《ののし》られた。

もう二度と会わん。もう二度とあげん男と口ばきかんたい。

そう彼女は決心した。ロカーニュたち神父がいくら事情をきいても、なだめても彼女は強情にくりかえした。

「もうよかですたい。あんげん人の顔は見とうなか」

ロカーニュはプチジャンと同じように心やさしかったから彼女の怒りを解こうとしたが、かえってオロオロする始末になった。なにしろ女人禁制の神学校で教育された

彼には女心の微妙な点がよくわからなかったのである。いつものようにキクは聖堂に行き、あの女の像の前にたって他人には言えぬ胸のうちをさらけ出した。

「こいもあいも、みんな、あんたのせいたい。あんたが生娘のまま、子ば生んだて清吉さんは虚言《そらごと》ば言いなさるし。あんたが亭主もちのくせに一生、生娘のままやったて阿呆らしかことば信じとりなさる。そいけん、うちと口争いになったとばい。こいもみんなあんたのせいたいね」

聖母マリアはいつものようにキクをじっと眺めていた。しかしその顔は妹にやりこめられて困り果てている姉のようにみえた。駄々をこねている子供の前で当惑しきった若い母のようにもみえた。

「あんたのせいやけん、元どおりにしてくれんばうちは承知せんけんね。清吉さんとの仲ば引き裂くごたっことばしたら、うち、ほんとに怒るけんね」

キクは指をたてて聖母マリアを威嚇《いかく》する仕草をした。

「そん代り、もし、清吉さんと添いとげさせてくれたならば……」

そして彼女はうっとりとした表情になり、そんな表情をした自分に気づいて顔を赤くした。

「何でもするけんね。きれいか花も餅《もち》もそなえて……うちは切支丹になってもよかよ。切支丹は好かん。ばってん、清吉さんの嫁にしてくるんならば、切支丹になってもよかよ」

前にものべたが、彼女がそんな約束さえした聖母マリア像は今日も長崎の大浦天主堂に残っている。

あどけない、けがれない顔をしたそのマリア像はしかし見る角度によって、光の具合によって、祈る者の心によって、そのたびごとに表情を変える。

だからキクは人形と話す女の子のように彼女と話ができた。切支丹など一向に信心はしていなかったが……。

天子さまの新政府から九州鎮撫《ちんぶ》総督が下向してきた。後の外務大臣、沢宣嘉《さわのぶよし》である。そしてその補佐役にあたったのが井上聞多《もんた》——後の井上馨《かおる》だった。

あいた奉行所には既に松方正義、町田民部、佐々木三四郎たちがつめ、市政にあたっていたが、これに井上聞多が加わった。井上は長崎が横浜と同じ外人居留の街であり、しかもそれゆえに浦上村でかくれていた切支丹たちの事件が起ったと松方たちから報告をうけた。

「日本には天子さまのほかには神はおらぬ。沢さまはそうはっきり仰《おお》せになられておられる」

と井上は同僚たちに説明した。

沢が有名な攘夷《じょうい》論者であることは松方たちも承知していた。

「幕府は何かにつけて仏蘭西に助けを求めていたゆえ、切支丹にも強く出られなかったのだ。だが俺たちは天子さまこそ日本人の拠《よ》りどころとするよう、民、百姓を教えねばならぬ」

井上たちは、この強硬な意見を沢から指示され、それを早速、実行にかかった。

長崎の街の要所、要所に太政官《だじょうかん》の名で立札が立てられた。
一、五倫の道を正しうする事
二、党をたてて強訴し、相率いて田里を去るなかれ
三、外国人にたいして暴行をなすを禁ず
四、逋逃《ほとう》を禁ず
五、切支丹邪宗門は旧により、これを厳禁す
かつて奉行所の高札のあった場所に木の香も新しい立札が立ち、それを読む人々がかこんだ。

「逋逃を禁ずとはどげんことやろか」

「許しなく長崎ば出て、別の地に住むことはならんていうことたい」

「切支丹はやっぱり邪宗扱いじゃけん、あん浦上の者は大弱りじゃろ」

長崎の市民は切支丹禁制の再確認をした箇条を読んだ時、むしろ気味よさそうに話しあった。わけのわからぬ宗旨を信じ、奉行所を困らせた百姓たちのことを大半の市民は快く思っていなかった。

「大丈夫たい」

一方、中野郷や本原郷、家野郷の切支丹たちはこの立札を見たあとも高を括《くく》っていた。彼等は奉行所と同じように、天子さまのあたらしいお役人衆も異国の言い分に押されて、自分たちに手を出せぬと考えていた。そしてまたデウスが彼等を見殺しにせぬものと今度の事件で自信をもって思うようになっていた。

その予想はあたっていた。ただちに各国の公使たちは新政府に抗議したからである。特に新政府の肩を持ってきたイギリスのパークス公使までがその抗議に加わった。英国までが切支丹弾圧を抗議したことは新政府をいたく狼狽《ろうばい》させた。しかし明治政府はまだ宗教政策の上では幕府のやり方を続けるつもりだった。

三月、突然、役所から浦上の切支丹のうち主だった者二十四人に出頭するよう命令が来た。

長崎奉行所は名を役所と改めた。だが名が変っても基督教《キリストきょう》を禁制にする方針は新政府も幕府と変りがなかった。

二十四人のなかには最後まで信念をかえなかった仙右衛門はもちろん、一度は棄教をしたものの信心戻しをした清吉たちも含まれている。

(今度はこん前んごと叩《たた》かるっだけではすまん。殺さるっかもしれん)

出頭の命令が庄屋《しょうや》からまわった時、名をよびあげられた者たちの顔は蒼《あお》ざめた。家族の顔色も蒼ざめた。

「俺《おい》どんにはデウスさま、ジェズスさま、サンタ・マリアさまのついておられる」

仙右衛門はさすがにこの前も一人、耐えぬいただけに一同を励ました。一同もまたあれ以来、この目だたなかった男に敬意を払うようになっていた。

「どげんことのあってもな、サンタ・マリアさまの守ってくださるたい。みんな祈り(オラショ)ば唱えつづけておすがりすることたい」

しかし出頭の朝、二十四人の者はそれぞれの家族と水さかずきをかわす悲壮な気持だった。

山は春がすみに包まれ、花が咲いていた。切支丹たちにとってはジェズスの甦《よみがえ》りの祭り——つまり復活祭の行われる月である。と同時にそれは悲しみの日——つまりイエスの死があった月でもある。

これからの自分たちの運命が死となるのか、復活となるのかはまったくわからない。二十四人の者が家々を離れると、そのあとから家族たちが祈りを唱えながら続いた。その数は百人から二百人、二百人から三百人にふくれあがっていった。

「もう、お前たちはここで帰れ」

つきそった庄屋や役所の役人は見送り人たちに戻るよう命じたが、彼等は首をふったまま、列をつくって長崎に歩いていった。

役所――といってもあの奉行所の時と同じ門前で二十四人の者たちは見送り人をふりかえり、

「案ずることはなか。今度は決してジェズスさま、サンタ・マリアさまば棄《す》てはせん」

と叫んだ。そして彼等にとっては辛《つら》い思い出のある門のなかに消えていった。

見送り人たちはそれでも引きあげようとはせず、じっとしゃがんで待っていた。物見だかい見物人たちは一人去り、二人去り、やがて姿を消したが、切支丹《キリシタン》の男女たちは頑固に坐《すわ》りこんでいた。

春のあたたかな陽ざしのなかでそれは異様な光景だった。そして長い時間がたった。

夕方ちかく、門がふたたび開き、仙右衛門を先頭に二十四人の者がほこらしげに、嬉しげに笑いながら出てきた。

「一人も転ぶ者はなかったたい。切支丹は決して棄てませぬてお役人さまに申しあげたたい。決して棄てませぬて」

と清吉たちは皆にむかって胸をはって説明した。

一カ月おいて、また役所から呼び出しがあった。前回二十四人にたいし、今度はそれぞれの家の戸主全員が出頭するようにとの命令である。

中野郷、家野郷、本原郷の切支丹百姓百八十人がそのため、また朝早くから長崎にむかった。それに四百人ほどの家族が従ったがこの日は雨で、むし暑い。

取調べと説諭とが総督の沢宣嘉の前で長時間行われた。白州に坐らされた百姓たちの顔や体に、容赦なく霧雨がふりつづけた。その雨は彼等に、一斉検挙が行われたあの夜の大雨を連想させた。

役人――大隈《おおくま》八太郎、松方正義、町田民部、井上聞多たちがそれぞれ、訊問《じんもん》と棄教の説諭にあたったが、彼等は時には国法に背くことを叱《しか》り、また宣教師たちにだまされているのだと教え、情をからませ、声を荒くして説得をつづけた。

だが――、

浦上の百姓たちは頑として承知しなかった。この時は農民特有のあの無言の反抗をみせたのではなく、開きなおって、はっきりと反駁《はんばく》したり、反論をしている。威嚇《いかく》すれば、殺してくれと答え、情をからませても、生き方がちがうと拒絶している。

後にこの時、訊問をした大隈八太郎――大隈重信侯爵《しげのぶこうしゃく》がこの時の模様を、

「彼等の信仰の堅きこと金鉄の如《ごと》く、柔弱温和なる容貌《ようぼう》の小娘が、判官の尋問、威嚇、説諭にたいし、泰然自若、更に恐怖の色もなく答え」

と語り、

「判事のうち、最も熱心に査問に従事した井上（後の井上馨公のこと）が小娘風情《ふぜい》を持てあまして、焦《じ》れったがったり、ぷんぷん怒ったり、熱したもんだが、此方《こちら》が熱すれば彼等は却《かえ》って冷静なる態度を見せる。その言うところは事理明白、条理整然たるを以《もっ》て如何《いかん》ともする能《あた》わず、全く手古ずってしまった」

と告白している。

おそらく浦上の切支丹百姓たちは入牢《じゅろう》の間と三月の取調べの経験で役人たちがどういう論理で説得にかかってくるか底の底まで承知していたのであろう。こう訊問してくれば、こう答えよう、こう威嚇してくればこう開きなおろうと前もって話しあい、その受け答えも考えぬいてきたにちがいない。

それだけに手の内を読まれた大隈重信や井上馨たちがやりこめられたのは当然だった。彼等は目に一丁字のない百姓たちが政治論争で鍛えあげた自分たちの言葉にねじ伏せられると高を括っていた。しかし、それは大きな間違いだった。

この日も役所は折角、呼び出した浦上切支丹たちをそのまま帰宅させざるをえなかった。役人がそれ以上、強く出られなかったのは——言うまでもなく——幕府の時と同じように在日外国公使の執拗《しつよう》な抗議のためだった。

浦上の百姓たちはもうすっかり自信を持っていた。軒昂《けんこう》として彼等が役所を出た時、雨は既にあがっていた。

西に青空が見えやがて天気が恢復《かいふく》することを示していた。

門前ではこの前と同じように浦上からついてきたあまたの家族が、取調べを受けて出てきた身内の者に手をふり大きな歓声をあげた。

清吉も列にまじり役所の門を出たがその時、先頭にたった者が——おそらく仙右衛門だったろうが——歌オラショを歌いはじめた。

参ろうや　参ろうや
ハライソの寺に参ろうや
と、あとに続いた者たちもそれに声をあわせ、更にうしろからついてきた家族たちも歌いはじめた。

雨あがりの路《みち》を歌いながら、清吉は言いようのない快感をかみしめた。肩をならべている切支丹の仲間を誇らしいと思った。自分たちの信ずるものは正しかったのだ。自分たちの信ずるものは奉行所や役所よりも強かったのだ……。

彼は灰色の雲の間からみえる青空をじっと見あげながら歩いた。はねあがる泥が足や体をよごしても平気だった。そして道の両側にたっている見物人たちに目もくれなかった。

だがこの時、その見物人のなかにロカーニュたち大浦の神父たちもまじっていた。

そしてそばにキクも立っていた。

「すべての民は世々限りなく、主の聖なる御名《みな》を祝し奉れ《たてまつ》」

ロカーニュは雨あがりの路を歩いてきたため泥まみれになった切支丹たちの足をみながら、ラテン語でこの祈りをつぶやいた。

キクはキクで清吉だけをしっかりと見つめていた。

(清吉さんは強か……)

奉行所に行っても役所に行っても決してくじけなかった清吉。ひるまなかった清吉。キクは切支丹であることを除けばそんな清吉の強さにますます心ひかれる。

（清吉さんはまこと男たい）

参ろうや　参ろうや

ハライソの寺に参ろうや

勝ち誇ったその歌声はもちろん役所のなかの役人たちの耳にも聞えた。取調べにあたった井上聞多、町田民部、松方正義たちにも聞えた。

彼等はいずれも苦い顔をしていたが、とりわけ総督の沢宣嘉は機嫌が悪かった。

「奴等《やつら》、図に乗っておりますな」

と町田民部が吐きだすように、

「百姓のくせ、我らが弱みを心得ておるが、あれはおそらく南蛮人の坊主《ぼうず》たちがたっぷり入智慧《いれぢえ》をしたものと思われますが……」

井上聞多も沢に自分の考えをのべた。

「だがこのまま放っておけば、つけあがることは必定。御裁断ねがいます」

「松方、どう思うか」

と沢総督は松方正義にたずねた。松方はしばらく考え、

「これは長崎役所において決しかねますゆえ、大坂にこの松方なり井上が参り、木戸様の御裁可を仰ぐべきかと存じますが……」

と提案した。

そんなある日、南蛮寺の前をもう半時間ちかくもうろうろとしている男がいた。

彼は立ちどまって垣根にかこまれた教会をこわごわ見つめたり、誰かに怪しまれぬよう、しばらく立ち去っては、また同じ場所に戻ってくるのである。

それをキクがみつけた。キクのほうも毎日、清吉の姿があらわれぬかと、そればかりが念頭にあったから、仕事の合間には眼が入口のほうに向くのだった。

「兄《あん》しゃん」

彼女は思わず叫んだ。

長い間、会っていない従兄《いとこ》だった。

「市次郎兄しゃんじゃなかね」

と彼女は走り出て垣根ごしに声をかけた。

「おう」

市次郎はほっとしたように手で汗をふきながら、

「やっぱり、ここにおったか。ミツの言う通りたい」

「おミツさんはまだまめに五島屋で働いとるとね」

「まめに働いとるよ」

市次郎はそこで急に不機嫌な顔をした。彼はミツとちがって五島屋から姿をくらませたこの従妹《いとこ》が不快だった。

「なして、ここにおるて馬込のほうに知らせんとか」と彼はこわい声を出した。「お前の父《とと》も母《かか》も、婆《げっ》しゃまもあいからみなどげん案じたことか……そいば一度も考えんやったとか」

「ばってん、言えばみなからひどう怒らるって思うたけん……おミツさんだけにはここで働いとるて知らせとります」

うつむいて、キクは弁解したが市次郎は更に追及して、

「みなから怒らるっごたっことば……お前しとっとか」

「…………」

「なして黙っとる。黙っとっても、わからんたい」

だが市次郎はキクのかくしている理由をはっきり知っていた。妹からすっかり聞いていたからである。

「…………」

「お前あ、中野郷の男にまだ迷うとるとか。クロの男に……」

「兄しゃん。切支丹のなして悪かとですか」

突然キクは顔をきっとあげて挑むように答えた。

「兄しゃまは時勢の変って、こいからは切支丹のもんも大手ばふって歩かるっ日の近かことば知らんとね。そいけん、お役所でも、もうあん人たちば呼んでも、そのままに放っておかれとっとたい」

年下の従妹にまくしたてられて市次郎はカッとしたが、その感情を抑えた。彼はキクの両親や婆しゃまから、何としても彼女を馬込につれて帰れと言われてきたのである。

「そげんことぐらい……」

と彼は渋々、うなずいた。

「俺《おい》にも……わかっとる」

しばらく黙ったのち、市次郎は、

「ばってん、馬込の娘で中野や家野のクロん家に嫁いったもんは一人もおらんたい。もし、お前がそげんことばすれば、皆からうしろ指ばさささるっとぞ」

「うしろ指？　なして」

「クロの嫁になった女ばい、て言わるじゃろ」

「かまわん」

昂然と、むしろ誇るようにキクはそう言いきった。

「人が何て言おうと、かまわん。うちは悪かことばすっとじゃなかもんね、悪かことばしとらんもんに、うしろ指ばさすとは、さすほうの頭のおかしかとたい」

「なあ、キク」

市次郎は口ではこの従妹にとてもかなわぬと感じて、

「ばってん、親やお婆《ばば》に心配ばかけて、お前はそいでもよかとか。みんな、それはそれは案じとるぞ。こげん異人の寺で奉公ばせんでも、よか勤めはいくらでもある。馬込にしばらく戻って……」

「うちは帰らん」

ぴしゃりと叩《たた》きつけるようにキクは答えた。

「馬込に戻っても、クロの嫁にはしてくれんやろ、そいけん、戻らん」

「お前……」

市次郎はびっくりしたように、

「そいほど、あん男ば好いとっとか」

「好いとる……」

好いとる。キクはこの言葉を強く、誇らしげに言った。

「なして好いとっとか」

「うちにもわからん。ばってん好いとっとたい」

「どげんしても諦《あきら》めきれんとか」

「諦めん」

ふかい溜息《ためいき》を市次郎は思わず口から洩《も》らした。幼い時から一度言いだせば強情を押しとおすキクの性格である。諦めぬといえば決して諦めぬであろう。馬込に帰らぬといえば決して帰らぬであろう。

「そうか」

市次郎の心の底には実は後悔があった。奉行所の役人と聖徳寺の住職にそそのかされて、中野郷の百姓を探ったという嫌な思い出があった。そのコンプレックスがキクにたいする考えを今、少し変えて、

「そうか……、そがんまで言うなら、お前のお父にも話しとくばい」

「そんなら……」

キクははじめて嬉《うれ》しそうに、

「兄しゃんはうちば助けてくるっとね」

「助けるては言わん。ばってん……」

しかし、市次郎の表情を見て、キクはこの従兄が最後は自分の味方になってくれるのを感じた。女の勘だった。

頭から足さきまで幸福感が貫いた。

(こいで、清吉さんの嫁になれる……)

清吉の親がどう言うかはキクには知ったことではなかった。とにかく幸せだった。幸せだった……。

別　離

そのキクの幸せをあらわすように中川の桜が満開になった。夜にはその桜にぼんぼりの灯がにじんで見物客でにぎわった。

一日中、浅蜊《あさり》や蛤《はまぐり》を売り歩く声が街に聞えてくる。こうして長崎はまた、ハタ合戦の月がやってきた。

四月、沢宣嘉の報告をうけ、たびたびの御前会議を開いた新政府は遂《つい》に浦上の切支丹《キリシタン》たちを処分することに結論を出した。

この結論を持って政府の代表、木戸孝允《たかよし》が四月三十日に長崎に到着、あたらしく長崎府知事に任じられた沢たちと実行方法を相談した。

結論は切支丹たちの甘い予想を裏切る苛酷《かこく》なものだった。政府は外国公使たちの抗議を押しきっても、禁制の宗教を信じた浦上百姓たちを流罪《るざい》にすることに決めたのである。天皇を中心とする神道《しんとう》国家体制を作り、国権を守るには断乎《だんこ》たる処置をとるべしという有栖川宮《ありすがわのみや》、大久保利通《おおくぼとしみち》、黒田長知《くろだながとも》たちの強硬論が勝ちをしめたのだ。

木戸は沢たちに切支丹たちから棄教しなかった者百十四名をえらんで萩《はぎ》、津和野《つわの》、福山の三藩に配流することを命じて、長崎を発《た》った。

五月二十一日、抜きうち的に出頭命令が庄屋《しょうや》を通して本原郷、中野郷や家野郷の家々に伝えられた。

「明朝、六つ刻《どき》に御用、西役所に」

その命令を受けても清吉たち若い者は、

「せからしか。また俺《おい》どんに言いまかされて何もできんたい」

と高を括《くく》って笑いあった。二度の召し出しにも無事に戻れた事実がすっかり彼等に自信をつけさせていたのである。

翌朝未明、前回のように家族を伴って長崎に向った。そして西坂をこえ、長崎西役所の前に到着したが門は固く閉ざされたままである。

「待っとれ」

門から出てきた見おぼえのある役人が、そう命令した。

「伊藤さま、六つ刻《どき》に参れとのお達しでしたが」

ひやかすように熊蔵が言った。熊蔵は最初の入牢《じゅろう》の時、誰よりも先に転んだ男だったが、今度はすっかり役人たちを馬鹿《ばか》にしていた。

「俺は知らん。ばってんそこで待っとれて知事さまの御沙汰《ごさた》たい」

伊藤はそう言って姿を消した。

昼がすぎた。まだ放っておかれた。夕方がきた。まだ門は開かない。地面に坐《すわ》りこんだ切支丹たちのなかには不平、不満の声を出す者も出た。その時、ふたたび伊藤清左衛門が姿をみせ、

「呼び出しばうけた者のほかは用はなかぞ。早う帰れ、帰れ」

だが百十四名の者が役所に姿を消しても家族たちは頑固に坐りこんでいた。突然、棍棒《こんぼう》を持った警吏数人が走り出てきた。悲鳴と怒号とのなかで家族たちは家畜のように追いたてられた。すべてが前回とはまったく違っていた。

西役所の門内に入れられた百十四名は、そこでもすべての雰囲気がこの間と違って

いるのを感じた。

前回はまだ何となく警吏たちの態度にきついものはなかった。だが今度は鋭く、

「参れ」

中庭に入れると、白州に坐らせた。そしてすぐに役人があらわれ、両手に紙をひろげ読みあげた。

「その方儀、異宗信仰致し、天下の法度《はっと》を破りたるにつき、厳罰に処すべきところ、無学百姓につき、御恩恵により他国に預けおく」

彼はそこで一同を見て、

「仙右衛門」

とよんだ。

「はい」

「仙右衛門ほか二十七名は石見国《いわみのくに》四万三千石、亀井隠岐守《かめいおきのかみ》に預けおく。……茂十」

「…………」

「茂十ほか六十五名は長門周防《ながとすおう》三十七万石、毛利大膳太夫《もうりだいぜんのだいぶ》に……茂市ほか十九名は備後国《びんごのくに》十一万石、阿部主計頭《あべかずえのかみ》に預けおく」

百十四名はぼんやりと役人のその声をきいていた。今、言われたことに実感がない。

まるで悪夢でもみているような気持である。

「立て」

一同は立ちあがったが、数名の体がよろめいた。

(遠か国に行かされる……)

これまで百十四名の百姓たちはみな浦上と長崎のほか、他の場所を見た事はない。山と林と段々畠《ばたけ》としかない中野郷や家野郷、本原郷だけが蝸牛《かたつむり》のからのようにしっかりと、彼等の生活に人生に結びついていたのだ。そこで彼等の父や母や祖父や祖母も生れ、育ち、働き、死んでいった。だれも浦上から離れるなど一度も考えたことはない。

「歩け」

一同は門の外に出された。門の外にはいつの間にか銃を持った兵士たちが整列をしていた。そして浦上からついてきてくれた家族たちの姿は煙のように消えていた。

「どこに……参るとでござりますか」

と仙右衛門が自分のそばを歩く役人にたずねた。

「船にのるけん、こんまま大波止《おおはと》に行く」

と役人は湾を指さして答えた。

「こんまま、すぐ船に乗るとですか」

「そう。さきほど聞かされたろうが……」

この時、はじめて彼等は自分たちが生涯、浦上から引き離されるのだということが実感をもって感じられた。刃《やいば》でえぐられたような苦痛が胸に起った。

夕暮で海が黒ずみ稲佐山《いなさやま》が紫色にうかびあがっている。

「逃げたぞ」

急に役人の声が列の後部できこえた。三名の百姓が逃亡を企てたのである。

「つかまえろ」

三人の逃亡者は素早く家と家との間をぬけて忍びよる夕靄《ゆうもや》のなかに姿をかくそうとした。それを警吏たちが追った。

他の者はそのまま役所から大波止とよばれる舟つき場まで連れていかれた。

風が強く湾は荒れていた。そして大波止には何隻もの団平船《だんべいぶね》がゆられながら彼等を待っていた。

「早う、のれ」

百十一名の百姓たちは次々と団平船に乗った。

「阿呆《アホン》が。逃げおったりして」

逃亡者のうち二人が警吏にうしろ手にくくられ突きとばされながら連れてこられた。そして皆の面前で撲《なぐ》られたり蹴《け》られたりしながら最後に船に乗せられた。

「熊蔵はな、うもう逃げたたい」

とその一人が皆にそっと教えた。

「逃げ足の早かけん、すぐ見えんごとなった。今、どこらへんにかくれとるじゃろか」

役人と警吏は熊蔵を追跡するのを諦《あきら》めたのか、そのまま船頭に団平船の艫綱《ともづな》をとかせた。そして四隻の船は波をかぶりながら湾の真中で待機している蒸気船にむかった。

夕靄は夜となった。稲佐山のふもとや、長崎の街に灯がかすかにちらついている。浦上のほうは真暗である。だが百十三人の視線はその真暗な浦上のほうに注がれた。もう戻ってこられぬかもしれぬ。このまま何処《どこ》かに連れていかれ、そこで処刑を受けるのかもしれぬ。もしそうなら自分たちは二度と浦上の土は踏めないのだ。

役所まで従《つ》いてきてくれた身内の者たち。女房や子供、父親や母親があの真暗などこかにいるのだ。彼等は今、自分たちがこうして船に乗せられ、どこか遠くに連れていかれようとしているのを知っているのだろうか。

万感の思いは一人一人の胸をしめつけた。むかしパードレたちは、この百姓たちの祖先にも神はそれを信じる者に幸福と悦《よろこ》びとを与えると語っていたが、しかし現実に与えられたものは故郷からの追放と家族との離別とだった。

波は音をたてて団平船にぶつかっている。そしてやがて帆をはった蒸気船の黒い船体が近づいてきた。

「ガラサみちみちたもうマリア」

と一人が聖母マリアへのオラショ（祈り）を唱えると、皆はそれに声をあわせた。同乗した役人も警吏も何も文句を言わなかった。

「おう、大浦に灯のついたばい」

その声に一同はいっせいに大浦の方向に体の向きを変えた。あの灯はたしかに彼等の信じる大浦の教会の灯にちがいなかった。

「なあ、パードレさまたちは、俺どんがこげんごと連れて行かるっとば知っとらるっじゃろか」

と誰かが言った。そう、その声はひどく孤独で寂しかった。

「まだ、知りはせんじゃろ、知っとられれば、俺どんば放っとかれんたい」

「そうなあ」

そして、一同はうつむいてしばらく黙りこんでいた。

だがこの時、大浦の神父たちも大波止から団平船にのせられて蒸気船に運ばれる彼等の姿を見ていたのだ。

それは転ぶように教会に三人の女が知らせに来てくれたからである。

彼女たちは連れさられた百十三人の信徒の身内だった。警吏たちから棍棒で追われながらも家族、身内のうちには浦上に戻る気にはなれず長崎の街にかくれて、大切な夫や兄弟の出てくるのを待っていた女たちがいた。

その女たちは波止場に連れていかれ団平船にのせられる自分の夫たちの姿を見ると、そのまま浜づたいにこの大浦まで駆けた。神父たちに助けを求めたのである。

ロカーニュはその知らせを受けると、ただちに長崎の仏蘭西《フランス》領事館に走っていったが、彼の努力も空《むな》しかった。沢知事は頑としてすべての抗議をはねつけたからである。

ロカーニュをのぞいた神父たちは教会の庭で湾を眺めていた。やがて暗い湾を団平船が蒸気船にむかって進むのを目撃すると、自分たちの存在を彼等に知らせるために急いで家にかけ戻り窓に灯をつけた。その灯を百十三名の切支丹たちが見たのである……。

港は夜の闇《やみ》にとざされた。もう湾も稲佐山も黒一色に塗りつぶされて何もわからない。切支丹たちを乗せた蒸気船がどこにいるのかわからない。

ロカーニュ神父がくたびれ果てて戻ってきた。彼の話で神父たちは今、自分たちがどうすることもできない無力感を味わった。

「プチジャンが戻っていたら……」

ロカーニュはこのような時プチジャンがいたらと思った。すべてが一足ちがいだった。プチジャンはもう二、三日で日本に帰ってくるのだ……。

「彼等のために祈ろう」

神父たちは跪《ひざまず》いた。できることなら、あの日本人切支丹たちのために身代りにしてほしいとロカーニュは祈った。あの純朴な百姓たちは今、あなたのために苦しもうとしているのです。その苦しみのなかにこの私も入れてくださいまし……。

その時だった。彼は何かが遠くで聞えるような気がして顔をあげた。彼だけでなく、そばにいたクザン神父もそれに気づいたのか、耳をすましていた。

「エクテ（お聞きなさい）」

とロカーニュは湾のほうを指さした。

波の音にまじり、かすかに声がきこえてくる。

たくさんの人間の歌っている歌声である。

参ろうや　参ろうや

ハライソの寺（天国の寺）に参ろうや
　参ろうや参ろうや
　ハライソの寺に参ろうや
声は波に消え、消えては聞えてくる。
彼等なのだ。彼等がこちらに向けて船の上から歌っているのだ。
「私たちも歌おう」
とクザン神父がみなを促した。そして神父たちも真暗な湾にむけて声をあげた。船上の彼等に聞えるように……。
　その時、キクは——、
　その時、キクは夜の庭のなかで、うずくまっていた。ロカーニュをはじめ神父たちは皆、キクの存在をすっかり忘れていたのである。
うずくまったキクの影は像のように動かない。両手で顔を覆《おお》ったまま遠く闇の海からかすかに聞えてくるあの哀《かな》しい歌に彼女はじっと耐えていた。
　あの歌うている者のなかに清吉さんもまじっている。
　それはもう疑いなかった。ころげるようにここに駆けてきた女たちの一人にキクはたずねたのだ。

「そんなかに清吉さんもおったとですか」

「清吉。おったばい、中野郷の清吉じゃろ」

この言葉はキクの脳天に大木が響きをたててぶつかるように倒れてきた。

なにもかもが音をたてて砕けた。キクが昨日まで築きあげた夢の塔は砂塵《さじん》をあげて崩れおちた。

清吉さんのお嫁になる、市次郎兄《あん》しゃんも考えなおしてくれた。そいけん、父《とと》も母《かか》も婆《ばっ》しゃまもやがては気持ば変えてくれるやろ。

毎朝、目をさました時、毎夜、寝床のなかでキクは赤ん坊が母の乳房をいつまでも吸いつづけるように、この空想をたのしんだ。倖《しあわ》せの夢は際限がなかった。空想のなかでキクは蓮華《れんげ》畠を清吉によりそって歩いている自分の姿を思い描いた。畠仕事を共にやっている光景も考えた。

それらはもうない。まったく消滅した。清吉は今、眼下の入江のなかで罪人として船にのせられ、どこかに連れていかれる。

清吉さん。早う役人に言うてくれんね。切支丹《キリシタン》の信心ば棄《す》てる。そしたら役人もお前さまばたった今船からおろして、陸《おか》に戻してくれるけん、早う、言わんね。早う。早う。

キクは心のなかでそう絶叫しつづけた。もうあの御詠歌のような声を耳にするのは嫌だった。あの声の聞える限り清吉は皆に圧《お》されて切支丹を捨てられぬのだ。彼女は耳の穴に指を入れてその声を拒もうとした。

（みんな、あん女の悪かと。あん女の）

あの女の顔が彼女のまぶたに浮んだ。サンタ・マリアとよぶあの異人の女。あの女がふしぎな力で清吉をつかんで離さない。清吉の心を迷わし、悪い道に連れていってしまった。

（おぼえとかんね。明日にでも清吉さんば戻さんば、ぜったい仕返しばしてやるけんね）

と彼女はあの女にむかって言った。

（うちはお前なんかに負けんばい）

彼女は立ちあがって聖堂に駆けていった。あの像をこなごなに砕いてやろうという衝動にかられたのである。

聖堂の祭壇に蠟燭《ろうそく》の火がついていた。そしてロカーニュたち神父が今、そこに跪いて祈りをはじめていた。

黎明《しののめ》が来た。ひんやりとした空気にキクは眼をさまし、自分が聖堂の隅にうずくまり、仔犬《こいぬ》のように眠っているのに気がついた。

聖堂には誰もいない。ロカーニュたちもキクの存在には気づかずに引きあげたらしかった。

彼女はその時、突然気がついた。清吉をのせた船はどうなったのか。黎明の静寂のなかであの歌声はもう聞えぬ。

夢中で外に走り出た。

湾は今日も静かで、湾をかこむ山々が乳色の朝靄につつまれている。だがあの船の姿はもう消えていた。

迸《ほとばし》る水のように彼女の眼から泪《なみだ》が出た。大声をあげて泣いた。なして清吉さんはひどか目に会わんばいかんとね。あん人がどげん悪かことばしたていうとね。

彼女はこの丘の上から長崎の街にそう叫びたかった。この五月の黎明のなかで、まだ眠りこけている人たちに叫びたかった。海と空とにむけて叫びたかった。

その号泣と嗚咽《おえつ》とに目をさまして、神父たちは急いで外にとび出してきた。ロカーニュはキクの体をだくようにして懸命に慰めた。

その日一日、神父たちは仏蘭西領事を通して日本側に百十三名の浦上信徒がどこに送られたかを教えるよう要求したが、拒絶された。沢知事は外国人の抗議にきびしい態度でのぞんだ。

「おそろしか。クロたちは沖に連れられて海に投げこまれたていう話たい」

「金掘りに佐渡に送られたて聞いたばい」

そんな噂《うわさ》がその日にはもう長崎の街に次々とたちはじめていた。

一日中キクは病人のようになって床についていた。神父たちは彼女がどんなに清吉を愛していたかを、そのうつろな顔と焦点のあわぬ眼とで知ることができた。食べものも咽喉《のど》に通らないので、

「恋わずらいては結構な御身分たい」

そうお兼さんは嫌味を言ったが、キクは聞えぬように、ぼんやり虚空《こくう》をみている。

夢のなかで清吉の姿はたびたびあらわれた。

うしろ手にくくられて警吏に怒鳴られながら歩いている清吉。キクはその清吉を助けるため、警吏にくってかかっている。

蓮華の花の咲いている馬込郷の風景も出た。キクはミツたちと花の輪を作って遊んでいた。

「花やったら中野郷のほうにいっぱい咲いとるよ」

と彼女は皆に教えたが、誰一人として中野について行くと言うものはいなかった。

「おキクさん。どげんしたとですか」

ふすまごしに彼女は聞きおぼえのある声を耳にして夢想からさめた。廊下に日本から離れていたプチジャンが立っていた。そして彼の横に若い異人の男もいるのをキクは知らなかった。

この若い仏蘭西人こそ、その後外海《そとめ》地方の聖者として日本人に敬愛されたド・ロ神父だったのである。

群像

「おミッさんは働きもんたい。蔭日向《かげひなた》のなか娘じゃけんね」

五島屋のお内儀《かみ》さんはいつもそう言ってミツをおだてた。

ほめられれば温和《おとな》しいミツは嬉《うれ》しい。しかし自分だけでなく一緒に働いているトメのことも何とか言ってもらいたかった。更に、時々きかされるキクの悪口はやめてもらいたかった。

「お前にくらべて、あんキクは手におえん子じゃった。今、南蛮寺で奉公しとるて聞いたばってん……どげん奉公か、わかったもんじゃなか」

切支丹《キリシタン》嫌いのお内儀さんとお米さんとは浦上の切支丹たちが御奉行所の命令に反抗をしたり、頑固に宗旨を変えぬのを罵《ののし》っていた。

それだけに、キクが南蛮寺に奉公をしていることだけでも不愉快らしかった。お内儀さんがキクの悪口を言うと、ミツの胸は鋭く痛む。しかし控え目で内気な彼女は哀《かな》しそうな顔をするだけで黙っている。

実際、彼女はよく働いた。キクが出ていったという負い目を一人で背負って、その分まで働こうとした。

「少しは手ばぬかんば、体の悪かごとなっよ」

とお米さんやトメまでが忠告をするほどだった。

五月の爽《さわ》やかな日、お諏訪《すわ》さまのお祭りが始まって、しゃぎりの軽快な響きが街のあちこちで聞えてくる。鯉《こい》のぼりがみどりをふくんだ風に流され、粽《ちまき》やくわらわら餅《もち》を売り歩く男が寺町の土塀のかげで一休みをしている。そしてあのペーロン競漕《きょうそう》が終ると、そろそろ雨がふりはじめる。梅雨の季節がはじまるのだった。

梅雨のさきがけのような雨が家々の屋根や路《みち》を音もなく濡《ぬ》らしている夕暮、ミツはお米さんに言われて近くに使いにやらされて店に戻ってきた。

物乞《ものご》いのような一人の男が裏門のそばにぐったりとなってしゃがんでいた。

ミツはこわくなって、少し離れたところでじっと立って見ていた。男は蒼《あお》ざめた顔をあげて、

「姉《あね》しゃん。少し、ここで休ませてくれんね、すぐいくけん」

と弱々しい声で言った。その言葉にミツは浦上のなまりを感じて、

「あんた、浦上の在かね」

とたずねた。

「違う」と男は強く首をふった。「違う」

そして、

「すまんばってん……水ば一杯くれんね、朝から何も口に入れとらんけん」

とたのんだ。

生れつきの性格で、ミツはあわれな人、可哀想《かわいそう》な人を見るとたまらない気持になる。この時も、ひもじいのか舌で唇をなめながら井戸水を乞うたこの男の疲れきった顔をみると、むしょうに憐《あわ》れになり、

「はい」

彼女は急いで裏門から台所まで走っていった。外は霧雨で、台所はいつもより暗く、お米もトメもいなかった。

急いで釜《かま》の底に残っている飯を握って、むすびを二つこしらえ、それを持って駆け戻った。

「水より、こんはうが、よかでしょ」

男はびっくりしたように彼女を見つめた。その眼に泪《なみだ》のような光がうかんだ。

「やさしか人たい、姉しゃんは」

そして夢中になってむすびを頬ばった。それを眺めながらミツは、

「明日また何か食べものばやるけん、昼すぎにここにこんね」

昼さがりは一番、手のすく時間である。そして昼食のあとだから、きっと旦那《だんな》さまや番頭さんの食べ残したものがあるかもしれない。

翌日、言われた通り、男はまた裏門にあらわれた。ミツが約束したように、おむすびと漬け物とをそっとわたすと、

「姉しゃん」

「はい」

「なんか俺《おい》に手伝わしてくれんね。こげん物乞いんごと食べもんばただでもらうとの……心苦しかたい」

「手伝う……そげん言うても、うちもここの奉公人やけん」

「薪《まき》わりでも草とりでも何でもするけん。ここの旦那さんに頼んでくれんじゃろか。食わしてもろうたら……そいでよかたい」

ミツは一寸《ちょっと》、うす気味がわるくなったが、彼が泣かんばかりにたのむので、そのまお内儀さんに伝えに言った。

「どこの馬の骨かわからん者《もん》ば店に入れれば何か盗まれて逃げらるっとがオチたい」

はじめはお内儀さんはとりあわなかったが、ミツが、

「ばってん、ほんとに心のよかごたる人ですたい」

と何度も言うので裏門の外まで男を見にいった。

結局、食べさすだけという条件で彼は雇われた。熊蔵という名だった。

「お前、在はどこね」

「へい、外海《そとめ》のほうですたい」

だが彼はそれ以上はなぜか口を濁した。

熊蔵はこき使われたが、文句ひとつ言わずよく働いた。もっともここを追い出され

れば、また物乞いをせねばならぬ運命だから、どんな仕事でもイヤとは言えぬ筈《はず》である。

草むしり、水くみ、店の荷を荷車に引いて運ぶこと。許される暇は食事の時だけだったが、その時は家族、奉公人とはまったく別に台所の隅で食べさせられた。

おかげでお米やトメ、それにミツのような女子衆《おなごし》たちは随分、助かった。今まで難儀だった水くみや薪わりも、

「熊さん、たのんだばい」

と言えば、それに文句をつけてこなかった。

「こっちは拾うてやったとやけん、当り前の話たい」

とお米さんは言うが、ミツは熊蔵が何だかあわれでならない。

「ありゃア、浦上の人間じゃなかかね」

とお米さんはミツにたずねた。

「自分では外海の生れて言うとるばってん、言葉のなまりの浦上者《もん》のごとある」

というのが彼女の意見だった。

ミツもなんだか、熊蔵は浦上村から来たように思う。しかし馬込郷の者ではない。とすると中野郷か、本原郷か……。

「あん熊蔵はクロじゃなかろね」

とお米さんとお内儀さんは少し疑いはじめた。一度、お内儀さんが、

「お前、まさかクロじゃあるまいね」

とたずねると熊蔵の顔色がさっと変って、

「切支丹？　切支丹じゃなかですばい。俺は切支丹なんかすかんですばい」

と声を強くして否定した。

「そうね。そいでよか。うちは切支丹は好かんけん、どげん事情のあっても切支丹は入れんことにしとるとばい」

とお内儀さんはほっと安心したようにうなずいた。

熊蔵が働くようになって間もなく夏が来た。長崎の夏は暑かった。夕方になるとまったく風のない夜がある。そんな時は家中で団扇《うちわ》を使いながら、寝がえりを何度もうつ音がきこえる。

そして秋がはじまり、その秋がふかまり、更に冬になった。

正月には二日だけお暇が出ることになった。お米さんはとも角、五島のトメは二日では家に戻れない。

「トメさん、うちに来んね」

とミツはトメを馬込の家に誘うことにした。トメとしても大悦《おおよろこ》びの話だった。元日も夜ふけまで働かされ、二日にやっと暇をもらった。トメとミツとはつれだって朝早く、長崎を出た。

西坂の丘を越える頃、浦上のほうから来る何人もの女とすれちがった。女たちは列をつくり、ミツたちにはわけのわからぬ言葉を唱えながら歩いている。

「切支丹たい」

とトメはミツに教えた。五島でもあのようなオラショを唱える家があるのをトメは知っていた。

トメやミツが浦上にむかう時津《とぎつ》街道ですれちがった切支丹——それは言うまでもなく中野郷や本原郷の女たちだった。遠くに連れていかれた夫や子や兄弟のために、主の助けを求めて彼女たちは大浦の教会に向う途中だったのである。

久しぶりに戻った家。たった二日だったが、一つのことを除いてはやはり楽しかった。気楽だった。

気になる一つのこととは、キクの姿がないことだった。ミツの両親もキクの名をまるで触れてはならぬように口に出さなかった。事もあろうに切支丹の男に惚《ほ》れた娘を出したことを、キクの親類たちは村の衆にたいして恥ずかしく思っていたのである。

だが二日の休みが終って、また長崎に戻らねばならなくなった朝、お婆《ばば》がミツをよんでこう言った。

「キクに……こいばやってくれんね」

干柿《ほしがき》の包みをそっと持たせたのである。

「足りんもんのあったら市次郎にそっと届けさすっけん……そげん伝えとけや」

「うん」

ミツは泪が出そうになるのを我慢しながらうなずいた。やはりキクのことをお婆が案じてくれていたのが、何より嬉しかったのである。

トメとその夕方、五島屋に戻った。

「結構な御身分たいね。正月の骨休みばさせてもろうて」

とお米さんに嫌味を言われたが、もうそんな言い方にミツもトメも馴《な》れてしまっている。

「朝、時津街道で切支丹の女とすれちごうた」

とトメはお米さんに話をした。

「あいは島ながしにおうたクロの女房たちやろうね」

その時、台所の隅で薪を割っている鉈《なた》の音がはたとやんだ。熊蔵が黙って聞き耳をたてていた。

その顔はいいようのない苦しみに歪《ゆが》んでいるように見えた。孤独で辛《つら》そうに彼はうつむいていたが、ミツの視線に気がつくと、あわてて鉈をまたふりあげた。

正月が終ったあと、ミツはトメにたのんで、お内儀さんやお米さんにみつからぬようにお婆からたのまれた干柿を朝早く、大浦まで届けに駆けていった。

五島屋にいた時と同じようにキクが箒《ほうき》を持って南蛮寺の門前をはいていた。浜から息を切らしてあがってきたミツを見つけて、

「ミッ」

と叫んで駆けよってきた。干柿をわたし、ほんの少しだけ話をかわし、ミツはうしろ髪を引かれる思いで帰っていかねばならなかった。

「ミッ」

とその時、キクは突然、妙なことを言った。

「あんたがまた、ここに来ても、うちはもう、おらんかもしれんよ」

そしてくるりとうしろをふり向くと、南蛮寺のなかに消えていった。

その消えた姿をふりかえって、ミツは大急ぎで五島屋に戻った。

キクが別れしなに言った言葉——それが気になった。忙しいからあまりたずねてく

るな、という意味だろうか、それとも南蛮寺を出て何処《どこ》かに行くつもりだろうか、ミツには摑《つか》みかねた。

だがこの時、キクは迷っていた。

清吉のあとを追って、清吉のいるところに行こう。

プチジャンやロカーニュたちの話をそれとなく聞いていると、彼等も仙右衛門や清吉たち百十三名の切支丹が下関まで船で連れていかれたことはわかっているが、そのあとの消息がまだつかめていないらしかった。下関で船からおろされ、杳《よう》としてその行方を断ったのである。

「ながか間、厄介ばかけました」

とキクはある朝、プチジャンに突然別れの言葉を言った。びっくりしたプチジャンは、

「おキクさん、ここを出て、どこへ行くとですか」

「はい。まだ考えとりまっせん。ばってん清吉さんの行方ば探したかとです」

「なんば言っとるとですか」とプチジャンは首を強くふって「私たちさえわからんことですけん、おキクさん一人ではとても探しきらん。ここにまだ、いなさい。ここではパードレもふえるし、その世話ばしてくれる人が一人でもほしかですもんね。それ

に、ここにおれば必ず清吉さんの行方はわかります」

キクはその時は黙ってきいていた。彼女もまた心のなかでプチジャンの言う通りだと思った。

第一、下関にまで行く路銀もない。そしてたとえたどりついたとしても、そのあと、どう探せばよいのか。

こうして夏が終り秋がきた。大浦の教会のまわりに秋草が咲きみだれた。桔梗《ききょう》、野菊をみると、心の底から馬込郷が恋しいという気持になる。いや、それよりももっと清吉に会いたいという気になる。

「あんたはまこと鬼んごとひどか女たい。うちと清吉さんばこげんごと別れ別れにさせてから……そいの楽しかとね」

とキクは聖堂を掃除する時、聖母マリアの像にむかい毎日、怒りをこめた言葉を投げつけた。怒りや恨み、そして悲しみのやり場のない彼女には、この聖母像にそれを叩《たた》きつけるほかは感情の捌《は》け口《ぐち》がなかったのである。

「あんたは鬼ん女たい」

だが鬼の女にしては聖母の像はかなしげにキクを見つめているだけだった。

「もう何もあんたなんかにたのまんよ。自分で清吉さんの居場所ばつきとめてやるたい」

彼女はそうマリアを罵《ののし》ってみた。

けれども九月のある日、突然、ロカーニュ神父が嬉《うれ》しそうに知らせにきた。

「おキクさん、おキクさん、清吉さんたちのおる場所のわかりましたばい。石見《いわみ》のツワノ。知っとりますか、ツワノ」

茫然《ぼうぜん》とキクはこの言葉を聞いていた。

石見のツワノ。

浦上の寒村に育ったキクには、そのツワノがどこにあるのかわからない。ただ遠い遠い場所のような気がする。

だが、どれほど遠くても、そこに、清吉が生き、存在していることが今、確実になった。この瞬間、彼は何をしているだろう。何を考えているだろう。わたしのことを思っているだろうか。

食べものも与えられず病気をしていないだろうか。牢《ろう》の警吏に叩かれてはいないだろうか。

そう思うとキクの心は矢も楯《たて》もたまらず、

(会いたか……)

いつか彼女は教会を出て入江の浜辺までおりていった。木の葉を口にくわえて眼をつぶり、たかぶる感情を波の音で静めようとした。

だが清吉のもとに駆けて行きたい強烈な衝動が、彼女を浜づたいに長崎のほうに歩かせていた。長崎に行っても彼に会える筈はないのに、じっとしてはいられなかったのである。

午後の長崎の街は雑踏していた。彼女はあてもなく中国人たちの居留地区のある銅《どう》座《ざ》の方向に足を進めた。

銅座に入ると中国人の男女が、あちこちの家々の前にたって話しあっている姿がみえた。そんな家は豚の頭がぶらさがっている肉屋だったり、壺《つぼ》や皿を並べた中国の陶器屋だった。路《みち》では木の台にうつ伏せになって鍼《はり》をうってもらっている男たちもいた。

キクはそうした見なれぬ光景を息をのみながら眺め、そして油の臭《にお》いのこもった路を丸山のほうにのぼった。

「姉《あね》しゃん」

と彼女は急に声をかけられた。一人の歯の黄色い男が立ちどまり、姉しゃん、と呼びかけたのである。

「姉しゃん……ひょっとしたら五島屋で働いとられたろうが……お前さまば五島屋の

近くで見たことのある」

「はい」

キクは警戒しながらうなずいた。

「やっぱり……そいでお使いばしよっとね。今日は」

「いえ……うちはもう五島屋から暇ばもらいましたけん」

と早口でそう言って歩きだそうとすると、

「ほう。やめたとね、で、今は」

「急ぎますけん」

彼女は腰をかがめて足早に歩いた。だが男は同じ方向に向うとみえ、うしろから従《つ》いてきた。そしてまだあつかましく、

「今は、どこで奉公ばしよりなっとね」

「うちですか。大浦の南蛮寺におります」

「あん異人さんところに？」

男の眼が好奇心にかがやいて、

「姉しゃんも切支丹《キリシタン》か」

「いいえ」

キクはこの男の馴々しさに気味がわるくなってツンとした顔で丸山の花街に入った。

「姉しゃま。南蛮寺で奉公ばすっより、もっとよか働き口のあるばい」

と突然、その男はうしろで声をかけてきた。

「一緒に来んかね。姉しゃま。俺《おい》は怪しか者《もん》じゃなかばい。お前さまの勤めとる南蛮寺の異人さまば手伝うたこともある者たい」

知らぬ顔をして聞き流しているキクはこの最後の言葉に一寸《ちょっと》、好奇心にかられた。

「嘘《うそ》……」

「なんが嘘なもんね。そん異人さまは切支丹のこん長崎におらんやろかて、だいぶ探しとりなさったけん……こん俺が助けたとばい」

切支丹を見つけるまで長崎の街中を歩きまわったプチジャンの話は他の神父から聞かされていた。ひょっとするとこの変な男の言うことは本当かもしれない。

「ほんとね」

「ほんとばい。そいけん、俺はお前さまにすすめとっとたい。よか働き口のあっとて」

「どげん働き口ね？」

キクは足をとめて男の顔を見つめた。正直いって彼女は咽喉《のど》から手の出るほど金がほしかった。清吉のそばまで行く路銀が。ツワノとよぶ土地にまで赴く旅の金が……南蛮寺では食べものと寝具とはあてがわれたが、そんな大金を与えてはくれなかった……。

「一寸、ここで待っとかんね」

男はキクをそこに残して丸山の雑踏のなかに消えていった。

（どげんすうか）

彼女は半ば途方に暮れながら路の片隅に立っていた。

南蛮寺を見すてること、それは自分に今日まで親切にしてくれたプチジャンやロカーニュに悪いような気がした。しかし、いつまでもあそこに留《とど》まっているわけにはいかない。あそこにいても何もならない。清吉たちは結局、浦上から遠い土地に連れていかれたのだ。それにたいして南蛮寺の異人たちは何もできなかった。

「おう、温和《おとな》しゅう待っとった。待っとった」

さっきの男が坂を駆けおりてきて、キクが立っているのを確認すると、うしろをふりかえって、

「おかしゃま」

と誰かをよんだ。

一人の中年の女がその声にうなずいて男のうしろから坂をおりてきた。

「おかしゃま。こん娘たい。みがきばかければ上物やろが。今どき、こげんきれいか娘はおらんばい」

女はキクを見て、愛想よく笑いをうかべた。そして男には少し強く、

「お前は、帰らんね」

「俺が？　なして？」

「わかっとるけん、帰らんね」

男が不承不承にふたたび姿を消すと、

「姉しゃん」

と女はキクにやさしく話しかけた。

「あんた。だいぶ、思いつめた顔ばしとるばってん……何か悩み事でもあっとね」

「悩みごとなど、ありまっせん」

とキクが一寸、狼狽《ろうばい》して首をふると、女は、

「そんならよかばってん……そげん暗か顔ばして銅座や丸山ば歩いとったら、あん男のごとやくざに声ばかけらるっよ。ちょうどよう、こんうちが来たけんよかごたったもんの、わるか奴《やつ》らにつかまったら売り飛ばさるっとこやったばい」

「売り飛ばさるって？　ほんとですか」

「本当さ。近頃は人買いの多かけんね」

と女はにこにこしてうなずいた。

「あんた、大浦の南蛮寺で奉公ばしとるとて」

「はい」

「また、なして、異人のところに」

キクはこのしっかりした女が悪い人ではないような気がしたが、それでも黙っていた。女はそんなキクをじっと見て、

「ちょっと来んね。お茶ば飲んで大浦に戻ればよか」

まもなく彼女は丸山の山崎楼に連れていかれた。

「おかみさん、こいは何やろか」

長火鉢の前に坐《すわ》らされて出された蒸し菓子のおいしさにキクは眼を丸くした。浦上で干柿《ほしがき》ぐらいしか甘いものを食べたことのない彼女は、こんなものは初めて口にしたのである。

「香餅《ヒョンバイ》ていうてね、唐人の菓子たい」

女は茶をついでくれながら、そのくせキクの顔を細かく調べていた。切れながの眼。

可愛《かわい》い唇。みがきをかければたしかに売れっ子になるにちがいない。

「そいで、なして南蛮寺に奉公ばしたとね」

キクはもう黙っているわけにはいかなかった。キクが事情をうちあけている間、女はうなずきながら聞いていた。

「あんたも辛《つら》かろねえ。惚《ほ》れた男がクロで……遠かところに連れていかれたてねえ」

「おかみさん、ツワノてどげん土地ですか」

「津和野は亀井さまの御領国たい。山口と松江との間て思えばよか」

そう言われてもキクにはまだ何処《どこ》にあるのかわからない。眼を細めて彼女は遠いものでも見るような表情をした。

「そいで、そん清吉さんとやらは津和野におっとはたしかかね」

「はい。南蛮寺の異人さまはそげん申されました」

「おキクさん……て言うたね、おキクさん。ここでしばらく働かんね。ここは長崎西役所の偉かおかたたちの遊興される場所たい。井上さまも松方さまもようお見えになる。そいけん、そん方たちにおすがりして清吉さんの命乞《ご》いばしたら、どうじゃろね」

女にそう言われるとキクの心は動揺した。ここで働くのはプチジャンやロカーニュに悪い気がしてならなかったが、すべて清吉のためだった……。

津　和　野

石見の国の津和野。

それは長崎とちがって青い海はどこにも見えなかった。眼に入るのはただ東も山、西も山、南も山である。十種峰《とくさがみね》に青野山《あおのやま》、そして城のあった城山。

長崎の役所から監視をかねてつき添ってきた伊藤清左衛門につれられて、清吉たちが下関からここに到着した時はまだ夏で、それらの山は蒼《あお》かった。蒼い山かげから真白い入道雲が湧《わ》いていた。そしてそれらの山にかこまれた小さな盆地に、町が家畜のように温和《おとな》しくうずくまっていた。

長崎の入江に船の出入りするあの活気はここにない。髪や眼の色のちがう異人や唐人の姿は一人もみえない。そんな騒がしい行きかいのかわりに、町は落ちつき、ひっそりとしていて至るところに陽光に反射する用水路がながれていた。この用水路で町の人はものを洗い洗面をしたが、そこにはあまたの鯉《こい》が泳ぎ、その水をはねる音が町の静かさをいっそう深めた。

幕末までここの藩主だった亀井氏は学問と教育に意を用いて人材の養成に勤めたから、次々と学者、文人がこの津和野から出ている。西周《にしあまね》や森鷗外《もりおうがい》などがここで育ったことはあまりに有名である。

津和野が浦上切支丹《キリシタン》のうち二十八人の流罪《るざい》の場所に選ばれたのは、旧藩主、亀井茲《これ》監《み》が「理をもって切支丹を改宗さすべし」という意見を明治政府に具申し、事実それをやってみる気があったからといわれている。

山にかこまれたその津和野。

仙右衛門や清吉たちは、この町はずれの光琳寺《こうりんじ》という廃寺にあずけられた。最初の頃はうす気味のわるいほど待遇がよかった。流罪になった一人、甚三郎のおぼえ書きは――、

「寺のやしきは、みな矢来をいたし、その広間、畳をしきならべ、火鉢を用ひて、まかなひの人は『このさき宜《よろ》しくおたのみします』と言ふて、はなはだ丁寧に致しました」

とのべている。

食事も囚人にあてがうにしては良かった。小さな櫃《ひつ》に一人ずつ飯を入れて運んでき

たほどである。それは上の方針で、

「理をもって説得しよう」

という気持のあらわれだったのであろう。

だがいかに待遇がよくても、浦上村の百姓たちは切支丹を棄《す》てる気持は毛頭なかった。

「いつまでも続くもんか」

監視役の伊藤清左衛門は寛大なその処置をひそかにせせら笑った。

「浦上のクロたちのどげん強情か今にわかるたい。そんうち痛か目に会わせんばならんばい」

一カ月ほど放っておかれてから、いよいよ役人の説得がはじまった。役人だけでなく神官もこれに加わった。

長崎奉行所で訊《たず》ねられた事と同じ質問や同じ主旨の説法がながながと続く。だが二十八人の信徒はそうした説法にどう反駁《はんばく》し、訊問《じんもん》にどう切りかえすかを心得ていた。国学や儒学の論理で役人たちは棄教を迫ったが、一人として言い負かされる者はいない。

蒼かった津和野の山並が少しずつ紅葉《こうよう》しはじめた。朝晩が次第にひんやりしてきた。

「中野郷では今頃、稲のとり入れの始まるばい」

と清吉がつぶやくと皆は黙ってその言葉をきいていた。それぞれのまぶたに、残してきた身内の顔がうかんだ。

彼等にたいする待遇ががらりと変った。伊藤清左衛門の意見が採用されたのである。

ある朝、突然、伊藤清左衛門が朝飯をすませたばかりの彼等の前にあらわれ、うす笑いをうかべながら言った。

「よう聞けよ。俺《おい》あ、長崎に戻ることになったけん、しばらく会えんじゃろ。まことお前らがこん津和野で心ば改めてくるっかて毎日待っとったばってん、相も変らず強情ばはるけん、さすがの俺も御重役にこい以上、お前らばかばいきれんやったばい」

一同は黙って聞いていたが、この男が津和野の重役たちに自分らをかばってくれたという言葉を信じる者はなかった。

「俺がおらんごとなったら、お前ら、辛《つら》か目に会うばい。拷問《ごうもん》責苦ばいずれは受けんばならん。悪かことは言わんけん、早う心ば改むるこったい……」

清左衛門はにやにや笑いながら、そんな訓辞を与えて出ていった。

「せからしか。いばって説教ばしよる」

と清吉たちは笑った。

「ばってん、あん男ば見とったら、なしてか、あわれか気のするたい、なしてじゃろ」

それは清吉一人の気持ではなく、一同の気持だった。小心で臆病《おくびょう》なくせに切支丹たちには威張って役人風をふかせる伊藤がどことなく滑稽《こっけい》で憎む気がしないのである。

だが伊藤の言ったことは嘘《うそ》ではなかった。

それから二日のち、数人の男たちが寺にあがりこむと黙々と次々に本堂の畳をあげはじめた。

「なんば、されるとですか」

リーダー格の仙右衛門がびっくりしてたずねると、男の一人が、

「金森さまの御命令だ。今日からはお前らあは布団《ふとん》をつこうてはならん。この莚《むしろ》をまいて寝えとのことだ」

用意してきた莚の山を指さした。

畳がとり去られ、あてがわれた布団も持ち運ばれると、日に七合あてがわれていた飯も三合にへらされた。汁さえ塩と水だけで、なかには菜っぱ一つ、入っていなかった。昨日までの待遇ががらりと変ったのである。

今まで温和しかった取調べも急にきびしくなった。口答えをすれば容赦なく撲《なぐ》られ

た。黙っていても撲られた。

　取調べをする時はいつも三人の役人のうち暴力をふるう者が二人、いたわる者が一人いた。二人に撲ったり蹴《け》られたりしたあと、もう一人が、

「なあ、わしらあもこねえことはしとうはないんじゃ。お前らあが邪宗を捨ててくれりゃあこの寺から出してもろうてやる、故郷《くに》に戻る路銀もやろう」

　とやさしく慰めた。あるいは、

「故郷の母や女房に会いとうないのか、お前のことをどれほど案じとるかわからんで。これ以上、不孝を重ねちゃいけんで」

　と肉親への情を罠《わな》にして説得にかかってくるのである。

　撲られること、蹴られることはまだ耐えられた。甘い誘惑も耳をかさぬように努めた。しかし、次第につのりくる晩秋のつめたさとひもじさとが二十八人の囚人たちの体を弱らせていった。

　撲られたり、蹴られたりする時はこの不当な仕打ちへの怒りで気力を奮《ふる》いおこすことができた。あるいはしばらく我慢すればこの暴力は終ると考えればよかった。

　しかし飢えはそんな一時的なものではなかった。毎日毎日ひもじさは梅雨のように切れ目なく続き、彼等の体力を弱らせていった。立ちあがると足もとがふらつき、

眩暈《めまい》を感じることがしばしばあった。

「頬ん肉のこけたばい。よか男になったじゃろ」

はじめは清吉たちはたがいに顔をみあわせて弱々しげに笑ってみせたが、肉の落ちたのは頬だけではなく腕も腿《もも》も次第に痩《や》せていくのに彼等は気がついた。更に痩せた皮膚が白っぽくなり粉をふいたようにザラザラとしはじめた。

その頃から腹だけが妙にふくれはじめた。いわゆる栄養失調の症状が出はじめたのである。

そして――、
そして何をするのも――たとえば一寸《ちょっと》、体を動かすのも億劫《おっくう》になってきた。けだるく横になりたく、たえず鉛のようなもので体を覆《おお》われているような疲労感が、一日中感じられた。考えることと言えば食べもののことだけだ。

一日、三合しか与えられぬ飯を彼等はできるだけ時間をかけて口のなかで嚙《か》み、唾《つば》と共に飲みこんだ。それは仙右衛門の智慧《ちえ》だった。しかし真夜中になるともうたまらない空腹感に襲われ、彼等は溜《た》めておいた水を呑《の》むことで何とか誤魔化した。

「よそに連れられて行った者も、こげんごと、ひどか目に会わされとっとじゃろか」

浦上百十三人の流刑者はここ津和野のほかに萩《はぎ》や福山に分散して送られている。その萩や福山に流された連中がどういう運命になったかは知る由《よし》もない。

もう何も考える気力もなくなってきた。それでも若い清吉などははじめはキクのことを思い出すこともあったが、今はそれも夢のようで現実感がなくなった。第一、自分のような流刑者に女が思いをよせ続けてくれる筈《はず》はないのだ。

（あん娘も……もう俺のことなんかとっくに忘れたじゃろなあ……）

それを口惜《くや》しいとも悲しいとも感じない。当然のことだし、またそれ以上に飢えのほうが彼を苦しめていたからである。

「仙右衛門さん、こいでは怺《こら》えきれん。役人に頼んでくれんね」

一同の願いにまけて仙右衛門も役人に必死で嘆願した。

「こんままやったら、死んでしまいますけん」

という仙右衛門の言葉に役人はうす笑いをうかべ、

「命など惜しゅうないというたお前らあが、命のことを案ずるんか」

と嘲《あざけ》った。

「お前らあのデウスとやらは、何事もかなえてくれるちゅうんじゃないか。そのデウスに頼んじゃあどねえかい。もっと食べものをくれんさい言うてのう」

役人たちは彼等がやがては音《ね》をあげるだろうと考えていた。

長崎から来たあの連中は山陰の冬を知らない。津和野の雪のふかさを知らない。ひもじさに加えて冬の寒さに怯えきれず、まもなく屈服するだろうと計算していた。その計算通り――、

冬が足音もなくやってきた。町をかこむ山々の紅葉が炎のように燃えあがる秋がかけ足で去ると、青野山や城山が荒涼としはじめた。夜が耐えきれないほど寒くなった。

彼等には寝具はない。布団はとりあげられてしまっていた。寝具のかわりに与えられたのは一人、一枚の莚である。その莚一枚でこの寒さをしのげる筈はなかった。

二人一組で二枚の莚の下で男どうし抱きあって寝ることにした。おたがいの体温でせめて暖めあうつもりである。もう恥も外聞もない。

だが真夜中になるとやはり寒さのため眠れない。抱きあった腹と腹とはどうにか体温で寒さをしのげるが、背中の冷えはどうにもならなかった。

今度は背中をあわせる。すると腹のほうが氷のようになってくる。闇《やみ》のなかで彼等は咳《せ》きこみ、寝がえりをうち、うとうととまどろみ、夜の白むのを待った。

「オラショ（祈り）ば唱ゆうや」

仙右衛門はともすれば挫《くじ》けそうになる一同を励ますため、声をあげて祈りを唱え、皆にもそれに唱和することを命じた。闇のなかで一同が祈る声はまるで呻《うめ》く声のよう

に聞えた。

「どねえかい、お前らあのデウスちゅうのは」

と役人は時々、顔をみせて彼等に言った。

「何にょうしてくれたかい。夜具ひとつ、恵んでくれんデウスをまだ信心しとるんかい」

この言葉は飢えて朦朧《もうろう》となった囚人たちには悪魔の誘いよりも、もっと効果があった。

（なして、俺どんはこげん目に会わんばならんとじゃろ。俺どんが苦しか思いばしとることばジェズス＝イエス＝さまもサンタ・マリアさまもよう御存知たい。ばってん、何も助けてはくださらん）

ふっと、そんな思いが頭をかすめることがあった。

ある夜、寒さは言葉に言えぬほど辛かった。外には雪がふっているのがわかった。闇のなかで男泣きに泣く声がした。

「なして泣くとか」

仙右衛門はわざときびしい声でその泣く男に言った。

「十字架《クルス》ば背負わされたジェズスさまはもっと辛か目ば怺えきられたとばい」

一同は黙ってその叱《しか》り声を聞いていた。しかし誰もがもう孤独だった。孤独のなかで飢えと寒さと闘わねばならなかった。

夜があけて彼等ははじめて津和野の雪がどんなものかを知った。長崎や浦上ではこんなに雪がつもることは絶対になかった。雪はもうやんでいたが山のような積雪で、眼に入るもの、すべて白色であり、寒気はすごかった。

「今朝は飯はぬいてお取調べだ」

と蓑《みの》をつけた牢番《ろうばん》がその雪のなかで声をかけた。

（今更、なんば訊《たず》ぬっことのあるとじゃろか）

そう思ったが命令には逆らえなかった。列をつくって寝起きしている廃寺の廊下を奥の部屋に行く彼等の姿は、まるで幽鬼の行列のようだった。

部屋の前の氷のような板の間に坐《すわ》らされた。部屋のなかには赤々と炭を入れた火鉢がおかれ、そこで三人の役人たちがうまそうに熱い朝飯を食べていた。

湯気のたつ味噌汁《みそしる》の匂《にお》い、沢庵《たくあん》をかみ切る音。うつむいて、それをかがせ、聞かすのは飢えきった切支丹たちには耐えられぬ拷問だった。それを見まいとしても、熱い茶をすする音や、汁の匂いは容赦なく彼等の空腹を刺激した。叫びたかった。

「ほしいか。ほしかろうが。わしらとて鬼ではないぞ。お前らがそのように痩せて震えとる姿を見りゃあ惻隠《そくいん》の情の起きぬ筈はない。飯も食わせてやりたい。冬着も与えたいと思うているのだ。だが上のほうの御指図で、邪教を棄てぬ限りは決して憐《あわ》れみをかけちゃあならぬと言われ……心ない仕打ちを続けにゃあならぬ」

　と役人のうち、年かさの者が茶をのみながら、いかにも当惑したような声を出し、

「いつまでも強情をはって、わしらを困らせてくれるな。ただ、改心すると、そう言うてくれれば……ほれ、このあつい飯もたんまり食べさせよう。今日から別の寺にうつして、ぬくい布団で寝起きもさせよう」

　その役人は湯のみをおくと、皆をじっと見まわし、

「そうか……。一同がそろうていては、改心したい者もするとは言えまい。一人一人、この隣の部屋に入って、まだ信心を続けるか、それとも改心するのか、小声でわしに言うてくれればよい。改心したものは他の者にわからぬように、別室で食事を与えよう。だが強情をつづける者はまた元のあの板の間に戻るのだ」

　そう言って彼だけ立ちあがり、隣の部屋との襖《ふすま》をあけて姿を消した。

　一人ずつ、名がよばれた。一人ずつ、その隣の部屋に入った。誰がどう返事をしたかわからぬよう、たずねる方も答える方も声は小さくした。

　信仰を守りつづける。そう言いきって、ふらつく足であの自分たちの悲惨な居住部

屋に帰るとそこには先に帰った者が手をすりあわせながら、何とも言えぬ悲しげな笑いをうかべた。

一人、また一人、更に一人と戻ってきた。だが、二十八人のうち八人が帰ってはこなかった。その八人は棄教をしたのである。

「畜生ォー」

と清吉は大声を出して怒鳴った。何にたいして怒鳴っているのか、彼にもわからなかった。転んだ八人にたいしてか。いや、それだけではなかった。こんな残酷な仕打ちをする役人にたいしてか。眼にみえぬ権力にたいしてか。それとも黙っている神にたいしてか……。

丸山

こうして彼等が津和野の寒さと飢えとに呻吟《しんぎん》している間……。

前年の九月から明治という年号がはじまった。ながい間、都だった京都のかわりに江戸が東京と名を変え、次々と内政の改革に手がうたれ、その急激な改革のために日本のあちこちで混乱が生じテロが起った。

その明治二年のクリスマス——大浦の教会では外人たちのため陽暦でクリスマスを行ったが、この日、浦上から歩いてきた女、子供たちがミサにあずかった。

彼女たちがクロであることはもう長崎の誰もが知っていた。彼女たちもまた自分たちが切支丹《キリシタン》であることをかくそうとはしなかった。夫や兄弟を流罪《るざい》処分にさせられた妻や姉妹が、まるで自分たちも捕えられるのを望むように列をつくり時津街道を長崎に向い、浜をつたって大浦の教会にやってきた。

「お前さまたちは苦しんでおられる」

そのクリスマスのミサでプチジャンは自分をじっと見つめる女たちの顔の前で話をした。一日中の労働の汗にやけた女たちの顔。子を生み、子を育て、そして夫と共に働いてきた女たちの顔。その夫を奪われて今はここにしか救いを求められぬ女たちの顔。

「お前さまたちはなしてこげん苦しみば主が与えたもうかと疑われるであろう。ばってん、よう考えてみなされよ。苦しみのなければ人と人とは、心の底から結びつかぬものですたい。了供が病にかかった時を思い出されるとよか。お前さまたちはお父《とう》ともども歎《なげ》き悲しみ、子供を助けんがために共に夜のあけるまで看病ばしたであろう。

そん時、お前さまとお父の心は今までよりも通いあったことであろう。よいか。苦しみは人と人とを結びつける。今の苦しみゆえに、お前さまたちは前にもまして亭主を思うようになられたであろう。亭主もまた遠い津和野や萩でお前さまたちのことを……毎日、思うておるにちがいない。苦しみが夫婦をこげんふうに強う、固う、結びつけました」

女たちは眼に涙をためてプチジャンの言葉にうなずいた。

「お前さまたちは決して一人ぼっちではなかですよ。お前さまたちのそばにはいつも、あの方がおりなさる。あの方は御自身も辛《つら》か目に会いなされたけん、今のお前さまたちの苦しさ、辛さは誰よりもよう御存知たい。そしてこの私も……昨日もまた仏蘭西《フランス》のウトーレ殿やイギリスのパークス殿をたずね、手をあわせて申し入れをくりかえすことを約束して参りました」

説教は終り、プチジャンは祭壇に戻ってミサをつづけた。祭壇の蠟燭《ろうそく》の炎が蛾《が》の羽のようにゆれていた。やがて女たちは悲しい声で歌オラショを歌いはじめた。

あーこの春はな　この春はなあ
桜な花かや　散るじゃるやなあ
また来る春はな　つぼみ開くる花であるぞやなあ

あーしばた山　しばた山なあ
今は涙の谷なるやなあ
先はな　助かる道であるぞやなあ
浦上の女たちが歌う歌オラショの声はキクやお兼さん夫婦のいる家にもきこえてきた。
「あわれかねえ」
とお兼さんもさすがにしみじみと同情を寄せていた。
「正月も近かて言うとに、あん人たちは寂しゅう元旦《がんたん》ば迎えんばならんもんね。亭主ば遠くに奪《と》られちゃあ、正月も何もなかろうね」
キクも聖堂から聞えてくるその歌を耳にしながら、清吉の姿をまぶたに描いた。また来る春はな　つぼみ開くる花であるぞやなあ——。
来年の春には清吉さんは戻ってくるだろうか。
ロカーニュもプチジャンもその点についてはまったく情報を得ることはできなかった。長崎の役所は彼等が外人ゆえにかえって口をかたく閉ざして何も教えてくれなかった。

「うちで働かんね。うちには役所の偉か方の次々に遊興されるけん」

キクは山崎楼のおかみが言った言葉をまだはっきり憶《おぼ》えていた。

「そん方たちにおすがりしてみたらどげんじゃろ」

だがそう奨《すす》められてもキクはやっぱりこの大浦の教会に戻ってきてしまった。彼女はプチジャンやロカーニュの恩義をやはり感じていたからである。

まだ正月に一カ月もあるというのに街には注連縄《しめなわ》や門松、根引の松、橙《だいだい》、柿《かき》を売る露店がならびその物売りの声がひびいた。はやくも杵《きね》の音をたてて餅《もち》つきをはじめている家さえあった。

十二月一日、ロカーニュ神父が血相を変えて戻ってきた。彼は入口でプチジャン神父たちを大声でよび、フランス語で何かを怒鳴った。

するとただならぬ表情で、プチジャン神父がすぐに長崎の街に駆けおりていった。

「パードレさま、何の起ったとですか」

とお兼さんがびっくりしてたずねると、ロカーニュは蒼《あお》い顔をして、

「切支丹たちが更に七百人もつかまります。十二月の三日に立山役所に集まれと通達のあったとです」

と顔をゆがめながら答えた。

「七百人も」

「はい」

「それじゃ、女や子供たちも」

「女や子供も……はい、そうですたい」

ロカーニュ神父は長崎湾に停泊している何隻かの船を指さし、

「あん船はおそらく、その七百人ば連れ去るために役所の支度したものですたい」

と呻《うめ》くように呟《つぶや》いた。

この言葉を聞いた時、キクの決心はきまった。

(ここにおっても、清吉さんは助けられん)

自分には清吉を救うためには丸山に行くより仕方がない。あの山崎楼のおかみの誘いに乗るより仕方がない。キクはそう考えた。その日の夕方、彼女の姿は教会から消えていた……。


宣教師たちの必死の懇願に仏蘭西領事デュリー、米国領事モーガン、イギリス領事アネスレたちは県庁に行き、知事・野村宗七に更に会見を求め、宗教上の観点ではなく人道上からあまたの男女を流罪にすることの不可を抗議した。

だが野村はこれらすべては太政官《だじょうかん》からの命令であり、その命に背くことはできぬと答えた。

「これは日本の内政である」

と野村は東京からふたたび長崎に戻ってきた本藤舜太郎《ほんどうしゅんたろう》に相変らずこのきまり文句を通訳させた。舜太郎は横浜で更に仏英両国語の習得につとめ、今は外務省に職をえていたのである。

「なにとぞ内政には口を入れて頂きたくはない」

領事たちは次々と反駁《はんばく》したが、野村知事はあとは眼をつむったまま、何も言わない。

「日本政府は既に百十三人の基督《キリスト》教徒を長州や石見に送ったが」たまりかねて米国領事モーガンがたずねた。「今度もそれと同じ数を送られるつもりか」

野村はやっと眼をひらいて舜太郎に通訳させた。

「今度はその六倍以上を各地に流す。正確には七百二十九名である。だが浦上にはまだ三千人の切支丹が残っている」

「その三千人もやがては流刑にされるおつもりか」

「その者たちが国法で禁じた宗教を信ずる限り我国はきびしい処置をとるだろう」

野村はふたたび眼をつむったまま動かなかった。もう各国領事の抗議はこの石像のような男に相手にもされなかった。

野村知事がそれほどひややかな頑《かたく》なな態度をとったのは、たんに諸外国の内政干渉を嫌ってだけではなく明治政府が神社と神道興隆をその宗教政策に決定し、天皇を中心とする祭政一致の体制をしこうとしていたからである。切支丹を認めることはその方針に違反することだった。その点が同じ切支丹禁制でも徳川政権の考えと大いに違っていた。

明治二年十二月四日、まず七百二十九名のうち男子だけを、待機している船に乗りこませた。五日には先年流された者たちの家族を西役所に泊め、その夜乗船させている。

そして六日と七日の両日は、中野郷、里郷、本原郷、家野郷すべての切支丹をそれぞれ時津や、西彼杵《にしそのぎ》の面高《おもだか》や、あるいは長崎に集めた。

長崎ではこの日は雪だった。その雪のなかを目じるしの黄色、白の布をかぶり、背に荷をおい、子供をつれた女たちが庄屋《しょうや》宅に集められ、そこから長崎まで歩かされた。彼等が去ったあとの家はまるで打ちこわしのあとのように器や物が散乱し、主人に見すてられた牛が悲しげに雪のなかで鳴いていた。

もう二度と彼等はこの故郷をみることはないだろうと思った。「旅」と、彼等はこ

の流罪を後年よんだ。旅。永遠への旅。ハライソへの旅。あの歌オラショが、

参ろうや　参ろうや
ハライソの寺に参ろうや

そう歌っているが、その旅だと思った。

当時、大浦の教会にいた宣教師の一人ヴィリヨン神父がこの悽惨《せいさん》な十二月の光景を日記に書いている。それをぬき書きしてみたい。

「七日。昨日の大御用の後、婦人子供は夜中に乗船させられたらしい。私たちは船燈《せんとう》をつけた幾隻《いくせき》ものはしけが港内を往復するのを見た。残余は今日、召し出されて乗船するはずという。

午後四時、団平船がゆっくり港内を横切って遠くに碇泊《ていはく》した汽船に近づいていく。中央に婦人が五十人ばかりも乗っており、周りに荷をつみ、子供たちはしゃがんでいる。そして船毎《ふねごと》に一人か二人の役人がいる。

切支丹たちはみな、この大浦の教会を凝視している。なかに十字のしるしをする者もいる。婦人たちはいずれも洗礼の時にかむった白いヴェールを頭にいただき、自分たちの信仰を公表している。

何という光景だ。

三隻の団平船は薩摩《さつま》藩の旗をひるがえした大きな船に横づけになり、他の団平船も他の汽船にとりついた。私たちは茫然《ぼうぜん》としてこの光景をながめた。私たちはここにおき去りにされ、彼等と囚禁の幸せを分つことはできないのだ。

八日。二本差しの役人が教会に踏みこんだ。私たちに手をかけそうなふりをしたが、たがいに相談して、異人を傷つけて事が面倒になるのが不安なのか、見あわせて戻っていった。

七時、最初の汽船が錨《いかり》をあげて出港。

二千人以上の切支丹が乗船したという。八時、薩摩藩の大きな船が出航、午後二時に筑前《ちくぜん》藩の汽船も出航」

ヴィリヨン神父は浦上の切支丹すべてがこうして長崎港から遠くに連れ去られていく光景をつぶさに書きとめている。

これらの信徒は実に北は東北から九州、四国、北陸の各地に分散して送られたのである。その地名を列挙すれば、高知、高松、松江、岡山、名古屋、津、姫路《ひめじ》、広島、鹿児島、金沢、松山、和歌山、郡山《こおりやま》、大聖寺《だいしょうじ》、福岡、鳥取、徳島、津和野、福山である。

ヴィリヨン神父は十七日になって、やっと人々がいなくなった中野郷、家野郷をたずねてみた。

「港の奥から山へのぼり、くぼ地にそって坂をおり、一本木に出た。至るところ荒廃また荒廃。

家は虚《うつ》ろで戸は叩《たた》き破られ、椀《わん》、皿の破片があちこちに散乱している。何一つ残ったものがない。円型劇場の形で家の並んでいる山中の光景は何とも形容すべき言葉もない。家という家は開けっ放しになり、畳一枚、残っていない。目にふれるものは、残骸《ざんがい》と冷たい死と全くの沈黙ばかり」

目にふれるものは残骸と冷たい死と沈黙ばかり。

昨日までここで生活していた人々は今、ゆれる船のなかで苦しんでいた。祈りをつぶやく者、吐く者、泣く子供、それを叱《しか》る母親。それが彼等の「旅」のはじまりだった。

晦日前《みそか》の丸山は華やかで忙しい。それぞれの楼では餅つきの支度をして男衆《おとこし》を待つ。

やがて広土間においた臼《うす》で景気よく杵の音がはじまると、その音にあわせて遣手《やりて》、太夫《たゆう》、幇間《ほうかん》たちがにぎやかに三味太鼓を鳴らし、
祝い　目出たや　若松さまよ

とはやしたてる。

最後の臼の餅はまるめて大黒柱にうちつけるのが長崎の習慣だった。柱餅といって、正月十五日の時、これをあぶって食べるのだ。餅つきが終りかける時、釜《かま》の煤《すす》を誰かれかまわず顔にぬる遊びもある。こうして人々の笑い声がひとしきりやんだ頃、外では披露目芸者が大きな名札を持った箱屋を従えて各楼に挨拶《あいさつ》まわりにやってくる光景が見られる。

そんな色々な行事がつづいて元日の朝がくる。元日の午前だけはいつもは騒がしい丸山の路《みち》が水をうったように静寂だが、その静寂も午後からその路のあちこちで羽根をつく音で破れ、まもなく大黒舞い、猿まわし、チャルメラ吹きが次々と家々をまわりだす。

「おキクさん」

と山崎楼のおかみは、正月二日からもう台所で懸命にふき掃除をしているキクに、

「朝からそげん勤めんでもよか。そんうち目の回るごと忙しゅうなるけんね。三日間はちと骨休めばしとかんね」

といたわった。それから急に声をひそめて、

「ちらっと耳にした話ばい。あん流された切支丹たちはな、ちりぢり、ばらばらにさ

れて北は奥州《おうしゅう》から四国や北陸にまで送られたそうばい」

「誰がそげんことば言うとりました」

「うちのお陽ていう芸者の聞いてきたとげな。本藤さまていうてね、昔からのお客で今は外務省とやらのお役人になっとられるお方の長崎に来とんなっとばってん、そげんお話じゃったとて」

「おかっさま」

とキクは急に顔をあげ、

「そん本藤さまにおかっさまから頼んでくださらんですか。清吉さんば津和野から戻してくださいて」

あまりに急なキクの頼みにおかみは困ったように、

「おキクさん。何事も急いだら駄目ばい。物事には折ていうもんのあるとやけんね。七草がゆの終れば本藤さまだけじゃのうて、お役所の偉か方たちの次々にここに遊びにこらるったい。御機嫌のよか時に、お願いしてみるけん」

とやんわりとたしなめた。

遊びに行くなら

花月《かげつ》か　中の茶屋
梅園《うめぞの》　裏門たたいて
丸山ブウラブラ

本藤舜太郎はにこにこしながらお陽に三味線をひかせ「ヤダチュウ節」を口ずさんでいた。

体は石臼のように大きいくせに本藤は酒があまり強くない。そして微醺《びくん》をおびると、この「ヤダチュウ節」か、唐人の言葉で作った「かんかんおどり」の唄《うた》をくちずさむのが常だった。それらの歌は今は外務省の役人に出世した彼には、長崎滞在中の思い出を甦《よみがえ》らせるものだったのだろう。

「お陽、ずっと先のことだが……」

と突然、舜太郎は真顔になって、

「俺《おい》は岩倉さまのお供をしてアメリカやエゲレスなど遠い国に参るやもしれん」

「アメリカやエゲレス？」

三味線を強くつかんでお陽はびっくりした顔をした。

「なに、今すぐというのではない。だがこの道中は日本国の将来だけではなく、この俺の将来にも大事な大事なことだ。習いおぼえた異国の言葉が岩倉さまたちのためにどれだけお役にたつか……その上、この俺も進んだ国々の有様をしかと見てみたい」

「でもそげん遠か国ば廻るっとやったら五年も六年も留守にされるとでしょ」

「馬鹿《ばか》な」

と舜太郎は笑った。

「今は大きな蒸気船にのれば二カ月でアメリカに参る世の中だ。一年か一年半で世界をまわって帰れる」

お陽はそれを聞くと安心したように、

「そんなら我慢ばしきれますたい。そいが御出世の役にたつとでしたらお陽も嬉《うれ》しかですもんね」

それから彼女は思い出したように、

「伊藤さま、どげんされたとでしょ。まだお見えになりませんばってん」

「いや、もうくるさ」

「あん方もまた津和野に参るっとか、長崎と津和野ばしょっちゅう往復されとります」

「それがあの男の仕事だ」

と舜太郎は少し困ったような顔をした。同じ長崎奉行所に勤めながら、横浜に行き、新政府の下で出世の階段を昇りはじめた自分と、相変らず下級役人の地位で流罪《るざい》の切支丹《キリシタン》を監督にでかける伊藤の間にはもう大きな開きができてしまった。

「そいで……浦上の切支丹たちはいつ頃、お許しの出るとでしょうか」

とお陽は三味線を片づけながら手を叩いた。

「いつ頃？　どうしてそんなことを訊《たず》ねる」

「こん家に浦上から参った下女の働いとって、本藤さまに伺ってくれてしきりに頼んできますけん」

「俺にもわからんよ。まあ二年や三年は駄目だろうな」

本藤は関心なさそうに呟《つぶや》いた。

出世の階段を一歩一歩のぼっていく本藤には浦上村の切支丹たちなど、もう関心はない。彼等は新政府に反抗した不逞《ふてい》の輩《やから》である。あたらしい秩序に背く一揆《いっき》の連中である。日本が諸外国に対抗して近代国家に成長せねばならぬ時、その秩序を乱すものは百姓といえど罰せられるもやむをえぬと、舜太郎は考えていた。

まもなく階段をのぼる足音がして、

「姉《あね》しゃん」

とお陽をよぶ娘の声がした。

「お酒ば運んで参りました」

お陽はその声を聞くと舜太郎に目くばせをして、

「今、話した子ですたい」

そして、

「お入り」

と言った。

襖《ふすま》をあけてキクは部屋に入ると一礼をして廊下においたお膳《ぜん》を中に入れた。すべておかみさんに教えられた通りにする。

舜太郎はそのキクをじっと見て、

(ひなには珍しい顔だちをしている)

と思った。

徳利《とっくり》と一寸《ちょっと》した小鉢をのせた膳をおくと、キクはまた頭を丁寧にさげて部屋を出ていこうとした。

その時、

「入るぞ」

声がして伊藤清左衛門が眼じりのさがった顔を襖の間からさし入れた。旅をくりかえしているせいか、清左衛門は前に会った時よりずっと窶《やつ》れているように見えた。

「邪魔じゃなかか」

と彼はお陽をじろっと見て皮肉を言った。

「なになに、かまわんよ。久しぶりだな。今夜は飲もうぞ」

と舜太郎はわざと平気な顔をして、

「もう一つ、お膳を持ってこい」

と去ろうとするキクに命じた。

「ところで、津和野にまた参るのか」

「そうたい。冬の津和野は寒か。長崎もんの俺には怺《こら》えきれんばい。そん俺にくらべたら貴公は沢さまが外務卿《きょう》になりなさったとば契機《しお》にとんとん拍子に出世たい。羨《うらや》ましかばい」

清左衛門はそう愚痴をこぼすと、鼻水をすすりながら出された盃《さかずき》を受けとった。お陽がそれに酌をした。

「で津和野藩はあの切支丹たちを心変りさせたか。理をもって説くとか藩知事の亀井茲監《これみ》公が申されておったそうだが」

「学問のありなさる方は空論しか口にされんばい。奉行所ばてこずらせおったあん切支丹の百姓がそげんやすやすと転びはせん。向うでも困り果てとるたい」

「そうであろうな……ところで今、膳を運んできた下女も浦上の娘だ。縁者でも捕《とら》えられたとみえ、津和野のことを気にしている」

「ふん」

伊藤清左衛門は気のなさそうに盃を一気に干した。だが、ふたたび膳を運んできたキクを見た時、彼のたれ眼が急に異様に光った。

「お前、浦上の在か」

と彼はキクにひくい声で訊ねた。

「はい、馬込の在です」

「なんか、お前あ、切支丹か」

「いえ、うちは切支丹じゃありまっせん」

「そいやったら津和野に切支丹の縁者でもおるとか」

「縁者ではなかです。ばってん中野郷と馬込は近かですけん、知っとる者《もん》も多かとです」

とキクはうまく誤魔化した。

「おキクさん」

とお陽は口ぞえをした。

「こん方は伊藤さまて申されて、お役所のお仕事で津和野にたびたび行かれるけん、お願いしたらどうね。伊藤さま、こん子と夫婦《めおと》の約束ばした若か衆の津和野に流されとっとですたい」

キクは伊藤が長崎役所に奉職していると聞くと、眼をかがやかせて居ずまいをただした。

「お陽」

と横から本藤舜太郎が苦々しい顔をして、

「今日はこの伊藤殿と俺とが旧交を暖めるために参ったのだ。その話はあとにせい」

と叱《しか》りつけた。

惚《ほ》れた男から叱られると、丸山の雪だるまと言われたお陽も顔を赤くしてうなだれてしまう。彼女は仕方なくキクに眼くばせをして部屋から去らせた。

丸山勤めだがお陽は芸者であって遊女ではない。ついでながら言っておくと長崎では芸者のことを芸子《げいこ》とよび、土地の言葉では山猫と言った。彼女たちのひく三味線が猫の皮から作られたためであろう。

長崎の芸子衆は遊女とちがって長崎の土地っ子風がしみついていて、江戸のそれのように眼から鼻にぬけるような頭のよさもイキもないと、江戸からきた文人たちは批評した。しかしこのお陽だけは芸も会話も達者で、そして派手な白い美しい顔をしていた。だがそんな彼女も惚れた舜太郎に叱られると山猫どころか、借りてきた猫のように温和《おとな》しくなった。

「俺もこげん長崎は見限って横浜、東京に上りたか。ここにおってもつまらんたい。こいからは異国の船も長崎よりは横浜に集まるていう話じゃけん、ますます時勢に遅れるごたっばい」

「まあ、待て。そうあせるな。東京に参っても役所の要所要所はすべて薩長《さっちょう》の連中が抑えとる。他国者《よそもん》がそうたやすく入りこめぬのだ。時期をみて俺が考えてやるから」

舜太郎は愚痴と不平とを鼻水をすすりながらつぶやく伊藤にいささか辟易《へきえき》して、しきりに酒をのませた。

やがて酔眼朦朧《もうろう》としてその伊藤はふらふらと立ちあがり厠《かわや》に行くため部屋を出た。うしろに従ったお陽は伊藤が用を足している間、気をきかせてキクをよびに行った。

「なんか、お前か」

はかまを引きずるようにして厠から出てきた伊藤は、手水《ちょうず》の杓《ひしゃく》をさしだしたキクを好色なたれ目でじっと見ると、小声で言った。

「どげんや。俺と寝らんか。そうしたら、津和野のお前の男ば何とかしてやってもよかぞ」

真赤になったキクが思わず伊藤をキッと睨《にら》みつけると、

「そん怒った顔のこりゃ一段ときれいかばい。よか女子《おなご》やっか、お前は」

笑いながら部屋に戻っていった。

しばらくの間、怒りが胸から去らなかった。こんな下品な言葉でからかわれたのは生娘《きむすめ》の彼女には初めてだったのである。

「馬鹿ばい。そげんなことぐらいで腹ばたつって。ここは遊女はおらんばってん殿がたの芸子ば相手に遊びなさる店やかね。少しくらいの冗談は笑うて聞きながさんば」

とおかみは笑いながら叱り、更に銚子《ちょうし》を二階に運ぶよう命じた。

酩酊《めいてい》した伊藤はキクを見ると本藤やお陽のいるのも忘れ、

「来い。ここに。こん俺に酌ばせんか」

「はい、酌ばさせますけん」

とお陽はキクにかわって頼んでくれた。

「こん子の知りあいがそん津和野で達者かどうか、教えてやってくだされ」

「こいつの知りあい？　名は何て言う」

身を守るようにきちんと膝《ひざ》をそろえてキクは答えた。

「清吉」

「清吉、そういうたらそげん名の男のおったごたる。うん。思い出したばい。強情ば張りつづけとる連中の一人たい。今頃は津和野の寒さに音ばあげとっじゃろ」

「そげん寒か場所ですか」

とお陽がきくと、

「山陰の山にかこまれた小さな所じゃけん、長崎とは比べもんにならん寒さじゃ。朝は軒ていう軒に氷柱《つらら》のぶらさがる。夕には雪の凍って歩くとも難儀する。転んだ者には飯もたっぷり食べさすっし、布団《ふとん》も与える。ばってん、こん子の知りあいんごと強情ば相変らず張りつづけとる奴等《やつら》には、莚《むしろ》一枚しかあてがわれとらん。一日に米三合しかくれてやらん」

「米三合、そいはひどか」

と思わずお陽は声をあげた。

「そいだけでは飢え死さすっも同然たい」

「仕方なかぞ」

黙ってきいていた本藤舜太郎が、この時横から口を出した。

「お上《かみ》のお指図に従わぬ者はきびしゅう罰せられねばならぬ。切支丹禁制は新政府の大事な方針だ」

お陽は惚れた男の言葉には弱い。彼女は一方ではそんな浦上の百姓たちを可哀想《かわいそう》と思いながら、他方では御政道にそむいた以上は仕方がないという矛盾した気持で黙りこんだ。

突然、キクが立ちあがって、ころげるように部屋を出た。

部屋を出て階段の壁にもたれ、彼女は声をあげて泣いた。

（日に米三合。夜具も与えられんで、莚一枚に清吉さんはくるまって寝とる。そいも烈《はげ》しか寒さんなかで……）

それなのに自分はどうすることもできない。津和野に行く金もない。彼を助けてやることもできない。

まもなく、伊藤はだらしなく鼾《いびき》さえかいて眠りはじめた。

「かけるものを持ってきてやれ。風邪をひくといかん」

本藤舜太郎はお陽にそう言うと、うすぎたなく不精髭《ぶしょうひげ》のはえた口のまわりに涎《よだれ》をたらしたこの男の顔に苦笑をした。

「何とも言えず、あわれな男だな」

「なしてでござりますか」

「人は悪くないのだ。だが人が悪くないゆえに、この男、生涯、陽のあたる路《みち》を歩めぬ」

腕をくんでお陽に肩をもませながら、彼はこの清左衛門と自分との差を考えた。

本藤とて貧しい下級武士の家の生れだから、伊藤と出発点は同じだったろう。そしてかつては長崎奉行所で共に働いた間柄である。だが本藤は将来を見る眼があり異国の言葉を必死で学んでいる間、伊藤は時の動きや流れに鈍感なまま、奉行所での職務に忠実すぎた。その差が今、二人の間に大きな開きを作ってしまったのだ。

「浦上の切支丹のことだがな。この前、東京の高輪《たかなわ》と申すところで外国の使臣たちと三条太政《だじょう》大臣、岩倉右大臣との間に烈しい談合があった。その折、この俺が通訳を致した」

と彼は少し得意気にお陽に話をした。

その折のことを本藤ははっきり憶《おぼ》えている。イギリス公使パークス、フランス公使ウトレー、アメリカ弁理公使ド・ロング、オランダ公使ブラントが浦上の基督《キリスト》教徒を根こそぎ流罪《るざい》にした件について外務省に強く抗議してきたのである。「宗教信仰の点で処罰したと外国人が聞けば、これまでの和親も損われよう」「このような処置を改めねば、世界から貴国はいやしめられよう」というのがこれら外交団の抗議の主旨だった。

高輪の応接所で岩倉公や三条公、副島《そえじま》参議、沢外務卿などと共に通詞として出席した本藤は、そこで久しぶりにシーボルトに出あった。

彼もまた通訳官としてここに出席をしていたのだった。

その折の本藤の無駄のない通訳ぶりは日本側代表だけでなく、外交団の好感さえ得ることができて、そのためか、二、三日して岩倉大納言《だいなごん》から本藤は特にねぎらわれた。

「パークスまでがお前の語学を賞賛していた」

と岩倉公は舶来の葡萄酒《ぶどうしゅ》を本藤にのませながら、こう言った。

「近いうち――と申しても二、三年後になるであろうがアメリカに行く気はないか」

「アメリカ……でございますか」

「そう、我国は安政年間にアメリカと条約を結んだが、その不平等、甚《はなは》だしきものがある。その改定を瀬踏みに我輩はアメリカに渡るつもりである。その折、通訳としてお前を一行に加えるよう考えている」

舜太郎は大きな顔を紅潮させながら、頭をさげた。あの時の悦《よろこ》びが今も彼の胸に奔流のように拡《ひろ》がっている。

だが、その彼の眼の前で伊藤清左衛門が涎をたらして眠りこけている。不精髭をはやし、津和野との往復でよごれ、疲れきった顔をして……。

苦しみの谷

さくさくと霜柱の音をたてながら竹刀袋《しないぶくろ》を肩にかけた何人かの少年が白い息を吐きながら津和野藩校の寒稽古《かんげいこ》から戻ってきた。藩校の名は養老館《ようろうかん》といい、かつて学問を尊ぶ藩主によって建てられたものである。

「林《りん》サァ、おんしゃあ知っとろうや。光琳寺に切支丹《キリシタン》の者が凍った池につけられとったのを」

一人の少年が背の低い連れに大事な秘密でもうちあけるようにそっと囁《ささや》いた。林サァとよばれた少年は驚いたように眼をあげて、

「池に？」

「それえやあ。あまり言うことを聞かんものはそねえな目に会わされるいやあ」

町はずれの光琳寺に切支丹たちが閉じこめられている。そのことは小さな津和野の

町では幼い子供たちさえも知っていた。子供たちはこの事件に何か怖《おそ》ろしさを感じると同時にそれなりの好奇心と関心とを抱いていた。

林サァと呼ばれた少年は家に戻ると竹刀袋をおいて母親に今聞いたばかりのその話をした。

「お前ら子供は知らんでもよい」

と母親は眉《まゆ》をひそめてたしなめたが、

「でも藩校では正道を知らざる者には慈と理とをもってこれを教えよと言うているのに、なぜむごく凍った池につけるのじゃろうのう」

と少年は暗い目をして一人考えこんだ。

この少年の本名は森林太郎といった。すなわち後の森鷗外《もりおうがい》である。養老館に通っていた頃、彼が知った光琳寺での切支丹虐待《ぎゃくたい》事件がこの文人の心に深い傷痕《きずあと》を残したことを、山崎国紀氏がいみじくも指摘している。

その光琳寺では八名の者が飢えと寒さに耐えられず棄教すると、まだ頑張りつづける二十人には更に苛酷《かこく》な仕置が加えられた。

まず転んだ者を法真庵《あん》という尼寺に移し、八幡宮《はちまんぐう》の前の川で切支丹を捨てたという誓約の禊《みそぎ》をさせたあと、あたたかい衣服、あたたかい食事、そして毎日、銭七十一文を支給し、外に出ることも内職をすることも許した。

一方、棄教を肯じない二十人は更に食事をへらされた。時には三人ずつ呼び出して、棄教者の住む法真庵《がえん》に連れていき、転んだ者たちが充分に食事を味わっている様子や、気楽な部屋に住む様子を見せつけるようにした。

棄教した者は、そうやって連れてこられる仲間を見るとやはり眼をそらせた。自分たちの弱さが恥ずかしかったのである。そして心のどこかで、まだ強く信念を守りつづけている者を憎んだ。憎まねば自分の気持がどうにもならなかったからである。

「そげん楯《たて》ついても、体の弱って、ここで死んだらどうにもならんたい。ジェズスもサンタ・マリアも助けにはきてくれん。そいより、ここは形ばかり転んで生きのびて、浦上に戻ろうや」

と彼等は連れてこられた連中を説得しようとした。

「お前らはあん仙右衛門や甚三郎にだまされとったとたい」

棄教しない者のなかでもリーダー格の仙右衛門や甚三郎という男は転んだ連中の憎《ぞう》悪《お》の対象になった。そして役人は彼等が次第に仲間割れするのを待っていた……。

(なして、こげん辛《つら》かとば辛抱せんばならんとやろか)

あまりの寒さで寝つかれぬ真夜中、この疑惑が彼等の心に不意に襲いかかる時がある。それは神の愛、自分たちの信仰の正しさにたいする怖ろしい疑いを伴っていた。疑惑は鋭い刃物のように彼等の胸をえぐり、烈しい痛みを与えた。

そんな時、歯がカチカチとなる。カチカチとなるのは寒気のためだけではなかった。信仰のぐらつきが与える黒い、凍った孤独感のためだった。

「ジェズスさまはもっと辛か目に会われたとばい。そいば思うて辛抱すうや」

と仙右衛門は皆を励ます。しかしぐらついた心にはこの激励さえ効き目はない。イエスの苦しみは一日で終った。だが自分たちの苦痛や飢えはいつ終るともわからぬのだ……。

清吉もその一人だった。そんな時、彼はむかしの楽しかったことを思いだして、怖ろしい孤独感をまぎらわそうとした。

長崎の街に季節、季節のものを売りに歩いた毎朝。清吉は自分の売り声のよさが得意だった。

「まこと惚《ほ》れぼれする声たいね……」

と家々の前で待ってくれる女たちによくほめられた。その女たちのなかに……そう、キクがいた。

あの気のつよい娘は今頃、どうしているだろう。まだ大浦のパードレさまの家で働いておるだろうか。それとも別の場所に奉公にいったろうか。

だが、疲労した彼の心にキクの顔も姿ももう茫漠《ぼうばく》としていた。彼女がまだ自分を好いてくれるとはとても思えなかった。やせこけ、髪も髭《ひげ》ものび放題で垢《あか》だらけの体。そんな彼に娘のことを考える心の余裕はなかった。

「来い」

ある日、清吉は突然、役人によばれた。なぜ一人だけ呼ばれたかふしぎだったが、言われるままに従《つ》いていった。

「お前はまだ若《わき》あけえ《や》。若あお前がほかの者と同じように、ここで一生を無駄にせえでねえじゃなあかえ。転びさえすりゃあ、存分に好き勝手をさせてやろう」

役人は真顔で言った。八人は棄教させてもあとの者が相変らず強情をはるので彼等もあせっていたのである。

清吉は黙っていた。役人の言葉も彼には遠くから聞えてくる実体のないもののようにさえ思われた。

「そうか、どねえしても言うことを聞かんかい」

諦《あきら》めたように役人はそう言うと警吏の男たちに命じて清吉を無理矢理に小さな箱に押しこんだ。

それは幅も高さも三尺しかない箱で壁には厚い松板をうちつけ、屋根に物を入れる穴が一つ、口をあけていた。立つことも足を伸ばすこともできなかった。

「転ぶと申せばな」

屋根の穴から役人の声がきこえた。

「ここから出してやろう。よう思案するこっちゃい」

そこではもう時間の感覚さえ狂ってしまった。というより一秒が一時間にさえ思われ、一時間が一日より長く感じられた。

壁がわりに打ちつけた板と板との間から洩《も》れる糸のような白い陽。それが外界とのただ一つの接触だった。横になることも立つこともできぬから、同じ姿勢を一日中、保っていなければならなかった。

やがて腰や背が苦しくなり、尿が怺《こら》えきれなくなった。首に鈍痛が拡《ひろ》がった。清吉は右手で首をもみ、耐えきれぬ尿を洩らした。あたたかい液体が動けぬ膝《ひざ》や足をぬらしていった。

と、屋根に作った四角形の口があいて、そこから二人の警吏がかわるがわる、嘲《ちょう》笑《しょう》をうかべた顔をだした。二人の警吏はそれぞれ高橋、出口という名で——清吉は後になってもその二人の名を三尺牢《ろう》の苦しさと共にいつまでも忘れることはできなかった。高橋は真丸くて狸《たぬき》のような顔をしていたし、一方出口のほうは狐《きつね》か穴熊《あなぐま》に似ていた。

「どうだい。ええお住居だろう」

と二人はかわるがわる楽しそうに言った。

「気に入ったかね。気に入ったらいつまでもおってもええ。誰も文句は言やあせん」

そう言ってその穴から小さな握り飯を一日に二つと梅干を一個入れてくれるのだった。

「そのうちに伊藤さまが、またこの津和野に来られる。そうなりゃア、三尺牢だけじゃあすまんぜ」

高橋と出口とは長崎から出張してくる伊藤清左衛門と気が合うのか、その子分のようになっていた。

五日ほどこの三尺牢で苦しみぬいた揚句、清吉は排泄物《はいせつぶつ》にまみれ半死半生になって外に出された。高橋がすぐ清吉の顔に布をかぶせたのは、急激に外光をうけるとショック死をするからだった。それほど彼の体は衰弱していたのである。

「ちいとあ、こたえたかい」

と穴熊のような眼で出口が憎々しげに言った。

運ばれた清吉を仙右衛門たちが徹夜で看病してくれた。

清吉はまだ若かったからどうにか恢復《かいふく》をしたが、次にその三尺牢に入れられた家野郷の和三郎は清吉より年もとり、もともと体も丈夫ではなかったから、どういう結果になるかわからなかった。

「そげん場所やったら和三郎さんはもたんかもしれんばい」

清吉から三尺牢の辛さを聞かされていた仙右衛門や甚三郎たちは何とか手をうたねばならぬと話しあった。

誰もいい智慧《ちえ》はうかばない。役人や番人たちに哀願しても相手にされぬことはわかっていた。

「俺たあ、浦上に戻るまでは死ぬことはでけん」

眼をつむって仙右衛門は一人ごとのようにつぶやいた。心のなかで彼はいい智慧を与えてくだされと必死に祈っていた。

「あん和三郎ば死なせたらいかんばい」

その思いは彼だけではなかった。和三郎は温和《おとな》しく控え目だったが誰にも暖かい男で、皆からも好かれていた。

「ここから出て……あん三尺牢に忍びこむ方法はなかやろか」

だが皆は返事できなかった。そんなことは不可能だった。

その日一日中、仙右衛門は部屋の隅で膝をだいて考えこんでいた。だが皆はこのリーダー格の仙右衛門が何を思案しているかわかっていたから、話しかけずにそっとしておいた。

夕方近く——、

その彼がふいに言った。

「国太郎さん。お前さんは天保銭《てんぽうせん》ば持っとったね」

「うん。そいば番人にやって、頼むとか」

「うんにゃ」

と仙右衛門は首をふった。

「天保銭ば砥石《といし》にして刃物ば作れんじゃろか」

彼の話はこうだった。中野郷の畠《はたけ》からは時々刃物の形をした石がでる。昔の住人はそうやって石をといで刃物がわりにしていたらしい。

「そいけん、俺《おい》どんも取調べの時中庭から瓦《かわら》ば拾うてきてな、天保銭でといで包丁にできんじゃろうかな。包丁さえあったら、こん床板ば切りとって地面に穴ば掘ることのできるけん」

「そいは危うかことばい」

何人かが反対した。もしその作業を番人か役人に見つかったならば、一大事となる。今より更に食をへらされ、きつい責苦を受けるかもしれない。そう言うのである。

「ばってん、他《ほか》に思案のなかろうが。そいとも和三郎ばあん三尺牢で見殺しにすっとてや」

と清吉がキッとなってその弱腰の何人かに反対した。

「俺あ、あん三尺牢の辛さば知っとっばい。和三郎ば捨つっわけにゃあいかん」

清吉のこの言葉で強硬策が決った。

役人と番人の目をかすめて取ってきた瓦石で一同はそっと石の包丁を作った。その時音を消すために、わざと他の者が声をあげて唄《うた》を歌ったりした。

包丁ができた。交代で床をきった。これは簡単だった。三日目には床に指一本入るほどの穴ができ、その穴に手を入れて床板をはがして、壁下の土をほった。そしてどうにか外にぬけ出る通路を作りあげた。

「仙右衛門さん」

夜、一人一人が一日にあてがわれるわずかの飯粒を集めて二個の握り飯をつくり彼に托《たく》した。

「こいば和三郎に食わしてくれ」

闇《やみ》のなかを仙右衛門は床下におり、穴から外に這《は》い出た。

津和野の夜は氷のように冷えきって、山も家もただ真暗だった。番人たちも安心しているのか、何も気がつかない。

三尺牢にたどりつくと、

「和三郎、和三郎」

壁に顔をあてて仙右衛門はささやいた。

「仙右衛門たい。俺たい」

かすかに身じろぐ気配がした。

「辛かろうが。祈って、もうちと辛抱ばせんば。今、天井の穴から握り飯ば入るるけん」

返事はなかった。

「どげんしたとか。和三郎」

「はい」

その声は弱かった。衰弱しきっていることが手にとるようにわかった。

（こんままやったら死ぬ）

三尺牢から抜け穴に戻りかけた仙右衛門の耳に、和三郎の声がはっきり残っていた。

(ジェズスさま。こんままでは和三郎は死にますたい)

朝がたまでまだ時間があった。闇は濃く、背後の青野山は黒くうかび寒気は峻烈《しゅんれつ》だった。だが仙右衛門はそのまま皆のところに帰る気にはなれなかった。彼は凍《い》てついた寺の庭を横切って竹矢来のところまでたどりついた。何とかして外に出たかった……。

(助けてくだされ、ジェズスさま)

門をそっと押すと、その門がかすかに軋《きし》んで動いた。安心しきった番人が閂《かんぬき》をしめるのを怠っていたのだ。

坂路《さかみち》を仙右衛門は足音を忍ばせておりた。この時刻人に見つかる怖《おそ》れはないが、足音を聞いた犬が吠《ほ》えたてるのを怖れた。犬が吠えたてれば誰かが目を覚すかもしれない。

仙右衛門は棄教者のいる法真庵に行こうと思ったのである。八名の棄教者たちが節をまげぬ自分たちに複雑な心理を持っていることはわかっていた。

だが和三郎を助けるためにも彼等の助けを乞《こ》わざるをえない。仙右衛門の気持はこのとき矛盾していた。

法真庵は尼寺だったからいかめしい塀はなかった。それでも垣根で手足を傷つけながら彼はどうにか中庭に入ることができた。

「元助さん。元助さん」

雨戸の隙間《すきま》に口をあてて呼んだが、あたりをはばかった声が小さいせいか何の返事もない。

「元助さん……」

誰かが目をさましたらしく咳《せ》きこむ音が聞えた。そして仙右衛門の声に気がついたのか、しばらく沈黙があって、

「誰……ね」

「仙右衛門たい。ここば、そっと開けてくれんか」

雨戸が少しあいて二つの黒い顔がこちらをじっと窺《うかが》った。

「まこと仙右衛門ばい。逃げてきたとか」

「逃げてきたとじゃなか。和三郎のもう死にかけとる。三尺牢ていう牢に入れられて糞《くそ》まみれになって……」

仙右衛門は声をひそめ、三尺牢の辛《つら》さや和三郎の息たえだえの模様を伝えた。

「そいばってん……俺どんにはどうもでけん。お前たちに少しでも食べもんば分けて

もらおうて思うて……こげんして頼みに来たとばい。元助さん。里市さん。同じ浦上者て思うて何とか考えてくれんじゃろか」

二人だけでなく、寝ていたあとの六人が目をさまし彼の話を黙って聞いていた。誰も何も言わなかった。

「夜の白むけん……俺はもう戻らんばいかんたい」

「こいば……持っていってくれんね」

突然、闇のなかで誰かが起きあがり、餅《もち》を幾つか仙右衛門にさしだした。

「今夜はこいしかなかばい。ばってん明日、ここにくれば、食いもんはそろえておくけん」

とその男はつぶやいた……。

だが一日一日とその和三郎の衰弱が烈《はげ》しくなっていくのが仙右衛門にはよくわかった。法真庵の棄教者たちがあわれんで恵んだ食べものも、和三郎はもう受けつけないらしかった。

「駄目ばい。返事もでけん」

抜け穴から戻ってくると仙右衛門は彼を待っている仲間に力ない声でそう報告した。

三尺牢に入れられてから二十日目――、

「あの男がお前に話があると言うぞ」

と番人がよびにきた。仙右衛門が走って三尺牢のそばに行くと、莚《むしろ》から和三郎の痩《や》せ細った手足がのぞいてみえた。

その体はよごれによごれていた。糞便《ふんべん》のなかで毎日を送らされたからである。あまりのみじめさに仙右衛門は息をのんだ。

「仙右衛門さん」

とかすかな声で和三郎は訴えた。

「俺の体ば焼かずにこんままにしてな……みなが処刑ば受くっ時は、こん体ばそん場所まで運んでくだされ……」

「わかっとるばい。死んでも……」

と仙右衛門は泣きながらうなずいた。

「浦上の者《もん》はあん天国《ハライソ》でいつも一緒たい。御先祖さまも向うで俺どんば待っとられるけんな」

参ろうや　参ろうや
ハライソの寺に参ろうや
ハライソの寺と申すれど

和三郎の臨終を知って、残った者たちが寺のなかから歌いはじめた。物悲しい歌声が次第に大きくなっても、さすがに役人も番人も黙っていた。

だが役人が和三郎の遺体を外に運ぼうとした時、遺言を聞いた十九人の者たちは声をあげはじめた。とりわけ国太郎という男が必死になって、その役人の怒声や命令に言いかえした。

しかしいくら言いかえしても結局はどうにもならなかった。二日の後、和三郎の死体はどこかに運ばれ、どこかに棄《す》てられたのか誰にもわからなくなった。

三尺牢は今や残った十九人の者にとっては最も苦しい怖ろしい場所に変った。そこに入れられることは死を意味している。しかもその死は自分の糞便にまみれ、苦痛のなかで息を引きとるという死だった。

和三郎についでその三尺牢に放りこまれたのは安太郎という男だった。国太郎の次男の甚三郎のおぼえ書には、

「やすたろと言う人は信仰、謙遜《けんそん》の人にして人の嫌うきたない仕事をし、また自分の食べ料のうちよりへらして、信仰《ヒイデス》の弱き人に食べさせ……」とある。

三尺牢から安太郎は雪のふる外庭に時々引きすえられ、棄教を強いられた。そして彼もまたこの牢のなかで下痢にまみれ、衰弱していった。

今度は甚三郎が例の抜け穴を使って安太郎を慰めにいった。

「私も牢屋の座板を引き起し……それより外に出て、夜中すぎに三尺牢屋のそばに寄りつき」

甚三郎はのべている。

「『やすたろさん』一度、二度、声をかけました。ところが小さい声にて返答をいたし、それによって私申すには、あなたはこの三尺牢屋のうちにて、さぞや、寂しゅうございましょうと申したれば、答えて申しなさるには四つ（十時）九つ（十二時）までは寂しゅうはございません。九つより先になりますればあおい着物にあおい布《きれ》をかぶり、さんた・まりやさまの御絵《ごえ》の顔立に似ておりますその人が物語を致してくださるゆえ、少しも寂しゅうはございませぬ。けれどもこの事は私の生きておるまでは人に話してはくださるなと言うて、それより三日目にまことに宜《よろ》しき月夜でございました。この人はまことに聖人と思いました」

それから間もなく安太郎は骨と皮だけに変り果てて息を引きとった。莚の上に寝かされたその骨と皮だけの死体を十八名の囚人それぞれ、さまざまな思いで見つめた。ある者は感動を、別の者は恐怖を味わった。怒りと口惜《くや》しさで唇を嚙《か》みしめる者もあれば、恐怖で胸をしめつけられた者もあった。

伊藤清左衛門が津和野にふたたび姿をあらわしたのはその頃である。彼は久しぶりに見る浦上の切支丹たちに、

「土産ば持って来たぞ」

と妙にやさしい事を言った。そして懐中からずっしりとした布袋をとり出し、

「何か、わかるか……こいは浦上の土たい。お前たちの故郷の浦上の土たい。匂《にお》いば嗅《か》いでみい。間ちがいなかろうが」

布袋からこぼれた土はまぎれもなく浦上の土だった。それは長い間、その土を耕してきた百姓の彼等には本能的にわかった。

「すうてみい。遠慮はいらんたい」

伊藤の声に一人がおずおずとその土にふれると、他の者も狂ったように手を出した。彼等はそれを鼻にあて長い長い間、眼をつむっていた。

「こんなかに清吉はおるか」

と伊藤はそんな切支丹の顔をニヤニヤ笑いながら見まわして訊《たず》ねた。そして返事をした清吉に、

「そうか。お前が清吉か……丸山の山崎楼ていう店ば知っとるか」

「知りまっせん」

「嘘《うそ》ばつくな。あそこで働いとるキクていう下女の……お前んことばえろう案じとったばい。……お前に早う浦上に戻ってほしかて言うとったぞ。悪かことは言わん。そん土の匂いばもう一度、嗅ぎたかろうが。そいともあん三尺牢《ろう》で糞まみれになって死にたかか」

清吉は顔を赤くした。伊藤の説教はいつものような嫌がらせ半分と相手の弱みにつけこむものだったが、今度だけはそれなりの効果をあげた。

何日か後に十八名のうち六名のものが、そっと棄教を申し出た。浦上の土の匂いと三尺牢の恐怖に彼等は勝てなかったのだった。

二つの愛

五島屋でミツはある日、ふしぎな光景を見た。そのふしぎな光景とは、熊蔵が台所の隅で嗚咽《おえつ》している姿だった。

それは浦上の切支丹《キリシタン》たちが女、子供まで入れてすべて家を追われ、各地に連れ去られたあの朝のことである。

前日から五島屋ではこの話で持ちきりだった。その前日は朝からの雪が舞っていて、雪のなかを黄色や白い布を頭にかぶり、背に荷物をおい、子供の手を引いた切支丹の女たちの群れが西役所にむかう坂路《さかみち》をのぼっていく姿を長崎中の人は見ていたからである。

「あんたん家は大丈夫かとね。同じ浦上の在じゃろが……」

とお米さんがミツに皮肉を言った。

「ばってん、なしてあん者《もん》たちゃあ強情ばはるとじゃろか」

とお内儀《かみ》さんも溜息《ためいき》をついた。

「家も畠《はたけ》もとりあげられて、遠か見知らん土地に流さるっていうとに……そん損得のわからんとじゃろか」

ミツもトメも寒さを我慢して物干台にのぼり、湾にとまっている蒸気船が彼等を乗せて去っていくのを見ようとした。ミツは同じ浦上の人間としてその連中たちが、あわれであわれで仕方がなかった。特に母に手を引かれて西役所に集められた幼い子供が何もわからず、

「お母《か》あ、帰ろうや、帰ろうや」

としきりに雪の路で駄々をこねていたという話を目撃した番頭から聞いた時、胸が

しめつけられるぐらい可哀想《かわいそう》だった。

翌朝、いつものように朝飯の支度と掃除のために台所に入ったミツは、熊蔵が竈《かまど》のそばで背をこちらに向け泣いている姿を見た。熊蔵はミツがうしろに立っているのに気づくと、逃げるように外に走り出た。

ミツは井戸に行った。熊蔵が来てくれてからは、井戸の水をくむのも手桶《ておけ》で運ぶのも彼がすべてやってくれるから楽だったが、今日はまだ水が運ばれていなかったからである。

熊蔵は近づいてくるミツに顔をそらせた。ミツも黙って熊蔵のくんだ手桶の水を台所に運びはじめた。

「おミツさん」

突然、熊蔵がうつむいたまま呟《つぶや》いた。

「今、お前は俺《おい》の泣いとったところば見たじゃろ」

ミツが仕方なくうなずくと、熊蔵はかすれた声で、

「ばってん、あんことは誰にも黙っとってくれんか」

「はい」

沈黙がつづいた。突然その沈黙を破るように熊蔵は、

「おミツさん、俺は中野の切支丹たい。そんくせ遠かとこに流さるっとの怖《おそ》ろしかけん、船出の折逃げた揚句、切支丹の教えば捨つってお役所にいうて許された転び者たい。今朝、あん入江から同じ中野や本原の者がみんな船に乗せられて沖に消えたていうとに……こん俺は……今こげんしてここに残っとるとばい」

と手桶を胸にだきしめたまま吐き出すように叫んだ。

ミツは熊蔵のこの秘密をだれにも言わなかった。仲良しのトメにさえうちあけなかった。こうしてミツと熊蔵との間には二人だけの眼にみえぬ連帯感ができあがった。

(そげん自分ばいじめんでもよかとに……)

切支丹でないミツは熊蔵が切支丹を棄《す》てたことに、なぜそれほど自責の念を抱くのかがよくわからなかった。そしてそれを熊蔵に言うと、

「おミツさんにはわからんとたい」

と彼は寂しそうにうしろを向いて薪《まき》を割った。

そんな孤独な熊蔵の背中を見ていると、たまらなく胸をしめつけられた。彼女はあわれなもの、気の毒なものを見ると居ても立ってもいられないのである。

また正月が来た。

「熊蔵さん、悪かねえ」

とミツは同じ浦上の出身なのに帰るあてのない熊蔵に悪いような気がしてあやまると、

「今更、誰もおらん中野郷には戻られんばってん、大浦には一度行きたか」

と熊蔵は答えた。

「大浦に？」

「はい。せめてあそこのイグレシア（教会）でサンタ・マリアさまにこん弱か心ばお詫《わ》びしたかと。おミツさん。俺とそっと大浦まで行ってくれんか。そして俺がマリアさまに詫びばいうとる間、見張っとってくれんか」

熊蔵のせつない気持がわかっているし、それにキクともこの機会にミツは会いたかった。

正月三日の午後、やっと二人は暇をもらって五島屋を出た。熊蔵は人にみられぬよう頬かぶりをした。街は神社、寺参りをする人たちがあふれていたが大浦の浜辺は人影もない。教会の十字架がみえると、熊蔵はうちしおれ坂路をのぼった。

言われた通りミツは教会の入口に立って熊蔵のため見張ってやった。熊蔵が姿を消した内陣からはかすかな音もしなかった。

やがて眼に泪《なみだ》をためて彼があらわれると、

「そいじゃ、浜でうちば待っとってくれんね。うちはおキクさんに会《お》うてくっけん」

ミツはそう言ってキクを探しにいった。そしてお兼さんから彼女が家出をしたことを教えられた。

「男ば追うて津和野にでも行ったんじゃろ」

とお兼さんは憎々しげに言った。

そのキクは山崎楼で黙々と働いていた。一日も早く津和野まで行き清吉を励まそう。そのためには金が必要だった。この時ほど彼女が一文でもほしいと思ったことはない。

正月が終って十四日になると丸山では土竜打《もぐら》ちといって、子供たちが五、六人一組となって注連縄《しめなわ》をたばねた竹を持って家々の門石を叩《たた》きながら歌いまわる風習がある。

十四日の土竜打やトガナー〳〵

ボーノメー〳〵祝うて三度

オシャシャンノシャン

子供たちの歌声があちこちで聞えるその十四日の日に、山崎楼から近い唐津屋《からつ》で事件が起った。唐津屋の若松という遊女が客と駆けおちをしたのである。

長崎では出奔者や行方不明の者が出ると街の者が総出で探しまわるのが普通だった。

この日も駆りだされた男衆《おとこし》たちが鉦《かね》や太鼓を叩いて山林に分け入り、

「返せえ、戻せ」

と叫んだ。

「まだ見つからんとね」

山崎楼のおかみはたびたび外に出て、集まった者たちと話しあっていた。土竜打ちの子供までが遊び半分でこの捜索にくわわった。

夕方になって二人の行方がわかった。二人は墓地でたがいにしっかり紐《ひも》で体を結びあい、心中をしていたのである。

その日の夜、取調べのため役所は無粋にも丸山の交通を一時、遮断した。やがて二人の死体が運ばれてきた。男は本石灰町《もとしっくいまち》の庄三郎という職人だった。

「死なんでもよかやろに」

とおかみは怖ろしげに今みてきた模様をキクに話した。死んだ二人は手をしっかり握りあって、離そうとしても離れなかったそうである。

（羨《うらや》ましか……）

キクは心のなかでその若松と庄三郎とに言いようのない羨望《せんぼう》を感じた。遊女であるため身も心もがんじがらめに縛られ、好きな男と生涯添いとげられぬ。若松はそれを歎《なげ》き、庄三郎はその若松に惚《ほ》れ、どうにもならぬ運命に抗《あらご》うて死んだのだろう。

だがキクは自分も遊女と同じようなものだと思った。清吉は切支丹であり、お上《かみ》の御命令にそむいた罪人であり、自分といつ会えるかもわからない。それは死んだ若松と庄三郎の境遇とそっくりだった。だから彼女には二人の心中があわれというよりは、限りなく美しいもののように思われたのである。

（あん人はまだ、うちんことば忘れとらんやろか）

彼女はたまらなく不安になり、お陽に、

「手習いば教えてください」

とたのんだ。字を習って清吉に手紙を書き、伊藤清左衛門がふたたび津和野に行く時に清吉に持っていってもらおうと考えたのである。

お陽は姉のようにキクに字を教えてくれた。もともと利口なキクはすぐに教えられた文字を憶《おぼ》えた。

丸山の朝は長崎のほかの町と同じように物売りの声ではじまる。一夜の遊興に疲れ、眠りこけた遊客たちもこの声で目をさます。

白いおや白いお――。

威勢よく叫び歩いているのは白魚を売る若い衆である。

キクはそうしたふれ売りを耳にするたびにいつも清吉の声を思いだす。五島屋にいた頃、彼女は路の遠くから彼の小気味のいい声がきこえるのを、どんなに胸わくわくさせながら待ったことか。

清吉の咽喉《のど》は素晴らしく良かった。キクは本当に惚れぼれしてそれを聞いたものだ。

だがその清吉はもうこの街のどこにもいない。

彼女は眠る前、お陽に助けられてやっと半分まで書いた清吉あての手紙を、何度も何度も読みかえした。

「いつでも、なんぎでありなさろ。あなたのかをなりともみゆとおもて、つわのまでさんじたけれど、いまはこのこと、かなわず、てがみをもつて、はなしましよ。しんぼなされ」

清吉さん、辛《つら》かろう。あなたの顔を見たいゆえ津和野まで行きたいが、今はそれができず、手紙を書きます。耐えてください――そういう意味を彼女はたどたどしく書いたのだった。

この手紙を何とかしてあの伊藤清左衛門に運んでもらわねばならなかった。皮肉にも清左衛門だけが今の彼女にとっては恋しい男の消息をきけるただ一人の相手だった。

「伊藤さまは今度は、いつ津和野から戻ってこらるっとですか」

彼女はお陽やおかみに何度もそのことをたずねた。

「冬の終ったら帰らるって言うとられたけん、もうすぐやろね」

お陽にそう言われて彼女はまださむざむとした長崎湾に早く春の陽がさすことをせつに願った。

やっと三月が来た。桃の節句が近づき物売りの若い衆も、
彼岸だごやーい、いり花ひやーい
彼岸団子を売りに歩くようになった。その三月の節句が終った頃、

「おキクさん、おキクさん、伊藤さまの来られたばい」

と台所におかみが駆けこむように入ってきて声をかけた。

「伊藤さま、おキクの指おり数えて、待っとりましたばい。あなたさまのお帰りば」

と顔をほころばせておかみが挨拶《あいさつ》すると、何をとりちがえたのか、伊藤清左衛門はニタッと笑って、

「そげん、俺の帰りの待ち遠しかったとか。よかよか。すぐ酒たい。そしてあん娘ばよんでこんか」

「伊藤さま、おキクは芸子《げいこ》じゃなかですけん」とおかみはあわてて「お陽ばよびますけん」

「お陽はいらん」と伊藤は強く首をふった。

「俺はキクの酌のほしか」

おかみに言われてキクは二階に銚子《ちょうし》や鉢ものを運んだ。清左衛門は手枕《てまくら》をしながら横になって、片目でじっとキクの白い腕の動くのを見ていた。

キクはキクで――、
銚子や盃《さかずき》や鉢をならべながら、背後で寝そべっている伊藤清左衛門の視線をいたいほど感じていた。その視線がなめるように自分の首すじ、背中、腰、足に動くのがわかった。思わず身ぶるいがするいやな感じだった。

「三尺牢《ろう》ていうてな」

突然、ひとりごとのように伊藤がつぶやいた。

「そんままで聞いとけ。三尺牢ていうてな。そこに入れられたら、もう立つことも動くこともできんとたい。高さ三尺、幅三尺じゃけん、大人の体の一人入れば、そいでぜんぶ、ふさがっとばい。天井に小さか穴のあって、そこから日に一度、こまか握り飯ば二個入るる。そいが一日の食べ料たい」

キクの体は硬直したように動かなくなった。その硬直した背中を伊藤はうす笑いをうかべて見ながら言葉をつづけた。

「身動きのできんけん、小便も糞《くそ》もそこでたれ流したい。一日目で体の痛うなるやろうな。二日目でもう痛かどころじゃなか。おのれの垂れた糞、小便にまみれて毎日、毎日すごす。仕方なか。お上のお指図に従わんで、どげん話ばしてもあん邪宗ば捨てん者への懲《こ》らしめたい。おい酌ばしてくれんか」

キクは真蒼《まっさお》な顔をしてうしろをふりむいた。その眼は怒りと苦痛とでつりあがっていた。

「お前、酌ばすっ手の震えとっじゃなかか。今ん話でちと、こわがらせたごたんな。ばってん、お前の清吉は……」

「清吉さんもそん三尺牢に入れられたとですか」

「ちょっとの間だけばい。こいは皆にみせしめのためやけんな」

伊藤は寝そべったまま、盃を乾いた唇にあて、眼をつぶってゆっくり酒を味わうと、

「ばってんなあ、ありゃあこん俺がお前のためにあん男ば二日だけの懲らしめで外に出すごと才覚したけん、助かったとぞ。あん時、こん俺がとり計らわんやったら

……」

彼はそう言って自分で銚子をとり、盃をみたした。

「もう二人も三尺牢のため、病にかかって死んどっけんな」

「お願いします。清吉さんば、そげん、むごか牢に入れんでください」

「そりゃあ……こいからのお前の出かたによるじゃろなあ」

と伊藤はわざと吐息とも溜息《ためいき》ともつかぬ声を出した。

「お前の出かた……お前の出かた」

「うちが何ばすれば……よかとですか」

「わかっとるじゃろが……」

伊藤はこの遊びを楽しむようににやにやと笑って、

「お前もここで働いとるとけん、本藤舜太郎とお陽とが二人きりで何ばしとるか、知っとるじゃろが。あんお陽は……そん時どげん声ば出すか」

伊藤の手がのびて、キクの足首をつかんだ。

「いや」とキクは叫んだ。「いや」

彼女は体をひねって右手で懸命に伊藤に抗《あらが》った。と、清左衛門の顔に突然、言いようのない不快な色がうかび、

「なんか。俺に体ばさわらるっとの、そげん嫌か」

「………」

「嫌て言うもんに無理強いはせんたい。嫌ていう相手に責苦ば与えて言うことばきか

すっとはあん津和野でいつもやっとるけんな。ま、待っとれ。清吉のどげんなっか、こん次、長崎に戻ってきた時、土産がわりに聞かしてやるばい」

それから、銚子を口にあて、一気に酒を飲んだ。酒の滴《しずく》はこの男の無精髭《ぶしょうひげ》のはえた口からこぼれて襟元をぬらした。

「もう、下にいけ」

と吐きだすように彼は言った。

「そしておかみに……少しは気性のよか芸子ばよべて言え。気性のよか芸子てはな、こん伊藤に体ばさわられても、笑うて身ば委《まか》すっ女子《おなご》のことたい」

その言葉を聞いているのか、いないのか、キクは放心したように虚空《こくう》の一点を見つめて動かない。彼女が今、何を考えているかは伊藤にはもちろんわからなかった。

「おい。下に行けて言うとっとの、わからんとか。こんゾクワル（性悪）が……」

「…………」

「なしてそげん呆気面《ふうけづら》ばしとっとか」

「伊藤さま」

突然、キクは伊藤を見あげて答えた。

「もし……うちが……伊藤さまの言いなりになったら……清吉さんば津和野から長崎

に戻してくれるとですか」

「長崎に戻す？」

びっくりしたように伊藤はたれ目を丸くした。そしてこの男はうっかり人のよさを丸出しにして正直に答えてしまった。

「何ば言うとっとか。こん俺《おい》にはそげん力はなかぞ。ばってん、津和野の牢で今よりは楽にはしてやってよか」

「どげんごと楽に……」

「そっと食うもんも差し入れてやるばい。お前が金ばわたせば、そん金も届けてやるたい。あげん牢でもな、金の仏てなっ時のあっと。地獄の沙汰《さた》も金次第じゃけんな」

「三尺牢には？」

「そりゃあ、俺がやめろて申せば……清吉はまぬがるっじゃろよ」

キクは黙っていた。じっと考えこんでいる彼女の横顔を、伊藤は舌なめずりでもしているような眼つきで見つめていた。

「伊藤さま」

「はい」

「そんじゃ……伊藤さまの言いなりに……なります」

そう言い終って彼女は手術台に横たわるようにまぶたを閉じた。

「そげん改まって言われたら……どうも、やりづらか。待てよ。もう一、二本、飲むけんな」

伊藤は早く酔おうとあせって銚子を口にあてた。

眼をつむったキクのまぶたに、この瞬間、ふたつのイメージが見えた。

ひとつは花嫁になった自分の姿だった。清吉のそばに寄りそって、浦上のあの蓮華《れんげ》の花畠《はなばたけ》を歩いている幸せな自分だった……。

もうひとつは、うしろ手にくくられ、小箱のような三尺牢に無理矢理おしこまれている清吉の姿だった。口から泡をふいた彼はひくい呻《うめ》き声をたてていた。わずかの陽しかさしこまぬその箱のなかで彼はこの同じ姿勢のままもう何日も坐《すわ》らされていた。

(清吉さん、しっかりせんね。今、うちが助けるけん)

だが、清吉を助けること――それはこの伊藤清左衛門の言いなりになることだった。伊藤の言いなりになるとは、体をけがすことだった。それは清吉の花嫁になるという夢を生涯、あきらめることでもあった。

「ああ……」

キクの唇から呻き声が洩《も》れた。興奮と酔いとで顔を赤黒くさせ、伊藤はあせりながら彼女の裾《すそ》の間に右手を入れ、その体を左手で引き倒そうとした。

「ああ」

呻き声は苦痛と嫌悪《けんお》とそして悲しみとにみちていた。愛する者に体をあたえる女の悦《よろこ》びはその声のなかにみじんも含まれてはいなかった。この瞬間、彼女の生涯から、清吉により添い、浦上の蓮華畠を歩くあの幸せな夢は消えねばならなかった。彼の女房として甲斐甲斐《かいがい》しく働き、彼の子の母となる夢は諦《あきら》めねばならなかった……。

きな粉、はってーん粉は、よかですか
外を物売りが間のびのした声をはりあげて歩いていった。路《みち》では子供たちが石けりをして遊んでいた。それはむかしキクやミツたちが馬込で遊んだのと同じ遊びだった。

（清吉さん　清吉さん　清吉さん　清吉さん）

伊藤の体が自分にかぶさり、その酒くさい息づかいが喘《あえ》ぐようにせわしくなり、やけるような痛みが体をつらぬき、歯をくいしばってそれに耐えている間、キクは必死で清吉の名を心のなかで呟《つぶや》きつづけた。溺《おぼ》れる者が藁《わら》をつかむように、彼女はその名にすがっていた。

長かった。長い労役が終って伊藤はやっとその体をキクの体から離した。だがキクはみじろぎもせず、天井をぼんやり見つめていた。

やがて――、やがてその切れながの眼から白い泪《なみだ》がゆっくり流れ、ゆっくり頬をつたっていった。

きな粉、はってーん粉は、よかですか

物売りの間のびのした声がまた戻ってきて聞えている。

一まつぼう　二まつぼう　三まつぼう　四まつぼう　鬼子もて　子もて

石けりをしながら子供たちが歌っている。キクやミツが少女時代、馬込で歌ったと同じように。

無垢《むく》だったあの頃、野を埋めていた蓮華の花。清吉の花嫁になる夢はもう遠くに飛んでいった。泪はとめどなくキクの眼からあふれ頬をつたっていく……。

しばらくして――、

伊藤清左衛門は起きあがると、バツのわるそうにキクを見ていたが、急にやさしい声をだし、

「また、来っけんな。そいまでに津和野の男にことづける物ばよう考えとけばよか。金子《きんす》でもかまわんぞ……」

そう言いすてて、逃げるように階下におりていった。

「あら、もう帰るっとですか……」

と苦笑しながらおかみは伊藤をみて、眼くばせをすると、

「どげんでした。キクは……」

「うん……まあな」

伊藤はそそくさと玄関を出ていった。

尾羽うち枯らしたようなそのうしろ姿を見送ってから、おかみは二階にそっとのぼった。

キクはこちらに背をむけて黙々と乱れた銚子や小鉢をかたづけている。

「ああ、そいば片付けたら、夕方までひと休みしてよかよ。夕方まではお客さまもこられんけんね」

おかみはいつもより、もっと彼女をいたわるような声を出した。

夜、二、三組かのお客があって、お陽が下におりてきて、おかみに話しかけた。

「お母《か》しゃま。おキクさんは今夜はちと変なかね」

「どこの」

「どこては言えん、ばってんいつもより黙りこんどるごたる。津和野のことで、何かあったとね」

「別に何もなかじゃろ」

とおかみはとぼけた。
二、三日たってから彼女は急にキクに、
「おキクさん、こいは別に強いるわけじゃなかけん気らくに聞いてくれんね。お前、お陽のごと芸子になる気はなかね」

「………」

「お前ごと奇麗か女子《おなご》は磨きさえかけたら丸山一の芸子にもなるやろ。そいに実入りもずっとずっとよかけん、津和野のお人にそいで役にたつこともあるじゃろ……」

キクは黙っていた。運命の暗い潮流が自分をつかみ、どこかに運んでいく。その潮流にどんなに抗っても結局はおし流されていく……そんな諦めが今の彼女の心を支配していた。

伊藤はそれから二度、三度と店にやってきた。彼は他の客のまだ来ない午後をえらんで姿をみせるのだった。店には有難くもない客だったが、一応は西役所の役人であれば、おかみも笑顔で迎えざるをえない。

いつも二階のきまった部屋で彼は酒をのみ、そして黙って酌をしているキクを引き倒した。黙ってキクは倒れ、伊藤はその上に重なった。

だがすべてが終ると、この男は自分を恥じるような妙に照れた顔をして帰っていく。

西陽の照りつける、まだ遊客の姿もまばらな丸山の坂路をおりながら伊藤はひとりごちた。

（俺《おい》あ……まこと悪か男ばい。まこと悪か男たい）

そして彼は眼をしばたたいた。

伊藤という男

この津和野に来た時は、二十八人だった仲間のうち、十四人が棄教し、二人が三尺牢《ろう》で死んだ。そして切支丹《キリシタン》の信仰を棄《す》てぬとまだ言いつづけている者は、わずか十二名となった。

その十二人の囚人はある日の夕方、庭で土を掘る音を聞いた。仙右衛門がそっと覗《のぞ》くと何人かの男たちが鍬《くわ》をふるって穴を作っていた。

男たちは自分たちが見られているのに気づくと、聞えよがしに、

「どうせ、仏にゃあなれん者らあの墓穴じゃけえ。野良犬《のらいぬ》がほりやすいように穴は浅そうしてもええ」

などと話しあっていた。

その言葉で男たちが墓穴を掘っているのだと想像できた。

(近かうちに、ここで俺どんは首ば打たるっかもしれん)

一同はそう感じたが、ふしぎに処刑はもう怖ろしくなく、甘美な解放のように思われた。この辛《つら》い毎日や三尺牢の恐怖に苦しむぐらいなら、早くひと思いに首をはねられて天国《ハライソ》に行きたかったのである。

穴が掘られて二日目、また大雪がふった。仙右衛門は真夜なか頃から悪寒《おかん》を感じていたがその朝、警吏がまだ眠っている十二人に、

「お前らみな御用だ」

全員の取調べを知らせてきた。

「私は駄目にございます」

烈《はげ》しい頭痛を感じて仙右衛門は断った。

「なしてか」

「病にかかりましたけん。歩けませんばい」

「よう歩かにゃあ、誰かにおうてもろうてでも参れ。ええか」

警吏はそう念をおして姿を消した。

仙右衛門は甚三郎に助けられながら、皆のうしろからそろそろと寺の長い廊下を歩いた。寺は取調べをする建物と隣りあわせになっていた。

雰囲気がいつもとちがって異様だった。取調べの役人のまわりに今日は医者風の恰《かっ》好《こう》をした老人や刀を持ちはかまを高く引きしめ、襷《たすき》をかけた男たちが何人か畏《かしこま》って坐《すわ》っている。

（やっぱり処刑やろか……）

十二人の者はその雰囲気で、来るものが来たという気持になった。

「改心する気にまだなれんか」

いつもと同じ役人の言葉である。一同が黙っていると、

「仙右衛門、どうじゃ」

「そん気持になれませんたい」

「甚三郎はどうじゃ」

「改心いたしませぬ」

二人の返事を待っていたように、襷をかけ、はかまをあげた男たちがさっと立ちあがった。

「仙右衛門、甚三郎。外に出よ」

役人は戸をあけさせた。そのあけた戸から真白に雪に覆《おお》われた中庭がみえた。

この時、一同が思ったことは最初の処刑者がこの二人だということだった。そして二人も同じ気持で立ちあがった。熱のため、足もとがよろめいた仙右衛門を甚三郎が支えた。

つもった雪を医師や役人が先にふんで途中でたちどまった。

「裸んなれ。ここに来いやあ」

役人は鋭い声でそう命じた。

裸になって雪の上を役人たちのいる場所まで歩いた。

遠くからはわからなかったが役人や医師たちの立っているのは、池のふちだった。うす白く氷がはったその池は雪に覆われた地面と見わけがつかなかったのである。

「素裸になれと申したのに……」

役人は両手で体をかくすようにした仙右衛門と甚三郎に怒声をあびせた。

「そのふんどしも、取れえやあ」

仕方なく、ふんどしをはずした瞬間、襷をかけた男たちが二人の体を突然、突きとばした。重心を失った二人はそのままうす氷のはった池のなかに水音をたてて落ちた。飛沫《しぶき》があがった。氷が破れた。そして黒い水のなかに二人の体は吸い込まれ、浮きあがった。髪はもうざんばらになっていた。

「氷はやぶれ、あちこちを泳いでまわれども」

と甚三郎はこの時の辛い思い出を次のようにのべている。

「背はとどかず、真中に浅瀬あり、我のあごまでつかり、その時、天をながめて、手を合わせ、サンタ・マリアに訴訟のおとりつぎを頼み、ジェズス（イエス）の御供をねがい、仙右衛門さんは『天にまします』の祈りを申しあげなさる。私は身を捧《ささ》げる祈りを申しまする。その時、役人が申すには、『仙右衛門、甚三郎、天主が目にかかるか、さあ、どうか』と嘲《あざけ》りました」

役人や男たちは容赦なく長柄のひしゃくで水をくみ、二人の顔にそそいだ。そのため二人は息もできなくなってきた。

「体は冷えこおり、だんだん震いが来まして、歯はガチガチになり、そこに仙右衛門どの申さるには『甚三郎、覚悟はいかが。私は目が見えぬ。世界がくるくるまわる。どうぞ私に気をつけてくだされ』もはや息が切れんとする時にあたりて、役人が申すことには『早く上げろ』と言いつけたり。その時、警護の役人は『早く上がれ』と申したれど『今、宝の山にあがりておるからは、この池の中よりあがられん』と言うておるうちに、三間ばかりの竹の先に鉤《かぎ》をつけ、鉤の先に髪毛をまきつけ、力まかせに引きよせたり。それより氷の中より引きあげ、雪をはき、柴束《しばつか》を二つたきつけとして、割木を立てて燃やし、二人の体を六人を以《もっ》て囲い、その火にあぶり、ぬくめ入りの気つけを飲ませ、本（正気）づかせたり」

この氷の池に入れる拷問《ごうもん》は二人だけではなくその日だけでも甚三郎の父である国太郎や、また友八という男にも科せられている。その上池からあげられた甚三郎はただちに三尺牢に入れられている。年とった仙右衛門にくらべ、若い甚三郎なら三尺牢に押しこんでも、まだ絶命しないと考えたからであろう。

次々と加えられるこれらの拷問にもかかわらず、十二名のなかで一人として棄教する者はいなかった。

だが精神は屈しなくても、寒さと飢えとに加えられるこれらの責苦に二人の者が病で倒れた。清四郎という男が皆を励ましながら息を引きとった。

その頃――、

つめたく雪のつもった街道を役人に連れられ、津和野にむかう男女の列があった。行列には女子供だけでなく老人や赤ん坊もまじっていた。いずれも着れるだけのものを着こんでいることがそのふくらんだ服装でわかる。赤ん坊を背負っている母親がいる。そのうしろから老人が苦しそうに坂路《さかみち》をのぼっている。

老人のそばを孫たちがついてくる。

彼等は一カ月前に故郷を追いだされた浦上切支丹のうち、既に津和野で呻吟《しんぎん》している者たちの家族百二十五名だった。長崎ではなく平戸《ひらど》藩の御厨《みくりや》村に連れていかれた彼等はそこから船に乗せられ尾道《おのみち》に渡り、ここで広島に流される仲間と別れ、役人に護衛されながら津和野に向っているのだった。

（夫や父に会わるる）

これからの事はたまらなく不安だったが、しかし消息もわからなかった夫や父や身内に再会できるという悦《よろこ》びが全員の胸に拡《ひろ》がっていた。

（どげん扱いば受けとったじゃろか）

彼等は今後の自分たちよりも、むしろ夫や父の安否のほうが心配だった。病気をしていないだろうか。辛い責苦にあっていないだろうか。

そしてその妻子たちも別れていた夫や父と一緒になれるのなら、どんな今後の苦労でも耐えられるような気がしていた。夫や父のなかには既に棄教した者もいたのに彼等はその事実を知る由《よし》もなかったのである。

一方、その津和野の牢でも、いち早くこの知らせは伝わっていた。悦びと不憫《ふびん》さとの交錯した気持で全員は毎日すごしていた。

（むごか。女や子供まで村から追い払わんでもよか）

その怒りと、

（そいばってん、ここで、こんひもじさと寒さと三尺牢ば味わわせとうはなか）

という不安とが彼等の胸をしめつけた。

庭では木をきる音、杭《くい》を打つ音が毎日ひびいた。

「お前らは、あっちに移り」

と警吏がそっと教えてくれた。

「そしてここにお前らの女房、子供が住むことになる」

新牢ができて、そこに移された翌日の夕方である。突然、子供の泣き声、女たちの話声が聞えた。老人の咳《せ》きこむ音がそれにまじっている。

「あいどんの来たとではなかろか」

と一同はかたまって真新しい土壁に耳をあてた。一人の者が拾ってきた瓦《かわら》で土壁に穴をあけ、

「おう……やっぱり」

そう言うと落らくぼんだ眼から思わず泪《なみだ》をながした。まだ幼い子供が母に手を引かれて、あの浦上からここまで連れてこられたかと思うと父親の彼は泣かずにいられな

かったのである。

「何をしとるか。そこから覗いたりして」

役人は薄情にも警吏に命じて穴を泥でふさがせた。ざわめきは長い間つづいたが、やがて夜が近づいてきた。

「こいはいかん」

突然、仙右衛門が心配そうに仲間に言った。

「役人は女、子供に嘘《うそ》ばつくばい。こん俺どんはとっくに転んだけん、お前らも転べてな」

仙右衛門の心配はもっともだった。全員を棄教さすためには役人たちが手段を選ばぬことは誰もがもうよく知っていた。

「それあ、大丈夫やろ」

と、甚三郎が笑いながら教えた。

「こん俺が厠《かわや》の踏板に十二名のもんは教えば捨てとらんて書き残して置いてきたけん」

「お前が？」

「ああ」

この厠の踏板に書かれた文字は、偶然にもその甚三郎の姉のマツが見つけている。見おぼえあるなつかしい弟の字を見つけた彼女は、十二人の者が棄教していないことをただちに全員に知らせた。

「ばってん、あとの者《もん》はどげんなったじゃろか」

もしかして自分の夫や父は棄教したのではないかという不安と、あの人ならまだ頑張っているという祈りに似た気持が女たちのそれぞれの胸を去来した。

百二十五名のなかには五歳以下の幼児が十六人、六十一歳以上の年寄りが十人もいた。役人は十五歳以上の男を女や子供とは別の部屋に連れていった。

その部屋わりが終ると、

「飯じゃ」

という声がかかった。

物相《もっそう》（飯をもる器）にはわずかの飯が入っているだけだった。菜は親指ほどの味噌《みそ》と一つまみの塩だけで、

「これだけでござりますか」

気丈なマツが警吏の高橋にたずねると、この豆狸《まめだぬき》のような顔をした男は、

「そうじゃ。じゃが転べば腹いっぱい食べられるで」

と嘲った。

誰もが黙ってその飯を嚙《か》みしめた。ただ母親だけが自分のそのわずかな飯を幼い子供の口に入れてやるのだった。

「今までずっと、うちん人は、こげん扱いば受けとったんじゃねえ」

と一人の女が箸《はし》を動かすのをやめて、突然むせぶように泣いた。怺《こら》えていたものが、どっと溢《あふ》れ出たようだった。

「なして泣くとね」

と気丈なマツがその女をはげました。彼女は二十七歳だった。

「そんなら、うちたちも余計に辛抱ばせんばいかんじゃろが……」

食事が終ると女たちはマツを中心にして祈りはじめた。別室でも男たちが祈りをやっているのがわかった。

はじめての津和野の夜はあまりに寒かった。役人たちはさすがに老人子供もいるので、莚《むしろ》でなく、古びたうすい夜具を与えたが、それにくるまっても夜がふかまるにつれて冷気は肌にしみた。

「さむか。さむか」

と子供は母にしがみつき、老人たちはしきりに咳きこんだ。それが百二十五人の最初の夜だった。しかし、夫や父と同じ場所にいるという悦びが女たちに勇気を与えた。

それから三カ月——。

だれも彼もが飢えはじめた。日に一人、一合三勺《じゃく》しか与えられぬ食事と、毎日毎日、家族ごとに加えられる棄教の勧告でまず年寄りの体が弱っていった。

記録によると、百二十五人の新しい囚人のうち、その四分の一にあたる三十一人が到着からわずか一年四カ月の間に死亡している。だから四人に一人は飢えのために死んだということになる。飢えが一番、彼等を苦しめたのだ。

余談だが、この死亡記録をみると死亡者は女より男のほうが二倍ちかくも多い。即《すなわ》ち女十二名にたいして男は二十二名である。そのうち圧倒的に多いのはやはり年寄りで五十歳以上が十二名だが、それに続いて二、三十歳代の者が七人も死んでいるのは、この年齢の者が人数も多く集中的に責苦を受けたためかもしれない。

ほとんど毎日、家族ごとによびだしを受けた。家族ごとによんだのは、日本人の特性として棄教も教えを守りつづけるのも家族ぐるみの傾向が強いことを役人たちが知っていたためだろう。

最初の頃は、それでもいくら説得されても皆は強く首をふった。役人たちも、

「そうか。よう考えてみい」

と言うだけだった。

役人も切支丹《キリシタン》たちが悲鳴をあげるまでには多少の時間のかかることを先の経験から心得ていた。そして、やがて一日、一合三勺の食べものが切支丹たちの体力と気力を弱らせ、その気力が弱まる時までじっと待つのが得策だと知っていた。

こうして冬が終り、春が来た。

山にかこまれた津和野の春は青野山や城山の上にぽっかり綿毛のような雲が浮ぶことからはじまる。もう雲は冬のように、つめたく灰色ではない。

やがてそれらの山々に春がすみが立ち、そして人々はわらびや山菜をとる支度をする。鷲原八幡《わしばらはちまん》の馬場の桜が色づいたと話しだす。それが津和野の春の息吹《いぶき》だった。

その春が終った頃、

「おい」

仙右衛門や甚三郎、清吉たちのいる牢《ろう》に久しぶりで伊藤清左衛門が顔をだした。そのうしろには彼の子分のようになっている警吏の高橋と出口とがそれぞれ狸と穴熊《あなぐま》のような顔をして立っていた。

「お前たちもまこと強情か輩《やから》ばい。こん俺《おい》や津和野藩ばそげん困らすもんじゃなかぞ。こんあたりでええ加減に浦上に戻らんかい」

伊藤は皆をみまわしながらニヤニヤと笑った。

「おかげでこん俺もえらか迷惑ばい」

彼は手にもった油紙の包みを放り出して、

「清吉」

と清吉をよんだ。

「これあ、丸山におるお前の女からの手紙ばい。読みたかか。読みたかったら切支丹ば棄《す》てるて申せ」

冗談半分にそう言うと、その包みを清吉のほうに蹴《け》った。キクが作ったその包み紙には手紙と浴衣《ゆかた》と晒《さらし》とが入っていたのである。しかし彼女が作った金を伊藤は清吉には渡さなかった。

その夜、伊藤はその金で高橋や出口を錦川《にしきがわ》のながれの聞える汚い小料理屋の達磨屋《だるまや》に誘った。

「飲め。遠慮はいらんたい」

「これは珍しい話じゃねえ。伊藤さんが奢《おご》ると言いんさる」

三人はやがて顔を赤黒くしてたびたび錦川の川岸で放尿をしては戻ってきた。

「みい。こん金はな、そこらのドロ銀やチャラ金じゃなかぞ」

伊藤は懐中から一両小判をとり出して二人にみせた。ドロ銀、チャラ金とは当時、あちこちに流れていた悪貨のことだった。薩長《さっちょう》の軍隊が軍資金を必要とした薩長の軍隊が当座の通当座の通貨として製造したものを人々はそう呼んだのである。

「まことの小判たい。こん小判はな……あん清吉の女が……清吉のためにやっと作ったもんたい」

彼はその小判をじっと見つめ、

「そん金で……こん俺もお前たちも今、酒ばくろうとる……」

と自分に言いきかせるようにつぶやいた。高橋が笑いながら、

「へえ、伊藤さんも隅におけませんね。切支丹に金を渡すことは法度《はっと》じゃがねえ」

「ばってん……一人の女の体ば売って作った金で……俺どんが今、飲んどることば忘るんなよ」

そして伊藤は怒りにみちた眼で高橋と出口とを睨《にら》みつけた。

「俺どんはぁ……そげん心のよごれきった者たちばい。女の心ばふみにじってそいで酒ば飲む人間たい」

「伊藤さん、今更何を言いんさるか。それではわしらがまるで悪人じゃあないですか」

「お前たちはおのれば善人て思うとるとか」と伊藤は酒をあおりながら「ばってんこん俺は……清吉の女が清吉のために作った金ば着服する。そんげん男たい」

「伊藤さんは酔うておりんさるけえ。帰りましょうや」

「放っとけ。俺はな、そげん俺がイヤでたまらんたい。ばってん今更変ゆるわけにはいかん。こいは生れついた性格《さが》やろ。性格は変ゆっことはできんけんな……」

「切支丹扱いのお役人がそねえな泣き言を言いんさっては」

高橋はあわてて伊藤を制した。

「お役目にさわりゃあしませんか。帰りましょう」

だが伊藤はうつ伏したまま立とうとしなかった。彼のまぶたにはあの昼さがりの部屋と、自分の体の下で虚空《こくう》の一点をみつめながら、じっとすべての終るのを耐えているキクのあの顔がうかんだ。

「チェッ、泣きよって」

と彼は記憶のなかからそのキクの顔を憎悪《ぞうお》をもって追い払おうとした。キクの眼からひとすじの白い泪がゆっくり流れたのを彼は思いだしたのである。

鋭い痛みが伊藤の胸を走った。

「酒」

彼はその心の痛みを誤魔化すために更に酒を飲んだ。高橋と出口とはそんな伊藤を怯《おび》えた眼で見ていた。

だが伊藤という男のふしぎさは、前夜それほどやましさや心の痛みを感じたのに、その痛みのぶんだけ、翌日囚人たちを苛《いじ》める点だった。

キクが清吉のために彼に托《たく》した金で酒をのみ、女郎を買った次の朝も伊藤は女囚部屋をのぞいて、

「おい。お前、外に出んか」

幼い子を膝《ひざ》にかかえた若い母親を指さした。彼女がどことなくキクに似ていたからである。本原郷の出身で、夫は仙右衛門たちと一緒にここに連れてこられた一人だったが、彼はとっくに棄教してここにはもういなかった。

「お前あ、亭主と切支丹とどっちば選ぶとか」

伊藤は彼女を竹縁の上に坐らせて怒鳴りつけた。竹縁の上に長時間正座させれば両足がどんなに痛むか計算の上だった。

「亭主か、そいともお前らのジェズス（イエス）さまか。亭主よりジェズスば選ぶとは、不義と同じやっか。そげん不義ば行うて、お前あ、そいでも切支丹か」

目茶苦茶《めちゃくちゃ》な理窟《りくつ》だったが、この時の伊藤には理窟などどうでもよかった。

「裸になれ、裸に」

彼はその若い母親が驚愕《きょうがく》して、ものも言えないのを見ると、更に加虐《かぎゃく》的な衝動にかられて叫んだ。

「こん俺あ、お前たちば甘やかしはせんぞ。お前たちぁ甘う扱えば、つけあがる土百姓たい。土百姓のくせに、お上《かみ》に楯《たて》つきよる」

彼の烈《はげ》しい声は寺に閉じこめられた囚人たちすべての耳に聞えた。

「そん腰まきもとらんか」

伊藤は身をよじるようにして幼い子を抱きしめている女に容赦なく命じた。

「恥ずかしかか。ジェズスさまが、お前の裸ばかくしてくれるけん、恥ずかしゅうなかろうが。お前がそげん、あさましか姿になって亭主殿はさぞ悦《よろこ》んどるじゃろ」

大声をあげて若い母が泣きだすと、抱かれた子供までが火のついたような悲鳴をあげた。

「転ぶか……どうや。転べば腰まきはとらんでもよかぞ」

鼠《ねずみ》をいたぶる猫のように伊藤は手で顎《あご》をささえながら、泣きじゃくる女の姿をじっと見おろした。

「どうすっとか」

「転び……ます」

女は嗚咽《おえつ》しながら、小さな声で答えた。

「よか。早う、そう言えばよかと」

そのくせ、その夜、伊藤はまた達磨屋《だるまや》で酔いつぶれ、女郎にむかって苦しげに言った。

「俺の顔に唾《つば》ばはきかけてくれんか」

「なぜ」

びっくりして女郎があとずさりすると、

「俺あ……唾ばかけられても仕方んなか男たい。今日も女にむごかことばした」

顔をゆがめながら、そう呟《つぶや》いた。

恵まれた者と恵まれぬ者

夏が近づいた。

この世には運に恵まれた者と運の悪い者がいる。世に出るものと、世に出ることもできず、泥のなかをもがく連中がいる。

その二つの違いは伊藤清左衛門と本藤舜太郎との間にはっきりと出た。舜太郎が岩倉公に眼をかけられ外務省の役人に昇進したのに、伊藤は津和野と長崎を往復せねばならぬ西役所の下級役人にすぎなかった。

（俺もいっそ、あん一揆《いっき》に加わってやるか）

と伊藤は時折、女郎のうすい胸に顔をおいてそんな事をふと思うことがあった。

伊藤がそう思ったのは、その頃、長州では財政上の都合で解散を命じられた諸隊の連中が反乱したり、それが飛火となって新政府に鬱積《うっせき》した気持を持つ北九州の士族が一揆を起したりしていたからだった。時勢に遅れ世に出られなかった連中が不満を爆発させていたのである。新政府にとって明治三年は相変らず確固たる地盤を築くために多くの試練を受けた年でもあった。

「今頃、あん本藤の奴《やつ》は横浜でどげんしとるとじゃろ」

あの男が一流の料亭で一流の芸者を相手に遊べる身分になったのに、この自分は山にかこまれた津和野で蚊を追いながら乳房もぺちゃんこな女を抱いているのが伊藤には情けなかった。

「何ていうとか、お前あ」

「こげんしなびた乳房やったらな、赤子も吸いつかんたい」

と伊藤はその女郎に悪態をついた。そしてキクの丸い可愛《かわい》い乳房や苺色《いちごいろ》の乳首を思いだした。

「ひで」

「ああ、早う長崎に戻りたか。長崎では今頃もう清水寺《きよみずでら》の祭りたい」

長崎には季節、季節で色々な行事がある。六月に入ると祇園《ぎおん》入りと言って、清水寺の千日参りがはじまる。参道にちかい新石灰《しっくい》、今石灰町の路《みち》すじは注連《しめ》と榊《さかき》できよめられ、家々では膾《なます》や氷餅《こおりもち》を作って客に出すのが習わしである。

伊藤清左衛門はそうした長崎の風物をひとつひとつ思いだしては泣きたい気持で懐《なつ》かしんでいた。

その祇園入りの頃、長崎では——、
丸山の山崎楼のお陽がいよいよ、舜太郎に身受けされ、船に乗って横浜に向うことになっていた。

その日はむし暑かったが、おかみやキクたちは大波止《おおはと》まで幸せに顔をかがやかせたお陽を見送りに出かけた。男衆《おとこし》たちが彼女の荷物を既に波止場の小舟に運んでいた。

「おキクさんにもな……」

お陽は笑いながらキクを力づけた。

「今にきっと、よかことのあるけんね、そいまでの辛抱たいね」

おキクは雲間から洩《も》れる陽の光をうけた長崎の海を見つめながら、うなずいた。

（よかことの、あるけん）

だが清吉の何の消息もつかめないのだ。伊藤は本当にあの手紙や金を手渡してくれたのだろうか。

この世には運に恵まれた者と恵まれぬ者がいる。キクもお陽をみながら、伊藤が舜太郎に感じる同じ思いを味わっていた。

お陽さんは小舟に乗って、見送りに来た連中に手をふった。小舟は彼女を沖で待っている黒い蒸気船に連れていく筈《はず》だった。そして蒸気船は彼女を恋しい本藤舜太郎のもとに運ぶのである。

お陽さんの白い顔は幸せにかがやいていた。雲間から洩れる陽の束を背にうけ、嬉《うれ》しそうに笑い、なつかしそうに見送り人に頭をさげ、そして彼女は次第に大波止の岸壁から離れていった。

「ああ、行ってしもうた」

小舟が小さくなるとおかみは溜息《ためいき》をついた。

「あん子も幸せもんたいね。本藤さまに見初《みそ》められて玉の輿《こし》たい。いずれはお役人さまの奥さまじゃもん」

先頭にそのおかみを歩かせて、見送りの人たちはぞろぞろ帰りはじめた。キクだけがまだ舟着き場に立って、銀色に光っている沖の海を見ていた。幸福にむかっていくお陽。まぶしく羨《うらや》ましかった。

「おキクさん」

その時声をかけられた。ふり向くとお陽の荷物を小舟に運んだ男衆の一人が立っていた。山崎楼につとめる前、丸山の坂路で出会ったあの歯の黄色い男である。彼はいつも丸山界隈《かいわい》をうろうろしていて、あちこちから雑用をたのまれて小遣銭をもらっている一人だった。

「おキクさん。お前さん、芸子になる気になったとか」

と彼はニヤニヤ笑いながらきいた。

「山崎楼のおかっさまがなしてお前さんに二両も貸してくるっか、わかっとるじゃろな。やがて借金で身動きのとれんごとする仕掛けたい」

キクはびっくりして男を見あげた。どうしてこのチンピラがそんなことを知っているのだろうか。だが彼女がたしかにおかみさんに二両を借りた事も事実である。伊藤清左衛門が津和野にたつ前、清吉に手わたしてくれると言ったからだ。

「そりゃあ、清吉ば楽にすっためには、津和野の役人衆にもつけ届けばせにゃならんけんな、小判の二、三枚はいるじゃろな」

その時、清左衛門はあごをなぜながら、そうつぶやいた。その二両はおかみが同情して貸してくれたのだ。

「二両は利子のつくけん、三両になり、三両は雪だるまんごと四両になるたい」

と男は小声で教えた。

「そん時は、もうどうにもならん。おキクさん、どげんするつもりね」

「…………」

「なあ、そん二両ばすぐ作る手だてのあっぱい」

「…………」

「嘘《うそ》じゃなか。そいも一晩でぞ」

「何ば……すっとね」

「本籠町の仲宿に来てくれんね。実は、唐人の金持で……おキクさんばちらとみて、えろう熱ばあげなさっとるお方のおるとたい。そん唐人の相手ばしてくれればよか。二両はださすっけん」

キクは憤然として歩きはじめた。自分を何だと思っているのか、と思った。怒りのあとに、泣きたいほどに淋《さび》しさがこみあげてくる。伊藤にすべてを奪われて以来、おかみも周りも自分をどのような眼で見ているかはキクにはよくわかっていた。伊藤に抱かれるたび、一段ずつ堕《お》ちていく。清吉のいる世界にはもう這《は》いあがれぬほど地の底に堕ちていく。キクはそれが何よりも辛《つら》かった。

蓮華《れんげ》の花が一面に咲いている花畠《はなばたけ》。雲雀《ひばり》がないていたあの少女時代。遠くから聞える清吉の物売りの声を胸おどらせながら待った初夏の朝。あれらは何処《どこ》に去ったのか。

一人になりたかった。彼女はおかみのうしろから続く見送り人の一団から少しずつ遅れるようにして、急に家と家との間に姿をかくした。そして皆の姿が丸山にむかって消えてから彼女は海にそった路《みち》を歩きだした。

どこに行くあてもなかった。どこに行くあてもないので、足はおのずとさまざまな思い出のこもっている大浦の方向に向っていた。

沖にはまだ蒸気船が小さく見える。お陽さんはもう、あの船に運ばれ、あの船に乗りこんだにちがいなかった。

キクはわざとその船から眼をそらした。彼女には手の届かぬ幸福の象徴を見るのはやはり悲しかったのである。

大浦の教会が真上にある。清吉が通った教会。プチジャンやロカーニュが親切にしてくれた教会。だが、彼女は自分がもうあの宣教師たちに顔を合わせられる人間でないことはよく知っていた。

そっと誰にも気づかれぬように教会に近づいた。午後の静かさが教会のまわりの畠や農家を支配していた。

あつい扉をそっとおしてなかを覗《のぞ》く。ここもあまりに静かだ。そしてあの女性の像だけがぽつんと孤独に祭壇の横に立っていた。

キクは彼女を哀《かな》しそうに見て呟いた。

「うちばい。うちば憶《おぼ》えとるやろ」

かつてと同じようにキクはそのそばで孤独なひとりごとを言いつづけた。

「あんた、あん清吉さんも憶えとるやろね。清吉さんは今、津和野でむごか毎日ば送っとるとに、あんたは何もしてやらんとね。ばってんうちも同じばい。うちも何もしてやれんと。哀しか。哀しかよ、何もしてやれんもん……」

そこまで言って彼女は唇をかみしめた。

「清吉さんのためうちにできたことは……少しのお金ば作ってやったことだけ。ばってん、そんお金のために……体ばよごさんばいかんやった」

伊藤清左衛門がはじめて自分の上にのしかかってきた時の、あの烈《はげ》しい焼けるような痛みと屈辱とをキクは忘れることはできなかった。

「あんたは……あん痛さば知らんやろ。あんたは……男にあげん目に会《お》うたことのなかやろけんねえ」

その時、かすかな足音がした。キクはあわてて柱のかげに身をかくした。今更、プチジャンやロカーニュたちに顔をあわせたくなかった。

だがそれはプチジャンやロカーニュではなかった。扉をきしませながら見すぼらしい男があらわれ、あとから女がそっと聖堂に入ってきた。

（ミツ……）

驚愕《きょうがく》でキクは思わず声を出そうとした。今、男のうしろから祭壇にむかって歩いてくるのはたしかにミツだった。

彼女と男とは凝視しているキクには気づかず、あの聖母マリア像の下に跪《ひざまず》いた。顔をあげた男が十字をきると、それに倣《なら》ってミツもたどたどしく手を十字に動かした。

「ガラサ（神の愛）みちみちたもうマリア。主はおん身とまします……」

男はすべての切支丹《キリシタン》たちが聖母に唱える祈りを口に出したが、ミツはその祈りをまだ憶えていないらしく黙っていた。

祈り終ったあとも男は両手で頭をかかえるようにして長い間うなだれていた。そのうちしおれた姿でキクはこの男が何か知らぬが、重い心の荷を背負っているように感じた。

「もう、自分ば責めんでもよか」

ミツが男をいたわるように言った。

「あん人たちもあんたの気持ばいつかはわかってくるったいね。あんたが今までどげん後悔ばしとったか、いつかうちがあん人たちに話すけん」

「みんなが許してくれても、デウスさまが許しなさらんじゃろ」

「なして、そいのわかるとね。そんなら、あんたの信心しとるこんマリアさまがデウスさまにとりなしてくださるやろ。マリアさまは人間の母しゃんごとあるて、あんたは、いつも言うとったやろが……」

「うん」

「母しゃんなら子の苦しんどっとば放っとく筈《はず》はなかばい、母しゃんなら子供の頼みばきかんことはなか」

キクは、自分が知っているミツがこんなに懸命にものを言うのを見たことがなかった。ミツは必死になって男を慰めようとしていた。

子供の時からミツは可哀想なもの、気の毒なものを見るとそれを無視することの出来ぬ少女だった。兄やキクにいくら叱《しか》られても、捨犬や捨猫に自分の食べものをかくして持っていく性格だった。だから今も、彼女はこの男を一所懸命に慰めようとするのだ……。

「行こう」

男はつぶやいて立ちあがった。

「ミツ」

キクはなつかしさに怺《こら》えきれず、遂《つい》に声を出してしまった。びっくりして男とミツとはこちらをふりむいた。そして柱のそばに立って笑っているキクを認めた時、

「あれ」

とミツは眼を丸くして叫んだ。

「なして、ここに。おキクさん。うち、そいはそいは探したとばい。兄《あん》しゃんもここに何度もたずねてきて、おキクさんの居所ばたずねまわって……ばってん異人さんたちもいつも首ばふりなさったし……」

「あんた、達者ね。まだ五島屋に奉公ばしとるとね」

キクはミツの質問をはぐらかした。

波は単調に浜をかみ、退いていく。さきほどまで沖に浮んでいたあの蒸気船は幸せなお陽を乗せてとっくに姿を消していた。雨をふくんで灰色の雲が割れて、陽光はあつくるしく海にさしていた。

「そうね……あん人とつれ添う気になったとね」

キクは自分たちから少し離れた浜に腰をおろし、うつむいている熊蔵に眼をやりながらミツに言った。

「ばってん、兄しゃんやあんたの親にそんことば話したとね」

するとミツは首をふった。

「いいや、話しても許してくれんやろ……そげん思うて、まだ言うとらんと」

「あんたらしかねえ。昔からあんたは気の毒か人ば見たら、どげんしても捨てておけん子やったもん……」

「あん人の苦しか心ばうちが少しでも助けられたらて思うたと」

「変なかね。あんたもうちも切支丹の男とこげん縁ば持つて、一度も思わんやったもんね……」

キクは砂を掌《てのひら》ですくい、こぼしながら、しみじみと言った。

「二人とも男とは辛か縁のごたっね」

「そいで、おキクさん、丸山の何処《どこ》に奉公ばしとるとね」

「聞かん方がよかよ」

とキクは寂しそうに、

「うちはあんたの知らんでもよか場所に行ってしもうた。あんたとはちがうよごれた女になってしもうたけん」

「よごれた女？」

キクは眉《まゆ》を曇らせたまま、掌の砂を指の間からこぼした。

「おキクさん。馬込郷に戻る気持はなかね」

「なか。もう戻っても仕方なかけん。ばってん、うちは後悔はせん」

とキクは沖を凝視しながらはっきりと言った。

「うちは後悔はせん。清吉さんば好いとっごとなって、清吉さんのためによごれた女になったとやけん、うちは後悔はせん。女は惚《ほ》れた男のために何でもしたかて心底から思うもんね。あんたにも……こん気持のわかるやろ」

ミツはうなずいた。キクのような烈しい女が男を愛した時どうなるかが我身に引きくらべて、よくわかったからである。彼女は手で腰についた砂をはらって立ちあがった。

「さあ、もう店に戻らんばいかん。丸山は夕暮になったら忙しゅうなるけん。あんたも五島屋に帰らんば、あんお内儀《かみ》さんに叱らるっとやろ」

「また会ゆっややろか、おキクさん」

不安そうにミツがたずねると、キクは姉のように笑って、

「わからんばい。うちはひょっとしたら津和野まで行くかもしれんけん。さいなら」

さいなら、そう言うとキクはもうあとも見ずに浜から路にのぼっていった。キクがもううしろをふりむかないのは薄情なためではなく、そうやって必死に自分の愛に生きようとしているためだと、ミツにはわかった。

夏が来た。長崎の夏には凌《しの》ぎがたいほど暑い夕暮がある。まったくの無風状態で真夜中になっても寝つかれないくらいだ。

そんなむし暑い夏の夜、精霊舟《しょうりょうぶね》を流す長崎名物の行事が行われる。七月十四日にあちこちの寺の墓地では莚《むしろ》をしいて酒宴をひらく家族がみえ、ペイシンとよばれる料理に皿の形にこしらえたところてんを食べ、墓前にもそなえるのだが、その翌日の真夜中から大波止のあたりは人の群れでぎっしりと埋まる。

それぞれの人が灯をともした精霊舟を海にながす。波にゆれ、波にかくれ、波にた

だよう無数の灯が何とも言えぬ美しい幻の世界を作りあげる。

その夜、山崎楼ではお客たちはおかみや芸子衆をつれてこの精霊流しを見物に出かけ、キクが一人、留守番をしていた。

じっとしていても汗がにじむ暑さである。洗いものをすべてすませ、キクは土間におりる上りぐちに腰をかけぼんやり津和野のことを思った。

この暑さ。津和野は山にかこまれた盆地というから長崎よりもっと暑いかもしれぬ。それならば牢《ろう》のなかはどんなに耐えがたいだろう。そう思うと彼女は清吉のために団扇《うちわ》など使う気にもなれず、汗が頬を伝うのを我慢した。

音がした。誰かが案内もこわず入ってくる。びっくりして立ちあがると、

「俺《おい》たい」

にやりと赤黒い顔に笑いをうかべて伊藤清左衛門が入ってきた。

「驚いたか。二日前、津和野から戻ってな。早う来んばいかんたいて思うたばってん、暇のなかったけん。いや、暑か盆ばい、今も大波止のあたりは人のぎっしりしとってここのおかみにも会うたばい。お前一人で留守ばしとるて聞いて、早速来たわけたい。水ばくれんか。咽喉《のど》のひどう渇いとると」

キクがあわてて出した水を、咽喉音をたててうまそうに飲みほすと、

「酒ばつけてくれんか」

「はい。でもここでは。二階に行かれまっせ」

あわてて銚子《ちょうし》をとり出すキクの体を頭の先から足の先まで見て、

「ここでよか、客扱いは無用たい。そいにしてもお前は相変らず、よか女ばいね。津和野で馬糞《ばふん》くさか女郎しか抱けん俺には長崎に戻ったら、どん女も眼うつりのすっと」

「あの……」

とキクは銚子を長火鉢であたためながら、

「あん手紙と金子《きんす》とは……」

と小声でたずねた。

「手わたしたたい。手紙も二両も……ちゃんとお前の男に手わたした。そげんことは俺といえど許されんことじゃけん、苦労ばしたとぞ」

「そいで清吉さんは何か……」

「返書か？　そげんことは禁じられとる。返書などなか」

さすがに自分の嘘《うそ》を恥じてか、伊藤は眼をそらせ怒ったように答えた。

「酒」

彼は黙って飲みはじめた。部屋のなかは暑く、遠くで人々の騒ぐ声がきこえ、赤黒い伊藤の顔にもみにくく汗が流れていた。

いつもなら、しばらく酒を飲んだあと、血走った眼でキクの背中をそっと見つめ、それから手をのばして彼女の体を引き倒す伊藤である。

その伊藤がまだ何もしない。さっきからなめるように盃《さかずき》を口にあてながら、何かを考えこんでいる。その蝙蝠《こうもり》のような影が行燈《あんどん》の灯で壁に醜くうつっている。

「あんなあ」

この男は決心したように、ごくり、唾《つば》を飲みこんで口をひらいた。

「今後清吉ば手柔らかに扱うためにはな……やはり金のいるばい」

その言葉をまるでひとり言のように呟《つぶや》いた。

キクは黙って聞いている。

「津和野藩の取調べ役人は千葉、森岡、金森のお三人たい。そいに佐伯《さえき》ていう神官も加わっとる。そん四人に清吉のことば少しは目こぼし願うには、手ぶらでは頼めんたい。わかるやろが……」

それでもキクが沈黙を守りつづけるので、

「ほんとは十両もいるところばってん、こん俺が五両で何とか話ばつけよう……五両が無理なら三両でもよかぞ。一人に一両ずつ包んで……できんか。みんな、清吉のためばい」

言い終ると伊藤はおのれのやましさをかくすように、立てつづけに酒を飲んだ。遠くでまた歓声がきこえた。無数の精霊舟が今、長崎湾に、まるであまたの蛍火のように浮び、ながれ、かがやいたからであろう。

酒をのんでいる伊藤の顔から汗が流れでる。

「どうや。清吉のため三両つくられんか。すぐては言わん。俺が秋の終りにまた津和野に戻る時まででよか。津和野は冬の訪れの早かとぞ。そして冬は辛《つら》かやろ。あいつらには」

キクは眼をつむって伊藤のその威嚇《いかく》するような言葉を聞いていた。この男をどこまで信じていいかわからなかった。しかしこの男に頼るほか、清吉を楽にする方法《すべ》はないのだ。

つぶった眼にあの大浦の教会の聖母像がうかんだ。

(あんた。清吉さんば、助けてやってください。もうこいで充分じゃなかね。あん人たちがあんたのために苦しむとも、こいで充分じゃなかね。あん人たちが苦しんどっとに、あんたは何もせんで、体もけがさんで、じっとしておられる)

体もけがさず……彼女は聖母マリアにそう叫びたかった。この世には自分の体をけがさねば愛をつらぬけぬ女がいるのだ。そのような女の悲しみをあんたはわかるまい。生涯生娘《きむすめ》だったとかいうあんたは、嫌な男に一度も抱かれたことがないのだから。嫌な男にいじられ、嫌な男に弄《もてあそ》ばれ、嫌な男に体の底の底までよごされたことがないのだから。

「何とか……します」

キクは小さな声で呟いた。

「そうか、お前は……」ほっとした伊藤は「よか女たいなあ。そげんお前に惚れられた清吉のまこと俺には羡《うらや》ましかぞ」

とってつけたように言った。

そのくせ彼はしばらくすると、キクの肩に手をかけた。倒されたキクは自分の顔の上で荒く息をする伊藤をそのままぼんやり、感情もなく、見つめていた。

「何とか……します」

何とかします、ではなかった。何とかせねば清吉が津和野の冬で苛酷《かこく》な目に会うなら、何をしても三両を作らねばならなかった。

おかみさんに借りる。だが二両を既に借りている。おかみさんの本意がどこにあれ、キクとしては返す当てのない借金を更にたのむのは心苦しかった。おかみさんがキクを借金で縛ろうとしているのだといつか、あの男が言ったが、キクにはそんな話はとても信じられなかったのである。

（どげんすうか）

どげんするにもキクのような何もできぬ女にはたった一つの方法しかない。愛のためにに自分の体をいけにえにすること、自分を犠牲にすること……。

その夜、伊藤が引きあげたあと、おかみさんがお客や芸子《げいこ》とつれだって戻ってきて、また酒や三味線で夜ふけてからやっと寝床に横になれた。

ふしぎにためらいも迷いもなかった……。

「そうかい」

翌日、路《みち》で出会ったあの男はキクの話をきくと、胸のあたりをボリボリかきながら、

「そいがよか、芸子になればあれやこれやと丸山の仕来《しきたり》で銭のかかることの多かけんな。ばってん唐人さん相手やったらさっぱりしたもんたい」

男はそれ以上、説明しなかったが、この唐人というのは勿論《もちろん》長崎居住の中国人のことで、明治になっても唐人というよびかたがしばらく続いたのである。

江戸時代、唐人たちも出島のオランダ人と同様に一定区域に押しこめられ、みだり

に区域外に出ることを許されぬ時期があった。その区域のことを日本人たちは唐人屋敷とか唐館ともいった。が、その江戸が終り、明治になった今、そうした制度はもうすっかりなくなっていた。

「そいで、いつ仲宿に来らるっとね」

仲宿というのはむかし本籠町にあって、唐人屋敷に入ることを許された遊女の溜《たま》り場所のことだった。江戸時代は唐人もオランダ人と同じように遊びたくも丸山に出かけることは禁じられていたから、そのかわり専用の遊女がこの仲宿に出かけて客の呼び出しを待つのが習わしだった。

「うちは夜は忙しかですけん」とキクは静かに答えた。「昼すぎに出かくっより仕方なか」

男は相手とうち合わせをしておくと言って、

「一度相手にしたら一両ばい。そん上枕《まくら》ば変ゆることのいらんけんな、こげん、よか話はなかじゃろ。お客はえらか金持じゃけん、こんげんうまか話のあったとたい」

得意そうに自分がその唐人とどう知りあったかを自慢した。

約束の日の午後、買物に行くようなふりをして、山崎楼を出ると仲宿をさがした。

男は現在も館内町《かんないまち》といわれている場所にある土神堂《どしんどう》という唐寺の前に立っていた。

ここは中国人特有の臭《にお》いが至るところに漂っていた。豚肉の臭い、油の臭い、線香の臭い、にんにくの臭い。これらが混じりあって独特の臭気が家にも路にもしみついている。

「おキクさん、ここばい」

男はよれよれの着物で痩《や》せ腕をあげた。

この中国人居住地区はかつて竹矢来や濠《ほり》を周りに作り、大門、二ノ門からの出入りはきびしく監視していたという。だがこの明治のはじまりにはもう、そんな制限はとりはらわれていた。

だが制限はとりはらわれても、一帯の雰囲気はやはり丸山とはまったく違っている。朱色《あけいろ》もあざやかな土公祠《どこうし》、関帝廟《かんていびょう》、観音堂などの建物も珍しかったが、キクには読めぬむつかしい漢字の看板をかけ中国の酒菓小物を売っている小店が軒をならべている。そしてそれらの店々から笛の音もきこえてくる。

「むこうのお客は日本の言葉はあんまり話しきらんけん」

ふところ手をして男は言った。

「おキクさんも、少しは唐人言葉ば憶《おぼ》えとくとがよか」

「どげん言葉ですか」

「ここではお客をシンカンさんてよぶと。シンカンさんていうとはおもい人のことたい。何ばすっかはインモウ。よか女はエイギイ」

　男は耳学問できおぼえた怪しげな中国語をいくつか教えてくれたが、キクは身を入れて聞く気にはなれなかった。彼女の頭にあるのは、伊藤清左衛門が要求した三両のことだけだった。

　一軒の店に入った。店には江藝閣《こうげいかく》という達筆の看板がかかげてあったが、キクにはもちろん、読める筈《はず》はない。

「こん人がな、通詞のかわりばしてくれるけん」

　店のなかで茶をすすっていた若い唐人に男は眼くばせをしてキクを紹介すると、

「俺あもう帰るばってん、こん人にあとば委《まか》せとるけん心配はなか」

　若い唐人は茶碗《ちゃわん》をおくとキクに、

「お客は二階よ。二階でお前を待っとるけん」

「はい」

　彼に伴われて階段をのぼった。血色のいい、肥《ふと》った唐人が窓をあけた部屋で大きな団扇を使いながら、これも茶をすすっていた。

「おまえ、字よめるか」

と若い唐人がキクにたずねた。

「いえ」

「このお客がおまえとの問答ば書いて話したい……そう言うとるたい」

客は紙をキクにみせた。

「敢問娘子尊名」

「なんやろか。こいは」

キクは仰天して若者にたずねた。

「名、なにか、言うとるたい」

「キク」

客は鷹揚《おうよう》にうなずき、また紙に筆をはしらせた。

「青是多少。容貌標致生得出塵」

「とし、いくつか。可愛《かわい》かて言うとるたい」

あけ放した窓からこの唐人町の騒音がながれこんできた。唐人町のむこうに海がみえた。

彼女のわからぬ言葉で若者と客がやりとりをしている間、キクはその海をみつめ、なぜか急にお陽さんのことを思った。横浜の海をお陽さんはどのような気持で眺めているだろうか。

そのお陽は今——、

横浜で文字通り幸福の花に包まれて毎日を送っていた。

横浜。同じ港の街でも長崎よりもっと生き生きして活気があった。港内には林のように異国船の帆柱がならび、荷がおろされ、荷が運ばれ、埠頭《ふとう》にもまわりにも闊歩《かっぽ》する異人の水兵や水夫たちの群れがあった。そして彼等相手の日本人の出店がずらりと続いていた。

あちこちで勇ましい建築の音が響いている。みすぼらしい、古い日本家屋がこわされて、それにかわり異国風の建物を建てる槌《つち》の音である。木の香がじかに匂《にお》ってくるようなその新鮮な音は、たしかに新しい時代が今はじまろうとしていることを示していた。

「見ろ」

お陽のために借りた高台の家の二階から爽《さわ》やかに風が流れこんできた。船と海とを指さし本藤舜太郎はうれしげに語った。

「これからは眼はあちらに向わせねばならん。あちらとは……あのひろい海だぞ。海のむこうにはメリケンの国（米国）がある。エゲレスやフランスもある。お前は女だが……女だからといってこれからは縫い物、家事だけを学べば充分というものではない。お上《かみ》も旧藩士の娘たち数名をメリケンに送り、かの国の風俗、作法、言葉を学ばせるお考えときいた」

「娘たちば……メリケン国に」

お陽はびっくりして眼を丸くした。お陽の育った長崎ではむかし娘たちが異国に行くのは、娼婦《しょうふ》として売られる時だったからである。

「そうだ。向うで学びそれを日本の女たちに教えるためだ」

「その女子《おなご》たちはあなたさまとは同じ船で行かれるとですか」

お陽は軽い胸さわぎを感じてたずねた。来年になれば岩倉具視《ともみ》公のお供をして本藤はアメリカに渡る。その長旅を彼が若い娘と一緒にするのがお陽には妬《や》けたのである。

「さあ、わからんが」

と本藤はニヤニヤしながら、

「気になるか、それが」

「はい、あなたさまはわたしにも手の早かったですけんね」

とお陽も昔を思いだしてくすくす笑った。

「安心せい。お前とは夫婦《めおと》をちぎった仲だ、お前のほかにこの舜太郎に女はおらん」

うまいことば言うとられるとお陽は思いながら、やっぱり嬉《うれ》しかった。本藤は巨体の上に童顔だったから、そうは見えなかったが実はかなりの好きものであることをお陽は毎夜、よく知っていたのである。

「こん昼間から……」

急に胸のなかに太い手を入れてきた彼に抗《あらが》おうとすると、

「夫婦のちぎりを結んでいるではないか。これはやり溜めである。アメリカに参れば、一年も、いやそれ以上もこのようなことはできん。ゆえに今のうちやり溜めておかねばならん」

と舜太郎はおごそかな顔をして言った。

彼に乳首をいじられながらお陽は猫のように眼を細めた。さっき、感じた嫉妬《しっと》心《しん》も忘れた。まして彼女の頭にはあの長崎の山崎楼にいたキクという娘のことなど、もう毛頭も残っていなかった。幸せに酔っていた……。

乙女《おとめ》峠《とうげ》

津和野に秋がまた来た。背後の乙女峠が次第に色づき、やがて紅葉が茶褐色にかわっていくのを囚人たちは牢《ろう》から毎日不安な眼で眺めた。

囚人たちは津和野の冬の辛《つら》さを骨身にこたえて知っていた。だから夏が終り、秋がきたことは彼等にとって脅威だったのである。

冬にそなえ寒さを凌《しの》ぐために毎日、支給されるたった一枚の紙を米粒ではりあわせて紙子らしいものを作る者もいた。せめてそれを身につけようと思ったのであろう。

晩秋の冷たさがひとしお身にしみはじめた頃、役人たちは実に悽惨《せいさん》な責苦を一人の少年に加えた。

大人たちではなく、少年にこうした苦しみを与えたのは、それによって他の囚人たちが怯《おび》え、心も弱くなり、棄教することを狙《ねら》ったのである。

少年の名は祐次郎といった。彼は甚三郎やマツの弟で、この時、十五歳だった。

「お前の兄や姉が強情者《もん》じゃけえ、こがあな仕置を受けるんで。恨むんなら兄や姉を恨め」

役人はそう言って祐次郎を裸にするとうしろ手にくくり竹縁に坐《すわ》らせた。長時間、この竹縁に坐らせると足も膝《ひざ》も痛み、その苦痛は耐えがたくなることは囚人たちはよく知っていた。

だがこの拷問《ごうもん》は少年を棄教させるためだけでなく、肉親にその悲鳴をきかせるためでもあった。

「風呂《ふろ》をたけ」

役人たちは祐次郎の兄の甚三郎にその日、わざと風呂をたかせた。たき口は竹縁の近くにあり、役人の怒声や弟が責苦にあう泣き声が手にとるように伝わってくる。

「ひもじいか。つめたいか。まっ裸で恥ずかしいか。だがそれだけじゃあまだすまんで。鞭《むち》のご馳走《ちそう》をたっぷり、食べえや」

役人の命令で高橋と出口が交互に少年を鞭で叩《たた》く。

「そねえな叩きようじゃあ駄目じゃ。子供と思《も》うて遠慮するな、力いっぱいたたけ」

役人は相手が少年なので加減して鞭うつ二人を叱《しか》った。やがて鞭をふりおろす高橋の丸い眼と出口のくぼんだ眼に残忍な異常な光がこもった。

うしろ手にくくられ、柱に縛りつけられた祐次郎は、鈍い音が空でひびき、鞭が頭

や背や腕にあたるたび、身をもだえ、

「う、う、うっ」

と呻《うめ》き声をあげた。呻き声は風呂をたいている兄の甚三郎の耳に聞えた。歯をくいしばり、眼をかたくつむって甚三郎はそれに耐えていた。牢中、この間、しんと静まりかえり、女たちにかこまれて祐次郎の姉のマツも顔を手で覆《おお》い、必死で弟のために祈っていた。

「これでもまだこたえんかい」

高橋や出口はかわるがわる鞭の先を祐次郎の鼻や口に突っこんで苦しめた。その鼻や口が血だらけになると、

「もうやめぇ」

さすがに役人も眼をそむけ、

「祐次郎、明日までよう思案しとけ。明日も気を変えにゃあ、今日よりゃ、ひどい目に会うで」

と言った。その夜、晩秋の冷気のなかを祐次郎は丸裸のまま一晩中、つながれていた。

翌日も翌々日も、その次の日も——、

祐次郎は丸裸のまま縛られ竹縁に転がされていた。真夜中の冷気と毎日の責苦とで少年の肉体が一日一日、衰弱していくのが夕方の拷問の声でわかった。ぶたれ、蹴《け》られながら悲鳴をあげるその声に次第に力がなくなってきたからである。

だが時折、まるで赤ん坊が火のついたように泣く――あれとそっくりにすさまじい彼の悲鳴が聞えることがあった。警吏たちがこの少年に水をあびせ、鞭でたたいたのである。

責苦が終ったあとも、ひくい呻き声がいつまでも聞えてきた。そしてその夜一晩中、つめたい雨がふり、闇《やみ》とその冷雨のなかで呻き声は絶えなかった。

十四日目――、

「おい、森岡さまをよべ」

警吏たちがなぜか狼狽《ろうばい》して役人の一人をよびに行った。やがて役人があらわれる気配がして、何やら相談した。

「マツ」

高橋と出口とが女囚たちのいる部屋に顔をだして、

「弟が病気じゃ。そっちへ連れてってみちゃれ」

と声をかけ、そそくさと姿を消した。

女たち三、四人とマツとが転ぶように中庭に走り出た。そして彼女たちは竹縁で芋虫のように転がされている少年のあまりに無惨《むざん》な姿をみた。

全身、青ぶくれにふくれあがり、その体には至るところに黒ずんだ血がこびりつき、紫色の斑点《はんてん》となっている内出血の痕《あと》があちこちにみえる。顔もむくみ、そのなかに眼が小さく、糸のように細く変っている。

「姉《あね》しゃん……」

少年のむくんだ顔のなかの、細くなった眼からひとすじ泪《なみだ》がながれ出た。マツはもとより、女たちは声をあげて泣いた。

女たちの部屋に弟を運びこんでも姉のマツには手当てをする薬もない。ただ体をさすり、水で唇をぬらしてやった。

「姉しゃん」

少年が真夜中、はじめて口を開いて、かすかな声で言った言葉はこうだった。

「俺《おい》あな、叩かれても、声ば出すまいて思うたと。ばってん……あんまり辛《つろ》うて……声の……出てしもうた」

「よかよ、よか」

その体をさすりながらマツは泣き声を出し、幾度もうなずいた。

「えらかった。よう辛抱ばしたやかねえ」

「八日目にもう怺《こら》えきれんやった。ばってん、ふと向うの屋根ばみたら雀《すずめ》の子雀に餌《えさ》ば運んで、そん口に入れとった。そいで、俺あ、サンタ・マリアさまのことば思うたと。サンタ・マリアさまのいつか、こん俺ば助けてくださるやろうて……」

夜がふけて少年の体が痙攣《けいれん》をはじめた。男たちの出入りは禁じられている女部屋だったが、兄の甚三郎がよばれて、そっと闇のなかをやってきた。誰もが起きて少年のために祈っていた。

「子供ば……泣かせたらいかんばい。子供ばいじめたらいかんばい」

それが祐次郎の最後の言葉だった。

「俺あ、ハライソでみんなのために祈っとるたい」

子供ば泣かせたらいかん――。

惨殺された祐次郎の最後の言葉である。にもかかわらず、子供にたいする虐待《ぎゃくたい》はその後もやんでいない。子供ならば暴力にたやすく怯え、屈服すると役人たちは考えていたのである。

十二歳の末吉。末吉は家野郷の子供だったが、両親、兄弟に死別してまったくの孤児である。

「来い」

よびに来た高橋が彼を取調べの場所につれていった時、この子はうしろをふりかえり、ふりかえり、自分を見送っている大人に助けを求めるような眼をしていたという。

「末吉。……サンタ・マリアさまに祈れえ。サンタ・マリアさまが守ってくださるぞ」

女たちは声をそろえ、この子供にむかって叫んだ。するとたちどまって彼はこっくりとうなずいた。

薄暗い取調べ室で三人の役人がわざと菓子をたべていた。ひもじい末吉に見せびらかすためだった。

「末吉か。この菓子ゃあ甘いで、舌にとろける」

役人の一人が機嫌をとるように笑いながらその菓子を末吉の顔に近づけ、それから、

「お前は利巧者《もん》じゃ。利巧者じゃけえ聞け。お前は悪い大人にだまされとるんじゃ。切支丹《キリシタン》などを信じても何の得にもならん。何の得にならんどころか、道をあやまることになる。道というのはな……親に孝、国に忠ちゅうて、この忠孝が両道となる。切支丹は国の指図に従わんから、道をあやまっとるんじゃ」

末吉はつっ立ったままぼんやりとした眼をしていた。

「菓子がほしけりゃあ食べてよいぞ、遠慮せんこう食べえ」

手に菓子を受けとっても末吉がぼんやりした顔で口に入れようとしないので、

「毒が入っとると思うんか」

と役人たちは笑った。

だがいくらいい聞かせても、無言のままでつっ立っているこの子供の心に役人たちはやっと気がついた。末吉は大人の浦上切支丹たちと同じだったのである。

「おい。手を出せ」

菓子を持った両手を前にさし出させて、役人の一人が燈油《とうゆ》をその上にたらした。

「これが油ちゅうことはわかっとるだろうが」

役人は火鉢にまいた紙を入れて、とり出した。こげくさい臭《にお》いと共に白い煙が紙から立ちのぼり、小さな炎が蛾《が》の羽のように動いた。

「切支丹をやめにゃあ、その手に火をつける」

それでも末吉はまるで何も聞いていないように手を前に出したまま、じっと立っていた。

炎が両手の上にぼっと拡《ひろ》がった。

「もうやめえ」

別の役人が声をかけた。さすがに十二歳の子供の手を焼くことはできなかったのであろう。

「帰れ」

末吉はぼんやりした表情で役人たちを見て戻っていった。

そんな晩秋。久しぶりにまた津和野に戻ってきた伊藤は清吉にキクからあずかった油紙の包みを手渡したが、例によって三両は何くわぬ顔で着服していた。

油紙のなかには手紙のほかにキクが集めた色々なものが入っている。餅《もち》、針、糸、晒《さらし》、傷薬、干した芋。そのひとつ、ひとつをじっと見つめて清吉はキクに会いたい、と痛いほど感じた。

この津和野にくるまで、この津和野に来ても清吉の心にはキクはそれほど、はっきりとした映像を結んでいなかった。

それは彼にキクを思うだけの心の余裕がなかったし、飢えた毎日では女性を考える体力も気力も持てなかったからである。あん女はとっくに俺のことは忘れとっじゃろう、と清吉は考え、むしろそれを当然だと思った。浦上を追われ、遠い津和野に流された罪人のことをキクがいつまでも思慕してくれるとは信じられなかったのである。

だがキクはこの自分のことを忘れていない。忘れていないどころか、せつない手紙とこうした品々を伊藤に托《たく》してくれた。

誰一人として助けてくれぬ浦上の切支丹の自分に、宗旨をこえた女の愛情を持ってくれているのだと思うと清吉は、

（生きて……会いたか）

とせつに思うようになった。

「伊藤さま」

ある日、彼は部屋を覗《のぞ》きにきた伊藤清左衛門にそっとたずねた。

「あん娘は……まこと今、丸山におるとですか」

「そうさ。お前あ、知らんやったとか」

「丸山ていうたら色街ですたい。そん色街で……何ばしとっとですか」

切支丹の彼には自分を愛してくれる女が色街で働いているとは思いたくなかった。

まさか男に身を委《まか》せる遊女になっているのではないだろう。

「何ばしとる？……山崎楼ていう店で下女ばしとったたい」

伊藤の返事に清吉はうなずいた。下女なら話はわかる。

「伊藤さまはいつ……また長崎に戻るっとですか」

「正月前たい。俺でもこげん山んなかで元旦《がんたん》は送りとうなか。いくら役目ていうても

正月ぐらいは長崎で過さんば、わりに合わんばい」
そして伊藤は清吉の気持に気づき、うす笑いをうかべ、
「そうか。こん俺に言《こと》づてのたのみたかか。何て言えばよかとか。お前が長崎に戻れ
ばきっと夫婦《めおと》の祝言《しゅうげん》のできるけん、辛抱ばせいと言えばよかか」
「…………」
「ばってん、お前が長崎に戻ることはなかやろう。邪宗ば棄《す》てきらん者《もん》は津和野の牢《ろう》
に死ぬまで閉じこめておけていうとがお上《かみ》の御命令たい。あん女に会いたかとなら、
転ぶことが先決たい」
「……あん娘に言いたかことは……別のことですたい」
清吉はうつむいたまま呟いた。
「何か」
「こん俺のことは忘れて……よか人の嫁になってくれ……そげん言づてててほしかで
す」
伊藤はその時、清吉の眼にキラリと涙の光るのを見た。その涙の光を見た時、伊藤
の胸には言いようのない憐《あわ》れみと言いようのない残忍の衝動が同時に起った。
「ふん、よか人の嫁になれ？　そりゃ、本心か」

清吉は黙っていた。正直、彼はどんな拷問《ごうもん》より辛い責苦を今、味わっていた。

「勿体《もったい》なか話たい」

伊藤は清吉をいたぶるため、わざと溜息《ためいき》をついてみせた。

「あん娘はよか味のすっじゃろ。顔もよか。体もよか。そげん娘ばだかず、ここで一生ば送るて……お前も何のためにこん世に生れてきたとか」

「………」

「よか、わかった。俺もな、丸山に行くたびにあんキクば見て……ああ、こいは清吉の女たいて思えばこそ、手ばつけんやったばってん……こいで大っぴらに勝手もできるていうこったい。ちょうど山崎楼のおかみからもこん伊藤にひとつ水あげばたのむて言われとるけんな」

「キクは……」

清吉はさすがにキッとなって伊藤を睨《にら》みつけた。

「キクはそげん女ではなかですたい」

「ほう、どげんしてわかる。よかか。女ていうもんはいくら惚《ほ》れても、惚れかえしてくれん男にはそんうち情のさめていくもんたい。お前にどげん操《みさお》ばたてても、たて甲《が》斐《い》のなかて気のつけば、キクの心も崩るったい。一度崩れたら、あとは雪崩《なだれ》のごたるもんけんな。そん時、こん俺が……こん指わざで……あん女ばとろけさしてみせるたい」

女を知らず、女心のわからぬ清吉が自分のこの言葉に動揺し、翻弄《ほんろう》されていくのを伊藤はニヤニヤしながら楽しんだ。

清吉をそのままうっちゃって彼は女部屋を覗きにいった。

女たちはかたまって祈りを唱えたり、子供の世話をやいたり、小声で話しあったりしていた。伊藤の姿がみえると彼女たちはあわてて居ずまいをただし、沈黙した。

そんな彼女たちに伊藤はやさしい声で、

「どうや、今日も達者か。今日はえろう冷えこむぞ。北のほうの山に雪のふるごたる様子の見えるけん」

そう言いながら彼のたれ眼は女たちのなかからキクに似た娘をさがしていた。

「おい、お前」

キクと同じ年ごろの娘を見つけて、

「名は何ていうとか」

「しま……です」

「しまか、お前、一寸《ちょっと》、外庭まで出てこい」

やがていつかと同じような恥辱がこの娘に加えられた。竹縁か、庭の石の上に衣服をぬがせて坐《すわ》らせる。肉体的な責苦のほか精神的な苦しみを与えるのが伊藤の常套《じょうとう》手段だった。そのために泣きながら転ぶ女たちも少なくなかった。

男たちのうち、棄教した者は法真庵《あん》に移されたが、女の棄教者は別室に入れられた。棄教した者は食べものも充分に与えられ、手仕事も出稼ぎも許される。

男も女も棄教した者は時折、そっと食べものを別室にわけてくれた。そのおかげで、まだ切支丹を守りつづける連中はかなり助けられた、という。

それらの囚人にたいして伊藤はある時は妙にやさしく、他の時には別人のようにひどい振舞いをした。囚人たちはもちろん、子分格の高橋や出口も彼を気まぐれな男だと思っていたが、この下級役人の心理はそれなりに複雑だったのである。

囚人に――特に女の囚人に仕置を加えた日の夜は、彼は必ず高橋や出口をつれて酒を飲みにいった。行く店はいつも決っていて、そこで彼は高橋や出口もイヤになるほど酒に酔うと、泣いたり吐いたりした。

「人間には運のよか者《もん》と運の悪か者のおるたい。運の悪か者はな、どげんあがいても、泥からは這《は》いあがれん。運のよかもんは、何ばしてもツキのまわってくるもんたい」

それが酔ってきた時の彼の口癖だった。

「俺が一緒に働いとった本藤ちゅう男はそいほど才覚のあるわけじゃなかばってん、運のよかけん、今は外務省の役人たい。そん上、偉か方に目ばかけられて近うメリケンに通詞になって行くて噂《うわさ》に聞いた。ばってんこん俺は……」

そう言いながら伊藤はもう泪《なみだ》を目にいっぱい溜めた。

「お前たちはあん切支丹ば、どげん思うか」

そんな時、伊藤はふっとした表情になって高橋や出口にたずねることがあった。

「どう思う？……あいつらは馬鹿《ばか》じゃ思うのう」

と高橋が答えると、伊藤は、

「愚かもんが……なして俺どんのあげんきつか責めに耐えて、おのれの心ば通そうてするとか。あいつらは愚かもんじゃなかばい。強か連中よ、強か……俺がもしあげん身にさせられたら、とてもあいつらのごと強うは生ききれん」

と首を振って、しんみりとした口調でつぶやいた。

「ひょっとしたら……あいつらの信じとる神ていうとは、おるとやろか」

「馬鹿なことじゃ」と高橋がせせら笑って「伊藤さんまでがそがあな気になっちゃあ困るのう」

「ばってん、あいつらの強さばみたら、あいつらの信心しとるもんが何かて考えるばい。あいは女が一人の男に惚れぬいた時の強さによう似とる。女が一人の男に惚れた時は、何もかんも捨てて一途《いちず》になるじゃろが」

「そねえな女子《おなご》がおるかねえ？」

出口が馬鹿にしたような声を出すと、伊藤はキッとして、

「おる。そげん女のおるたい。惚れた男のために、おのれば捨て、おのればよごしても尽そうてする女のおる」

それから眼をつぶって彼は何かをしばらく考えこむのだった。だが高橋や出口には伊藤がその時、何を考えているのか、わからなかった。

その伊藤が津和野藩の役人によばれたのはこの盆地の城下町に初雪をみた十二月のはじめだった。

千葉という役人が火鉢にかざした掌《てのひら》をじっと見ながら言った。

「実は面倒なことになってのう」

とつぶやいた。

話とはこうだった。

日本政府が相変らず切支丹弾圧の方針をとって浦上の信徒たちを各地に流罪《るざい》にし、

毎日、虐待をしている。それにたいする抗議が主として英国代理公使アダムスを中心として行われ、政府も黙殺できなくなってきたのである。

「やむをえずお上が切支丹おあずけの各藩の模様を取り調べられるという噂がある……」

「何ば調べられるとですか」

「囚人をどねえに扱うとるかをじゃ」

「そいで……」

「それで、正月、長崎に帰られたら、この噂の真偽のほどを異人たちの動きもあわせて探ってくれんかのう。特に異人らあがこの津和野のことを、どこまで知っておるかをのう。なにしろ、長崎は横浜と共に外人の最も多い場所だからな。礼は相応にいたす」

「礼はいらんたい。そん代り」と伊藤は相手の横顔をじっと見ながら「頼みのあるですたい。ひとつ……御藩のお力でこん俺《おい》ばいつか東京に勤めさせてくれんか」

「東京？」

「津和野藩の方々は神祇省《じんぎしょう》にお力ば持っとられると聞いておるけん、そんお力で、ひとつ、俺ば東京か、横浜で働かせてくれんじゃろか」

この時伊藤の頭には、本藤舜太郎の華やかな姿が浮んだ。自分もまた東京か、横浜に行けば本藤と同じように運が開けるかもしれぬという望みが彼の胸にこびりついていたのである。

「考えとこう」

千葉は両手をあぶりながら静かにうなずき、

「ただ、そういうわけで、伊藤さん、しばらくの間ひどうにあの連中を折檻《せっかん》するのはひかえたがええでね」

伊藤が詰所を出ていくと役人たちは顔をみあわせた。

「あわれな男じゃあ。何も知っちゃあおらん」

とその一人がうす笑いをうかべた。

千葉は火箸《ひばし》をとって火鉢の灰に字を書きながら、ひとりごとのように、

「あわれな男じゃがしようがないな。この世の中にゃあ、そねえになる人が必要なんじゃあ」

三年目の冬

津和野藩の役人たちが言ったように――、

各地に流罪《るざい》になった浦上の切支丹《キリシタン》がそれぞれの地で虐待《ぎゃくたい》されていることを各国外交官たちはうすうす知っていた。そして英国代理公使アダムスが特にこの問題に関心を持ちはじめ、正月があけるとすぐ外務卿《きょう》になった沢宣嘉《さわのぶよし》に、この虐待を中止するように申し入れをした。

「そいで、沢さまはどげん答えられましたか」

正月に長崎に戻った伊藤は西役所の上司に事情をたずねた。

外務卿の沢宣嘉はもともとこの浦上切支丹の流罪事件に直接、関係していた。彼が九州鎮撫《ちんぶ》総督だった時、浦上村の切支丹百姓百八十人をこの西役所によんで改宗の説得を試み、さらに知事の折には、木戸孝允《たかよし》と計り、これら切支丹のうち百十四人を流罪にすることを決めている。だから西役所の上司は沢宣嘉とアダムスとの折衝についても聞き知っていた。

「沢さまは……そげん事実はなかて突っぱねられた」

「なるほど」

伊藤はほっとした気持でうなずいた。彼にしてみても、問題が紛糾すれば、自分まで巻添えをくうかもしれぬと心配だったのである。

正月の紋日《もんび》が終って、丸山に久しぶりにまだ日の暮れぬうちに行ってみた。夕暮だった。むかしは、この丸山でも遊女一同を集めて踏絵を行わせていたが、その風習は今はもうない。

「俺《おい》たい、伊藤じゃ」

山崎楼に入って声をかけると、

「これあ」

ちょうど玄関にあらわれたおかみが、

「師走《しわす》には長崎に戻られて聞いとりましたとに、一向にお姿の見えませんでしたけん、どげんされたかて案じとりました」

「忙しゅうてな、こいでも、ちいとは」

と伊藤は笑って、左手の小指をたてて、

「あいつは?」

「そいが……」

おかみは声をひそめて、

「昨日から病で伏せとります」

「病？」

「いえ。案じるほどのもんではなかでしょ。すぐ起しますけん。さ、お二階におあがりくださいまし」

「ふん」

鼻をならして伊藤は階段をきしませながら二階のあの部屋に入った。

あの部屋は火鉢に鉄瓶が音をたてているほかは何も変っていない。ここで彼ははじめてキクの体を倒し、その上に重なった。そしてその時、彼女の眼から白い泪《なみだ》が流れたのだ……。

足を入れた瞬間、その泪のながれた横顔が眼にうかび、胸が針で刺されたように痛んだ。

だがそれだからと言って彼は自分が今日も同じ行為を結局はしてしまうだろう事を知っていた。

（俺は……そげん男たい）

自嘲《じちょう》するように自分に言って伊藤は畳にひっくりかえった。

長い間、待たされて階段がきしむ音がした。

キクの顔があらわれた。伊藤が驚いたほど、顔色が蒼白《あおじろ》い。ただ頬のあたりが熱でもあるのか赤みをおびている。

「お前、病てきいたばってん、どげんあっとか」

と伊藤は起きあがって、まじまじとキクの姿をながめた。

「はい。少し熱のあるとです」

「いつから」

「四、五日前から……」

キクは嘘《うそ》をついた。熱のあるのは四、五日前からではなかった。もう十二月の頃から彼女は体のだるさをおぼえていた。体を鉛が覆《おお》っているような疲労感がある。そして午後になると、体に熱を感じる。

「疲れの出たとじゃろ。ここのおかみはお前ばこき使うけんな」

それは疲れだけではなかった。十二月のはじめ、あの男にたのまれて唐人館《とうじんやかた》に出かけた帰り、雨がふり、その雨に濡《ぬ》れて戻ったのが切掛《きっか》けだった。風邪を引いたが、それを押して働いていたのだ。

いつものように銚子《ちょうし》や小鉢をならべ終るとキクは二、三度咳《せ》きこんだ。いやな空咳だった。

「清吉は元気やったばい。うん、あん金の役にたって、清吉の扱いもやさしゅうなったけんな。お前も案ずることはなか」

たてつづけに盃《さかずき》をあおりながら伊藤も嘘をついた。不意に憐憫《れんびん》の情が彼の胸に起きて、言葉だけでもこの女をいたわりたい気持になったのだ。

「そう……ですか」

寂しそうにキクはうなずいた。もう自分の手の届かぬ場所――そこに清吉はいる。

「うん」

銚子を二本あけた頃、

「おかわりは」

とキクがたずねた。

「よか。もう飲まん」

キクは黙って横になった。言われなくても彼女は伊藤が自分に何を求めてここに来るか、知っていた。

夕暮で、外は少し風が出たらしい。キクの上に重なって、まるで石像のようにぼんやり天井を見あげ、じっと男の情欲が燃えつきるのを待っているキクを見て、伊藤は何とも言えぬ虚《うつ》ろな感じを抱いた。うしろめたさ、辛《つら》さ、孤独感、それらがこもごも彼の胸に拡《ひろ》がっていった。

「よか。もう、よか」

キクは黙って起きあがり、乱れた裾《すそ》をなおした。そして咳をした。口をぬぐったその紙に赤い血の色が伊藤の眼にうつった。

「お前あ……労咳《ろうがい》か……」

彼は恐怖のあまり、あとずさりして叫んだ。労咳とは結核のことであり、当時は皆に怖《おそ》れられた不治の病だった。

「おかみさんには……黙っといてください。そいでなからんば、うちはここから出ていかんばごと、なりますけん」

とキクは眼にいっぱい泪をためてたのんだ。

せつない――あまりにせつないキクのその言葉をきいた時、さすがの伊藤も胸しめつけられるほどの憐《あわ》れみを感じた。

だがその憐れみと同時に、労咳を患《わずら》ったこの女ともう関《かか》わりたくないというエゴイズムが心の半分で起った。そして矛盾した二つの感情のどちらを取ってよいかわからず、伊藤は茫然《ぼうぜん》とキクを眺めた。

「養生ばせんばいかん。そんだけ体の悪かとなら俺の相手なんかせんで、寝とればよかったとに」

それが伊藤の、今言える精一杯の言葉でもあった。

「あの……今度はいつ伊藤さん、帰らるっとでしょうか」

「今度か。今度は正月休みでちと長崎に戻っただけじゃけん、正月の末にはまた津和野に行かんばならん」

「そいで、今度は清吉さんのためいくら金子《きんす》ば作ったらよかですか」

空咳を二、三度くりかえしてキクは清吉にわたすべき金のことをたずねた。キクはその金で清吉が幾分でも獄中生活の苦しさから逃れていると本気で信じているのだった。そしてその金を今日までこの伊藤がすべて着服していたとは夢にも思っていなかった。

「金？……」

狼狽《ろうばい》した眼で伊藤はあとずさりした。

「金はもういらん。こん前、充分、向うの役人にわたしたけんな……金はもういらん」

彼はこの病み衰えた女から更に金をまきあげる勇気はなかった。

「ばってん、一両か二両はやっぱり……持っていってください」

「そりゃ、持っていかんことはなかばってん……」

「清吉さんからうちに何の言《こと》づてもなかでしたか」

伊藤は清吉が彼女に伝えてくれと言ったあの言葉を思い出した。自分のような男は忘れ、どこかよかところに嫁に行ってくれというあの哀《かな》しい言づてを……。

「清吉は……」

伊藤は眼をそらせ、嘘をついた。

「お前のそん心ば、悦《よろこ》んどった。ひどう悦んどった」

「まことですか」

「ああ」

キクの熱っぽい顔にこの時はじめて生気が甦《よみがえ》った。嬉《うれ》しそうに彼女は微笑《ほほえ》んだ。いたたまれなかった。たまらなかった。伊藤はついと立ちあがり、

「帰る」

逃げるように階段をかけおりた。

出あいがしらにおかみに出会った。

「あいつぁ、重病たい。そいば起して働かすっとは、ひとでなしのすることやっか」

伊藤はおかみが仰天するほど強い声で怒鳴りつけると、玄関の下駄《げた》をつっかけて急いで外に出た。

まだ正月気分の遊客がふらふら歩いている間を伊藤は夢中で、足早に歩いた。歩きながら小心なこの男は自分のやったこと、今、見たことのすべてのために胸をかきむしられる思いだった。慚愧《ざんき》、自己嫌悪《けんお》、そして自己弁解、その種の感情をこもごも噛《か》みしめながら彼の足はいつの間にか中国人地区をすぎ海のほうに向っていた。

街のやかましさ、人の多さが今の気持にはなぜか耐えられなかった。途中で一升徳利《どっくり》を買い、歩きながら、時々、それを口にくわえた。

酒を飲んで酔いがまわった時はいつも何とか自己弁解ができた。（俺だけじゃなか。みなもやっとることばい）とも（結局、悪かとはあん切支丹たちじゃ、あいどんさえ温和《おとな》しゅうなったら、俺はこげんことばせんでもよかったとやっか）ともおのれの心に言うことができた。

しかし、酔いがさめたあとのあの寂しさ、胸をえぐられるような自己嫌悪。伊藤は津和野の夜、たびたびそれを味わった。なんの抵抗力もない若い女を裸にして責苦を与えた時、反駁《はんばく》をしない男女をじりじりと苛《いじ》めた時、彼は決してそれが自分の仕事だとは思っていなかった。自分でも抑えることのできぬ快感と衝動とがそうさせるのだった。

浜に出た。風はないが、さすがに寒かった。浜に引きあげられた廃船のかげで伊藤はしゃがみこみ、一升徳利を口のみにした。

(あいつは死ぬとやろか……)

キクは死ぬだろう。伊藤はキクが好きだった。好いてもキクが自分のような醜い男に惚《ほ》れてくれぬことを承知でやはり好きだった。好きだから苛めた。苛めたがキクの清吉を思う宝石のような心を彼は誰よりも知っていた。

(ああ、死んだら、いかんたい)

彼は手で砂をつかみ、怒りと恨みとをこめて思いきり叩《たた》きつけた。

その時だった。彼の眼は大浦の海浜からこちらに向って歩いてくる丈のたかい異人の姿をみとめた。

顔見しりのプチジャンだった。プチジャンはうつむきながら（おそらく祈りをしていたのだろう）こちらにやってくる。

伊藤は身をかくしたかった。この異人がどのくらい入牢《じゅろう》中の切支丹《キリシタン》虐待《ぎゃくたい》の件を知っているかを探らねばならぬのに、この時の伊藤はなぜか、プチジャンに見られるのを怖れたのである。

「ああ」

だが、プチジャンのほうがさきにこの鼠《ねずみ》のように逃げ場所をさがしている日本人を見つけた。

「ああ、伊藤さま」

「なに。正月やけん、浜でこげん、一杯飲んどるとですたい。あんたもどうですか」

伊藤は自分の心とはまったく反対の言葉を、うろたえ顔で言った。

「私は飲みませんけん」

プチジャンは彼の横に腰をおろした。

プチジャンはこの時、ローマから日本に戻ったばかりだった。今までの仕事ぶりで若いながらも日本の布教責任者の司教に任命された彼は、後輩のロカーニュ、ボアリエ、ヴィリヨンの三神父になつかしい大浦教会を托《たく》し、自分は日本の布教を大局的に考えるために横浜に移るつもりだったのである。

久しぶりで出会った伊藤の貧弱な顔はさまざまな思い出を起させる。この小役人がこそこそと大浦の教会を監視に来たり、隣の日観寺を詰所にして自分たちの動静を窺《うかが》っていたこともプチジャンは憶《おぼ》えていた。そんな相手だがプチジャンはこの俗っぽい、小心な男を何となく憎めない。

（小悪党だが、悪魔にはなれぬ男）

と彼はいつもそう同僚に言っていた。

「伊藤さん、あなたは津和野におられたのではなかったとですか」

とプチジャンはふしぎそうにたずねた。

そして彼としてはこの男の口から何とかして浦上切支丹の様子を聞きさぐろうとした。

「正月ぐらいは、長崎で迎えんば、どうにもならんですたい。ばってん、またあん山深か町に戻らんばかて思うたら難儀な話ですばい。こいも、あいどん切支丹の強情ば張るせいですたい」

と伊藤は笑いながら皮肉を言ったが、

「あん人たちは」

プチジャンの顔に突然、喜悦の色がかがやいた。

「そげん強情ば張りつづけとるとですか。そげん切支丹の教えをまだ守っとるとですか」

それはプチジャンにとって言いようのない悦びだった。耳に入ってくる各地の切支丹流罪《るざい》人たちの消息はすべて辛く、暗く、悲しいものだった。信徒たちが虐待されているのは津和野だけではなかったのである。

広島に収容された者は百七十九人。毎日あたえられる食事は一合八勺《しゃく》。ためにかなりの人数が棄教し、四十人が死亡している。

岡山では百十七人があずけられたが一日、二合の食事で飢えの辛さの上に更に苦しい労働を強いられ、死亡十八人のほか五十五人が棄教した。

松江では総員八十四人のうち、棄教者八十一人。

次々と伝わってくる信徒たちの苦しみはプチジャンやロカーニュたち宣教師に時には絶望に似た気持を味わわせた。だが、今、伊藤は皮肉とも冗談ともつかぬ言葉で、

「あいどん切支丹の強情ば張るせいですたい」

と言った。

すると津和野ではまだこの寒い冬の間も信念をまげず信仰を棄《す》てない者たちがいるのだ。

「プチジャンさん」

一升徳利を口にあてて伊藤は急に真顔になった。

「俺《おい》あ、あんたに聞きたかことのある」

「はい」

伊藤のその顔があまりに真剣なのでプチジャンはうなずいた。

「切支丹たちは……なして、こげん意味のなか苦しみば辛抱するとですか」

伊藤はそれから吐きだすように、

「そいにあんたはこん俺を憎んどられるやろう」

と、この言葉を口にだした。

「俺はこん手でたしかに切支丹たちば叩いたり、責めたり、痛か目に会わしてきたもんな。ばってん、あん連中はじっと怺《こら》えとった。あげん辛か毎日やったとに一言も転ぶては口にせんやった。なしてやろか？　なしてそげん強情やったとやろか。転ぶて形だけでも申せば……そん日から人なみに楽にできっとやったとに」

プチジャンは眼をつむったまま、唇をかすかに動かしていた。彼は今、津和野で呻《しん》吟《ぎん》をしている囚人の一人一人のために祈っているようだった。

「神さまは……決して悪しきことば人には加《あ》えられませぬ」

かすかにその呟《つぶや》きが、まるで呻《うめ》きのようにプチジャンの唇から洩《も》れた。神はなぜ浦上のあの百姓たちにかくも辛い試練を与えるのか。神はなぜその力で彼等を救ってはくださらぬのか。神は彼のために苦しむ者を放っておかれるのか。

その疑問はあの日からプチジャンをずっと苦しめてきた。信仰心は時としてそのために暗い影のさすことさえあった。だが結局、彼は神は決して悪しきことを人にはなさらぬ、神はよきことのみを人に与えるのだとつとめて考えようとした。

「神さまは……伊藤さま、人間に善きことのみなされます」

「そしたら津和野であげんに苦しまされとる切支丹も、あんことは神とやらには善かことになるとですか」

伊藤はせせら笑った。狂信者か馬鹿《ばか》でなければプチジャンの今のような答えは決して口に出さないだろう。伊藤のせせら笑うのも無理はなかった。

「はい」

「あん苦しみが善かことかね」

「今は我々には善きことのようには見えますまい。だがいつの日か、あれは善きことだったと思いあたる日の参ります」

「馬鹿らしか」

伊藤は咽喉《のど》をならしながら酒をのみほすと、

「なして、そげんことのわかる」

「誰にも理窟《りくつ》はわかりませぬ。しかし神さまの智慧《ちえ》や企ては人間のそれをはるかにはるかに超えております。私は嘘《うそ》ば申しておるのではない。そのように思わばこそ、あの浦上の切支丹たちは苦患《くげん》に耐え、我らも同じに思うて祈り、考えて参りました」

「ふん。あいどんの苦しみの、いつか善かことばもたらすて？　いや、賭《か》けてもよか、なんも善かことなんかはもたらさん。こん伊藤の首ば賭けてもよか」

むきになって伊藤はプチジャンに反駁し、立ちあがった。

「もし、そん神さまていうとのおらんてすれば……俺はおらんて思うとるばってん……あんたもあいどんたちもまこと、無駄な生きかたばしとるもんたい」

もし神がいなければ、あんたや浦上の切支丹はまことに無駄な生き方ばしとるもんたい――。

伊藤の質問はもっとも怖《おそ》ろしい、もっとも残酷な問題の核心をついた。

もし神がいないのなら、津和野の仙右衛門も清吉も甚三郎たちもあの拷問《ごうもん》責苦に耐えた意味はなかったのだ。プチジャンが海路はるばる日本という遠い国に来た意味もなかったのだ。神はいるかもしれぬ、しかしいないかもしれないのである。そして多くの人は神などは人間の空想や願望の所産だと思っている……。

「はい」

プチジャンは眼をつむって静かに呟いた。

「もし神さまのおられんとなれば……私も津和野の囚人も……まことひどか無駄な一生ば送ったことになります」

「そいば承知で、あげん辛《つら》さに耐えとるとか。あん辛さば怺えることが、一体何ば生むていうとやろか」

「わかりません。でも神さまは、あの者たちの苦しみば決して決して無駄にはされませぬ。それはいつかわかります。きっときっとわかります」

狂信者奴《め》、伊藤はあわれみながらこの異人の悲しげな顔をながめた。ひとつの固定観念にとりつかれた人間には何を言っても無駄だった。どんな説得でも相手は受けつけないのだ。

それよりこの機会に津和野藩の役人にたのまれたことを探らねばならぬ。

「あんたたち異人はさかんに切支丹の虐待されとるてお上《かみ》に訴え出とるとじゃろ」

「はい、手荒なことばやめてくだされ、もう少し食べものを与えてくだされと公使、領事を通してお願いをつづけております」

「そんなら、あいどんば手荒うに扱うたこん俺も処罰しろて申し立てとるとやろ」

「それは私は知りませぬ。それは日本の弾正所《だんじょうしょ》（裁判所）の考えるところですけん」

「うもうに言いのがれよる」

伊藤はせせら笑った。これら宣教師はいつもこうだ。自分たちが最後には責任をおわぬよう巧みに身をかくす。浦上の百姓たちを煽動《せんどう》しておきながら、その彼等がつかまっても自分たちはノウノウと暮している。

「あんたはなして津和野に行かん。津和野に行って、あん百姓たちと同じ苦しみをなして味わわん。自分たちだけよか顔ばして……本藤舜太郎と同じたい」

「時々、いえ、たびたび私はそのことを苦しみました。寒い夜、眠りながら自分はこの家のなかに寝とるのに、あの百姓たちは冷たさを耐えておると考え、苦しみました」

「きれいごとば言うな」

と伊藤はプチジャンに怒声をあびせた。

「あんたは本藤舜太郎と同じやっか。世わたりのうまさだけたい。そしてぜったい自分の手ばよごさん。本藤は罪人の一人でも撲《なぐ》ったことはなか。撲れて命じて遠くで見とる。撲るとはこん俺たい……」

そして伊藤は眼にいっぱい泪《なみだ》をためて叫んだ。

「お前には撲るもんも辛かことのわからんじゃろ。責苦ば与ゆるもんの責苦はわからんじゃろ」

その時、プチジャンはびっくりするようなことを言った。

「わかりませぬ。ばってん、神さまは本藤さまより、あなたさまのほうを愛しておられることはわかっとります」

啞然《あぜん》として伊藤はプチジャンの顔を見あげた。彼は自分がからかわれているのかと思った。嘲弄《ちょうろう》されているのかと思った。

「あんたの神とやらは……あん本藤舜太郎より、こん俺ば愛しとるて言うとか。俺はあんたら切支丹ば責め、苦しめた男ばい」

「あんたは苦しんでおられる。ばってん本藤さまには心の苦しみはなかです。あのお方の心にはただ開けていく明治の世のなかへ立身出世の夢がおありだけですたい」

「そいが……なして悪かか。俺は……むしろ、出世していく本藤の羨《うらや》ましか」

「だが神さまはそげん本藤さまよりもあなたさまのそのひがんだ心、傷ついた心に入りこもうとされます。神さまは今のような出世欲にもえた本藤さまには興味ば持たれんとです。ばってん伊藤さまのその心のほうにひかれとられる」

「俺あな……」

伊藤は憎々しげに言った。

「そげん人心ばまどわす世迷いごとはほんに好かんとばい。人の弱みにつけこんで、お前がこん俺ば切支丹に引きつけようて試しても、そげん甘か言葉や術策にはのらん。お前の手のうちは見えすいとるばい」

「いいえ」

とプチジャンは強く首をふった。

「いつか、わかります。あんたは浦上の切支丹を苦しめて、自分で自分の体に血ば流された」

「俺あな、そげん男じゃなか。俺あな、あいどんば責めるとの楽しかけん、責めとるだけばい。あいつらば苦しめるとの面白かけん、苦しめとるだけばい」

狂暴に眼を光らせた伊藤は口に唾《つば》をためて反抗をした。彼はプチジャンに自分の弱みを決して見すかされたくはなかった。悟りきったような顔をしてこちらの心にずかずかと入りこんできたこの異人を許すことはできなかった。

「ではあの者たちばよかように苦しめられるがよかでしょう」

「何ば言うとか」

「苦しみはあの者たちの間に愛ば生み出しますけん。苦しみのなければ……伊藤さま、愛も生れんですたい」

伊藤にはプチジャンの言葉の半分が理解できなかった。しかしあとの半分の言葉は彼が今まで聞いたことのない重みをもって心のなかで反響した。

「ふん」

彼はわざと軽蔑《けいべつ》したように浜から立ちあがった。そして、

「本藤舜太郎より、こん俺ば切支丹の神とやらは寵愛《ちょうあい》すっとか。まことにふしぎな宗旨たい」

嘲《あざけ》りながら砂浜を立ち去っていった。

彼は思った。自分のような卑劣、卑怯《ひきょう》、狡《ずる》く利己主義、欲望を抑えることのできぬ人間は虫けらと同じだと。その虫けらが神の眼には本藤舜太郎よりはるかに価値があるというプチジャンの奇怪な言葉は一体、何だろうと……。

雪。そして聖母

その日――、

寒さがいつもよりきびしかった。古綿色に曇った空からは今にも雪でもふりそうだった。山崎楼のおかみは諏訪《すわ》神社の御火焼《おほやき》に出かけてキクに留守番をさせていた。夕暮まではだから彼女も少しばかり体を休めることができた。

体がわるくなってから、おかみはキクに嫌味を言うようになった。

「うちは他《ほか》の店とちごうて働かれん者《もん》ば養う余裕はなかとばい。いつまでもぶらぶら寝てもろうたら困るやかね」

勝気なキクはそんな嫌味を言われるとカッとなって熱のあるのを我慢して台所をやり、ふき掃除をした。しかしそうして働いている間も眩暈《めまい》をおぼえたり、あまりのだるさにそのまましゃがみこみたくなる時さえあった。

そして今日はいつもより特別、疲労感をおぼえた。鉛のようなもので体をしめつけられたようで、その上、熱が出ていることが自分でもよくわかった。

「あんたは幸せたい。遊女なら胸の病で使いもんにならんごとなったら、もう御飯も与えられんて言うもんね」

おかみのその皮肉を思いだしながら、昼ちかくまで働いた。そして昼、しばらく横になっていると、あの歯の黄色い男が勝手口の戸をガタガタいわせた。

「あんた？」

「ああ、出られんやろか。唐人の商人で、どげんしても女のほしかて言うてきかんお方のおらるっとばい。金ははずむて言うとらるっとばってん」

「今日はいかん」

力なくキクは首をふった。

「今日は具合のわるかけん、辛《つら》かとさ」

「そりゃいかんな。ばってん、長《なご》うはかからん。そいも二両ばはずむて言うとるばい」

「なら十善寺行きの姉さまたちにたのんだらよか」

とキクはつぶやいた。

十善寺行きというのは唐人相手の遊女のことで、丸山ではオランダ人相手の遊女より格が落ちてみられていた。十善寺行きというのは彼女たちの蔑称《べっしょう》でもあった。

「そいが、唐人の間ではおキクさんの評判のあんまり、よかけんなあ。顔もよか情もよかて言うて」

と男はしきりにキクをほめそやして誘いだそうとした。おそらく仲宿のあたりで、キクを必ず連れてくると大きな口をたたいたのであろう。

「二両ばい、二両もはずむ唐人はそげんはおらん」

キクは伊藤がふたたび津和野に戻る前に、少なくとも一両か二両の金を清吉のために作っておいてやりたかった。自分の体がこう弱くなった以上、長くは生きられぬだろうと予感していた。

それだけに――、

それだけに清吉のため最後の力をふりしぼっても愛を尽さねばならなかった。愛を与えねばならなかった。キクはそんな女だった。

戸じまりをして、キクは歯の黄色い男と山崎楼を出た。空がくもり、底びえがじんと体につたわってくる。

「こりゃ、雪でもふっかもしれんばい」

灰色の空をみあげて男はつぶやいた。

「うちは早う帰らんばいかんと。おかみさんは御火焼からすぐ戻ってこらるっけん、そいに夜のお客もあるし。芸子衆《げいこし》たちの先に来たら……困るけんね」

「わかっとる。わかっとる」

心得顔に男はキクの先にたって丸山の坂をおりた。

海が今日は暗い。稲佐山《いなさやま》のうしろにひときわ黒い雲が押しよせている。

今日の相手の中国人は痩身《そうしん》で頬骨の出ている若い商人だったが、しつこくキクの体にさわりたがった。

「衣裳斉整　容貌標致」

と彼はキクをみてお世辞を言った。容貌標致（姿は美しい）はあたっていたかもしれぬが、着がえもせずにあらわれた彼女を衣裳斉整（衣服がととのっている）と言ったのはお世辞だった。

通詞がわりの唐人がキクのことを、

「当時名妓数一数二（一、二をあらそう名妓《めいぎ》だ）」

などと嘘《うそ》をつくと、これも中国風に、

「多謝多謝」

と礼を言う。

やはり窓の外に牡丹雪《ぼたんゆき》がふりはじめた。寒さもきびしくなった。それなのに酌をしていても、唐人の歌う唄《うた》に調子をあわせている間も、キクは体が熱く気分が悪かった。その熱っぽく赤らんだ彼女の顔をみて、唐人は彼女が酒に酔い上気しているのだろうと誤解し、床入りを急いだ。

だるかった。この苦役が早くすめばいいと思った。痩《や》せた唐人の体が彼女の上でたえまなく動いている間、キクは清吉の面影をまぶたに浮べて耐えた。自分が耐えていることより、もっと辛いものに清吉が耐えているのだと思おうとした。そして、もし神というものがあるならば、この自分の辛さのぶんだけ清吉の辛さを減らしてほしいと願った。

その時、彼女の心にふと浮んだのはあの南蛮寺の女のあどけない顔だった。清吉があがめ、信じていたあの聖母のことである。

（うちんことは、いくら苦しめてもよかけん、津和野のあん人ば楽にしてやってくれんね）

彼女は眼をつむったまま心のなかであの女性にそう頼んだ。それは頼みというよりは祈りであった。そして彼女がその祈りを心で言いつづけている間、痩せた男の体はこきざみに動き、あつい息づかいが耳にきこえ、眼の充血した顔が真上にあり、そしてその情欲のほとばしりが彼女の体に烈《はげ》しく流れこんだ。

その瞬間、キクは烈しく咳《せ》きこんだ。咽喉《のど》の奥に魚の骨が引っかかったような感覚がしてそれを吐き出そうとした時、生ぐさい液体が口中からあふれでた。

鮮血だった。血は唇からながれ、畳をよごした。

仰天した唐人は裸のまま彼女から体を離すと、大声をあげて階下で待機している男をよんだ。

唐人たちは親切だった。そのまま横にならせ、やがてあつい薬湯を湯呑《ゆの》みに入れて飲ませてくれた。

「鎮静、鎮血の薬」

と通詞役の男が紙よりも白い顔をしたキクに教えた。褐色の薬湯は臭みがあったが飲むと胸のつかえが少しずつ静まり、吐き気がなくなった。

帰らねばならぬ。もう、おかみさんも戻っている時刻だ。そう思ったが鉛で覆《おお》われたように体が動かない。薬湯のなかには眠り薬が入っていたのか、そのまま彼女は浅い眠りに入った。

みた夢はいつもと同じ。馬込郷のやわらかな春。雲雀《ひばり》がなき、蓮華《れんげ》の花が覆っているあの野原。ミツやほかの少女たちにまじって遊んでいる自分。清吉もそのなかに加わっていた。そしてキクは清吉を意識するあまり、わざとツンとしたり、彼から遠く離れたりした。と、清吉はとてもとても悲しそうな顔をした。

眼がさめた。暗い孤独な夕暮だった。外には大きな牡丹雪が舞っていた。家々の屋根が真白に変っている。

無理に体を起し階段をそろそろおりた。あの痩せた唐人を入れて三、四人、酒を飲みながら唐拳《とうけん》遊びをやっていた。

「もっと寝とってもよかたとに」

と日本語のできるその一人が言ったが、

「迷惑ばかけました。こんどわびにきますけん今日は許してください」

「養生ばせねばいかんよ」

唐人は二両をくれたがキクはその一両をかえそうとした。血を吐いたおわびだった。

「よか。とっておけ」

と唐人は首をふりやさしく言った。

牡丹雪のなかを彼女は丸山に戻ろうとした。そしてどのように弁解をしようかと考えた。いずれはすべてがばれることはわかっていたし、おかみさんも薄々は気づいているのかもしれなかった。

重い心のまま雪のなかを歩く。路《みち》は暗く人の姿は見えない。しかし熱のせいで悪寒《おかん》が時々、肩から背中に走るほか、頭がひどく熱を持っていた。

また吐き気がした。たちどまって咽喉にたまったものを吐いた。雪が真赤な血でそまった。

その血をじっと見ながら、彼女はもう山崎楼には戻れないと思った。働くことのできぬ女をただで寝かせ、ただで食べさせるほど丸山は甘くはなかった。

馬込の家に戻る。キクの自尊心はそれもゆるせなかった。働くこともできぬ体をみせ婆《ばっ》さまや両親を歎《なげ》かせるのはあまりに辛いことだった。

（もう自分は長くないだろう）

彼女はその時、自分の生命の短いのを確実なものとして感じた。そして自分が今、行く場所はたった一つ――清吉の姿を偲《しの》ぶことのできるあの大浦の南蛮寺しかないと思った。

なぜなら清吉はあの南蛮寺ほど自分に大事な所はないといつも言っていたからだ。そして更に彼はあの女性を崇《あが》めていたからだ。

暗い海。暗い浜。誰もいない路をキクは大浦に向っていた。霏々《ひひ》として雪は舞う。海は暗紫色をおび、浜にそった路は既に白く変り、傘をもたぬキクの髪と肩とに無数の雪片がかすめ、ふれた。

ふしぎに苦しくなかった。なぜか知らぬが、大浦の南蛮寺までたどりつけば清吉に会えるような希望が最後の力を与えていた。

肩で息をして、時折たちどまり、たちどまるたびに咳きこみ、坂路をのぼった。既に雪に覆われはじめた坂路は歩きづらかった。下駄《げた》をぬいで彼女は素足になった。坂の頂にたどりついた時、力つきたような感じがした。烈しく咳をして彼女は寺の土塀にもたれ、息を整えた。彼女がその時、もたれた土塀は今はもう東急ホテルの一角に変っている。しかしその寺はありし日の面影を半ば残している。

雪の白いヴェールを通して南蛮寺は眼前にあった。そのヴェールのなかに立ちながらキクはその寺のなかで清吉が今自分を待ってくれているような幻想を持ちはじめていた。春の浦上。遊んでいる少女。幸せだったあれらの日の思い出。初夏の朝、物売る清吉のすがすがしい声、そしてこの寺で彼としばらく話しあったささやかな思い出。

それらすべてが頭のなかを走馬燈《そうまとう》のように動いていった。

よろめきながら南蛮寺の石段をのぼった。そして真白な人形のような姿のまま、扉を押して内陣に入った。

祭壇に聖体の安置をしめす種油の火が小さく燃えていた。かつてここで働いていた時、その火の途絶えぬよう種油を入れるのは彼女の仕事でもあった。

彼女はあの女性の像の下に倒れるように坐《すわ》って咳きこんだ。咳きこんだ時、また少し血が口にあてた手をよごした。そして聖母の像は咳きこむキクを大きな眼で見ていた。

（やっぱし、ここに来てしもうたよ。清吉さんのことば話す相手はあんたしかおらんもん）

咳きこみながら彼女は聖母にそう訴えた。

(うちはあんたば好かんやった。清吉さんがうちよりもあんたのほうば大切に思うとったけんね。うちは清吉さんの心ばこっちに向けようて焼餅《やきもち》ばやいたこともあるとばい)

そして彼女は烈しく咳をした。

(もうだめんごとある。うちは負けてしもうた。あんたと違うてこん体はよごれによごれきっとるけんね)

訴えながらキクの眼から泪《なみだ》がながれ出た。伊藤に犯されたあの日に流したと同じ泪がながれた。

(もう……うちは清吉さんには近づかれんよ。ばってん、うちはほんとに清吉さんば好いとった)

彼女は血を吐き、うつ伏した。内陣は静寂で、雪は外に音もなく舞っていた。咳の音が終ると彼女の体は動かなくなった。

この時聖母の大きな眼にキクと同じように白い泪がいっぱいにあふれた。あふれた泪は頬を伝わりその衣をぬらした。彼女はうつ伏して動かなくなったキクのために、一人の男を愛して愛しぬいたこの女のために、おのれの体をよごしてまでも恋人に尽しきったキクのために今、泣いていた。

(うちは……ほんとに清吉さんば好いとった)

キクのその叫びを聖母は、はっきりと聞いた。聖母像は大きな眼に泪をためたまま、強く強くうなずいた。

(ばってん、あんたと違うて、うちん体はよごれによごれきってしもうた……)

悲しみと辛さとをこめたキクの訴えには聖母は泣きながら烈しく首をふった。

(いいえ。あなたは少しもよごれていません。なぜならあなたが他の男たちに体を与えたとしても……それは一人の人のためだったのですもの。その時のあなたの悲しみと、辛さとが……すべてを清らかにしたのです。あなたは少しもよごれていません。あなたはわたくしの子と同じように愛のためにこの世に生きたのですもの)

うつ伏したキクの体はもう力尽きて身じろぎもしなかった。

(今夜の雪は一晩中、ふるでしょう。よごれたもの、けがれたものを、あのたくさんの雪が白く浄《きよ》めるでしょう。やがてこの長崎の街は純白の世界になるでしょう。人間のよごれ、けがれ、苦しみ、罪がすべてその純白の雪の世界のなかにかくれるように、あなたの愛があなたにさわった男のよごれを消した筈《はず》です)

そして聖母はキクを促した。

（いらっしゃい、安心して。わたくしと一緒に……）

すべてが静寂なまま時間がながれた。教会の外では相変らず霏々として雪はふりつづいていた。

真暗になってから聖堂に祈りにきたプチジャンは祭壇の真横に倒れているキクの姿を発見した。うつ伏した彼女の顔のまわりは吐いたおびただしい血で黒くよごれていたし、既に体は硬直し息たえていた。ここでの喀血《かっけつ》が彼女を窒息死させたのだった。

プチジャンはお兼さん夫婦をよび、ロカーニュ神父たちを集めた。お兼さんの夫が雪のなかを西役所まで大急ぎで届け出にいった。

祭壇の蠟燭《ろうそく》に灯がともされた。キクは切支丹《キリシタン》ではなかったが、プチジャンをはじめ神父たちは彼女のために切支丹の死者への祈りを唱えたのである。

「主よ、永遠の安らぎを、彼女に与えたまえ（レクイエム・エテルナム・ドナエイ・ドミネ）」

とプチジャンは唇をかすかに動かしながら唱えた。

「また絶えざる光を照らしたまえ。彼女がやすらかに憩《いこ》わんことを」

レクイエス・カント・インパチェというそのラテン語の言葉を呟《つぶや》きながらプチジャンは言いようのない悲しみに胸をしめつけられた。

彼はキクが清吉を愛していたことを知っていた。その清吉が遠い津和野に閉じこめられているゆえに、彼女がどのように悲しんでいたかも承知していた。そして彼女がこの祭壇の前で捨て猫のようにぬれ、血を吐いて死んでいる理由がプチジャンにはわかるような気がした。

だがその死や苦しみにどんな意味を神は与え給《たま》うのか、とプチジャンは先日の伊藤との海浜での問答を突然思いだした。

深夜になって西役所から提燈《ちょうちん》をかかげて何人かの警吏と検死の役人が来た。その役人が伊藤清左衛門だった。

伊藤はキクの死顔を見おろし、彼女が吐いたおびただしい血の痕《あと》を見つめ、棒のように突ったっていた。神父たちもお兼さん夫婦もその茫然《ぼうぜん》とした姿を少し離れた場所で眺めていた。

伊藤が無言のままなので警吏がお兼さん夫婦にたずねた。

「こん女の身元はわかっとっとか」

「はい、キクて申して浦上馬込の者《もん》でございます。ここでしばらく奉公ばしとりましたが、我々と同じごと切支丹ではありませぬ」

と、お兼さんの亭主はキクのためというよりはむしろ自分の身の安全のため、切支丹でないことを強調した。

「どげんして雇ったとか」

「それは私が申します」

プチジャンはキクとはじめて出会った六月の日のことや、ここに連れてきた事情をかいつまんで説明した。もっとも彼はロカーニュ神父がその朝、浦上切支丹の逮捕にまきこまれ、山をこえて逃げたことなどは巧みに伏せて語らなかった。

「ばってん、なしてここばやめたとか」

「それは私にはわかりませぬ」

とプチジャンは首をふったのに、

「丸山に行ったて聞いとりました」

とお兼さんがわざわざ横から口を出した。

「丸山のほうが、こげん場所で働くよりは若か女には楽しかですけんね」

「丸山ていうからには……遊女になったとか」

「そいは知りまっせん。ばってん、丸山で働いとったていうことですけん、同じことばしとったとじゃなかとですか」

お兼さんはキクに好意をあまり持っていなかったので、その口調にもさげすみの調子がまじった。

「そんなら、ふしだらか娘やったわけか」

警吏はうす笑いを浮べてつぶやいた。

「ばってん、なして、わざわざここに戻って死んだとやろか」

「そいは……」

とお兼さんは横目でチラとプチジャンを見て、

「こげん病気になれば皆に嫌われますもんね。どうせ丸山で男ば相手に毎夜身ば持ちくずすことばかりやっとりましたとやろけん、体の悪うなったとも仕方んなかですたい」

お兼さんが卑屈な笑いさえうかべてそう言った時、

「せからしか」

突然、伊藤がこちらを急にふりむいた。

「お前らに……なんのわかっとっとか」

そのあまりに烈《はげ》しい怒鳴り声に、警吏もお兼さん夫婦も怯《おび》えた顔をした。

「お前らに……こん娘の何のわかっとっとか。こん娘は……そげん、娘じゃなか。こん娘にくらべたらお前らやこん俺《おい》のほうが……もっとうすぎたなかぞ……」

そして彼は自分で思わず口に出した言葉に気づいて茫然とした。とんでもないことを口走ってしまったという狼狽《ろうばい》の色をその顔にうかべた……。

「引きあげよう。死体は馬込の家の者とともども手厚う葬《ほうむ》ってやってくれ。手厚うだぞ、手厚うだぞ」

それが伊藤の帰りがけの言葉だった……。

帰郷まで

たびたびの外交団の抗議に明治政府も遂《つい》に手をやき、各地に流されている浦上切支丹の待遇を調査させることにした。明治四年の五月のことである。

津和野にも五月下旬、外務権大丞《がいむごんのだいじょう》の楠本正隆《くすもとまさたか》を長として加藤直純や植村義久が巡察に赴いている。

初夏の津和野は若葉がうつくしい。すべてのものにその若葉の色と匂《にお》いとが吹きつけてくるようである。

宿所である弥重勘右衛門の宅で楠本と加藤の両巡察官は切支丹預りの責任者たちの

訪問を受けた。

「諸君御承知のように、お上《かみ》は今年の終り、条約改正のため諸外国と交渉なさる手筈《てはず》だ。この時期にあたり切支丹の扱いに手落ちがあれば、交渉にも難儀をきたすことになる」

と楠本正隆は千葉、金森など津和野藩の責任者に視察の理由を説明した。

視察の説明といってもそこには叱責や監視の気配はなかった。切支丹をきびしく取り扱うのはもともと明治政府そのものの宗教方針であり、その宗教方針は徳川幕府から受けついだものだったからである。千葉、金森は夜おそくまで、かえって楠本たちから酒肴《しゅこう》のもてなしを受けたぐらいだった。

翌日、巡察官たちは切支丹たちをとじこめている牢《ろう》を視察することになった。彼等が見てまわったのは、あくまで改宗の意志をみせぬ者を収容している光琳寺《こうりんじ》と、改宗者を入れている尼寺との二カ所だった。

「ひどい折檻《せっかん》を加えたことはないか」

と楠本はあらためてここを担当する役人たちにたずねた。彼には痩《や》せて眼だけ大きく、手足の針金のように細い子供たちを見ただけで、どのような扱いが行われていたか一目瞭然《いちもくりょうぜん》だった。

「津和野藩といたしましてはきつい折檻など、きびしく禁じておりました」

と役人たちは命じられた通りに答えた。

「しかし、あるいは私どもの目の届かぬところで多少のやりすぎはあったかもしれませぬ」

「多少のやりすぎ……と申すと」

と楠本と加藤がわざと不審な顔をすると、

「あの者たちの扱いと説得は我ら津和野藩だけでなく、長崎西役所より参られる方もなされましたゆえ……」

と役人は暗記したように答えた。この答えによって津和野藩は政府から叱責を受けることも虐待の責任を問われることもなくなった。

「すると、万が一、やりすぎがあったとしてもそれは長崎西役所から参った者のせいと言うのか」

と加藤はきびしい顔をして訊《たず》ねたが、役人たちはうつむいたまま黙っていた。黙ることで質問に肯定するふりをしたのである。

「その者の名は何という」

「はい……伊藤殿と申されます。伊藤清左衛門殿と申されます」

伊藤が長崎西役所で解雇の通告をうけたのはそれから半月後だった。

「伊藤殿。すべて、こいは……」

野口という上司が気の毒そうにちらちらと伊藤の表情を窺《うかが》いながら、

「沢さまからの御命令でな……。我々にもいささか合点いかんことばってん」

と呟《つぶや》いた。

「おぬしが津和野でクロ（切支丹）たちば、ちと手荒う詮議《せんぎ》されたとの悪かったごとある。そいが異人たちの耳にも入り、外務卿《きょう》の沢さまも仕方のう、こげん御処置ばとらざるをえんじゃったとじゃろうなあ」

伊藤はその言葉をきくと、怒りで顔を赤くさせながら叫んだ。

「不公平たい。きびしゅう詮議せよというとがはじめからのお上の御指図じゃなかったとか。手荒う扱うたとは……俺《おい》一人じゃなかばい。津和野の役人衆もこん俺以上にあん切支丹者ば氷づけにしたり、三尺牢に入れたりしたやっか」

「明断《めいせき》」

と野口はあわててうなずいた。わかったと言うかわりに明断というのが、この野口の口癖である。

「そいとに、こん俺だけば処罰さるっていうとは、不公平じゃなかか」

「明晰。ばってん、すべてお上のなさることじゃけん、小役人の俺どんには何もできんたい。が、こんところば我慢して、あとは、俺どんであんじょうするけん」

あんじょうと言うのも野口の口癖だった。

「どげん風にあんじょう、してくるっとか。畜生」

と伊藤は口惜《くや》しさで泣き声さえ出していた。

「あんじょうていうとは……」

野口は少し心細そうに、

「あん本藤舜太郎殿に、いまちいと寛大か処置ば沢さまにお願いしてくれて俺も頼んでみるけん」

「本藤か……」

伊藤清左衛門はこの時またも、自分と本藤との人生の開きを口惜しさと嫉妬心《しっとしん》とで感ぜざるをえなかった。だがその本藤に今は尾をふってでも頼まざるをえない。

「そうか。本藤殿にか。何分よろしゅうにたのむ」

「明晰。あんじょう運ぶけん」

その日、一日、霧のような雨が長崎にふりつづいていた。その雨を見ながら伊藤はこの世には強い者と弱い者、幸運な者と不運な者、華やかな者とみじめな者とが厳としてあることを考えた。そして彼はその時、自分の不運を呪《のろ》ったが、その自分にだまされて体をよごしていったあのキクのことを思ってうなだれた。

（俺は仕方なかったとたい……）

と伊藤はそのキクの幻にむかって、はじめて呟いた。

「俺のことば、許してくれんね」

そのくせ彼は自分の弱さが明日にも、今までと同じような行為に走らせることもよく知っていた。


やさしい野口が伊藤清左衛門のために書いた手紙を、本藤はたしかに受けとった。

「困った奴《やつ》だ。伊藤という男は……」

と彼は今は妻となったお陽にその手紙をみせた。

青山にある二人の住居の周りにはまだ林や竹藪《たけやぶ》がいっぱいあった。お陽は夫の命令で麹町《こうじまち》に住む英国人の家庭にかよい、英語の会話や西洋料理の作りかたをそこの夫人から習っていた。これからの高級官吏の妻は英語をしゃべらねばならず、西洋のテーブル・マナーも心得ねばならぬというのが本藤の考えだった。

「そいで……どげんされるとですか」

とお陽がきくと、本藤は、

「放っとく。あいつは所詮《しょせん》、そのような不運な男だ。不運な男とは助けてやっても底のない桶《おけ》に水を入れるようなものだしな。それよりお陽……長崎言葉がまだ口から出るぞ」

と注意した。高級官吏の妻が地方なまりでしゃべってはならぬといつも命じていたからである。

「俺は忙しい。今更、伊藤などにかまっておれぬ」

そう言って彼はふたたび洋書に眼をおとした。お陽は仕方なくそっと足音をしのばせて部屋を出ていった。

野口の手紙は結局、丸められて屑籠《くずかご》に放りこまれた。出世の道をまっしぐらに歩こうとする本藤には今更、長崎時代に知りあったあの呑《の》んだくれの下級役人など念頭になかった。まして昔の一寸《ちょっと》したつきあいを理由に、身の程しらずのことを頼んでくる田舎者の無神経が不快だった。

彼の頭は間近に迫った渡米のことでいっぱいだった。岩倉具視《ともみ》公を正使とする条約改正の使節団が日本を発《た》つのは十一月ときまり、その名誉ある一員に本藤も二等書記官として加えられていたのである。

この条約改正の使節を送り出す背後には木戸孝允《たかよし》と大久保《おおくぼ》利通《としみち》との勢力争いがからみ、通訳陣もその渦中《かちゅう》にまきこまれていたのだが、本藤は用心ぶかく、そのいずれの派閥にも属さぬよう形勢をうかがっていた。賢い彼は最後まで「切札を出さぬ」のが出世への道だと本能的に感じたのである。

十月になると送別会が毎夜のようにあり、お陽は毎夜おそく上機嫌な夫の帰りを待ち、酔った彼を介抱した。

十一月十二日が出航の日なので、十日の夜夫婦は水入らずでしばらくの別れを惜しんだ。お陽は三味線を弾き、舜太郎は大きな手に持つ盃《さかずき》を口に運んだ。

「こうしていると、あの丸山のことを思いだすな」

「はい」

「そう言えば、あの山崎楼にキクという娘がいたが……」

「おりましたね」

しかし本藤もお陽も幸せに酔っていたから伊藤のことはもちろん、キクのことも津和野の切支丹たちのこともそれ以上、話題にしなかった。この連中はもう彼等の人生に関係はなかった。

「お陽……これで俺は出世するぞ」

と本藤はお陽に得意げに笑ってみせた。

十一月十二日、秋晴れの朝、本藤舜太郎は四十八人の岩倉使節団の一員として横浜港から「アメリカ」号に上船をした。

同じ船に乗る者は彼等だけではなかった。日本公使の職を解かれて帰国するデ・ロング夫妻や女子学生五人をまじえた米欧留学生の日本人五十九人も午前十時、手をふる見送り人たちと別れをつげた。三十四発の号砲がなるなかを四千五百五十四トンの「アメリカ」号はしずかに太平洋にのり出していった。

本藤は甲板にもたれて波頭が白く泡だつ大きな海をみた。彼がこのように広い海を四方に見たのは生れてはじめての経験だった。

(日本はこれから素晴らしい国になる。そしてこの俺もそれに伴って出世していく)

海風を胸いっぱいに吸いこみながら本藤はそう自分に言いきかせた。彼は文明こそ進歩であり、その文明を学ぶことがこれからの日本と日本人の進歩だと毫《ごう》も信じて疑わなかった。

眼前にひろがるまぶしい海のきらめき。風は強いが晴れあがった碧空《あおぞら》。今の本藤は伊藤のような人間の暗い部分、どうにもならぬ哀《かな》しさ、卑怯《ひきょう》、卑劣さや心のよごれとは無関係だった。だから彼はプチジャンが言ったように神など必要としなかった。神からもっとも縁遠い近代の楽観性のなかに浸ることができた。

この勤勉な男は毫も時間を無駄にはしなかった。たえずこの外国船のなかを歩きまわり、学べるもの、知ることのできるものはすべて日記に書きつけた。

「十一月二十一日は西洋暦にては千八百七十二年一月一日なり。故《ゆえ》に廿日《はつか》の夜は欧米の船客皆集まり、銀盤にシャンパン、ブラデその外《ほか》種々の酒を和しポンチと名づけ、之《これ》を酌《く》み談話、子夜《しや》に至る。婦女子の衣裳《いしょう》は裾《すそ》を長く曳《ひ》きコーセットとかいう鉄線の提燈《ちょうちん》へ細き割竹の様に造った箍《たが》をもって腰下をふくらませあり。その異様な衣裳を着せし婦人が裾ふまぬよう夫は裾をささげる役を勤む」

それを書きながら彼はいつかは日本の男性も婦人にこのような態度をとらねばならぬのかといささか、恐怖に似た気持を抱いた。しかしそれが文明の所産であり欧米の風習なら、取り入れるもやむなしという結論に達した。

一カ月近くにわたる船旅の後に船はようやくサンフランシスコに入港した。この日、はじめて見る異国のことを本藤は次のようにお陽あての手紙にも書いた。

「早朝は深霧。甲板大いに濡《ぬ》れる。やがて船は洋上に停止して黎明《れいめい》を待つ。天明、霧の晴るるに従い、前面にカリホルニアの諸山あらわれたり。両峰、中断されて門関の状をなしその裏面に海水をたたえ、蒸気船の烟《けむり》をふき往来するを見る。是《これ》名におう金《きん》門《もん》と言う所なり。二十二日の間、洋中を渡り来りて、扶桑《ふそう》の東に始めて見る山水なれば楽しさ、言わんかたなし」

甲板に並んで百人をこえる日本人たちは金門海峡の絶景をたのしんだ。とりわけ岩倉使節の一団は今後の条約改正の交渉に緊張こそしていたが、その見通しについては自信を持っていた。

彼等はこれから訪れる国で、日本政府が浦上の切支丹《キリシタン》に加えた弾圧政策が交渉の上でどんな障碍《しょうがい》になるか、ほとんど深く考えていなかったのである。

上陸した米国の大都会サンフランシスコでの滞在生活は使節団全員にすべて驚くことばかりだった。たとえば舜太郎は自分の日記とお陽あての手紙に、ホテルではじめてエレベーターなるものに乗せられた時の体験を正直に書いた。

「小童に導かれ、他の米人男女二、三人おりし小室に入りしに、突如この小室は音をたてて釣りあげられ候《そうろう》。途中に停止して小童に促されて室外に出され、しばし茫然《ぼうぜん》たり。これエレベーターと称するものにて階段を登りおりする要なきものなり」

眼に入るもの、耳にきくもの、ことごとくが彼等を仰天させ、舌をまかせた。仰天し、舌をまきながらこれら一団の日本人は、この米国には孔孟《こうもう》の道や礼節に欠けたものがあるなどと言って、わずかに自尊心を満足させようとした。

サンフランシスコからワシントンにむけて旅を続けた一行がソルトレーキ市に立ち寄った時、当地の新聞で日本にふたたび切支丹逮捕事件が生じたことを知った。それを皆に訳したのは本藤だった。

それは伊万里《いまり》県（佐賀県）の高島、伊王島《いおうじま》、出津《しつ》、黒崎《くろさき》などでふたたびかくれ切支丹が発見され、そのうち六十七名が評定所に投獄されたという事件である。

この事件が先の浦上切支丹を全員投獄した出来事とあわせ、条約改正に重大な影響を与えることが本藤にもやっと感じられてきた。新聞の論調といい、ソルトレーキ市で会ったこの地の名士たちの反応から、本藤はそれを察したのである。彼は上司にその考えをのべ、使節団にも不安を抱く者が出はじめた。

その不安がはっきりとした形をとったのは、あたらしい年が来てワシントンでグラント大統領の接見を受けた時だった。

日本風の衣冠や直垂《ひたたれ》を着てホワイトハウスに訪れた岩倉大使や四副使は、その広間でグラント大統領から次のような意味のスピーチを受けた。

「わが米国に富強と幸福とをもたらした所以《ゆえん》は、外国との交際の自由、出版の自由、信仰良心の自由、宗教の自由に関し、国民はもちろん、この国に住む外国人にも一切、制限をもうけなかったためである」

それは暗に日本が近代国家となるためには世界に門戸を開き、出版、思想、宗教の自由を国民に与えねばならぬという勧告であり、そして浦上の切支丹たちを釈放せよという要求でもあった。

二週間後、この大統領の言葉は国務大臣フイッシュとの会談で更に具体的にうかびあがった。フイッシュは条約を改正するなら、宗教の自由を保証することを規定したいと申しこんできたのである。

今や使節団にも宗教と思想の自由を認めることが今度の条約改正の大きな問題の一つだとわかってきた。今まで彼等がまったく忘れかけていたあの九州の小さな浦上村事件が、日本と諸外国との条約改正に重大な宿題を与えていることを認めざるをえなくなったのである。

その上、岩倉使節団は条約改正を交渉するために渡米したものの、草案に調印する全権まで政府から与えられたわけではなかった。

この不馴《ふな》れと不器用さを米国につかれて狼狽《ろうばい》した使節団は、全権委任状を乞《こ》うために随員の伊藤博文《いとうひろぶみ》と米国に前から滞在していた代理公使格の森有礼《ありのり》とを帰国させた。

交渉はすべて難航した。問題が解決せぬまま米国から大西洋をわたった一行は、英国でも日本における切支丹迫害を非難する人々に出会った。

（この上、基督教《キリストきょう》を禁制にするのは上策にあらず）

本藤舜太郎は次第にそう判断するに至った。米国でも英国でも本藤は至るところに空をつく壮大な教会の塔を見た。日曜日にその塔から鐘がうねる波のようになりひびいた。馬車にのり服装を改めその教会に詣《もう》でるあまたの人や馬車を目撃した。それらの事実が本藤にたとえ裏では切支丹を拒んでも、表面はこの宗教を認める必要を感じさせた。でなければ条約改正も日本の近代化も捗《はかど》らないという考えを、もともと現実的な彼の心に植えつけさせるに至った。

この考えに使節団の全員も同感だった。彼等はたびたび本国に手紙を送り、切支丹禁制の高札を廃止することを要請しはじめたのである。

こうして――、

明治六年の二月、政府は使節団の要請をいれ、禁制高札を撤去するに至った。

津和野でも囚人の待遇が一変した。今までも一合三勺《じゃく》の食糧は楠本や加藤の視察以来、三合とふえ、拷問《ごうもん》もなくなっていたが、この高札の廃止以来、さらに毎日の生活に大幅な自由がゆるされるようになり、役人も警吏も今までのようなかたい鋭い表情ではなく、時には皆の機嫌をとるような顔をみせた。

「それにしても……お前らぁ、よう怺《こら》えたな。俺たちから見ればなるほど強情じゃが、しかし百姓といえど志を変えんその勇気にはほとほと感心いたした」

そのような言葉まで口に出す役人さえ出てきた。

だが、仙右衛門たち最初の流罪者《るざい》がこの津和野に来てから実に五カ年の間、飢えと寒さ、拷問のために死んだ者は四十一人（内改心者五人）もいた。あまりの苦しさに耐えかね棄教した者五十四人、最後まで信仰を守った男女は六十八人だった。

だが彼等六十八人には事態がなぜこう変ってきたのか、その理由をはっきり理解できる筈《はず》はなかった。彼等は長い者で五年、短い者も三年、この牢《ろう》のなかで世間からまったく遮断されていたからである。

「俺《おい》どんの強情かとに根まけのしたとたい」

と仙右衛門は苦笑してつぶやいた。

彼等は知らなかった。自分たちが日本の対外関係の大きな障碍《しょうがい》となっていることを。彼等は知らなかった。自分たちが日本の近代化の上で米国人やヨーロッパの人々の話題にとりあげられていることを。彼等は知らなかった。米国の大統領までが日本の外交団にこの迫害をやめるよう勧告したことを……。

生きて浦上に戻さるっかもしれん――。

この頃になると皆の心にかすかな希望が湧《わ》きはじめた。希望は春の巻雲のように小さく、柔らかく、そして次第に心をはずませはじめた。清吉もその一人だった。

もしこのまま生きて浦上に戻れたら――、

清吉はその時中野郷のなつかしい丘や林や土の匂《にお》いと共にいつもキクを思った。くるしい獄中生活の間、キクは彼の心のなかでいつのまにか、慰めの歌となり、憩《いこ》いの泉となり、そして愛の対象と成長していった。

だれからも見捨てられたこの長い歳月。このところ、音沙汰《おとさた》がなくなったが、キクだけが伊藤に托《たく》して届けてくれた食べものや晒《さらし》や薬は、彼だけでなく捕《とら》われた者たちにどんなに大きな助けとなったかわからなかった。ひときれの餅《もち》に手をあわせて拝む老婆《ろうば》さえいた。キクの贈りものは清吉にとって、何にもかえがたい愛の証《あかし》になった……。

（どげんしても……あん娘に会わんばいかん）

会いたか、心の底から会いたか。それが今の彼の本音だった。まぶたにはキクの切れながのうつくしい眼、勝気な表情がいつも浮んだ。

（俺あ、あいに……惚《ほ》れとるごたる）

彼は顔を赤らめながらも自分のこの心を肯定せざるをえなかった。

明治六年春、その望みがどうやらかなえられそうな雰囲気になってきた。

「和歌山に流罪になった者の浦上に戻ることになったとげな」

誰かが役人の一人からこの夢のような話を聞いて、駆けこむように皆のいる部屋に知らせにきたのである。

「和歌山の?」

「そうたい」

歓声が六十八人の口からいっせいにあがった。女たちは両手で顔を覆《おお》って泣き声をあげた。あまりに長く、あまりに苦しかった牢獄の生活に遂《つい》に終止符がうたれる時が近づいたのだ。だが甚三郎が、

「そんなら、俺どんも、もうじき帰らるっとですか」

役人にたずねたが、

「さあ、俺にゃあわからん」

と首をふった。しかしその表情から彼が何かをかくしていることはわかった。

若葉が津和野の山々に溢《あふ》れ、風にきらめき、薫風《くんぷう》が匂う五月、仙右衛門が朝飯のあと、よばれた。

「仙右衛門。ながらく苦労じゃったのう」

と役人の千葉が畏《かしこま》った仙右衛門にいたわるような声をかけた。

「お上《かみ》よりお前らぁ六十八名、九州浦上村に戻ることを格別の御慈悲をもって許すとの御沙汰があった」

「はい」

うつむいた仙右衛門は、胸にこみあげる熱いものを怺えながらこの言葉を聞いた。

「九日にはここを出られるよう、支度、掃除などをせい」

「はい」

たちあがったが、たかぶった感情のため仙右衛門の足はよろめいた。

牢舎《ろうしゃ》に戻ると仙右衛門は六十七人の男女に役人の言葉をつげた。彼が話し終ったあとも一同はしばし沈黙しつづけていた。悦《よろこ》びの声をあげたり、感動のため泣く者は一人もなかった。予想していたこととはいえ、現実に自由の身になったと知らされた時、彼等は沈黙したのである。

嗚咽《おえつ》が小波《さざなみ》のように拡《ひろ》がったのはしばらくたってからだった。男たちも肩をふるわせて泣いた。

「なあ」

と仙右衛門も鼻をつまらせて促した。

「跪《ひざまず》こうや。オラショば唱ゆっけん」

六十八人は十字を切り、今のカトリック信者が「主禱文《しゅとうぶん》」とよぶ祈り、また「めでたし聖寵《ガラサ》みちみてるマリヤ」という聖母への祈りを声をそろえて唱えた。唱えながら一人一人の頭にはこの牢舎で死んだ身内の顔や姿が思いうかんだ。その遺髪をやっと浦上に持って帰ることができるのだ。

夜になってもすぐ眠る者はいない。みなは、はしゃぎ、唄《うた》を歌うものもいたが、警吏も役人もこの夜はとがめにはこなかった。

（キクに会わるる）

皆と一緒に手拍子をとりながら清吉は心でそう思った。浦上に戻れる悦び、それと同じほどキクに再会できる歓喜が胸の底からこみあげてくる。

「浦上ではなあ」

と誰かがつぶやいた。

「今頃山も若葉のきれいかじゃろ。ばってん畠は荒れに荒れとるたい」

百姓の彼等にはやはり一番気にかかるのは畠のことである。数年の間、放っておいた畠は荒れ果て雑草で埋まっているにちがいない。それをこれからまた耕し、掘り、作物を植えつける仕事がはじまるのだ。

五月九日が出獄だった。出獄に際して一人十貫までの荷物は津和野の役所が送ることとなり、そのほかは自分で携行することもとりきめられた。考えられぬくらいの取りはからいである。

出発前に役人たちが仙右衛門、友八、甚三郎、惣市、清吉の五人を招いて酒をのませた。今までの虐待《ぎゃくたい》をわびるつもりのようである。

「お前らあは侍じゃあ。まことに義を通しきったからなあ」

と役人たちは口をそろえて棄教しなかった者をほめた。

九日、晴れていた。前日六十八人は死んだ者四十一人の骨を蕪坂峠《かぶさかとうげ》の千人塚に埋めた。そして九日の朝、一日六里の予定で津和野を出ていった。

下関から、小倉、そこから大村まで汽船で――。

一日一日と悦びがましてくる。抑えきれぬ幸福感でおどりだしたくなるくらいだ。もう誰にもうしろ指をさされず、切支丹《キリシタン》の信仰を守れる。それが嬉《うれ》しい。

(俺どんは……勝った)

土百姓よ、クロよと嘲《あざけ》られた自分たちが一揆《いっき》や反乱ではなく、ただ信仰の力でお上《かみ》に勝ったのだと仙右衛門は思った。ただかぼそい信仰の力だけで……。

エピローグ

今日、彼等がやっと戻った浦上村には昔日《せきじつ》の面影はない。そこは長崎市に入れられて、丘は切りくだかれ、林の木は倒され、住宅地と変ったからである。

だが、彼等が帰ってきた頃の浦上は荒れに荒れていた。ロカーニュ神父はその手紙でこう書いた。

「悲しい事に彼等の畠《はたけ》はあの流刑《るけい》ですでに人手に渡っているのです。住家もこわされ、他の人たちが入っています。どこをむいても悲惨と貧困だけです。長崎県庁は彼等のためにさしあたり、掘立小屋を急造し、雨つゆをしのがせるようにしています」

津和野からだけではなく、各地に送られていた切支丹百姓たちが毎日のように汽船で戻ってくる。長崎に到着すると大浦の南蛮寺では鐘をたからかに鳴らして、その帰還を祝した。港におりた彼等は列をくんでまず、その大浦の南蛮寺に行き、ひざまずいて祈った。宣教師たちもオルガンを奏して、その祈りを助けた。

だが村に戻ると生活は苛酷《かこく》だった。畠もなく家もない彼等はふたたび獄舎の時と同じように飢えに苦しんだ。県庁からもらった僅《わず》かな銀子《ぎんす》で外海《そとめ》のカンコロ（切り干し芋）を買って飢えをしのいだ。カンコロは虫だらけで、鍋《なべ》も釜《かま》もないので、そのまま水にとかして食べたとその一人がのべている。

「虫もいっしょにたべました。お椀《わん》も欠けた椀を拾ってきて使いました」

彼等は働いた。夜があけると畠に出て働き、日がくれるまで畠から去らなかった。戻ると土間のあがりかまちに腰かけ、生のままのカンコロを水でたべ、そのまま寝ることもあった。着替えも布団《ふとん》もなかった。

そんな苦役に似た毎日のなかで日曜日に大浦の教会まで行くことだけが彼等の悦《よろこ》びだった。浦上から大浦までの路《みち》は二里だったが、遠いと思う者は一人もいなかった。

しかしやがて彼等はこの浦上に自分たちの教会を持ちたいと考えるに至る。それがやがて浦上の大天主堂となって実現するのだが、それまでには長い歳月がかかった。

清吉はそんな苦しいある日、大浦の教会で一人の女によびとめられた。

「清吉さんじゃなかですか、うちは……ミツですたい」

女房風に変ったその顔には記憶があった。キクと一緒に五島屋で働いていたミツである。

「おお。あんたがなしてここにおっとね。そいで、おキクさんは？」

と清吉は思わず叫んだ。帰ってから、何とかしてキクと再会しようと思った。しかしロカーニュ神父たち宣教師たちは彼の衝撃を案じてか、なにも言わなかったし、馬込の者にたずねても、

「長崎に奉公に行ったあとは知らん」

となぜか口を濁して語らなかった。

「あんたなら……おキクさんの居場所ば知っとらるっやろが……」

清吉はそう大声で言うと、ミツは蒼白《そうはく》になり眼を伏せた。

「どげんしたとね、おキクさんは」

「死んだですたい」とミツはつぶやいた。「二年前の雪の日に……血ば吐いて。こん大浦の教会のなかで」

ミツは祭壇横の聖母像の前に立ってキクが息たえた場所をじっと指さした。息をのみながら清吉はその指の示す場所に眼をおとし、しばし沈黙した後、かすかな声で、

「そいで……墓は？」

と呟《つぶや》いた。

「おキクさんの家の人の馬込郷に埋めました。ばってん、うちら夫婦がそん髪だけをもらい受けて、こっそり別の場所に小さか墓ば作っときました。あんたが津和野から

戻ったら行かるっごとて考えたとですたい」

「どこにあるとですか、そん墓は」

「ゼンチョ谷」

「ゼンチョ谷？　そいでおミツさん、あんた、なして切支丹になったとね」

「はい。うちの亭主が……」とミツはうつむいて、

「中野郷の熊蔵ですけん」

びっくりしている清吉にミツは熊蔵との出会いや今日までのことを語った。熊蔵は皆に合わせる顔がないと言って中野郷には帰る勇気もなかったが、ロカーニュ神父にすべてをうちあけ、信心戻しだけはしたことも話した。

「うちたちは寺町の近くで左官屋ばやっとりますと」

とミツは寂しそうに笑った。

翌週の日曜日、大浦から二里半の深堀町《ふかほりまち》から大籠《おおごもり》の城山にのぼる三人の男女があった。清吉と熊蔵、ミツの夫婦だった。

「こん大籠にも切支丹信徒のかくれとったけん、そん人たちがおキクさんの墓ば時々は供養《くよう》してくるって思うてな」

と熊蔵は清吉に教えた。

急な山路をのぼると、そこから眼下に錫《すず》のような海がみえた。長崎湾の沖になる海は針をまきちらしたようにキラキラと光っていた。

（あん日、こん海ばわたって俺《おい》どんは津和野に送られた）

と清吉は苦しかった日のことを心のなかで嚙《か》みしめたが、この思い出は熊蔵を傷つけないために黙っていた。その熊蔵は立ちどまって右手をあげ、

「そこたい」

楠《くすのき》の大木が大きな影を落し、根元に石の十字架がみえた。熊蔵が石を鑿《のみ》で削って作ったものだった。鳥が鋭い声を出して楠のなかで鳴いている。

「あいがおキクさんの墓ばい」

「あんなあ丸山で……おキクさんはどげん仕事ばしとったとやろか」

と清吉は一番気になっていることを熊蔵夫婦にたずねた。

「よう知らん。うちたちは……」

とミツは言葉を濁した。三人は合掌し、オラショを唱え、そして汗をしたって近よってくる羽虫を手で追いはらった。

その後、ながい、ながい間、清吉は嫁をもらわなかった。心のなかに切れながの眼

のうつくしかったキクの面影がいつまでも残っていたからである。しかし三十五歳の時、どうしてもと奨《すす》める人があって時津《とぎつ》の女性と結婚をしている。子供たちも四人できている。

大正二年の晩夏、清吉は差出人の名を書いていない一通の封筒をもらった。差出人の住所は秋田だった。そしてそのなかに為替が入っていた。手紙を読んだ清吉の顔色がさっと変った。

長い間、清吉はそのふしぎな手紙を凝視していた。だが女房の足音を聞くと、すばやくその手紙をかくした。

「佐賀で買いつけばしてくるけん」

清吉はこの頃、浦上で農具や種の販売をやっていたから、長崎だけでなく佐賀にまで足をのばすことが時々あった。だから女房は別にこの言葉を怪しまなかった。

突然舞いこんできたその手紙に何が書いてあったのか。清吉はそれから十日ほどたって、浦上から長崎に出た。家族の者たちは事の真相にもちろん気づいてはいなかった。

長崎から汽車にのって門司《もじ》についた彼はそこから船で本州に渡ると山口まで行き、

そこから山口線にのりかえた。

秋で金色の稲穂が車窓から見えたのもしばらくで、やがて汽車は仁保川《にほがわ》の流れがみえる山脈に入った。この頃、山口線は今のように津和野とつながっておらず、三谷《みたに》で途切れていたのである。

窓に顔を押しあてて清吉は万感の思いで山を見つめ、川を見つめた。津和野がここから遠くないのだという思いが、彼にさまざまな思い出を走馬燈《そうまとう》のように思い出させたのである。

（あん手紙の来んやったら……俺あ決してここに二度と来ることはなかったじゃろ）

と清吉は自分にそうつぶやいた。

彼にとって苦しい追憶の場津和野に、生涯また訪れようという考えを起したことはない。だがあの手紙が清吉にそれを促したのだ。それを促すような内容がある人物によって書かれていたのである。

その人物は津和野まで往復する旅費として為替を同封してきた。そして決してこのことは誰にも言わないでほしいと頼んできた。その約束を守って清吉は家族にも中野郷の誰にも秘密をうちあけなかった。

汽車が山に入るとひえてきた。この冷気はかつて彼が閉じこめられていた津和野の秋のひんやりとした空気を思いださせた。

のろのろと汽車は黒煙をはき、あえぎながら山をぬい、夕暮ちかく三谷についた。終点までに次々と小さな駅で人がおりた。だから秋の夕暮で弱々しく陽がさした小さなホームには五、六人の残った客が下車しただけである。その一番うしろから清吉はホームにたって周りをみまわした。

ホームの端に一人のやせた老人が蝙蝠傘《こうもりがさ》を持って背をまげて立っていた。彼は清吉を除いた他の客が改札口から消えるのを見届けてから、こちらに近づいてきた。

「清吉さんですか。来なさる──そう思うとりましたばい」

と老人は眼をしばたたきながら両手をさしだした。

その両手をとることを清吉はためらった。この両手はかつて津和野で清吉たちを撲《なぐ》ったり叩《たた》いたりした手の一つだった。そのかわり、

「よう、わしの名ば憶《おぼ》えとられた」

「はい。一日もあんたのことば忘れたことは……ありまっせんです」

と老人は答えた。伊藤清左衛門だった。

その夜、二人は三谷の駅前にある小さな旅館に泊った。伊藤は清吉の顔をまともに見られないのか、二人のために別々の部屋をとっていた。そのため、夕暮に包まれた

駅前を出ても、この宿屋のなかでも二人はほとんど話らしい話をしなかった。旅の疲れもあって清吉は暗い灯の下で女中の運んできた膳《ぜん》に一人向うと、布団を敷いてもらい、しばし祈った後にふかい眠りにおちた。伊藤の部屋はながい間、灯がついていたが、その灯が消えたあとふかい静寂に包まれた。

翌日の朝早く、二台の人力車で彼等は津和野にむかった。早朝の出発だったが、二人が津和野についたのは午後二時頃で山陰道の野坂峠をおり、眼下に津和野の小さな町を見おろした時、予期した事とはいえ、清吉は棒で撲られたような強烈な衝撃をうけた。

秋の雲が真白に城山の上にうかんでいた。山にだかれた町を津和野川が碧《あお》くうねりながら流れていた。すべてがあの時と変っていない。町も自然もまるで何もなかったように、静かに、ひそやかに、うずくまり、清吉たち浦上の切支丹が五年間、ここでどんな苦しみを味わったかもすべて忘れたかのようだった。

瞬間、清吉の老いた眼から泪《なみだ》があふれ、流れた。口惜《くや》しかった。情けなかった。

彼の前を伊藤をのせた人力車がキイキイと軋《きし》んだ音をたてながら走っている。ほろに包まれた車のなかで今、伊藤がどのような思いで、この眼下の津和野を見ているのかは清吉にはわからなかった。伊藤がなぜ自分をここによんだのかは、あの手紙でわかっていたし、そのわびを基督《キリスト》教徒として受けようと頭では考えながら、清吉の心はまだ相手を心から許す気にはなれなかった。ちがった思いをそれぞれ胸に抱いた客をのせ、二台の人力車はやっと津和野の町に入った。そして昔ながらの家々の間をぬけ、用水の流れの音をききながら、ようやく葉の黄ばみはじめた町を走った。

伊藤の人力車が停った。停ったのはかつて清吉たちが仙右衛門や甚三郎たちと共に入れられた光琳寺《こうりんじ》に向う入口だった。

清吉はこの山路をのぼる浦上者《もん》は自分がはじめてではないことを知っていた。明治二十四年の夏のむかし、大浦の教会にいたヴィリヨン神父がこの津和野の光琳寺の跡を探したことがあったが、その折、広島にいた岩永という女性を案内役として伴った。彼女はやはり、父と共に浦上からここに流された一人だったのである。しかし清吉のように、かつての加害者と肩をならべ、渓流にそった山路をのぼる者ははじめてだった。

彼等の顔をかすめて、あまたの赤とんぼが飛んでいた。秋の午後の陽ざしは柔らかかった。そして昔とちがい、もう年をとったこの二人は途中で喘《あえ》いだり、足をとめねばならなかった。一方が立ちどまれば、片一方も休み、相手の息が整うのを待った。

その光景は何も知らぬ者がみると、仲のいい年とった友だちのようにさえ見えた。たがいにものを言わなかったがここへ来た以上、二人ともしゃべらねばならず、その場所はもう間近にあった。

山路の近くに渓流が流れていて、その流れの音を耳にしながら黙々とのぼる二人の年寄りの眼に、銀色の薄《すすき》のなかに点在する灰色の墓石がみえた。

「ああ」

記憶が伊藤の胸を刃ものでえぐられたような痛さを伴って横ぎった。かつて彼が長崎からの戻りにこの山路をのぼるたび眼にした墓石である。おそらく光琳寺の僧侶《そうりょ》たちのものなのであろう。

秋の陽のさす、くぼ地に出た。そこもまた薄が白く光り、七草が咲きみだれ、きりぎりすの声があちこちできこえていた。赤とんぼが二人の足音におどろいて、いっせいに葉や草から飛びたった。

かつての牢獄《ろうごく》は跡かたもなかった。番人、警吏、役人たちの詰所も取調べの建物もすっかり消滅し草にかくれていたが、そのなかに池だけがまだ青黒い水面を残していた。真冬、その池に仙右衛門や甚三郎がつけられ棄教を強要されたあの責苦の池である。

「ここですたい……」

伊藤はその池を凝視しながら、かすれた声で教えた。むかし赤黒かった彼の顔ももう皺《しわ》がきざまれ髪は白くはげあがっていた。

「ここに、あんたたちは閉じこめられとったとですたい」

「はい」

と清吉はうなずいた。

沈黙したまま、二人は石像のように立っていた。

「あんた」と突然伊藤が口をひらいた。「憎んどられるじゃろね」

「はい、恨んどります。ばってん、そん憎しみば忘れんばいかんていつも思うとります けど……なかなかできまっせん」

「無理もなかたい」と伊藤は眼をふせてうなずいた。「あん時、あんたたちはそいはひどか目に会《お》うたとやけん。一生、恨まれても仕方なか……そげん思うとります」

「頭ではお前さまたちば許そうて思うても……心が……そうはさせてくれまっせん」

と清吉は呻《うめ》くように叫んだ。

「そうか」

伊藤は力なく、

「そうじゃろな。こんわしはあんたたちの恨みば一生、こん痩《や》せた背に背おうて死んでいくとじゃろな。清吉さん、おかしか話ばってん、わしは……こいでも秋田の教会で二十年前洗礼ば受けたとばい。信じてくれんじゃろが」

「洗礼ば？」

さすがに清吉はびっくりして声をあげた。

「お前さまが？」

「そうたい。秋田にウッサンていう神父さんの住まわれて……そん節、そんお方に何もかも話したか気になってしゃべったことのある。清吉さん。俺あ、そん時、寂しゅうて辛《つろ》うてならんかったけん、自分がみじめでたまらんやったけん、ばってんそん神父さんからやがて洗礼ば受けたあとも……俺は次々に罪ぶかか事ばかりした。人もだましたし……女も泣かせたし……。そんたび毎《ごと》にウッサン神父さまに尻《しり》ぬぐいばさせて、助けてもろうた。そいでもまた同じ罪ば犯した。そいで俺はもう自分はイエズスさまに見放されとるて思うたばってん、ウッサン神父さんはイエズスさまは決してこん伊藤ば見放されんて言われたけんなあ……」

清吉はあわれむようにこの男をみつめた。強い彼にはこの伊藤のような男の哀《かな》しみを理解することができなかったのである……。

この時、はじめて清吉は気づいたのだが、しゃべっている伊藤の口から、かすかな酒の臭《にお》いがにおってきた。その臭気は伊藤の意志の弱さを示していた。清吉に許しを乞《こ》うために酒の力を借りねばならぬこの男の勇気のなさを、清吉は感じた。

「わしはなア、あんたに……言わんばいかんことのあっとばい」

視線をそらせて伊藤は遂《つい》に口に出した。

「あんた……まだ、キクていう女のことば忘れとらんじゃろが」

「キク……」

清吉は重々しくうなずいた。

「憶えとります、ばってん、あん人はとっくに死んでしもうたとです」

「そいはわしもよう承知しとる。あん時、検死したとはこんわしだったですけんな。ばってん、あん女がなして死んだか……知っとってですか」

「胸ば悪うして……そいで」

「そうたい。ばってんそん胸ば悪うしたとは……いや、悪うさせたとは……」

伊藤はまだ眼をそらせたまま、そこで言葉をきった。それは教会の告解室《こっかいしつ》で信者が自分の長年、秘密にしていた罪を神父にうちあける時のためらいの表情とそっくりだった。

「あん女の胸ば悪うさせたとは……清吉さん、こん俺《おい》たい」

「………」

「あん女は……聖女やったたい。俺あこげん汚か人間ばってん、聖女ていうもんのこん世におっことばあん女ば通して知ったとばい。キクはここにおったあんたのためにな……あんたに仕送りばするためにな……体ば売ったとたい。こん俺にも体ばくれたとたい」

「俺のために？」

清吉の声は思わず悲鳴に近い調子をおびた。このような事実を聞かされようとは夢にも思わずに彼はこの津和野にやってきたのである。こんな話が伊藤の口から出るとはまったく考えもしなかったのである。

「あん人はあんたのために体ばけがして金ば作った。そいも小金じゃのうて……二両も三両も……そんつど、こん俺に渡しとった。こん金ばわたすけん清吉さんば……手荒う扱うてくれるな、お役人衆に……そげん頼んでくれて言うて……」

そこまで言うと伊藤の声は苦しみのためにかすれ、とぎれとぎれになって、

「そいば……こん俺が……」

そこで絶句した。

清吉はしばらく黙っていた。それから、

「そん金ば……お前さまは使うたとか」

「ああ……」

「ひどかやっか。そいは……あんまいひどか」

怒りと口惜しさが清吉の体内を奔流のようにかけめぐった。拳《こぶし》を握りしめ彼はこの憤怒《ふんぬ》と無念さとに必死に耐えた。本当はこの拳で伊藤を打って、打って打ちのめしたかった。

「ゆるしてくれ」

伊藤は頭をさげて清吉のほうに体の向きを変えた。はげあがった、そして、こめかみのあたりにきたない白髪の残った頭を清吉は睨《にら》みつけた。

この男が責めさいなんだのは、自分たち切支丹《キリシタン》の男女だけではなかったのだと彼は知った。切支丹でもないキクまでもだまし苦しめていたのだ。

「なして、そげん、むごかことば、したとか」

清吉の声は怒りのために震えていた。

「あん人は俺んごと切支丹じゃなかったとぞ。罪咎《つみとが》もなかあん人ばそげん苦しめる者は人でなしたい、悪魔たい」

「そん通りじゃ。こん俺はあん時、人でなしやった。こげん事ば言うとは辛かとばってん……清吉さん、俺はあん時、あんたの羨《うらや》ましかった。妬《ねた》ましかった……」

「なして……」

「それア」

と伊藤は言いよどんだ。

「それア……俺もあん頃、あん娘ば好いとったとばい」

この言葉を聞いた時、清吉はもう抑えていた怒りを制御できなくなった。このきたならしい男があのキクを好きだったと。彼にはそれがまるでキクをけがすような言葉に聞えた。おのれの娘をよごされた父親のように彼は怒声をあげた。

「お前に。お前んごたる男に、あん人ば好いとるごとなる資格のあるて思うとったとか。あん人はあん頃、誰一人、助けてくるっ者のおらん俺に餅《もち》や晒《さらし》ば恵んでくれた人やったとぞ。お前はこん俺の妬ましかったけん、おキクさんば苛《いじ》めたて言うとか」

「俺あ、おキクさんば欲しかったとばい。心の底から欲しかったと」

伊藤は叢《くさむら》にうずくまり、泣きはじめた。

「ゆるしてくれ。おキクさん。ばってん、あんたの一生ば見たけん。こげん俺でもウッサン神父さんのよう言われる愛ていうもんの何か、わかったとばい。女ていうもんの男にとってどいだけ尊かもんかわかったとばい。ウッサン神父も俺のうちあけ話ばきいて、あんたのことば聖女のごとあるて言うとられた……おキクさん、俺あ、俺があんたの体ば奪うた時……あんたが眼から流した泪のことば……どげんしても忘るっことのできんやったとたい……」

伊藤は肩を震わせながら清吉にではなく、もはやこの世に存在しないキクにむかって語りつづけていた。そのあわれな姿を見ると清吉はもうこの男を罵《ののし》る気持もなくなってきた。

「もうよか、伊藤さん。おキクさんはあんたに苦しめられたばってん、あんたば別のところに連れていったとたい。そいだけでもあん人の一生は、無駄じゃなかった……無駄じゃなかった」

清吉もまた鼻をつまらせて自分にむかってそう言いきかせた。赤とんぼが一匹、彼の肩にとまり、別の一匹がうずくまった伊藤の肩で羽をおろした。二つの像はそのまま、何も言わず、身じろがず、長い間、立っていた。

筆間雑話

『女の一生』は私の心の故郷である長崎への恩返しのつもりで書いた作品である。私は長崎生れでもなければ、長崎育ちでもない。しかし、今から十数年前、この街にはじめて旅してから今日まで、愛着は深まりこそすれ、弱くなったことはない。長崎の歴史を知れば知るほど、それを学べば学ぶほど、この街の層の厚さと面白さとに感嘆した。更に私の人生に問いかけてくる多くの宿題も嗅《か》ぎとった。それらの宿題のひとつ、ひとつを解くために私は『沈黙』から今日までの小説を書いてきたと言っていい。ここ十数年の間、長崎は私の心の成長に忘れることはできぬ街となった。おいしい養分を与えてくれる母胎となってしまった。

一人の小説家にとって、このような街にめぐりあったことは生涯の幸福である。そしてその幸福を今日まで私は充分に味わうことができた。そんな意味で、その長崎に恩返しのつもりで書いたのが『女の一生』の「一部・キクの場合」である。

一部は既に世に知られている「浦上四番《うらかみよんばん》崩れ」という幕末・明治の切支丹《キリシタン》迫害事件

を材料にした。したがってそこに出てくる多くの登場人物にはモデルがある。モデルとしてだけではなく、プチジャンやロカーニュ神父、高木仙右衛門や守山甚三郎たちのように実名をもって登場させた人物もいる。

伊藤清左衛門もある人物をモデルにしたが、しかし最初のプランでは彼がこの小説のなかでこれほど重要な人間となるとは考えてもいなかった。

書きすすめるうちに、この陋劣《ろうれつ》な人間に私は同情し、同情しただけでなく愛情さえ抱くようになった。私は彼を最後まで見すてる気持にはなれなかった。

連載中にも二度ほど長崎に行った。キクやミツが歩いた路《みち》や伊藤がうろうろした坂路をのぼり、また浦上の丘にたたずんでは、私はあの浦上村の切支丹たちが私に書け、書いてくれと叫んでいるような気さえした。キクの故郷の馬込郷もかつての風景を失い、伊藤の勤めた奉行所跡にも近代的な建物が建っている。むかしの面影を残しているのは大浦天主堂――かつての大浦の南蛮寺だけだが、そこをひっきりなしに訪れる観光客たちは、どれほど浦上四番崩れが日本の近代化にどんな影響を及ぼしたかを知っているだろうか。

プチジャンが日本の切支丹を発見する切掛《きっか》けになり、キクがその前で倒れた聖母マリア像はそのまま、この教会で同じ場所に残っている。

それにしても連載中、たくさんの方から励ましを受けた。特に長崎出身の方から、登場人物の長崎弁に間ちがいが少ないとおほめを頂くことが多かったが、これは長崎の歴史学者であり、浦上四番崩れの研究もされ、浦上に血縁を持っておられる故片岡弥吉教授の令嬢、片岡優子《ゆうこ》さんのおかげである。厚く御礼を申しあげる。

（編集部注）

本文一五六～一五七頁に「元治二年（この年の四月、慶応と改元された）の一月二十四日、プチジャンの国の暦でいうと一八六五年二月十九日、大浦の日本初のカトリック教会がついに竣工した」とありますが、厳密には元治二年一月二十四日は献堂式の日です。また、日本のカトリック教会としては、これより三年前の一八六二年に横浜天主堂（後のカトリック山手教会の初代聖堂）が献堂されています。

この作品は昭和五十七年一月朝日新聞社より刊行された。

遠藤周作著

白い人・黄色い人

芥川賞受賞

ナチ拷問に焦点をあて、存在の根源に神を求める意志の必然性を探る「白い人」、神をもたない日本人の精神的悲惨を追う「黄色い人」。

遠藤周作著

海と毒薬

毎日出版文化賞・新潮社文学賞受賞

何が彼らをこのような残虐行為に駆りたてたのか？　終戦時の大学病院の生体解剖事件を小説化し、日本人の罪悪感を追求した問題作。

遠藤周作著

留学

時代を異にして留学した三人の学生が、ヨーロッパ文明の壁に挑みながらも精神的風土の絶対的相違によって挫折してゆく姿を描く。

遠藤周作著

母なるもの

やさしく許す〝母なるもの〟を宗教の中に求める日本人の精神の志向と、作者自身の母性への憧憬とを重ねあわせてつづった作品集。

遠藤周作著

彼の生きかた

吃るため人とうまく接することが出来ず、人間よりも動物を愛し、日本猿の餌づけに一身を捧げる男の純朴でひたむきな生き方を描く。

遠藤周作著

砂の城

過激派集団に入った西も、詐欺漢に身を捧げたトシも真実を求めて生きようとしたのだ。ひたむきに生きた若者たちの青春群像を描く。

遠藤周作著

悲しみの歌

戦犯の過去を持つ開業医、無類のお人好しの外人……大都会新宿で輪舞のようにからみ合う人々を通し人間の弱さと悲しみを見つめる。

遠藤周作著

沈　黙

谷崎潤一郎賞受賞

殉教を遂げるキリシタン信徒と棄教を迫られるポルトガル司祭。神の存在、背教の心理、東洋と西洋の思想的断絶等を追求した問題作。

遠藤周作著

イエスの生涯

国際ダグ・ハマーショルド賞受賞

青年大工イエスはなぜ十字架上で殺されなければならなかったのか——。あらゆる「イエス伝」をふまえて、その〈生〉の真実を刻む。

遠藤周作著

キリストの誕生

読売文学賞受賞

十字架上で無力に死んだイエスは死後〝救い主〟と呼ばれ始める……。残された人々の心の痕跡を探り、人間の魂の深奥のドラマを描く。

遠藤周作著

死海のほとり

信仰につまずき、キリストを棄てようとした男——彼は真実のイエスを求め、死海のほとりにその足跡を追う。愛と信仰の原点を探る。

遠藤周作著

王国への道

—山田長政—

シャム(タイ)の古都で暗躍した山田長政と、切支丹の冒険家・ペドロ岐部——二人の生き方を通して、日本人とは何かを探る長編。

遠藤周作著

王妃 マリー・アントワネット（上・下）

苛酷な運命の中で、愛と優雅さを失うまいとする悲劇の王妃。激動のフランス革命を背景に、多彩な人物が織りなす華麗な歴史ロマン。

遠藤周作著

侍

野間文芸賞受賞

藩主の命を受け、海を渡った遣欧使節「侍」。政治の渦に巻きこまれ、歴史の闇に消えていった男の生を通して人生と信仰の意味を問う。

遠藤周作著

夫婦の一日

たびかさなる不幸で不安に陥った妻の心を癒すために、夫はどう行動したか。生身の人間だけが持ちうる愛の感情をあざやかに描く。

遠藤周作著

満潮の時刻

人はなぜ理不尽に傷つけられ苦しみを負わされるのか――。自身の悲痛な病床体験をもとに、『沈黙』と並行して執筆された感動の長編。

遠藤周作著

十頁だけ読んでごらんなさい。十頁たって飽いたらこの本を捨てて下さって宜しい。

大作家が伝授する「相手の心を動かす」手紙の書き方とは。執筆から四十六年後に発見され、世を瞠目させた幻の原稿、待望の文庫化。

有島武郎著

或る女

近代的自我の芽生えた明治時代に、封建的な社会に反逆し、自由奔放に生きようとして敗れる一人の女性を描くリアリズム文学の秀作。

羅生門・鼻
芥川龍之介著
王朝の説話物語にあらわれる人間の心理に、近代的解釈を試みることによって己れのテーマを生かそうとした〝王朝もの〟第一集。

地獄変・偸盗《ちゅうとう》
芥川龍之介著
地獄変の屛風を描くため一人娘を火にかけて芸術の犠牲にし、自らは縊死する異常な天才絵師の物語「地獄変」など〝王朝もの〟第二集。

蜘蛛《くも》の糸・杜子春《とししゅん》
芥川龍之介著
地獄におちた男がやっとつかんだ一条の救いの糸をエゴイズムのために失ってしまう「蜘蛛の糸」、平凡な幸福を讃えた「杜子春」等10編。

奉教人の死
芥川龍之介著
殉教者の心情や、東西の異質な文化の接触と融和に関心を抱いた著者が、近代日本文学に新しい分野を開拓した〝切支丹もの〟の作品集。

戯作三昧・一塊《いっかい》の土
芥川龍之介著
江戸末期に、市井にあって芸術至上主義を貫いた滝沢馬琴に、自己の思想や問題を託した「戯作三昧」、他に「枯野抄」等全13編を収録。

河童・或阿呆《あるあほう》の一生
芥川龍之介著
珍妙な河童社会を通して自身の問題を切実にさらした「河童」、自らの芸術と生涯を凝縮した「或阿呆の一生」等、最晩年の傑作6編。

井上靖著

猟銃・闘牛

芥川賞受賞

ひとりの男の十三年間にわたる不倫の恋を、妻・愛人・愛人の娘の三通の手紙によって浮彫りにした「猟銃」、芥川賞の「闘牛」等、3編。

井上靖著

敦煌（とんこう）

毎日芸術賞受賞

無数の宝典をその砂中に秘した辺境の要衝の町敦煌――西域に惹かれた一人の若者のあとを追いながら、中国の秘史を綴る歴史大作。

井上靖著

あすなろ物語

あすは檜になろうと念願しながら、永遠に檜にはなれない〝あすなろ〟の木に託して、幼年期から壮年までの感受性の劇を謳った長編。

井上靖著

風林火山

知略縦横の軍師として信玄に仕える山本勘助が、秘かに慕う信玄の側室由布姫。風林火山の旗のもと、川中島の合戦は目前に迫る……。

井上靖著

氷壁

前穂高に挑んだ小坂乙彦は、切れるはずのないザイルが切れて墜死した――恋愛と男同士の友情がドラマチックにくり広げられる長編。

井上靖著

天平の甍

芸術選奨受賞

天平の昔、荒れ狂う大海を越えて唐に留学した五人の若い僧――鑒真来朝を中心に歴史の大きなうねりに巻きこまれる人間を描く名作。

大江健三郎著
死者の奢り・飼育
芥川賞受賞

黒人兵と寒村の子供たちとの惨劇を描く「飼育」等6編。豊饒なイメージを駆使して、閉ざされた状況下の生を追究した初期作品集。

大江健三郎著
われらの時代

遍在する自殺の機会に見張られながら生きてゆかざるをえない〝われらの時代〟。若者の性を通して閉塞状況の打破を模索した野心作。

大江健三郎著
芽むしり仔撃ち

疫病の流行する山村に閉じこめられた非行少年たちの愛と友情にみちた共生感とその挫折。綿密な設定と新鮮なイメージで描かれた傑作。

大江健三郎著
性的人間

青年の性の渇望と行動を大胆に描いて波紋を投じた「性的人間」、政治少年の行動と心理を描いた「セヴンティーン」など問題作3編。

大江健三郎著
空の怪物アグイー

六〇年安保以後の不安な状況を背景に〝現代の恐怖と狂気〟を描く表題作ほか「不満足」「スパルタ教育」「敬老週間」「犬の世界」など。

大江健三郎著
見るまえに跳べ

処女作「奇妙な仕事」から3年後の「下降生活者」まで、時代の旗手としての名声と悪評の中で、充実した歩みを始めた時期の秀作10編。

島崎藤村著

春

明治という新時代によって解放された若い魂が、様々な問題に直面しながら、新たな生き方を希求する姿を浮彫りにする最初の自伝小説。

島崎藤村著

桜の実の熟する時

甘ずっぱい桜の実に懐しい少年時代の幸福を象徴させて、明治の東京に学ぶ岸本捨吉を捉える青春の憂鬱を描き『春』の序曲をなす長編。

島崎藤村著

破戒

明治時代、被差別部落出身という出生を明かした教師瀬川丑松を主人公に、周囲の理由なき偏見と人間の内面の闘いを描破する。

島崎藤村著

夜明け前

（第一部上・下、第二部上・下）

明治維新の理想に燃えた若き日から失意の中に狂死する晩年まで——著者の父をモデルに木曽・馬籠の本陣当主、青山半蔵の生涯を描く。

島崎藤村著

千曲川のスケッチ

詩から散文へ、自らの文学の対象を変えた藤村が、めぐる一年の歳月のうちに、千曲川流域の人びとと自然を描いた「写生文」の結晶。

島崎藤村著

藤村詩集

「千曲川旅情の歌」「椰子の実」など、日本近代詩の礎を築いた藤村が、青春の抒情と詠嘆を清新で香り高い調べにのせて謳った名作集。

白洲正子著

日本のたくみ

歴史と伝統に培われ、真に美しいものを目指して打ち込む人々。扇、染織、陶器から現代彫刻まで、様々な日本のたくみを紹介する。

白洲正子著

西行

ねがはくは花の下にて春死なん……平安末期の動乱の世を生きた歌聖・西行。ゆかりの地を訪ねつつ、その謎に満ちた生涯の真実に迫る。

白洲正子著

白洲正子自伝

この人はいわば、魂の薩摩隼人。美を体現した名人たちとの真剣勝負に生き、ものの裸形だけを見すえた人。韋駄天お正、かく語りき。

白洲正子著

私の百人一首

「目利き」のガイドで味わう百人一首の歌の心。その味わいと歴史を知って、愛蔵の元禄時代のかるたを愛でつつ、風雅を楽しむ。

白洲正子著

ほんもの

―白洲次郎のことなど―

おしゃれ、お能、骨董への思い。そして、白洲次郎、小林秀雄、吉田健一ら猛者と過ごした日々。白洲正子史上もっとも危険な随筆集！

牧山桂子著

次郎と正子

―娘が語る素顔の白洲家―

幼い頃は、ものを書く母親より、おにぎりを作ってくれるお母さんが欲しいと思っていた――。風変わりな両親との懐かしい日々。

瀬戸内寂聴著

夏の終り

女流文学賞受賞

妻子ある男との生活に疲れ果て、年下の男との激しい愛欲にも充たされぬ女……女の業を新鮮な感覚と大胆な手法で描き出す連作5編。

瀬戸内寂聴著

女徳

多くの男の命がけの愛をうけて、奔放に美しい女体を燃やして生きた女——今は京都に静かに余生を送る智蓮尼の波瀾の生涯を描く。

瀬戸内寂聴著

場所

野間文芸賞受賞

「三鷹下連雀」「塔ノ沢」「西荻窪」「本郷壱岐坂」…。五十余年の作家生活で遍歴した土地を再訪し、過去を再構築した「私小説」。

山崎豊子著

華麗なる一族（上・中・下）

大衆から預金を獲得し、裏では冷酷に産業界を支配する権力機構〈銀行〉——野望に燃える万俵大介とその一族の熾烈な人間ドラマ。

山崎豊子著

沈まぬ太陽

(一)アフリカ篇・上
(二)アフリカ篇・下

人命をあずかる航空会社に巣食う非情。その不条理に、勇気と良心をもって闘いを挑んだ男の運命。人間の真実を問う壮大なドラマ。

山崎豊子著

白い巨塔（一〜五）

癌の検査・手術、泥沼の教授選、誤診裁判などを綿密にとらえ、尊厳であるべき医学界に渦巻く人間の欲望と打算を迫真の筆に描く。